Die Saalbergs

Cornelia Rimpau

Die Saalbergs

Geschichte einer Familie

Roman

Weltbild

Die Originalausgabe erschien unter dem Titel
Zenit bei Wunderlich.

Besuchen Sie uns im Internet:
www.weltbild.de

Genehmigte Lizenzausgabe für Verlagsgruppe Weltbild
GmbH, Steinerne Furt, 86167 Augsburg
Die deutschsprachige Erstausgabe wurde veröffentlicht in
der Rowohlt Verlag GmbH, Reinbek bei Hamburg

Umschlaggestaltung: Beatrice Schmucker, Augsburg
Umschlagmotiv: Picture Press, Hamburg
Gesamtherstellung: Oldenbourg Taschenbuch GmbH,
Hürderstraße 4, 85551 Kirchheim
ISBN 3-8289-7112-1

2005 2004 2003 2002
Die letzte Jahreszahl gibt die aktuelle Lizenzausgabe an.

Tatjana Illesch
in memoriam

ERSTES KAPITEL

Es war ein heißer Junimittag voll flimmerndem Dunst aus Silbergold und Weidengrün. Bussarde schlossen die Augen, Mäuse hockten still, und Zweige senkten sich über den eigenen Schatten.

Paul Saalberg nahm nichts davon wahr. Er stand auf der A 7 Hamburg–Richtung Hannover im Stau vor dem Walsroder Dreieck, und das Warten machte ihn unwillig.

Für ihn zählte gerade jetzt jede Sekunde. Er trommelte mit den Fingern gegen das Lenkrad, fixierte den digitalen Außentemperaturanzeiger über der Lenksäule, der 31 Grad anzeigte, stierte durch die getönten Scheiben seines dunkelgrünen Wagens auf die verschmutzte Rückfront des gelben Lasters, der vor ihm stand, und wartete angespannt auf ein Zeichen von Bewegung in den breiten Doppelreifen. Nichts rührte sich.

Ein Marienkäfer landete unvermutet auf dem schwarzen Rücken seines Scheibenwischers, schwenkte hastig zur linken Seite, verharrte kurz, schwirrte auf den linken Rückspiegel. Paul ließ das Fenster hinunter, versuchte den orangeroten Käfer auf seinen Finger zu locken, was ihm erst nicht gelang. Er spürte nur das hektische Gekrabbel an seiner Fingerkuppe und zählte drei Punkte auf dem gewölbten Rücken. Endlich war der Käfer auf seinem Zeigefinger. Paul zog die Hand in das Wageninnere zurück und besah sich das winzige Tier auf seinem Handrücken, das die hauchfeinen Flügel steil nach oben hob, um davonzufliegen.

Vor ihm kam Bewegung in die Autoschlange.

Bald hatte er wieder freie Fahrt. Er fuhr auf der linken Spur, wie meistens.

Im Gegensatz zu anderen Verkehrsteilnehmern stand ihm das zu. Meinte er. Sein Auto war schnell, er fuhr umsichtig, zügig, intelligent, nicht aggressiv. Aber das nützte nichts an diesem Freitagmittag. Er würde trotzdem zu spät kommen.

Um vierzehn Uhr hatte er im Haus sein wollen. Jetzt mußte er hetzen, um wenigstens um fünfzehn Uhr in der Kirche zu sein.

Dicht an dicht schossen die Wagen hintereinanderher. Rechts lagen die breiten Wohnmobile der Skandinavier wie ein beigeuniformiertes Heer auf dem Weg ins Sommermanöver. Dazwischen Touristenbusse aller Preisklassen, Trabis in allen Pastelltönen, Lkws in allen Größen. Die anderen Wagen verfolgten sich auf der linken Spur. Aus dem Autoradio kamen die Verkehrsnachrichten: Unfälle, Staus, ein liegengebliebener Wohnwagen. Hohes Verkehrsaufkommen im gesamten Sendebereich. Der Stop-and-go-Verkehr vor dem Autobahnkreuz Hannover-Ost löst sich langsam auf. Zum Abschluß die Zeit. 14.33 Uhr.

Vielleicht komme ich doch noch rechtzeitig, dachte Paul Saalberg. Am besten wäre ich gleich zu Hause geblieben. Die zermürbende Diskussion mit Carolin gestern abend, das unnütze Telefongespräch heute morgen – ebenso endlos wie sinnlos.

Für ihn hatte ohnehin festgestanden, daß er sie nicht mitnehmen würde. Schließlich war sie noch verheiratet, und sie konnten nicht zusammen auf einer Familienfeier erscheinen, das verstand sich für Paul von selbst. Aber nicht für Carolin.

Sie wollte alles: Ihre Kinder, ihren Mann, ihre Schulklasse und einen Freund. Man kann das nicht so leicht auseinandertrennen – du mußt verstehen, Paul.

Er wollte aber kein Verständnis mehr aufbringen. Vielleicht war es gut, daß er jetzt für ein Jahr nach London ging. Er gab Gas. Geschwindigkeitsbegrenzung auf 120 km / h. Vor ihm fuhr ein kleiner Opel. Rot natürlich. Der Fahrer hielt die Tempovorschrift ganz genau ein, saß wie ein Roboter am Steuer. Auch in der Hitze mit Hut, dem leichten Sommerstrohhut eben.

Davor hetzten die Autos weiter. Ein VW-Bus zog auf die linke Spur hinüber. Ein schrottreifer Ökobus, postgelb, mit aufgemaltem Greenpeace-Regenbogen und «Atomkraft? Nein danke!» auf der Rückfront. Qualmte und stank wie fünf Trabis zusammen. Auf dem hinteren Rücksitz stand ein Hund, groß wie ein Kalb, und hechelte an dem spaltbreit geöffneten Seitenfenster.

Paul öffnete seinen Kragenknopf, lockerte den schwarzen Schlips.

Zum Glück bog der Bus dann an der Allertal-Raststätte ab. Paul fuhr mit der rechten Hand durch seine aschblonden Haare, atmete tief durch und blickte, noch während er wieder Gas gab, zur Seite. Vollbart am Steuer, schwarzbehaarte Arme, lila Shirt. Das Mädchen dahinter war unglaublich hübsch. Sie winkte ihm zu, und er winkte zurück. Braune Haare in einer Nackenspange, helle Augen. Carolin hatte schwarzbraune Augen. Sicher war auch das Mädchen in dem Bus verheiratet, wahrscheinlich sogar mit dem Gorilla am Steuer. Verschwitzte Kerle in ärmellosen Shirts waren ihm zuwider.

Inzwischen war die Autobahn dreispurig. Ein paar Besessene überholten auf der Mittelspur. Immer die gleichen Idioten. Wenn er nur pünktlich kommen würde, wenigstens während des Orgelvorspiels.

Die Musik im Radio machte ihn verrückt. Der DJ sollte besser seinen Job wechseln. Diese Jungs müßten einen in ausgeglichener Stimmung halten und nicht mit kreischenden Rhythmen gegen den nächsten Brückenpfosten treiben. Er stellte das Radio ab.

Als er kurz darauf in Anderten die Autobahn verließ, sah er auf die Uhr.

«14.56 Uhr! Mein Junge. Eine Stunde Verspätung!» Noch vor acht Tagen wäre er zu Hause so empfangen worden. Er lächelte nur kurz.

Pünktliches Erscheinen und präzise Zeitangaben, darüber hatte es viele Debatten gegeben.

14.56 Uhr. Freitag, der 22. Juni 1990, 25. Woche.

Paul Saalberg fuhr zur Beerdigung seines Vaters.

Joachim Saalberg starb in einer hellen Nacht vor der Sonnenwende, ohne die Pracht des späten Juniabends wahrgenommen zu haben. Nach dem Abendbrot hatte er wie immer in seinem Arbeitszimmer Zeitungen gelesen. Zur Einrichtung dieses Zimmers passend war ein Mahagonipult für ihn angefertigt worden, das er vor sich auf dem Schreibtisch stehen hatte, um aufrecht sitzend eine übersichtlich zu blätternde Zeitung bei konzentriertem Arbeitslicht durchzuarbeiten. Alles andere war für ihn Unfug, wüstes Zeitungsgefledder mit überanstrengten Armmuskeln und steifem Hals in einem der zu tiefen Sessel, deren Anschaffung er ohnehin nicht befürwortet hatte.

Solche Möbelstücke standen in dem kleinen Wohnzimmer seiner Frau. Helen war fünfzehn Jahre jünger als er. Durch einen großen Salon war es von seinem Arbeitszimmer getrennt, und natürlich hatte Paul Helen zu dem Kauf der Sessel überredet. Von den Vorstellungen seines jüngsten Sohnes über Möbel hatte er nie etwas gehalten. Zum ersten und wichtigsten aus Prinzip nicht: Helle, empfindliche Stoffe waren unpraktisch, und niedrige Sitze waren schlecht für die Haltung. Zum zweiten hatte er schon lange rheumatische Gelenke gehabt, und es war für ihn sehr schmerzhaft, sich aus einer tiefen Sitzhaltung zu erheben. Davon hatte aber nie einer sprechen dürfen. Als alter Soldat, als Vater, als Firmenchef der Saalberg AG bestand er auf eiserner Disziplin.

Ein schwerer Herzinfarkt hatte ihn gezwungen, den Firmenvorsitz dem ältesten Sohn Georg zu überantworten. Zu spät für seine Gesundheit, aber noch nicht zu spät für die Firma, wie hämische Zungen geflüstert hatten. Damals war er sechsundsiebzig. Mit einundachtzig Jahren hatte er einen zweiten Anfall überlebt und seitdem alle Gebote und Verbote seines Arztes strikt eingehalten. Die verordnete Ruhe hatte ihn aber den endgültigen Verlust von Einfluß und Macht empfindlich spüren lassen.

Regelmäßige, lange Spaziergänge auf den Wegen des Tiergartens und des Annaparks lockerten zwar die erzwungene Ereignislosigkeit der Tage, Wochen und Monate ein wenig auf, hatten aber seine Gedanken immer weniger daran gehindert, unliebsame Wege zu gehen. Eine Erregung hatte sich seiner bemächtigt, die Helen lange Wochen vor seinem Tod beunruhigte.

Entgegen allen Gewohnheiten war er planlos durch Haus und Grundstück gelaufen. Man war ihm auf der Kellertreppe, in den alten Kinder- und Gästezimmern, sogar in der Küche begegnet. Seine schmale, mittelgroße Gestalt im hellbraunen Anzug war für lange Minuten am Fenster seines Arbeitszimmers aufgetaucht, wenn Helen in den Blumenbeeten arbeitete. Er hatte sie beobachtet, ohne wie sonst zu lächeln oder ein kleines Zeichen zu geben. Sie hatte erschrockene Gesten seiner sorgfältig gepflegten, fast damenhaften Hände bemerkt, wenn er überrascht wurde, ein ungewohntes Wippen seiner kleinen, immer elegant beschuhten Füße, wenn sie zusammensaßen, eine fremde Unruhe in seinem kühlen Gesicht unter den akkurat gescheitelten, glatten weißen Haaren.

Manchmal hatte sie geglaubt, daß er ihr etwas sagen wollte, was er dann in Sekundenschnelle wohl wieder verwarf.

Sein Arzt, den sie besorgt unterrichtet hatte, stellte keine Veränderung seines Zustandes fest, und nur zu gern ließ sie sich überzeugen, daß eine vorübergehende Unruhe wetter- und jahreszeitenbedingt sein konnte.

Als er an diesem letzten Abend in sein Arbeitszimmer gegangen war, um noch eine Stunde zu lesen, war sie auf die Terrasse hinausgetreten. Erst hatte sie ihm noch versichern müssen, so bald wie möglich wieder hineinzukommen, in seiner Nähe zu sitzen, so daß er sie sehen, zumindest hören könne. Sie hatte die Polster von den Stühlen nehmen wollen und war zuerst zu einem verwitterten, hochlehnigen Korbstuhl gegangen, den sie in der späten Nachmittagssonne auf den Rasen neben ein Rosenbeet geschoben hatte.

Joachim Saalberg hatte die gefütterten dunkelgrünen Samtvorhänge vor den Fenstern zugezogen, weil er Dämmerlicht nicht gerne mit elektrischem Licht mischte. Erst aber hatte er beobachtet, wie sich die hellgekleidete Gestalt Helens über jenes Beet beugte, dem sie, wie dem Smaragdring an ihrer linken Hand, ihre ganz besondere Liebe schenkte. Wie vor vierzig, vor dreißig, vor zwanzig Jahren fürchtete er den Glanz in ihren Augen zu sehen, der nicht ihm galt. Wie unzählige Male zuvor verwarf er den Wunsch, zu ihr zu gehen, wenn sie dort stand. Rosen wuchsen in dem Beet mit klingenden Namen und in Farben von Aprikosen und Purpur, Zimt und Gold. Er nahm noch wahr, wie sie sich aufrichtete, hinter die Lehne des Korbstuhls trat und auf das Haus zurückblickte, das Stuhlkissen schon in der Hand; wie sie sich doch noch einmal setzte, zögernd erst, aufrecht, den Kopf ein wenig zur Seite geneigt, die rechte Hand auf der hohen Armlehne des Stuhls; wie sie sich dann nach einigen Sekunden unvermittelt zurücklehnte, als wäre sie gezogen worden.

Joachim Saalberg hatte seine Frau oft beobachtet. Ein Leben lang. Stolz hatten seine Augen sie verfolgt und jene eifersüchtig fixiert, die den Blick nicht von ihr lassen konnten. So als wollte er sagen: Seht nur hin, es gibt sie wirklich, diese schlanke, hohe Gestalt, diese Anmut ihrer Bewegung, die Feinheit der Glieder. Es gibt dieses Neigen und Wenden des schönen Kopfes unter den kurzen, lockigen Haaren; es gibt das Heben, Senken und Winken dieser Arme und Hände, den direkten Blick aus den Augen, die wie graugrüner Samt sind. Ja, seht und hört hin: Es gibt diese helle Stimme, dieses aufspringende Lachen. All das gibt es, es gehört zu diesem wunderbaren Geschöpf. Und es gehört mir.

Jeder, der Joachim Saalberg kannte, hatte wahrgenommen, daß er Helen mit besitzergreifendem Stolz beobachtete. Wenige hatten bemerkt, daß er sie umsorgte wie eine teuer erworbene Porzellanfigur, die man in eine gläserne Vitrine stellt, um sie nicht dem Blick, wohl aber dem Zugriff anderer zu entziehen. Seine hellen, leicht hervortretenden Augen betrachteten sie zuweilen mit einem seltsamen Ausdruck, in dem sich Wissen und Leiden vermischte, als könne er allein ihren Wert ermessen.

Keiner ahnte, welchen Preis er für ihre Gegenwart bezahlt hatte.

Helen selbst hatte sich durch diese Bewunderung oft eingeengt, aber erst in seinen letzten Lebensmonaten gestört gefühlt. Hinter seinem Bedürfnis nach ihrer ständigen Nähe hatte sie erstmals eine ungewohnte Furcht gespürt, wie eine unterirdische Strömung aus Zwang und Angst, die die Festung seiner Selbstsicherheit unterspülte.

Sie hatte es nicht fertiggebracht, ihn zu fragen. Mit ihm hatte sie nie Ängste oder Sehnsüchte geteilt, zwischen ihnen stand eine Barriere der Wortlosigkeit wie aus kühlem, hauchdünnem Glas, hinter der jeder allein auf sich gestellt war.

Er hatte es anfangs so gewollt und später nicht mehr ändern können, weil Helen sich in dieser Art zu leben eingerichtet hatte.

Natürlich war sie neben ihm alt geworden. Was allen geschieht, war auch mit ihr geschehen: Ihre dunklen kurzen Haare waren inzwischen von vielen silbernen Strähnen durchzogen, die Haut des schmalen Gesichtes war matter geworden, spannte über der leicht gebogenen Nase, und Falten zeichneten ihre Züge. Aber das hatte nicht gezählt für Joachim Saalberg. «Nur Dummköpfe wehren sich gegen das Altern», hatte er gesagt. «Die äußeren Veränderungen sind keine Beeinträchtigung, sondern nur die Enthüllung des Wesens.» Unverhohlen hatte er bewundert, daß Helen schlank geblieben war, ihre Bewegungen leicht und elegant, ihr Blick leuchtend, ihr Verstand schnell und beweglich. Bis in seine letzten Lebensmomente hatte ihn die Gewißheit erregt, sie neben sich, sie ganz für sich allein zu haben. Geteilt hatte er sie nur mit den Schatten, die im Laufe der Jahre immer größer und quälender geworden waren.

Er merkte nicht mehr, wie lange Helen im Garten saß, die rechte Hand hinter dem Kopf, die Beine übereinandergeschlagen. Sie hatte das Haus vor dem hellen Nachthimmel gesehen: den weiträumigen, einstöckigen Kubus, aprikosenfarben, mit hohen, weißgestrichenen Sprossenfenstern unter einem flachwinkligen hellroten Ziegeldach. Südländisch wirkte es, von hohen, ausladenden Kiefern wie von Pinien umgeben. Der Abendwind war kühl, trug den Sommerduft aus Kiefern, Rosen und leichter Erde, und er brachte Bilder, Worte und Stimmen.

Unvorhergesehen wie der Gewitterabend war sie da, diese dunkle Stimme, längst vergessen geglaubt, nah und erregend.

«Kennst du das Haus?»

«Ja.»

«Und? Liebst du es schon?»

«Es ist wunderschön.»

«Wir werden dort wohnen. Es gehört mir.» Weißer Sand war durch seine Finger gelaufen und hatte auf ihrer Handfläche einen spitzen Kegel gebildet, der gleichzeitig wuchs und zerrann. «Im nächsten Sommer wird der Krieg vorbei sein, und im Herbst reiße ich die rosa Rosen vor der Terrasse heraus. Mit dir.»

«Das klingt gewalttätig.» Sie hatte den Blick von dem zerrinnenden Sandkegel gewendet, um ihn anzusehen.

Helen lehnte sich in dem alten Korbsessel zurück, sie sah die graugrünen Augen lachend über sich.

«Nicht gewalttätig. Nur kompromißlos, wenn es um Schönheit geht.»

Sie sah gebannt auf das Haus, sah es unter den Kiefern, so wie er es damals beschrieben hatte: leuchtend in allen Farben der Rosen, die sie noch gemeinsam gepflanzt hatten.

Es ist wieder Sommer, dachte sie, erstaunt über den Schmerz, den sie nach so vielen Jahren immer noch empfand. Es ist so hell und warm wie damals, im Sommer 1942. Sie überließ sich den Erinnerungen, die sie sich verboten hatte, um sich zu schützen.

Es war schon dunkel, als sie den Geruch von brennendem Papier in der Nachtluft wahrzunehmen meinte. Beunruhigt lief sie ins Haus, machte Licht in ihrem Zimmer und ging durch den dunklen Salon ins Arbeitszimmer ihres Mannes.

Die Schreibtischlampe warf einen Lichtstrahl über die aufgeschlagene Zeitung. Im Kamin lag Papier, das noch an mehreren Stellen glühte und qualmte. Vor dem offenen Panzerschrank, der sonst von einem verschiebbaren Bücherbord verdeckt war, lag Joachim Saalberg in der dunkelsten Ecke des Raumes. Verkrümmt, das Gesicht auf dem Boden, die rechte Hand unter dem Körper um ein Papier gekrampft.

Helen erreichte den Arzt sofort, aber jede Hilfe kam zu spät. Joachim Saalberg war tot.

Die großen Limousinen der Trauergäste umringten den kleinen Kirchhügel in Kirchrode. Es wirkt wie eine Belagerung, fand Helen, bevor sie die Kirche betrat; ein Geschwader dunkler Kriechtiere, das den alten, von Bäumen überragten Turm umzingelte.

Wind kam auf. Vorsichtig bewegte er die trägen Blätter der Kirchhofbäume und sandte einen kaum wahrnehmbaren Luftzug durch das massive Turmportal der kleinen Barockkirche. Die Trauerfeier hatte noch nicht begonnen; das eisenbeschlagene Tor stand weiterhin offen, spät kommende Trauergäste eilten schweigend darauf zu. Ein Motor wurde angelassen, ein schwerer, anthrazitfarbener Wagen, der erst kurz zuvor geparkt worden war, scherte mühevoll aus der knappen Parklücke und drehte auf der eng gewordenen Straße unter den wachsamen Blicken einiger Fahrer, die im Schatten der alten Bäume beieinanderstanden. Der Wagen fuhr die Ostfeldstraße hinunter, bog in ihrem letzten Abschnitt nach rechts, erreichte die weitgeöffnete Einfahrt des Saalbergschen Grundstücks und hielt vor dem großen Haus.

An der Ostseite des Gebäudes, mit Sicht auf den asphaltierten Vorplatz, lag die Küche des Hauses. Dort führte die Haushälterin Gisela Matthes ein ausgedehntes Telefongespräch, in dem sie, trotz ständiger Hinweise auf die drängende Zeit, in aller Ausführlichkeit den raschen Tod ihres Chefs, die aufwendigen Beerdigungsvorbereitungen, die mutmaßlichen Kosten des prächtigen Mahagonisarges, die Trauergarderoben, unterschiedlichen Gemütszustände und die komplizierten Familienverhältnisse der Saalbergs darlegte. Dabei blickte sie aus dem Fenster, beobachtete die Tigerkatze vom Nachbargrundstück, die abwartend über den Vorplatz strich, und zupfte gelbe Blätter aus den jungen Geranientöpfen, die in ihrer Reichweite auf der Fensterbank standen. Als sie den Wagen kommen sah, beendete sie das Gespräch und wartete auf das schrille Geräusch der alten Türklingel.

Kurz und zufrieden kontrollierte sie im Spiegel des Küchenflurs ihr dauergewelltes Haar und strich den weißen Kittel über ihrer rundlichen Figur zurecht.

Vor der Haustür stand der hagere Fahrer des Rechtsanwaltes Dr. Rießt, einem Freund der Familie. Hastig bat er sie um einen Gefallen, sagte, er hätte den Brief, den er in der Hand halte, unbedingt noch vor der kirchlichen Trauerfeier, ja, um ehrlich zu sein, schon am frühen Vormittag abgeben sollen.

«Frau Saalberg sollte ihn auf jeden Fall persönlich entgegennehmen, Frau Matthes. Ich weiß nicht, wie ich das vergessen konnte. Schon gar nicht, wie ich es meinem Chef erklären soll.»

«Ach, ich mach das schon. Geben Sie man her. Kommen Sie in die Küche, und trinken Sie einen Schluck.»

Sie schob den Brief vor seinen Augen in ein kleines Regal über dem Wandtelefon, ohne die Schriftzüge auf dem Umschlag zu studieren. Sie wollte nicht neugierig erscheinen.

«Was in dem Regal liegt, vergeß ich nie. Da können Sie sich drauf verlassen, Herr Walter», sagte Gisela Matthes und öffnete eine Flasche Wasser. Es zischte und sprudelte auf die hellgraue Jacke des Fahrers.

«Bei der Hitze ist auch alles anders als sonst», bemerkte sie kopfschüttelnd.

Zur gleichen Zeit fuhr Paul Saalberg mit stark überhöhter Geschwindigkeit auf die Kirche zu, wobei er um Haaresbreite gegen ein Postauto geprallt wäre. Der Postbeamte suchte offensichtlich eine Hausnummer. Überholen war verboten, und der Gegenverkehr war zu stark für eine Verbotsmißachtung. Es lohnte sich auch nicht, über dieses erneute Hindernis zu fluchen, denn wenige Meter vor sich entdeckte er eine Parklücke, fuhr hinein und hörte erleichtert, daß die Glocken noch läuteten.

Zur gleichen Zeit verließ ein alter postgelber VW-Bus die Autobahn in einem nördlichen Stadtteil Hannovers. Er folgte den Hinweisschildern, die ihn auf einer vierspurigen Schnellstraße durch flaches Neubaugelände zum Krankenhaus leiteten. Der Bus fuhr die steile Einfahrtsrampe hinauf, verlangsamte sein Tempo vor der Notaufnahme, hielt aber erst mit laufendem Motor vor dem Haupteingang des Klinikums. Der knatternde Auspuff des Busses übertönte ohne Schwierigkeiten den Lärm eines abfliegenden Rettungshubschraubers. Sechs Taxifahrer, die in der Nachmittagshitze bei offenen Wagentüren apathisch auf den nächsten Fahrgast gewartet hatten, schreckten auf.

Vor ihren Augen öffnete sich die Schiebetür des Busses. Mit weitem Sprung befreite sich ein großer weißbraun gefleckter Hund aus dem überhitzten Fahrzeug. Auf einen Schlag gingen die Türen der Taxen zu, argwöhnische Blicke verfolgten das schnüffelnde Tier, und der Chauffeur des vierten Wagens beobachtete leise fluchend, wie es an seinem blitzsauberen Wagen das Bein hob. Vor dem linken Vorderreifen entstand eine Pfütze von beträchtlichem Ausmaß, daraus entwanden sich dünne Rinnsale, die von den Unebenheiten des glutheißen Asphalts gelenkt der Straßenneigung folgten und unter dem Fahrzeug verschwanden.

Zwei kleine blonde Kinder in bunten Badehosen waren dem Hund nachgesprungen und versuchten ihn laut rufend einzufangen. Nach wenigen Sekunden pfiff der Fahrer des Busses aus dem offenen Fenster, wobei er seine schulterlangen Haare mit Hilfe eines Gummis in einem Pferdeschwanz zusammenfaßte, Hund und Kinder kehrten endlich zurück, die Schiebetür wurde geschlossen, Kinderarme winkten, Kinderstimmen schrien aus dem geöffneten Seitenfenster, konnten sich aber gegen den ohrenbetäubenden Lärm des defekten Auspuffrohres nicht durchsetzen. Der Bus fuhr ab.

Eine hochgewachsene, sehr junge Frau in hellblauen Jeans

und weißem T-Shirt blieb zurück. Ihr dunkelbraunes Haar war bis auf einige Ponyfransen glatt nach hinten gekämmt und im Nacken von einer Spange gehalten. Außer einem schwarzbraunen Ledersack trug sie nichts bei sich. Sie winkte den Kindern, bis das Auto die Abfahrtsrampe hinuntergefahren war, blickte kurz auf die smaragdgrüne Plastikarmbanduhr an ihrem linken Handgelenk und ging schnell durch die selbstöffnenden Türen zur Information in der Eingangshalle des Klinikums. Der freundliche Portier, den sie ansprach, sah in ein leicht gebräuntes Gesicht, in dem große, leuchtende Augen über hohen Wangenknochen besonders auffällig waren. Er fragte mehrmals scherzend nach, als wolle er ihre Augen und Lippen in Bewegung halten, schrieb schließlich die gewünschte Information auf einen Zettel, ohne den Blick von ihr zu wenden. Sie bedankte sich lächelnd, steckte den Notizzettel in die rechte Hosentasche. Bevor sie sich in der Menschenmenge verlor, die den Aufzügen zustrebte, beobachtete er, daß sie vor einer Wanduhr stehenblieb, die Zeit verglich und ihre Uhr einstellte.

15.25 Uhr. Freitag, der 22. Juni 1990. 25. Woche.

Charly Tuchmann suchte ihre Schwester.

Paul Saalberg stand für Sekunden in der Tür zwischen Turm und Kirchenschiff, nahm langsam seine Sonnenbrille ab und stellte erleichtert fest, daß die Trauerfeier noch nicht begonnen hatte.

Die Kirche war kühl; das matte Licht eine Wohltat nach der Autofahrt. Paul dröhnte der Kopf, und er registrierte, daß die Bänke bis auf den letzten Platz besetzt waren. In den Gängen standen Menschen, die keinen Platz mehr fanden, vorsichtig miteinander flüsterten und mit wieselflinken Blikken nach Bekannten Ausschau hielten, denen sie dezent zuwinken konnten. Über der schwarzgekleideten Menge lag der schwere Duft unzählbarer Königslilien, die den glänzenden Mahagonisarg schmückten, den Gisela Matthes am Telefon mit einer kostbaren Kommode verglichen hatte, um die es ja eigentlich doch zu schade sei. Weiße Lilien, vermischt mit roten Rosen, füllten Bodenvasen und dickbauchige Gefäße aus getriebenem Silber auf dem weißen Barockaltar. Messingstandleuchter hielten hohe Kerzen, und deren Wohlgeruch vermischte sich mit dem Duft der Lilien und Rosen, dem feinen Aroma teurer Parfums und kostspieliger Rasierwasser.

Er hat keine Familientrauerfeier geplant, dachte Paul, sondern ein gesellschaftliches Ereignis. Genauso hat er seine großen Geburtstage gefeiert: Es sind seine Farben, seine Lieblingsblumen, kostbares Mahagoni, Kerzenduft und die feinen Leute als Begleitschutz ins Jenseits. Bis ins letzte Detail hat er diese Szene vor sich gesehen.

Paul lächelte einigen Bekannten zu und entschied sich dann, auf dem rechten Gang neben den Mittelbänken nach vorn zu gehen. Einige Sekunden verharrte er vor dem Altar, senkte den Kopf vor dem Sarg seines Vaters, blickte kurz in ein Meer aus neugierigen Familiengesichtern, dann begrüßte er seine Mutter und setzte sich auf den freien Platz neben ihr.

Den Ort des Trauergottesdienstes, das Bachpräludium, die Lieder, den Predigttext – alles hatte der Vater in einem sogenannten Vortestament festgelegt, das am Tag nach seinem Tod in Gegenwart von Paul und Helen Saalberg verlesen worden war.

Die Gemeinde sollte sich nicht in der Friedhofskapelle versammeln, wie es üblich war, sondern in der Kirche, die Joachim Saalberg geliebt hatte, in der er getauft, konfirmiert und vermählt worden war.

Die Orgel intonierte «Lobe den Herren», und Paul sang das Lied, das auf jeder kirchlichen Feier der Saalbergs gesungen wurde, mechanisch mit. Ich kann nichts empfinden, dachte er. Keine Trauer. Keine Rührung. Nichts. Vielleicht liegt es an der Perfektion, mit der er sich noch aus dem Sarg heraus inszeniert. Er hätte die vorschriftsmäßigen Gefühle gleich mitdiktieren können. Gewundert hätte es Paul nicht.

Er schaute sich kurz nach seinen Neffen und Nichten um. Sie sangen laut, fand er, schmetterten das vertraute Lied mit Inbrunst, wirkten selten einträchtig, wie sie da nebeneinander saßen.

Die Sitzordnung der Familie im Trauergottesdienst war auch von seinem Vater festgelegt worden: «Helen und Paul nehmen in der Mitte der ersten Bank Platz, rechts von ihnen Georg mit seiner Frau Caren, links von ihnen Rosa mit ihrem Mann Wolf Farnheimer. In der zweiten Bank sollen meine vier Enkelkinder in ihrer natürlichen Reihenfolge sitzen. Arndt und Michael Saalberg, Rudolf und Wolfgang Farnheimer.»

Donnerwetter, dachte Paul. Sie haben es sogar geschafft, Michi in einen schwarzen Anzug zu stecken.

Michi Saalberg hatte nach der Konfirmation den Schwur getan, bis zum Abitur an jedem Tag und zu jeder Gelegenheit Jeans zu tragen; drei Jahre lang hatte dieser pubertäre Entschluß zu aufreibenden Familienszenen im Haus seines Vaters und Großvaters geführt.

Paul empfand die Art, in der sich die Familie hier vorführte, bizarr und erinnerte sich an den Satz im Vortestament seines Vaters, der sich auf Michi bezog:

«Sollte mein Enkel Michael Saalberg darauf bestehen, in ordinärer Freizeitkleidung auf meiner Beerdigung zu erscheinen, ist er dringend aufgefordert, den Feierlichkeiten in der Kirche und auf dem Friedhof fernzubleiben. Ich würde ihn aber vermissen.»

Eigentlich schade, daß Michi nicht durchgehalten hat, dachte Paul. Wer es wohl geschafft hat, ihn zu überreden? Er sah kurz auf das Profil seiner Mutter, die in dem Moment die linke Hand hinter ihr Ohr schob und scheinbar unbeabsichtigt an ihrem Ohrring drehte. Ihre lange, schmale Hand, ihr Smaragdring, die Bewegung von Zeigefinger und Daumen – all das war so vertraut und signalisierte nichts anderes, als daß der Ohrring in letzter Sekunde zu fest geschraubt worden war. In diesem Moment zerbrach in Paul das Gefühl, von Unnatürlichem und Fremdem umgeben zu sein, er nahm deutlich Helens klare Stimme wahr, die das Lied so überzeugt sang wie immer.

Helen Saalberg konnte sich nur schwer auf den Gottesdienst konzentrieren. Sie kannte das gedruckte Gottesdienstprogramm auswendig, das sie in der Hand hielt. Gleich würde noch eine Händelsonate für Orgel und Querflöte kommen, dann die Predigt.

Seit Tagen hatte sie die Textstelle, die im Vortestament für die Predigt angegeben war, in der Bibel nachlesen wollen, aber sie hatte es nicht getan. Sie hatte sich mit diesem Text nicht beschäftigt, der Joachim doch offensichtlich am Herzen gelegen hatte, hatte auch in den letzten Wochen nicht versucht, mit ihm zu sprechen, nicht über seine ungewöhnliche Bibellektüre, seine erregte Sprachlosigkeit, nicht über seine Schlaflosigkeit.

Über Empfindungen, Schwierigkeiten oder Ängste sprechen – das hört sich so selbstverständlich an, dachte Helen, das klingt nach Vertrautheit und Offenheit. Aber die gab es zwischen uns nicht.

Joachim Saalberg hatte zeit seines Lebens mit verdeckten Karten gespielt, und sie hatte mitgespielt. Distanz und Haltung, das waren seine Maximen gewesen – auch unter vier Augen. Persönliche Probleme wollte er nicht diskutieren. Fertig. Doch die letzten Wochen hatten ihn verändert, waren voller Zeichen gewesen, die Helen jetzt wie Notsignale vorkamen. Hätte ich ihm helfen können? fragte sie sich.

Unter ihre Selbstvorwürfe mischte sich in diesem Moment dennoch Erleichterung, alles war so, wie das Vortestament es bestimmt hatte. Und der Pastor würde über die Bibelstelle sprechen: Zweiter Paulusbrief an die Korinther, fünftes Kapitel, Vers zehn. Alle Anweisungen waren befolgt, alle Familienmitglieder waren da, Michi hatte auf seine Jeans verzichtet, und Paul war gerade noch pünktlich erschienen. Gott sei Dank – ohne Carolin. Warum mußte er sich ausgerechnet in diese Carolin verlieben? Helen hatte den Verdacht, daß vor allem die Ablehnung seines Vaters Paul in diese Beziehung hineingetrieben hatte. Er folgte uralten Trotzmustern, in jedem Erziehungsbuch nachzulesen. Mit dieser selbstverliebten jungen Frau und Mutter zweier ungezogener Söhne aber würde es auch weiterhin schwierig werden, denn Georg würde die Verbindung ganz im Sinne seines Vaters boykottieren, so gut er konnte.

Georg war erst gestern abend von einer Geschäftsreise aus Südamerika zurückgekehrt. Jetzt saß er an ihrer rechten Seite. Sehr elegant im Cut, ein wenig arrogant und zugeknöpft wie sein Vater. Aber er war größer und kräftiger, hatte auch nicht die damenhaft kleinen Hände und Füße von Joachim. Erst bei Arndt, dem ältesten Enkel, fanden sich diese Merkmale wieder, und der war stolz darauf.

Mir gehen die merkwürdigsten Dinge durch den Kopf, dachte Helen Saalberg und versuchte, sich auf die Klänge der Händelsonate zu konzentrieren.

Aber es wollte ihr nicht gelingen. Ist Georg gegen Carolin, weil er seinen Bruder vor ihr bewahren will, oder hat er sie vor Joachim schlechtgemacht, um Paul zu schaden? Hat er nicht jede Möglichkeit genutzt, ihn zur Seite zu drängen, seitdem er auf der Welt ist? Warum können sich die Brüder in dieser Familie nicht gelten lassen, dachte sie. Immer wieder Eifersucht und Aggression, der Drang, besser zu sein, erster zu sein, durchzieht wie ein roter Faden die Beziehungen zwischen den Brüdern: Arndt und Michi, Georg und Paul, Joachim und – nein. Helen wollte nicht weiterdenken.

Sie hörte dem Querflötensolo zu und wußte, daß sie lange nicht mehr so ein langweiliges Adagio gehört hatte. Sie beobachtete, wie Caren ihre schönen Beine übereinanderschlug, und hatte ein schlechtes Gewissen bei dem Gedanken, daß sie diese Schwiegertochter ebenfalls schrecklich langweilig fand.

Trotzdem mußte sie sich eingestehen, daß Georgs Privatleben ruhig, gleichmäßig und sein Geschäftsleben außerordentlich erfolgreich war, seitdem es Caren gab. Leider hatte sie während ihrer sechsjährigen Ehe erreicht, daß Georgs erste Frau Amalie kaum mehr erwähnt, daß mit Arndt und Michi nicht über sie gesprochen wurde. Vor zehn Jahren war Amalie davongelaufen und lebte seitdem als Malerin mit einem Bildhauer in der Karibik. Sie war glücklich, hatte wieder Kinder, und Helen hatte ihren Entschluß, fortzugehen, verstanden. Georg hätte sie nie heiraten sollen. Amalie – das waren schwingende Röcke, Armreifengeklapper, der Hauch von Ölfarben, Parfum aus Moschus und Ingwer, dunkles Lachen und mimosenhafte Empfindsamkeit gewesen, aber auch chaotische Zeiteinteilung und ein sehr genialischer Ordnungsbegriff. Es war nicht erstaunlich, daß sie Georg verlassen hatte, sondern daß sie es neben ihm so lange ausgehalten hatte. Um fair zu sein, mußte man das gleiche von ihm sagen.

Ich bewundere sie immer noch, dachte Helen. Warum? Weil ich gerne so eine Tochter wie Amalie gehabt hätte? Weil sie das getan hat, was ich damals nicht fertiggebracht habe, als mein Leben an dem Punkt angelangt war, an dem man nur noch fortgehen, neu beginnen, noch einmal lieben möchte?

Amalie hatte für sich und Georg sicher die richtige Entscheidung getroffen. Nur fehlte sie Michi. Er hatte den Charme und die Leichtigkeit seiner Mutter geerbt, und Caren ließ ihn wortlos austrocknen. Wenn er sich nur näherte, blähte sie die Segel ihrer Mißbilligung und manövrierte ihn weg aus ihrem geordneten Tageslauf, weg von ihren weißen Ledersofas und weg von Georg, der in diesem Jungen immer noch Amalie verehrte.

Caren absolvierte wortlos alles, was verlangt wurde; die schönen Beine übereinandergeschlagen, lächelnd, mit einem leisen Anflug von Verachtung in den Mundwinkeln. So saß sie auch jetzt neben Georg und lauschte unbeeindruckt der Musik. Es ist diese Emotionslosigkeit, dieses herablassende Mitmachen, was mich an Caren reizt, dachte Helen. Immer aus dem Ei gepellt, teure Eleganz. Jedes Haar an seinem Platz, kühl und perfekt wie ihre Marmorfußböden.

Carolin war in jeder Hinsicht das absolute Gegenteil von Caren, aber Helen wollte in dieser hübschen Frau nichts anderes sehen als eine weitere Freundin ihres Sohnes. Joachim hatte dem Charme und dem attraktiven Äußeren Carolins zwar Komplimente gemacht, sie aber gleichzeitig abgelehnt. Ihren Charme hatte er berechnend, ihre Selbstverwirklichungsideen unecht und ihr Seelenleben vulgär gefunden. Dummerweise hatte er es sich zur Pflicht gemacht, seine Überzeugungen in den ungeeignetsten Momenten zu äußern. Helen war überzeugt davon, daß die Affäre sonst längst vergessen wäre.

Auch Georgs Menschenkenntnisse waren besser als seine psychologischen Fähigkeiten. Er mochte recht haben, wenn er behauptete, daß Carolin Paul nur benutzte, um aus ihrer kleinkarierten Ehe auszusteigen. Aber genau wie Joachim machte er aus diesem komplizierten Problem Tischgespräche, verpaßte gute Ratschläge auf nüchternen Magen, und Paul hatte ihm deutlich zu verstehen gegeben, was er von seiner Einmischung hielt.

Die Händelsonate war beendet. Der Pastor wischte sich mit einem weißen Taschentuch die Schweißperlen von der Stirn, bevor er sich von seiner Bank erhob, um die Predigt zu halten.

Mit den Menschen, Kerzen und Blumen war auch die Nachmittagshitze in die Kirche gedrungen, und dem jungen Geistlichen, den Helen erst vor vier Tagen kennengelernt hatte, wurde sicher noch zusätzlich vor Aufregung heiß.

Die Sommerferien des Gemeindepastors hatte Joachim Saalberg in seinem Plan nicht vorhersehen können. Aber es hätte ihm nicht gefallen, daß ein Unbekannter die Predigt hält, dachte Helen. Dieser nette, aufgeregte junge Mann, mit dem sie erst vorgestern über das Leben ihres Mannes gesprochen hatte, konnte beim besten Willen nichts Besonderes sagen.

Zu Helens Verwunderung las er nicht die Textstelle aus dem Paulusbrief vor. Mit sonorer Stimme stellte er wenig originelle Betrachtungen über das Problem des Sterbens und die Bedeutung des Todes für das Leben jedes einzelnen auf. Darauf folgte ein ausführlicher Rückblick auf das Leben des verstorbenen Joachim Saalberg: geordnete Kindheit und Schulzeit in Hannover, trotz Weltkrieg und Inflation. Erziehung in einem religiös und deutschnational denkenden Elternhaus mit drei Geschwistern, zwei älteren und einem jüngeren Bruder. Banklehre in London Mitte der zwanziger Jahre, Studium der Nationalökonomie in Heidelberg und Eintritt in die stark expandierende elterliche Zementfirma 1934. Nach dem verspäteten Wehrdienst 1936 der schnelle Entschluß, die Offizierslaufbahn einzuschlagen. Bei Kriegsbeginn Einsatz an der Westfront, dann an der Ostfront. Wie durch ein Wunder Rettung aus dem Kessel von Stalingrad, wo aber sein jüngerer Bruder starb. Januar 1943, auf dem Feld der Ehre, wie das in den Zeiten des Kriegswahnsinns genannt wurde. In dasselbe Jahr fallen für Joachim Saalberg seine Hochzeit und die Geburt des ersten Kindes. Seine beiden älteren Brüder kommen bei dem Luftangriff auf Hannover um. Nach Kriegsende übernimmt Joachim Saalberg die elterliche Firma...

Helen sah in den Berg weißer Lilien auf dem Sarg ihres Mannes.

Irgendwann, dachte sie, muß ich jemandem erzählen können, was damals wirklich geschehen ist.

Paul bückte sich für einige Sekunden, um ein heruntergefallenes Programmblatt vom Boden aufzuheben. Über seinem Rücken blickte Helen schnell zu Rosa hinüber und sah für Sekunden die grünen Augen ihrer Tochter starr auf sich gerichtet. Dieser Blick traf Helens Herz, und ein alter, nadelfeiner Sprung, den sie sorgfältig verborgen hatte, splitterte.

Paul lehnte sich wieder zurück, der Augenblick war vorbei wie ein Spuk, und Helen sah auf das Gesicht ihrer dunkelhaarigen Tochter unter dem schwarzen Strohhut.

Rosa war Teilhaberin einer Rechtsanwaltssocietät in Düsseldorf und mit siebenundvierzig Jahren noch eine sehr attraktive Frau. Von katzenhafter Geschmeidigkeit waren ihre Bewegungen, die grünen Augen erfaßten alles in Sekundenschnelle. Zu ihrem Kummer war Rosa klein, zu klein, wie sie fand. Ganz leicht, aber nicht mehr zu vertuschen, bildeten sich in ihrem vollen Gesicht Falten und Einkerbungen, die die Mundwinkel nach unten zogen. Bitterkeit und Verzicht könnten solche Linien graben, fuhr es Helen durch den Kopf. Aber unsere Schwierigkeiten miteinander liegen so weit zurück. Das kann es nicht sein. Sie ist doch jetzt glücklich.

Wolf Farnheimer beugte sich in dem Moment zu Rosa hinunter, weil sie ihm etwas zuflüsterte, und Helen mußte – wie oft, wenn sie die beiden sah – an ein Bild ihres Enkels Rudolf denken, das der mit sieben Jahren gemalt hatte. Darauf war ein großes gelbes Quadrat und in dessen Mitte ein sehr viel kleineres dunkelblaues Quadrat zu sehen. «Meine Eltern» stand über der Kindersignatur in der rechten Bildecke, und Wolf Farnheimer hatte es in seinem Sprechzimmer hängen. Die äußerlichen Merkmale der beiden, den Zustand ihrer inneren Beziehung, hätte man nicht besser darstellen können.

Helen selbst besaß das unaufdringliche Selbstbewußtsein, das einem Menschen eignet, der jahrzehntelang Liebe, Bewunderung und Anerkennung erfahren hat. Und gleichzeitig hatte sie Schutzmechanismen gegen die Kräfte entwickelt, die diesen Ring aus Selbstachtung und Eigenliebe angreifen wollten. Rosas Blick eben habe ich mir eingebildet, dachte Helen. Rosa ist bei Wolf wunderbar aufgehoben. Was sollte ihr fehlen? In dieser luftlosen Hitze entstehen Trugbilder, vom Kerzenduft und von den vielen Lilien. Sie schob die Vorahnung, die sie befallen wollte, beiseite. Rosa ist verändert, seit sie verheiratet ist, beruhigte sie sich selbst. Sechzehn Jahre lang haben wir ruhig nebeneinander gelebt, wenn sie da war, und so wird es bleiben. Auf keinen Fall werde ich jetzt noch etwas zerstören! Joachim hat Rosa geliebt, und sie liebte ihn auch. Ich habe einmal versprochen zu schweigen, und dabei bleibt es.

Der betäubende Geruch war kaum mehr zu ertragen, der linke Ohrring schmerzte, der elegante schwarze Hut wurde zur drückenden Klammer. Helen fühlte sich wie benommen. Hoffentlich ist diese laute Predigt bald vorbei, dachte sie. Ich brauche dringend frische Luft. Warum hat der Pastor Joachims Wunsch nicht entsprochen? Was ist das überhaupt für ein Text, den Joachim ausgewählt hat?

«Joachim Saalberg ist tot!» Die Worte kamen von weit her, hallten in ihr nach, wurden ein Echo zwischen dunklen Felswänden, das nicht enden wollte.

Es ist dieser enge Hut, der Ohrring und die Hitze. Ich muß mich zusammennehmen.

«Joachim Saalberg ist tot», wiederholte der Pastor. «Und am Ende dieses langen, interessanten und für den fremden Betrachter nur erfolgreichen Lebens steht ein Satz, der von Joachim Saalberg selbst über diese Stunde der Trauer und der Erinnerung gestellt worden ist. Ein Satz aus dem zweiten Korintherbrief des Paulus. Er steht im fünften Kapitel, Vers zehn. Ich, der ich den Verstorbenen nicht gekannt habe, gebe ihn den Zurückbleibenden am Ende dieser Stunde mit. Nehmen Sie ihn als Herausforderung oder als Urteil, als Frage oder als Antwort. Dieses sind die Worte:

‹Denn wir müssen alle offenbar werden vor dem Richtstuhl Christi, auf daß ein jeglicher empfange, nach dem er gehandelt hat bei Leibesleben, es sei gut oder böse.›»

Was hat Joachim in den letzten Wochen so gequält, daß er diese Worte ausgewählt hat, dachte Helen. Der Pastor hat sie wie ein Menetekel vorgelesen. Oder übertreibe ich? Habe nur ich so empfunden? Ich muß später mit Paul darüber sprechen.

Sie folgte zwischen ihren Söhnen dem Sarg und sah auf die grauuniformierten Rücken der Sargträger. Sechs Chauffeure der Firma hatten ihn aus der Kirche getragen, zwei schoben ihn jetzt auf dem Wagen zum Grab. Der Linke wirkte schmächtig; streichholzdürre O-Beine in zu kurzen Hosen, ausgeleierte braune Socken und abgetretene Hacken sahen unter dem neuen grauen Mantel hervor.

Helen erschrak, als sie in der armseligen Figur Joachims ältesten Fahrer erkannte. Er war erst seit neun Monaten im Ruhestand. Zwanzig Jahre lang hatte er Joachim gefahren. Was war nur in der letzten Zeit geschehen, daß er so heruntergekommen war?

Sie sah die blankgeputzten schwarzen Schuhspitzen ihrer Söhne neben ihren samtschwarzen Pumps über den saubergeharkten, schattigen Friedhofsweg gehen. Helen zitterte trotz der Nachmittagshitze und hatte das beklemmende Gefühl, gleichzeitig von Sicherheit und Gefährdung umgeben zu sein. Warum können die Dinge nicht so klar und schön sein wie dieser Weg, den wir gerade gehen? Warum muß man immer auf der Hut sein, überlegte sie. Wieviel unglücklicher Kummer steckt in diesem armen Fahrer, der sicher, zuverlässig und ausgeglichen gewesen war. Wenn er so verwahrlost herumläuft, muß er Sorgen haben, die größer sind als seine Kraft. Ich muß versuchen, ihn später zu sprechen.

Der lange Trauerzug bewegte sich langsam hinter dem liliengeschmückten Sarg über den weitläufigen Friedhof.

«Ich weiß ein neues Spiel», hörte Helen ihren Enkel Michi hinter sich sagen und spürte den Ruck der Verärgerung, der Georg durchlief.

«Wie geht das?» fragte sein Bruder Arndt gelangweilt.

«Ich stelle Fragen, und du antwortest.»

«Das ist überhaupt nichts Neues.»

«Doch. Was dann folgt, ist neu. Ich stelle sieben Fragen, die habe ich mir gerade während der Predigt ausgedacht. Du darfst jede Frage nur mit einem Wort beantworten, und aus den Anfangsbuchstaben der Antworten muß man dann versuchen, einen Namen für das erfragte Objekt zu bilden...»

«Typisch, daß du die Predigt nicht anhörst, sondern dir was Absurdes ausdenkst.»

«Ich habe zugehört und gleichzeitig eine Idee gehabt. Das ist doch ganz normal.»

«Für dich vielleicht.»

«Klar. Es gibt sogar eine Korrelation zwischen Gesagtem und Gedachtem, habe ich festgestellt. Im Klartext: Je interessanter der Vortrag, desto besser meine Ideen – und umgekehrt natürlich.»

«Da kann der Pastor ja stolz sein, daß dir etwas eingefallen ist.»

«Sag mal, wußtest du, daß Großvater in Stalingrad war?»

«Nein.»

«Ich habe auch nie mit ihm über den Krieg reden können, und über Rußland schon gar nicht. Vorige Woche, als ich zum Tee in Kirchrode war, habe ich nur so gesagt, daß ich Gorbatschow bewundere und daß ich gerne nach Rußland möchte. Er war plötzlich ganz aufgebracht...»

In diesem Moment drehte sich Georg kurz nach seinen Söhnen um, und ihre Stimmen wurden so leise, daß Helen die Unterhaltung nicht weiter verfolgen konnte, was sie bedauerte. An den Nachmittagsbesuch von Michi, der seinen Großvater rührend verehrt und oft besucht hatte, erinnerte sie sich allerdings noch genau.

Die Nachkriegsgeneration bestünde nur aus leichtgläubigen Dummköpfen, hatte Joachim seinen erschrockenen Enkel angefahren. Den Russen dürfe man nichts glauben, alle Kommunisten seien Seelenfänger und wollten ganz Europa schlukken. Michi sei nicht der einzige, der ihren Parolen auf den Leim gehe, die sogenannte Entspannung sei der größte Bluff der Nachkriegsgeschichte, er habe die Russen im Krieg kennengelernt. Joachim hatte sich bedrohlich aufgeregt, Michi hatte nichts mehr gesagt, und sie hatte ihn so bald wie möglich zu Gisela in die Küche geschickt, um ihrem Mann Zeit zu geben, wieder zu Atem zu kommen.

«Vielleicht hat er es nie verkraftet, daß sein Bruder in Stalingrad gefallen ist», hörte sie Michi jetzt sagen, der das Flüstern nicht durchhielt.

Helen dachte: Wenn der Junge wüßte, wovon er da redet; Georg legte sie beschwichtigend eine Hand auf den Arm und sagte ruhig: «Warum sollen sie nicht sprechen.» Er zuckte unwillig mit den Schultern, Paul auf der anderen Seite lächelte.

«Trotzdem merkwürdig. Warum hat keiner mal davon erzählt», Michi flüsterte auf Arndt ein. «Es hieß nur: Großvaters Brüder sind im Krieg umgekommen. Sie haben aber immer nur von dem Luftangriff und der Explosion in der Firma gesprochen.»

«Stimmt.»

«Weißt du, was ich gerade in Geschichte machen muß?»

«Nein.»

«Ein Riesenreferat über Stalingrad.»

«Na und?»

«Du Ignorant. Ich wühl mich durch einen Haufen Sachbücher und erfahre auf der Beerdigung meines Großvaters, daß er in der 6. Armee war und sein Bruder auch.»

«Egal. Sei jetzt still. Vater hat sich schon wieder umgedreht.»

«Und mein Spiel, wann soll ich das erklären?»

«Hast du doch schon.»

«Ich will es aber einmal durchtesten.»

«Hinterher, sei jetzt still.»

Sie waren am Grab angekommen, sechs Arme griffen nach dem schweren Sarg, die Lilien darauf schwankten, dann stand er auf den lose zusammengelegten Brettern über der ausgehobenen Grube.

Was auch immer war, dachte Helen, und was immer auch kommen wird: Dieser Moment ist furchtbar, weil er endgültig ist.

ZWEITES KAPITEL

Um zehn Uhr abends waren die letzten Gäste gegangen. Die Familie saß zerstreut im großen, nur vom Dämmerlicht erhellten Salon. Auch wenn Joachim Saalberg noch am Leben gewesen wäre, hätte der Tag so geendet. Er wäre unverzüglich in seinem Arbeitszimmer verschwunden, kaum hätte sich die Tür hinter dem letzten Gast geschlossen.

Georg stand in der offenen Tür zur Terrasse, blickte auf die Uhr und kündigte an, daß er noch zu arbeiten habe.

«Es fällt mir niemand ein, der nicht da war», bemerkte er zufrieden. «Vater hätte diesen Tag wundervoll gefunden, und es kommt mir so vor, als sei er die ganze Zeit dabeigewesen. Du hast alles phantastisch organisiert, Mutter.»

Alle stimmten ihm zu, nur Rosa schwieg. Helen war sich selbst gegenüber ehrlich und wußte, daß sie unter Rosas Verhalten litt. Es war auch nicht möglich, darüber hinwegzusehen, denn ihre Aggression war deutlich zu spüren. So war es immer gewesen, und wie früher ging von Rosas Schweigen eine Explosivität aus, die immer größere Kreise zu ziehen schien. Noch in der Kirche hatte sie sich der Illusion hingegeben, Rosa habe sich gewandelt. Müde und enttäuscht lächelte sie über sich selbst.

«Die Heldin dieser Tage war Gisela», sagte sie dann trotzdem voller Gelassenheit und wußte, daß Rosa aus jedem ihrer Worte einen Explosionsfunken machen würde, wenn es ihr beliebte. «Wir sollten in die Küche gehen, um uns zu bedanken. Sicher ist sie bald fertig und will nach Haus.»

«Ohne Gisela funktioniert hier doch nichts», bemerkte Rosa abfällig. Ein unhörbares Stöhnen ging durch den dämmrigen Raum, aber alle ignorierten die Bemerkung, so wie man auch den ersten Windstoß eines Gewitters ignoriert, weil man nicht wahrhaben will, daß es aufzieht.

Aus ihrem Sessel bei der Terrassentür betrachtete Helen das scharfe Profil ihres ältesten Sohnes mit den leicht vorstehenden Augen und dachte: Er sieht nicht nur aus wie Joachim, er hat auch die Beerdigung genauso wahrgenommen, wie Joachim sie geplant hat – als gesellschaftliches Ereignis.

Sie sagte: «Du wirkst gar nicht erschöpft, Georg. Trotz Südamerika.»

«Ganz im Gegenteil», bemerkte Paul aus einem tiefen Sessel in der Mitte des Raumes, in dem er mehr lag als saß. «Georg könnte noch mühelos eine Vorstandssitzung leiten.»

«Georg ist der notorische Blender, auf den Mütter und alte Tanten hereinfallen!» Das war Rosas Kommentar. Sie saß allein auf einem großen Wandsofa, griff nach dem dünnen Stiel ihres Weinglases und nahm einen kurzen Schluck. «Dabei schläft er zur Erholung mit offenen Augen. Die Chance hat er heute in der Kirche genutzt.»

«Das stimmt nicht ganz. Als Vaters jüngster Bruder erwähnt wurde, war ich wach. Es ist nie von ihm gesprochen worden. Ich habe mich fast erschrocken.»

Paul wandte sich zu Helen. «Hast du ihn gekannt?»

«Ja.»

«Wie hieß er?»

«Benedikt.» Sie machte eine kurze Pause. «Wir nannten ihn Ben.»

«Das ist doch kein vernünftiger Name», bemerkte Rosa in kerzengerader Haltung und mit spitzer Stimme. «Damals hieß man nicht so.»

«Eure Großmutter war eine ungewöhnliche Frau», sagte Helen. «Sie hat den Namen durchgesetzt.»

«Ungewöhnliche Mütter sind das schlimmste», sagte Rosa abfällig.

Helen schwieg. Rosa will mir die alte Auseinandersetzung aufzwingen, dachte sie. Aber ich werde mich nicht einfangen lassen. Heute abend nicht.

«Wie konnte der Pastor denn von *dem* Bruder wissen?» fragte Caren, die auf einem anderen Sofa lehnte.

Helen ahnte, daß die gelangweilte Frage die freundliche Gemeinsamkeit dieses Abends endgültig beendete. Caren sagte fast nie etwas. Warum öffnete sie ausgerechnet jetzt ihren indifferent lächelnden Mund? Rosa gab ein kehliges Stöhnen von sich, das Helen gut kannte.

«Wie konnte der Pastor denn von ihm wissen?» Rosa wiederholte höhnisch Carens Frage. «Wie konnte man diesem ungebackenen Brötchen von Vikar überhaupt etwas über Vater erzählen, Mutter? War es nicht der Mühe wert, Vater den letzten Gefallen zu tun und unseren alten Pastor heranzuholen?»

Schon war es so, wie Helen es hatte kommen sehen. Sie selbst schwieg, wie immer, wenn Rosa unverschämt wurde, und die Bemerkungen der Brüder ließen nicht lange auf sich warten.

Georg lehnte schon mit dem Rücken am Fenster, verschränkte die Arme und erwiderte in geübtem Spott: «Natürlich hätte unsere Rosa den Pastor herangeholt. Von wo auch immer. Joachim Saalbergs Tochter erledigt das mühelos, einen Pastor aus den Ferien zu zitieren.»

Paul zog sein Jackett aus und warf es unwirsch über die Lehne eines freien Stuhls. «Du hättest alles besser gemacht, Rosa», sagte er. «Nur du hast Vater wirklich verstanden, das wissen wir ja. Du hättest dem armen ungeübten Pastor auch gleich noch die Predigt geschrieben, oder? Der Bibeltext am Schluß hat mich überrascht», er versuchte abzulenken. «Merkwürdig, daß Vater sich diesen Text ausgesucht hat.»

«Ja. Das stimmt», sagte Georg.

«Ihr glaubt doch wohl selbst nicht, daß Vater sich so einen Text ausgesucht hat!» Rosas Stimme war verletzend scharf. «Irgend jemand hat sich hier keine Mühe gegeben, seine Schrift richtig zu entziffern. Ganz sicher hatte er einen anderen Text gemeint.»

«Das geht jetzt ein wenig zu weit, Rosa. Meinst du nicht?» fragte Helen leise. Vor verletzenden Bemerkungen dieser Art war sie früher täglich auf der Hut gewesen. Immer waren sie Rosas verzehrender Eifersucht entsprungen, von der Helen sie nie hatte befreien können.

«Bist du heute noch ein bißchen gemeiner als sonst, oder irren wir uns da?» bemerkte Georg und ruckte an seinem schwarzen Schlipsknoten. «Warum warst du denn nicht hier? Offensichtlich hättest du dich doch nützlich machen können.»

«Um meine Hilfe wurde nie gebeten. Außerdem arbeite ich. Es gibt neben dir auch noch andere Menschen, die arbeiten, Georg.»

«Rosa hatte eine wichtige Verhandlung. Außerdem lag Rudolf nach einem Kletterunfall im Krankenhaus», erklärte Wolf Farnheimer mit ruhiger Stimme. Er saß in einem tiefen Sessel neben Rosas Sofa.

«Du mußt mich hier nicht entschuldigen», wies Rosa ihn zurecht.

«Das kann doch nicht sein», seufzte Paul. «Am Abend nach der Beerdigung soll es hier so sein wie früher nach jedem Mittagessen? Warum hat dich nur keiner rechtzeitig verprügelt?»

«Ihr hättet es nicht gewagt, wenn du darauf anspielst, daß ich Vaters Liebling war.»

«Du weißt genau, daß nur Mutter für ihn wichtig war», sagte Georg. Er hatte den anderen wieder den Rücken zugekehrt und sah hinaus in den Garten. «Wir waren da, also waren wir eine Aufgabe für ihn, die gut erledigt sein wollte. Mehr waren wir nicht. Du auch nicht, Rosa.»

«Ich weiß es besser!»

Es ist wirklich wie früher, dachte Helen, Rosa verteidigt ihre Sonderstellung! Nur sie hatte Liebe und Zuwendung von Joachim erfahren, nur sie, das mußte sie sich, der Mutter und den Brüdern ständig beweisen. Warum mußte Georg heute abend so über seinen Vater sprechen? Jetzt ging Helen der Zank zu weit. Rosa hatte angefangen, trotzdem war es nicht der Moment, sie zu quälen.

Wieviel einfacher wäre es für die Kinder gewesen, Joachim zu verstehen, wenn sie gewußt hätten, was für immer verschwiegen werden sollte?

Wenn ich jetzt anfinge, Rosa zu entschuldigen, weil ich sie verstehe, oder wenn ich Georgs Vorstellung von Joachim widerspräche, würde alles wieder in einem erbarmungslosen Wortgefecht zwischen Rosa und Georg enden. Als Kinder, noch als Halbwüchsige, hatten sie sich zum Schluß geprügelt. Rosa hatte gebissen und gekratzt.

«Zum Glück ist Rudolf nichts Schlimmes passiert.» Caren machte eine ihrer freundlichen Bemerkungen, die zu unverfänglichen Themen überleiten sollten, aber ungewollt zur Spannung beitrugen. Helen mußte insgeheim lächeln.

«Du weißt doch nichts von dem Unfall», wies Rosa sie auch schon scharf zurecht. «Misch dich nicht ein. Du hast keine Ahnung.»

«Natürlich weiß sie nichts», verteidigte Paul seine Schwägerin, die er ebenso schön wie langweilig fand, aber wegen ihrer Unbeirrbarkeit schätzte. «Aber schlimm kann es kaum gewesen sein. Rudolf springt doch ganz munter in der Gegend herum.»

«Der Junge ist zu wild, Rosa. Das habe ich heute öfter gedacht.» Georg hieb ungerührt in die Kerbe. «Rudolf saß ganz oben in den Bäumen, oder? Schließlich war Beerdigung und kein Kinderfest. Entschuldige, Wolf. Michi ist nicht viel besser, davon ganz abgesehen.»

«Georg, es ist dieses Direkte, das ich so an dir liebe.» Paul schenkte sich Weißwein ein.

Es hat sich nichts geändert, dachte Helen. Wenn Rosa da ist, kommt nicht einmal ein Hauch von Ruhe oder Gemeinsamkeit auf. Sie verwandelt das Haus in ein Raubtiergehege, und zur Entspannung fallen alle übereinander her.

Das Telefon klingelte im Nebenzimmer. Es war Carolin für Paul, der sich das Gespräch in den ersten Stock umstellte und verschwand.

«Schade. Nun sehen wir ihn eine Stunde lang nicht wieder», bemerkte Georg.

«Aber in der Stunde wollen wir bitte nicht über Paul und Carolin sprechen», wandte Helen ein.

«Schade. Ist ein Lieblingsthema von mir.»

«Eben.»

«Gut, daß sie heute nicht gekommen ist.» Georg konnte die Bemerkung nicht lassen.

«Vater mochte sie nicht, also hätte ich sie gar nicht in die Kirche gelassen», sagte Rosa.

«Wir wollen fair bleiben», entgegnete Georg. «Vater wollte nicht, daß Paul Carolin heiratet, aber er fand sie sehr attraktiv.»

«Sie ist eine Sexmaschine», stellte Rosa bissig fest.

«Wir wollten in Pauls Abwesenheit nicht über Carolin reden. War das nicht so?» In Helens Stimme schwang ein unerbittlicher Ton mit, den Georg und Rosa von früher kannten und dem sie sich immer gebeugt hatten.

«Wo sind eigentlich die Kinder?» fragte Georg einlenkend.

«Arndt hat mit den Kleinen eine Riesentüte von McDonald's geholt, und jetzt essen sie alle bei Gisela in der Küche.» Wolf Farnheimers tiefe Stimme klang belustigt.

«Ich weiß gar nicht, was daran komisch ist? Ausgerechnet McDonald's! Schließlich war heute Beerdigung.»

«Dahinter steckt bestimmt Michi», bemerkte Caren, und

Helen hörte in der Stimme ihr mißbilligendes Lächeln. «Wenn er meint, sich trösten zu müssen, bekommt er Hunger und will zu McDonald's.»

«Und warum muß er sich heute trösten, bitte schön?»

«Er hat sehr an Großvater gehangen», wandte Helen ein. «Er hat heute auf seine Jeans verzichtet. Zum erstenmal nach drei Jahren.»

«Und das muß durch dieses elend riechende McDonald's-Essen noch gewürdigt werden. Es ist wirklich ärgerlich, daß meinen Jungen solche Dinge vorgemacht werden. Außerdem ist es typisch für dich, Mutter, daß du diesen undisziplinierten, unbeherrschten Jungen unterstützt und ihm erlaubst, an einem solchen Tag zu McDonald's zu fahren.»

«Die Kinder haben gar nicht gefragt, falls das interessiert. Ich weiß nur, Georg, daß man mit Michi über einer McDonald's-Tüte im Drive-In reden kann. Selbst dann, wenn er gerade eine Sechs in Englisch geschrieben hat.»

«Mit mir ist niemand essen gegangen, wenn ich schlechte Noten hatte.»

«Du Musterknabe hast doch keine Fünfen oder Sechsen geschrieben!» Rosa zündete sich eine Zigarette an, und für Sekunden sah man ihren mohnrot geschminkten Mund mit den feinen Kerben und den nach unten gezogenen Mundwinkeln.

«Natürlich nicht. Es ist auch unwichtig, welche Noten es waren. Ich war enttäuscht, meinetwegen über eine Drei, und mit mir ist niemand in eine Bratwurstbude gegangen. Das ist der Punkt.»

«Und was findest du nun richtig?» fragte Wolf.

«Ach, ich weiß es nicht. Leistung zu bringen war für mich selbstverständlich, weil Vater das forderte. Arndt hat von mir nichts anderes zu hören bekommen, und es hat gewirkt. Aber bei Michi greift es anscheinend nicht.»

«Michi muß anders behandelt werden als du oder Arndt oder Paul. Das weißt du auch», warf Helen ein.

«Eine schöne Rechtfertigung dafür, daß man bei allen alles falsch gemacht hat.» Rosa öffnete den Mund nur spaltbreit für ihren verächtlichen Kommentar.

«Du bist eine Furie, Rosa», lachte Georg. «Weißt du noch, wie Paul prophezeit hat, daß du dich irgendwann in eine Schwefelwolke verwandeln wirst?» Sein Lachen klang unfroh.

«Ausgemacht komisch!» flüsterte Rosa vor sich hin.

Georg sah auf die Uhr. «Ich muß noch zwei Mappen durcharbeiten. Caren! Kommst du? Ist jemand böse, wenn wir schon fahren?»

«Ich wüßte keinen», murmelte Rosa, «aber vergeßt eure schlechterzogenen Jungs nicht.»

Helen blickte durch die weitgeöffnete Terrassentür hinaus. Es war Wind aufgekommen, und die obersten Zweige der Bäume bewegten sich wie Filigrane vor dem hellen Nachthimmel. Joachim ist begraben, und es wird Nacht, dachte sie. Warum können wir nicht ganz einfach einen Moment ruhig zusammen sein? Warum muß Georg sich aufspielen mit dem, was er noch bewältigen muß? Warum muß Rosa sich in eine Wolke von Feindseligkeit hüllen?

Helen erhob sich. Mit Rosa wollte sie nicht allein bleiben.

«Heute nacht soll es endlich regnen», sagte sie nur und war in wenigen, schnellen Schritten auf der Terrasse. «Ich hole noch die Kissen aus dem Garten.»

Alle blickten der schlanken schwarzgekleideten Gestalt nach.

«Wo geht sie hin?» wollte Paul wissen, der gerade in das Zimmer kam.

«Sie entzieht sich wie gewöhnlich», konstatierte Rosa.

«Hast du dein Gift noch nicht verspritzt?» fragte Paul. «Du kannst einem fast leid tun, weißt du das?»

«Rosas Probleme werden wir auch noch lösen», sagte Wolf gelassen. «Auf jeden Fall war eure Mutter heute wunderbar. Außerdem sah sie sehr gut aus.» Dabei griff er nach Rosas Hand.

«Mutter war immer eine Schönheit», stellte Georg fest, «wenn man ihre Mädchenbilder ansieht, verschlägt's einem noch den Atem.»

«Und du hast die gleichen grünen Augen, Rosa, auch wenn du ihr sonst überhaupt nicht ähnlich bist.» Caren schlug während dieser ungerührten Aussage ihre Beine wieder übereinander, alle anderen hielten den Atem an.

«Rosas Augen sind von einem ganz anderen Grün», sagte Wolf Farnheimer leise. «Sie sind wie...»

«Mach lieber Licht, bevor du poetisch wirst. Du sitzt neben einer Lampe.» Georg ging von der Tür zu einem Sessel.

«Das macht man besser am Zentralschalter neben der Flurtür», bemerkte Paul. «Caren, du brauchst nur über deinen Kopf zu greifen.»

«Ich weiß.»

Sechs hohe Tischlampen tauchten den Salon in helles Licht.

«Dieser Raum ist nur im Dunkeln oder mit fünfzig Leuten zu ertragen», stöhnte Paul und verschloß die Augen vor den dunklen Stichen in messingverzierten Mahagonirahmen, vor Lampensockeln aus gelbem Porzellan unter weißen kegelförmigen Lackschirmen, vor Mahagonitischchen, langen Biedermeiersofas mit grau-weiß-gold gestreiften Satinbezügen und rechteckigen, messinggefaßten Glastischen.

«Vater hatte als einziger Geschmack in dieser Familie», entgegnete Rosa.

«Natürlich», murmelte Paul.

«Fangt nicht schon wieder an», Georg trat an den Tisch, neben dem Wolf Farnheimer saß, und verschob gedankenverloren geleerte Gläser und Mokkatassen.

«Ist dir nicht viel zu heiß, Georg?» fragte Wolf. «Du bist der einzige, der noch in vollem Ornat herumläuft.»

«Das wird es sein», bemerkte Paul. «Zieh deine Uniform aus und trink ein Glas Wein, Georg. Das soll beruhigen.»

«Ich wollte ja eigentlich arbeiten, aber anscheinend habe ich doch Durst.» Er nahm ein gefülltes Weinglas von Paul entgegen und setzte sich. «Die Leute haben mich heute ganz verrückt gemacht mit ihrem Geschrei über die verlorene Wahl. Ich habe das jetzt erst richtig begriffen. Zu ärgerlich. Und dann noch diese unerträgliche neue Kombination: SPD und Grüne! Jedenfalls sind alle unruhig geworden.»

«Meinst du, daß sie Grund dazu haben?» fragte Wolf.

«Ach, ich glaube nicht. Aber ich muß erst mal wieder in die Firma nach diesen zehn Tagen Brasilien. Wahrscheinlich hat die CDU den Wahlkampf falsch geführt. Natürlich vertritt sie die Wirtschafts- und Währungseinheit mit der DDR, natürlich ist sie für eine schnelle Wiedervereinigung. Aber warum mußten die den Wählern täglich aufs Butterbrot geben, was das kosten wird. Dazu haben sie die Leute mit diesem altpreußischen Gerede über Pflicht und Opfer vergrault.»

«Weißt du, was der alte Baumgarten heute im Garten herumtrompetete?» fragte Paul. «Von Kindergärten und Schulbüchern mögen diese SPD-Fritzen vielleicht was verstehen, aber das Wort ‹Wirtschaft› können die nicht mal buchstabieren.»

«Kindergärten und Schulkosten sind immens wichtig», Rosa mischte sich so sachlich in das Gespräch ein, als habe sie nie anders mit ihren Brüdern geredet. «Die CDU-Regierung in Niedersachsen hat das Problem der Erziehungskosten unterschätzt. Vereinfacht gesehen konnte die SPD die Wahl gewinnen, weil die CDU einen elementaren Trieb der Leute unterschätzt hat.»

«Und welcher wäre das?» fragte Paul.

«Der dunkle Rafftrieb.» Rosa mußte selbst über ihre beschwörende Stimme und Grimasse lachen, und die anderen lachten mit. So dominierend und von suggestiver Kraft war ihr Temperament immer gewesen. Wo sie lachte, waren alle froh, ja hingerissen von ihrer Originalität, aber ihre bösen Launen lähmten jede Fröhlichkeit.

«Seht euch die Leute doch an», fuhr Rosa immer noch lachend fort. «Sie wollen etwas im Sonderangebot oder umsonst haben. Sie fahren meilenweit, um einen undurchsichtigen Kartoffelsack billiger zu bekommen, sie sind stolz auf eine müde Geranie, die sie in irgendeinem entlegenen Gartenzentrum geschenkt kriegen, und verschweigen sich, daß sie dafür einen halben Tank leergefahren haben. Damit hat die SPD gearbeitet: Schulbücher umsonst – auf Jahre hinaus: umsonst! Deshalb glauben sie, von der SPD mehr zu bekommen, und denken gar nicht daran, wie wenig Einfluß die Politik heute noch auf die Wirtschaft hat.»

Helen beobachtete die Kinder in dem hellerleuchteten Zimmer, als sie über den Rasen auf das Haus zuging. Wenn sie miteinander redeten und sich über längere Zeit zuhörten, wenn keiner erregt aufsprang, hin und her lief oder den Raum verließ, dann ging es immer um ein sachliches Thema, und Rosa war eine engagierte Gesprächspartnerin, die mit Witz und Schärfe analysierte, die eine Diskusion führte und vorantrieb.

Dann war vielleicht der letzte Teil dieses Abends doch noch gerettet. Erleichtert setzte sich Helen in den alten Korbstuhl, in dem sie nicht mehr gesessen hatte seit jener Nacht, in der Joachim gestorben war. Sie lehnte den Kopf zurück und sah einen leuchtenden Stern am Westhimmel. Nach wenigen Sekunden aber mußte sie sich eingestehen, daß es ein Flugzeug war, und lächelte über ihre Enttäuschung. Ein tröstlicher Abendstern hätte ihr in diesem Moment gefallen.

Rosas eifersüchtigen Aggressionen stand sie immer noch hilflos und traurig gegenüber. Diese Ausfälle gegen sie oder die Brüder, die nur den hohen Grad ihrer Verletzlichkeit und eine ursprüngliche Angst widerspiegelten, waren so alt wie Rosa selbst, und Helen war nicht imstande gewesen, die Quelle dieser Angst aufzudecken. Das war ihr bewußt. Keine Lektüre über die psychische Entwicklung von Kindern und Jugendlichen, kein Gespräch mit Kinderärzten hatte geholfen zu erklären, was geschah, wenn von einem Augenblick auf den anderen der Krieg zwischen ihnen ausbrach. Der Begriff «Augenblick» war in diesem Zusammenhang ganz wörtlich zu nehmen. Rosa sah sie für Sekunden mit weitaufgerissenen meergrünen Augen an, entsetzt und starr, wie in Trance. Als Baby und kleines Mädchen hatte sie sich anschließend apathisch und abwehrend verhalten, während der Pubertät bis hinein in ihre Studentenzeit waren feindselige Ausbrüche gefolgt, die manchmal alle natürlichen Bande zwischen ihnen zu zerreißen drohten.

Gegen Joachims ausdrücklichen Wunsch hatte sie sich in der Sprechstunde eines Psychologen angemeldet, als Rosa fünfzehn war. Joachim hielt Psychologen und Psychiater für Scharlatane, für Versager, die ihre Nase in fremder Leute Angelegenheiten steckten, weil sie mit ihren eigenen Problemen nicht fertig wurden.

Trotzdem wollte Helen im Herbst 1959 einen Psychologen aufsuchen.

Nach einem Termin bei Joachims Freund und Rechtsanwalt Friedrich Rießt in Herrenhausen hatte sie zusammen mit ihrem Mann im Georgenhof gegessen. Es war ein stürmischer Oktobertag, und aus zerfetzten grauen Wolken regneten gelbe Blätter. Joachim begleitete sie zu ihrem Wagen.

«Geh drei Schritte vor mir her», bat er, «damit ich dich in diesem Kostüm bewundern kann.» Sie drehte sich erst wieder nach ihm um, als sie ihren Wagen erreicht hatte.

«Viele tragen Dior-Kostüme und fahren BMW-Kabrioletts», sagte er stolz, denn er überschüttete sie mit den teuren Symbolen der Nachkriegswirtschaftswunderwelt, «aber nur für dich sind sie entworfen worden.» Eine Hand in der Hosentasche seines grauen Flanellanzugs, kam er lächelnd auf sie zu und sagte: «Wie kann man nur so schön sein?» Sie stand ganz starr vor der glitzernden Bewunderung in seinen hellen Augen. «Was hast du heute nachmittag vor?» fragte er und lehnte elegant an einem der weitgeschwungenen Kotflügel des dunkelblauen Wagens.

Eine Windbö wirbelte unzählige kleine Lindenblätter durch die Luft, und er half mit einer zärtlichen Geste, die Blätter aus ihren Haaren und von dem schwarzweiß karierten Kostüm zu entfernen.

«Was hast du jetzt vor?» fragte er noch einmal, als sie schon im Wagen saß. Es lag in ihrer Macht, diese Stimmung aus Bewunderung und Zärtlichkeit zu halten oder zu zerstören.

«Ich fahre mit Rosa zum Arzt.» Damit hatte sie sich für Zerstörung entschieden.

«Warum? Das Mädchen ist kerngesund.»

«Du willst es nicht wahrhaben, Joachim. Sie zerstört sich mit diesen Anfällen, und den Jungen vergiftet sie die Tage. Mir auch.»

«Unsinn.»

«Für dich nimmt sie sich zusammen, und uns nimmt sie die Luft. Erstens weiß ich nicht mehr weiter, und zweitens will ich ihr helfen. Ich gehe mit ihr zu einem Psychologen.»

«Bist du von allen guten Geistern verlassen?» fragte er scharf und zog mit einem blitzschnellen Handgriff den Schlüssel aus dem Zündschloß. Jede Zärtlichkeit war aus seinem glatten, rosigen Gesicht verschwunden.

«Weißt du, was passiert, wenn ein professioneller Psycho-Schnüffler anfängt, dich auszufragen? Du wirst dich winden und drehen wie in einem Schraubstock, aus dem du dich nicht mehr befreien kannst. Und am Ende wirst du Dinge erzählen, meine Liebe, die wir begraben und vergessen haben und die Rosa nie erfahren darf. Weißt du, wovon ich spreche?»

«Ja.»

«Gut. Der Termin wird abgesagt und nicht erneuert.» Seine Stimme war jetzt scharf. «Rosa ist gesund und wird von mir zu hören bekommen, was nötig ist. Das Ganze bleibt in der Familie. Uns geht es gut. Wir haben keinerlei Schwierigkeiten. Verstanden?»

«Ja.»

«Wie, sagtest du, heißt dieser Doktor?»

«Bebel.»

«Du mußt den Verstand verloren haben. Wir sehen diesen blondlockigen Herrn bei Gesellschaften. Willst du uns zum Stadtgespräch machen, oder hast du dich in ihn verliebt?»

«Warum fragst du mich so etwas Unsinniges?»

«Ich weiß, daß dieser Schafskopf sein Sektglas kaum noch gerade halten kann, wenn er dich sieht.» Joachims helle Augen traten hervor, sein Gesicht wirkte nackt in eifersüchtigem Zorn.

«Hast du es noch nicht begriffen, Joachim?» Jetzt wollte sie ihm weh tun. «Ich habe mich einmal in meinem Leben verliebt, und ein zweites Mal wird es nicht geben.»

Er zog den Kopf zurück, als wäre er geschlagen worden, und ging, ohne ihr den Autoschlüssel wiederzugeben.

Sie war durch die Alleen der Herrenhäuser Gärten gelaufen, durch Wolken wirbelnder Lindenblätter, vorbei an welken Rosen, vergoldeten Götterstatuen und marmornen Welfenfürsten, die von ihren Podesten herablächelten.

Die Beziehung zwischen Joachim und ihr lag vor ihr wie ein Haufen Scherben von Eitelkeit, Eifersucht und Stolz, von Zuneigung und Ablehnung. Die Scherben hatten nie zusammengehört, hatten nur kunstvoll zusammengekittet ein Gefäß gebildet, das vollends zerbrochen war seit der Nacht, in der Joachim gegen ihren Willen zu ihr gekommen war. Neun Monate später war Paul geboren worden, den sie monatelang der Kinderschwester überlassen hatte.

Schon Jahre vor seiner Geburt hatten Zorn und Unzufriedenheit ihr Denken und Fühlen beherrscht. Ihr Bedürfnis nach Liebe, nach Zärtlichkeit und Vertrauen hatte sie unterdrückt, Joachims Gegenwart konnte sie nicht ertragen, und sie war zu stolz gewesen, dem Begehren anderer nachzugeben. Manchmal dachte sie, erschrocken über sich selbst, daß ihre Ablehnung anderen Männern gegenüber weniger mit moralischen als mit ästhetischen Kriterien zu tun habe, dann überlegte sie, ob nicht die Vollkommenheit ihrer ersten Liebe sie noch immer beherrsche.

Jahre vor Pauls Geburt hatte sie begonnen, karitativ zu arbeiten, ein probates Mittel gegen Unzufriedenheit jeglicher Art, wie sie sich manchmal selbstironisch eingestand. Aber Joachim hätte um nichts in der Welt geduldet, daß seine Frau von irgend jemandem für irgend etwas bezahlt würde.

An diesem Nachmittag in Herrenhausen hatte sie sich daran erinnert, was sie alles noch erledigen mußte, und war mit einem Taxi nach Hause gefahren.

Abends hatte Joachim sie wortlos um Verzeihung gebeten. In einem kleinen Lederkästchen fand sie einen Diamantring neben ihrem Teller, den sie nur an diesem Abend trug, wie alle Ringe, die er ihr schenkte. Kein Schmuckstück hatte jemals den Smaragdring an ihrer linken Hand ersetzt, einen Rhombus, in Platin gefaßt, unter dem sie nur ihren schlichten Ehering trug.

Längst war Helen aus ihrem Sessel aufgestanden, als hätten Geister sie vertrieben. Sie ging nicht zurück in das große Zimmer, sondern betrat das Haus leise durch den Küchenflur, wo sie durch die halbgeöffnete Tür ihre Enkel sah und hörte.

Auf dem runden Küchentisch stapelten sich leere Styroporbehälter. Der vierundzwanzigjährige Arndt, der sechzehnjährige Wolfgang beobachteten Rudolf wie angestrengte Väter, die nach zehn Minuten Spiel die Lust an Kindern und

Erziehung verloren haben. Rudolf, mit dreizehn Jahren der Jüngste, war aufgestanden und versuchte, einen Turm aus acht großen leergetrunkenen Colabechern zu bauen. Arndt rauchte, wirkte schmal, elegant und korrekt in seinem Cut. Wie sein Vater. Michi, der hagere Lockenkopf mit den sehnsüchtigen Augen, saß auf einem Arbeitstisch unter dem Fenster und schrieb etwas auf Giselas Küchenblock.

«Das kracht gleich wieder zusammen», prophezeite Wolfgang abgeklärt. «Mehr als fünf aufeinander hast du noch nie geschafft, Rudolf.» Quadratisch und ruhig wirkte dieser Junge, dachte Helen. Als wäre er bereit für jede Aufgabe. Dabei ist er fast zwei Jahre jünger als Michi.

«Als Waldorfschüler dürftest du Colabecher gar nicht berühren, Rudolf», lästerte Michi jetzt. «Du wirst rote Flecken an den Händen bekommen und in ewige Verdammnis gestürzt.»

«Mir kann es nicht schaden, wenn ich meinen selbstgepflückten Blütentee in der Tonschale heute vermissen muß, denn in mir schlummern die wahren, bildenden Kräfte des Menschseins, von denen ihr keine Ahnung habt», entgegnete der Dreizehnjährige mit feierlicher Stimme über seinem Pappbecherturm. «Nur wer die Tiefe der allgestaltenden Erde erfahren hat, kann solch ein Meisterwerk vollbringen. Jetzt sind es schon sechs, Wolfgang, du Kleingeist.» Die anderen schauten ihm zu, eine Mischung aus Amüsiertheit, Stolz und Bewunderung im Blick.

Alles an diesem Jungen ist beeindruckend, dachte Helen. Sein Haar, seine Augen, sein Wesen, seine freche Intelligenz. Warum kann Rosa mit Wolf und diesen wundervollen, selbständigen Jungen nicht glücklich sein?

«O Mann, Mann, o Mann! Was ihr auch alles lernt», stöhnte Gisela Matthes, die immer noch Mokkatassen abtrocknete. «Dich hab ich aber noch nie so reden hören, Wolfgang.»

«Mich hat der Geist der Rede nicht so ergriffen wie Rudolf.»

«Erzähl doch mal die Geschichte von euren Namen», forderte Gisela Wolfgang auf. Helen mußte lächeln und ging in die Halle. Sie kannte Giselas Leidenschaft für Geschichten, die sie schon zehnmal gehört hatte.

«Erzähl doch», bohrte Gisela und sah kurz in den Küchenflur, weil sie die Tür gehört hatte. «Die Namen ham doch was mit eurer Schule zu tun – oder nich?»

«Stimmt das, Wolfgang?» fragte Arndt.

«Da ist was dran.»

«Witzig.»

«Na, wie war es denn nu?» fragte Gisela ganz ungeduldig und stapelte die kostbaren Mokkatassen auf ein hochkantiges Mahagonitablett.

Wolfgang ließ sich herbei, die Geschichte von dem reichen, unverheirateten Onkel Bernhard zu erzählen, der Anthroposoph war, durch und durch, der nur Werke von Rudolf Steiner las und von Goethe, natürlich, und der nur Gemüse aß, das bei Vollmond vor Mitternacht gepflanzt worden war. Eigentlich hatte er sein Vermögen einem biologisch-dynamischen Bauernhof vermachen wollen, aber seinen Entschluß nach einer schmerzlichen Erfahrung ruckartig ändern müssen: Unangemeldet eingetroffen, hatte er den Bauern überrascht, wie der voller Gemütsruhe Schneckenkorn in den Salatbeeten verstreute. Am nächsten Morgen hatte der Onkel sein Testament geändert und Haus, Grundstücke und Vermögen seinem Großneffen Wolf Farnheimer überschrieben. Allerdings mit zwei Auflagen: Erstens mußte der Bevorzugte schwören, daß er nur eine Praxis auf der Basis von Naturheilkunde in seinem Haus einrichten würde. Zweitens mußte er versprechen, seine Söhne, wenn er welche bekommen sollte, Rudolf und Johann Wolfgang zu nennen und sie im schulpflichtigen Alter nur auf Freien Waldorfschulen erziehen zu lassen.

«Aber euer Vater führt gar keine solche Praxis», warf Arndt ein.

«Er ist Chirurg und arbeitet in einer Klinik», belehrte ihn Wolfgang. «Das tat er auch damals schon. Man kann schließlich nicht homöopathisch operieren.»

«Messer bleibt Messer», flüsterte Michi.

Rudolf stellte sich auf einen Stuhl, um den achten Becher exakt auf dem Turm zu plazieren.

«O Mann, o Mann, wenn das man gutgeht», stöhnte Gisela Matthes.

«Du bist schon viel zu schwer, um auf dem Klappstuhl zu stehen, Rudolf», bemerkte Arndt. «Es knackt ganz gefährlich.»

«Diese Plastikteile von Ikea kann man auch gleich auf den Müll werfen», murmelte Michi.

«Wo ist überhaupt die alte Holzbank, Gisela?» fragte Wolfgang.

«Ja nun. Ich durfte ja alles neu haben. Und die alte Bank paßte nicht so zum Mahagoni. Da hat Arndt die Stühle mit mir bei Ikea gekauft. Der Chef fand sie auch schön.»

«Ich steh dazu, Gisela», sagte Arndt und zündete sich eine neue Zigarette an.

«Jetzt weiß ich, warum mein Turm nichts werden kann», flüsterte Rudolf beschwörend. «Die treibenden Kräfte des Holzes fehlen mir...»

«Jetzt bemüht einmal euren Geist und spielt mein neues Spiel mit», unterbrach Michi ihn.

«O nein», stöhnte Wolfgang und vergrub die Hände in seinen Haaren. «Nicht schon wieder.»

«Ach, geh doch weg und lies ein schlaues Buch, du Spielverderber.»

«Ich hasse Spiele.»

«Dies ist aber echt schlau.»

«Um was geht's denn?» fragte Arndt.

«Mist, verdammter Mist», schrie Rudolf, und alle sahen zu, wie der Turm zusammenstürzte.

«Einmal versuch ich's noch.»

«Also, ich fange mal mit dir an, Arndt! Schließlich habe ich dir die Regeln schon auf dem Friedhof erklärt.» Michi ließ sich nicht beirren. «Also: Du denkst an eine ganz bestimmte Person oder ein Ding oder an etwas Abstraktes. Wir wissen von nichts. Ich stelle dir fünf Zugehörigkeitsfragen, die du nur mit einem Begriff beantworten darfst. Zum Beispiel: Welches Auto paßt am besten zu der Person oder dem Ding? Du antwortest: Golf. Dann schreibe ich mir den Anfangsbuchstaben, in diesem Fall das ‹G›, auf und immer so weiter. Wenn fünf Fragen beantwortet sind, müssen wir erraten, was du meinst, und versuchen, aus den fünf Buchstaben einen Namen für die Person, das Ding oder das Abstraktum zu bilden. Wer zuerst einen sinnvollen Namen entwickelt hat, bekommt einen Punkt.»

«Also, schieß los. Ich habe mir schon was ausgedacht... Oh! Hallo, Papi! Hallo, Großmutter», er wandte sich Georg und Helen zu, die in der Tür standen. Sie waren sich in der Halle begegnet, hatten kurz über Rosa gesprochen und sich darüber verständigt, sie so zu behandeln, als habe sie nichts von dem gesagt, was sie gesagt hatte, weil das immer das beste gewesen war. Dann hatten sie beschlossen, zu Gisela und den Kindern in die Küche zu gehen.

«Wir wollten Gisela sagen, wie wunderbar sie alles organisiert hat, und endlich einen Sekt mit ihr trinken.»

«Oh, vielen Dank, Frau Saalberg. Herr Doktor!» Giselas Stimme klang ein bißchen aufgeregt, denn sie schwärmte für Georg und für akademische Titel. «Ehre, wem Ehre gebührt», sagte sie immer.

«Hier riecht es ja ganz besonders gut», bemerkte Georg mit Blick auf den Tisch. «Mußte das heute sein, Arndt?»

«Ach, bitte, Papi, laß das doch! Entschuldigung, Großmutter. Michi eröffnet gerade ein hochintelligentes Spiel.»

«Ich finde es unerhört, Michi, daß du an einem solchen Tag Essen von McDonald's zu benötigen meinst. Du sitzt außerdem auf dem Tisch.»

«Oh, Mann», stöhnte Michi und blieb sitzen.

«Die Hamburger sind meine Schuld», sagte Rudolf. «Ich habe so lange genervt, bis Arndt gefahren ist, Onkel Georg. Bei uns gibt es so was nie.»

«Ich würde es zu gerne glauben.»

«Nun erst mal prost, Herr Doktor! Frau Saalberg, prost!»

«Also gut. Prost, Gisela.»

«Dürfen wir weitermachen, Papi?» fragte Michi schwankend zwischen Ungeduld und Resignation.

«Laßt euch nicht aufhalten.»

«Also: An welches Auto denkst du?»

«Range-Rover.»

«Was für ein Stein?»

«Smaragd.»

«Welcher Baum fällt dir ein?»

«Ahorn.»

«Welches Sternzeichen?»

«Skorpion.»

«Und welche Tageszeit?»

«Abends.»

«Puh!» ließ Michi verlauten.

Danach sagte keiner etwas.

«Fünf Fragen sind gestellt, und was passiert jetzt?» fragte Georg ungeduldig.

«Jetzt müßt ihr aus den Buchstaben R, S, A, S und A einen Namen bilden.»

«Rassa, Sasra...»

«Das ist doch idiotisch, Michi. Das gibt nichts.»

«Ich sag es euch.» Rudolf schaltete sich ein. «Wir haben gerade Arndts neue Freundin geraten, und sie heißt, wenn es nach Michi geht, Asra, stimmt's?»

«Natürlich nicht. Sie heißt Charly und kommt morgen zum Tee.»

«Weiß die Arme schon davon?» murmelte Michi.

«Weiß ich schon davon, Arndt?» ergänzte Helen die Frage.

«Darf sie kommen, wenn sie kommt, Großmutter?»

«Um fünf Uhr gibt es Tee. Daran hat sich nichts geändert.»

«Also, Michi: Geldwette, daß sie morgen zum Tee kommt?»

«Ich brauch gerade 30 Mark.»

«Abgemacht.»

«Würdest du sie heiraten, Arndt?» fragte Rudolf.

«Sofort.»

«Wen wirst du heiraten, Arndt?»

«Wer kommt morgen zum Tee?»

Die Fragen überstürzten sich, und Helen ging lachend hinaus.

DRITTES KAPITEL

Die Nacht brachte keinen Regen, und der Morgen würde keinen Tau bringen. Um zwei Uhr sah Helen zum wiederholtenmal auf die Uhr.

Es hat keinen Sinn, die Augen zu schließen, dachte sie. Ich habe Halluzinationen, obwohl ich wie eine Tote schlafen möchte. Erinnerungen hetzten sie durch fiebrige, kurze Träume. Sie hörte Paul weinen und suchte ihn; er war fünf Jahre, und sie fand ihn schluchzend in seinem Spielschrank, wo er sich vor Rosas Geschrei versteckt hatte. Sie stand vor einer dunklen Wand, die sich auf sie zu bewegte, konnte sich nicht rühren und nicht schreien. Aufgewacht fühlte sie keine Erleichterung, hörte Joachims hartes Lachen und die dunkle Stimme des Pastors den Bibelvers vorlesen.

Sie stand auf und trat an das geöffnete Fenster. Ein Vogelschrei zerriß die Stille der warmen Nacht. Die fette Tigerkatze vom Nachbargrundstück hatte wieder ein Opfer gefunden.

Ich muß Gisela davon abhalten, dieser Bestie auch noch Milch hinzustellen, dachte Helen. Gleichzeitig wußte sie, daß ihre Vorhaltungen nichts nützen würden; denn Gisela Matthes hatte die Fähigkeit, in einem Atemzug sowohl Opfer wie Täter zu bedauern.

Helen zog sich einen weißen Frotteemantel über und ging hinunter in die Küche, ein Glas Wasser zu trinken und ihr Magenpulver zu nehmen. Vielleicht belastete auch die Vinaigrette, die es zu den kalten Artischocken gegeben hatte, ihren Magen. Gisela hatte sicher wieder zuviel Olivenöl hineingegeben. Diese natürliche Erklärung wäre ihr die liebste gewesen, aber sie wußte, daß sie so einfach nicht davonkommen würde.

In der Küche schaltete sie die Hängelampe über dem Tisch ein. Die alte Küchenuhr über der Tür tickte laut in der nächtlichen Stille. Helen holte eine Flasche Wasser aus der Vorratskammer. Sie konnte an nichts anderes denken als an den Paulustext, an Joachims unverständliche Hingabe an höhere Gewalt und die widerstandslose Annahme von göttlicher Strafe. Dabei war er nicht besonders christlich gewesen und demütig schon gar nicht.

«Denn wir müssen alle offenbar werden vor dem Richtstuhl Christi, auf daß ein jeglicher empfange, nachdem er gehandelt hat bei Leibesleben, es sei gut oder böse.»

Die Worte wollten nicht zu ihm passen und ließen sich deshalb nicht beiseite schieben. Es war ihr, als hätte er noch einen Angelhaken weit hinausgeworfen, und sie müßte nun zusehen, was daran an die Oberfläche gezogen würde.

Jetzt aber wollte sie schlafen. Ihr Magenpulver, das Gisela aus der Apotheke mitbringen sollte, war nicht am gewohnten Platz. Sie suchte es erst im Einkaufskorb, dann in dem kleinen Regal über dem Telefon, konnte aber die schmale Pappschachtel nicht finden. Statt dessen hielt sie ein großes, weißes Kuvert in der Hand, das sich schwer und hart anfühlte. Sie hielt den Brief in der linken, angewinkelten Hand, fuhr mit der rechten wie beiläufig durch die Haare und fand in der Zeit den richtigen Abstand, um die Anschrift auch ohne Brille lesen zu können. Der Brief war an sie adressiert, mit Schreibmaschine geschrieben und unfrankiert.

Während sie das Kuvert studierte, hörte sie Schritte. Ihr Schwiegersohn Wolf Farnheimer kam durch die offene Tür.

«Kannst du auch nicht schlafen?» fragte er und ging zum Kühlschrank. «Es ist entsetzlich heiß, oder?»

«Ja», sagte Helen und legte das Briefkuvert auf den Tisch.

«Ich suche mein Magenpulver. Gisela hat es wohl an einen anderen Platz gestellt. Schläft Rosa?»

«Rosa kann immer schlafen.» Wolf schenkte sich ein großes Glas Milch ein und zog eine Schachtel Aspirin aus der Tasche seines Morgenmantels. «Vielen Dank für diesen Mantel, Helen. Du hast ihn mir zum Geburtstag geschenkt.»

«Sehr hübsch.» Helen betrachtete das geometrische Krawattenmuster des roten Seidenmantels. «Das hat Rosa sehr gut ausgesucht.»

«Klammern wir den heutigen Tag einmal aus, macht sie alles sehr gut.»

«Dazu gehören immer zwei.»

«Wie meinst du das?»

«Ganz einfach. Einer muß dasein, der überzeugt davon ist, daß alles gut gemacht wird, und ein anderer, der die Fähigkeiten und den Willen hat, es gut zu machen; außerdem das Bedürfnis, den anderen nicht zu enttäuschen. So ist es bei euch, nicht wahr?»

«Zwischen dir und Joachim war es nicht so?»

«Nur an der Oberfläche. Joachim war überzeugt davon, daß nichts so perfekt erledigt werden konnte, wie er es hätte machen können. Er wartete förmlich darauf, etwas Unvollkommenes zu finden. Die Bestätigung war dann wie ein Elixier für ihn.»

«Aber er hat dich doch nur bewundert und verherrlicht.»

«Das war Routine.»

«Helen!»

«Aber ja», sagte sie, setzte sich auch an den Tisch, öffnete eine Flasche Mineralwasser, füllte ihr Glas bis zur Hälfte und riß die kleine Pappschachtel mit dem Magenpulver auf, die sie doch noch zwischen den Teedosen gefunden hatte. «Joachim hatte festgefügte Vorstellungen davon, wie man sich als Ehepaar, als Familie zu präsentieren hat. Glücklich und fabelhaft mußte alles sein. Das tägliche Leben war bis auf die Sekunde durchgeplant. Firma und Familie mußten wie ein Uhrwerk laufen. Wenn etwas schiefging, wurde sofort ein Schuldiger gesucht, gefunden und auf die Knie gezwungen. Natürlich hinter verschlossenen Türen. Georg hat er unterdrückt, aber der ist ihm zu ähnlich. Er hat sich gewehrt, ist hart geworden und verehrte seinen Vater wegen seiner Leistung und seiner Kompetenz. Furchtbar war es mit Paul, der hat gelitten und sich entzogen. Georgs erste Ehe...»

Helen hörte abrupt auf zu sprechen, als hätte sie sich selbst abgeschaltet.

Es war, als halte der Raum die Luft an, nicht nur Wolf Farnheimer, der inzwischen leicht nach vorn gebeugt am Tisch saß. Die grauen Haare fielen ihm in die breite Stirn, seine Arme lagen bis zum Ellbogen auf dem Tisch, seine kräftigen Hände waren zusammengelegt, die Fingerspitzen stießen leicht gewinkelt gegeneinander, sein Blick war unverwandt auf Helen gerichtet. Ohne es zu merken, saß er ihr genauso gegenüber wie seinen Patienten im Sprechzimmer.

Ich muß von Sinnen sein, dachte Helen. Warum fange ich jetzt an, über Joachim zu sprechen? Es wird mir auch nicht helfen. Ich habe nie über ihn gesprochen.

«Du mußt nicht vor dir selbst erschrecken. Ich weiß doch genau, daß Rosa deinem Mann zuviel Bedeutung beigemessen hat. Ich bin nie schlau daraus geworden. Aber es hat irgend etwas mit dir zu tun und steht heute noch zwischen dir und Rosa. Nur was? Das frage ich mich schon lange.»

Helen hörte die dunkle Stimme ihres Schwiegersohnes, blickte aber nicht hoch, sondern bemühte sich mit ruhigen Händen, eine kleine Tüte aufzureißen und den Inhalt in das Wasserglas zu schütten, das sie vor sich auf den Tisch gestellt hatte. Das weiße, feine Pulver bildete wolkige Spiralen, das Wasser schäumte kurz auf, dann senkte sich das Pulver langsam auf den Boden des Glases.

«Warum war sein Verhältnis zu Rosa so anders als das zu

allen anderen?» fragte Wolf beharrlich weiter. «Joachim hat sie vergöttert, mit Geschenken überschüttet. War das auch Routine?»

«Nein. Sie war sein erklärter Liebling. Von Anfang an.»

Während Helen sprach, griff sie, um von Joachim abzulenken, nach dem weißen Briefkuvert, das mitten auf dem Tisch lag. Vielleicht würde sie Wolf einmal erzählen, was er wissen wollte. Aber nicht jetzt. Später einmal. Sie müßte besser darauf vorbereitet sein.

«Diese Einladungen werden immer aufwendiger», sagte sie und wich dem Blick ihres Schwiegersohnes aus. «Die Kuverts werden immer größer, die Karten immer dicker. Warum können die Leute nicht einen normalen Brief mit der Post schicken. ‹An Frau Helen Saalberg, persönlich. Durch Boten.› Wenn das nicht überspannt ist.» Ihre Stimme klang beiläufig, sie blickte kurz auf, als wolle sie feststellen, ob er mit ihren belanglosen Bemerkungen zufrieden wäre.

Wolf hatte sich zurückgelehnt.

Um das leichte Zittern der Hände zu verbergen, schob sie ihren schmalen Zeigefinger hinter eine lose Klebestelle des Kuverts. «Gisela wird in der Aufregung der letzten Tage vergessen haben, mir den Brief zu geben. Sie ist sonst so zuverlässig.» Dann riß sie das Kuvert auf, zerrte eine steife, weiße Doppelkarte hinaus, klappte sie auf und ließ sie nach wenigen Sekunden aus den Händen fallen.

«Nein», flüsterte sie kaum hörbar. «Das kann nicht sein.»

Mit beiden Händen umklammerte sie ihr schmales Gesicht und sagte mit geschlossenen Augen: «Lies es, bitte.»

Wolf Farnheimer griff nach der steifen Briefkarte, erkannte die steile Handschrift seines Schwiegervaters und legte die Karte nach kurzer Zeit langsam auf den Tisch zurück.

«Oh, mein Gott», sagte er mehr zu sich als zu Helen.

«Lies es bitte laut. Ich will es hören.» Helen hatte die

Augen immer noch geschlossen, die Fingerspitzen gegen die Schläfen gepreßt.

«Meine geliebte Helen», über der dunklen Stimme ihres Schwiegersohnes klang ihr die harte, helle Stimme Joachims im Ohr: «Meine geliebte Helen, wenn Du diesen Brief liest, werde ich schon nicht mehr leben. Ich habe versucht, mit Dir zu sprechen. Es ist mir nicht gelungen.

Zwei Dinge muß ich am Tage meiner Beerdigung noch von Dir verlangen:

1. Brich nie Dein einmal gegebenes Versprechen. Rosa würde Dich dafür hassen, und ich könnte den Gedanken nicht ertragen, nachträglich betrogen zu werden. Du hast geschworen zu schweigen.

2. Was auch immer Du in den nächsten Tagen erfahren magst, bewahr die ruhige Haltung, die ich immer so sehr an Dir bewundert habe, und sag Dir, daß ich alles nur getan habe, um Dich nicht zu verlieren. Ich hätte es nicht ertragen.

Joachim.»

Noch während Wolf las, begann Helen am ganzen Körper zu zittern, schweres Herzklopfen machte ihr panische Angst. Sie krümmte sich leicht, drückte die angewinkelten Arme gegen ihren Körper, verdeckte mit beiden Händen ihr Gesicht und preßte es hart, als wolle sie einen Schrei ersticken.

Wolf war längst aufgestanden. Der Text, den er nicht verstand, erschreckte ihn, aber jetzt ging es zuerst um Helen. Ihr Zittern wurde immer heftiger, er versuchte mit ihr zu sprechen, aber sie löste sich nicht aus ihrer verkrampften Stellung. Als Arzt hatte er Zusammenbrüche bei beherrschten und hemmungslosen, bei klugen und bei dummen Menschen erlebt. Schreie und Tränen waren zwar unangenehm, aber am leichtesten zu behandeln. Lautloses Entsetzen konnte er am besten verstehen, aber den Schweigenden war schwerer zu helfen.

Helens Zustand beunruhigte ihn mehr, als er sich eingestehen wollte.

Nur Sekunden stand er neben ihr, dann tat er das, was er oft in solchen Situationen tat. Er goß Wasser in ihr Glas. Bewegung und Worte um etwas Alltägliches waren hilfreicher als betretenes Abwarten.

«Helen, du mußt einen Schluck Wasser trinken. Bitte!» sagte er in möglichst entschiedenem Ton. Er hielt ihr das Glas hin und forderte sie immer wieder auf zu trinken. Endlich lösten sich ihre verkrallten Hände. Oberhalb ihrer Wangenknochen waren dunkelrote Einkerbungen der Fingernägel zu sehen. Wortlos und ohne aufzublicken griff sie nach dem Glas und trank. Mehrere lange Züge. Ihre verkrümmte, starre Haltung löste sich, sie setzte das Glas ab, strich sich das Haar zurück und nahm, ohne auf Wolf Farnheimer zu achten, den Brief ihres Mannes wieder in die Hand.

«Warum hat er es nur geschrieben?»

Wolf rührte sich nicht. Er war unwichtig in dieser Auseinandersetzung, das spürte er.

«Er hätte es nicht tun dürfen», flüsterte Helen.

Sie trank Wasser in großen Zügen. Auf dem Flur war das Geräusch nackter Füße zu hören, und Paul stand in der offenen Tür.

«Was ist denn hier für eine Mitternachtssitzung?» fragte er verschlafen. «Ich brauche Wasser. Im Essen muß irgend etwas gewesen sein. Es liegt mir wie ein Zementsack im Magen.»

Als keiner ihm antwortete, wurde er stutzig, sah Wolf an, der nur den Kopf schüttelte. Dann blickte Paul auf seine Mutter, die, ohne sich ihm zuzuwenden, bewegungslos am Tisch saß, den Kopf in die rechte Hand gestützt.

Es gibt Momente, glückliche oder furchtbare, deren Tragweite man in der gleichen Sekunde begreift, dachte er. Ihr Gewicht ist schwer, und ihre Wucht trifft wie ein Schlag. Nichts, das spürt man, wird danach so sein, wie es vorher war.

Paul hatte einen sicheren Instinkt für die Empfindungen seiner Mutter und war sofort neben ihr, kniete auf dem Fliesenboden, legte seinen Arm um ihre Schulter.

«Was ist?» fragte er ruhig.

Wortlos gab sie ihm den Brief.

«Das kann er doch nicht tun», Paul legte den rätselhaften Brief fort.

«Vater kann dich nicht aus dem Grab heraus regieren.» Er blieb neben seiner Mutter und strich langsam und beruhigend über ihre Schulter.

Helen blieb stumm.

«Kannst du nicht sagen, was du ihm versprochen hast? Willst du das Geheimnis weiter allein mit dir herumtragen?»

«Nein.»

Wolf sah die zwei dicht beieinander im Schein der matten Hängelampe und lehnte sich beruhigt gegen eine Schranktür.

«Wovor hatte Vater Angst? Was steckt dahinter?»

«Ben», antwortete Helen mit ihrer klaren Stimme. «Ben Saalberg, sein jüngster Bruder.»

Helen konnte die Nacht, in der sie Ben begegnet war, nie vergessen. Die Nacht vor dem 22. Juni 1942 – ein Jahr nach «Barbarossa», dem Überfall auf Rußland.

Der Befehl, der Bens Tod bedeuten sollte, war längst erteilt.

Neun Monate vorher, auf einem Offiziersball, hatte sie seinen älteren Bruder, Joachim Saalberg, kennengelernt. Die aufgeregte Oberprima des humanistischen Mädchengymnasiums war zu dem Ball eingeladen, und die Mädchen trugen dunkle Kleider mit weißen Kragen, die sie Monate später zur Abiturprüfung anziehen sollten. Die Soldaten kamen in Uniform. Auf diesem Ball verliebte sich Joachim in Helen, obwohl Äußerlichkeiten – für ihn unwesentlich – dagegen sprachen:

Er war fast einen Kopf kleiner als die Primanerin und fünfzehn Jahre älter. Sein glitzerndes Lächeln faszinierte sie, er tanzte sehr gut, gleichzeitig war sie von seinem anmaßenden Selbstbewußtsein irritiert. Er war ihr ein bißchen unheimlich. Während des ersten Tanzes fragte er sie nach ihrer Familie aus, beim zweiten Tanz erklärte er ihr, daß sie das Mädchen sei, das er schon lange suche: schön und intelligent dazu. Als er sie zum drittenmal aufforderte, es war eine Polonaise, die er anführte, teilte er ihr mit, daß er sie innerhalb des nächsten Jahres heiraten werde. Sie fand das alles unglaublich, teils beängstigend, teils amüsant, und war beeindruckt.

Am darauffolgenden Tag besuchte Joachim ihre Eltern. Sie wohnten weit außerhalb von Hannover, nordwestlich von Herrenhausen. Helens Vater brauchte Ruhe und seinen Garten zum Arbeiten. Er war ein unbedeutender Maler, ein impressionistischer Epigone, wie er selbst sagte. Die Nazis hatten ihm kein Malverbot erteilt, was ihn schwer traf. Er hätte es als Ehre angesehen, denn er verabscheute die neuen Machthaber. Mit seinen Bildern verdiente er nur wenig, und sie lebten vom Geld der Mutter, deren Familie eine Nagel-und-Schrauben-Firma besaß. Joachim hatte später einmal gesagt, die Schraubenbranche sei so krisensicher wie ein Sockel aus Saalberg-Zement.

Nach einer kurzen Besichtigung des Ateliers wollte Joachim sofort drei Bilder kaufen, zu denen Helen Modell gesessen hatte. Ihr Vater aber sagte, die Bilder seien unverkäuflich. Er entwickelte eine spontane Abneigung gegen Joachim und wollte ihm nichts verkaufen. Helen spürte das und blieb in ihrem Verhalten Joachim gegenüber sehr indifferent, was ihn nicht im geringsten zu stören schien.

Er schrieb ihr fast jeden Tag aus Frankreich, wo er damals noch stationiert war. Über Paris und sein Leben dort berichtete er so gut wie nichts, aber durch die Briefe lernte sie seine Familie kennen, erfuhr von seinen zwei älteren Brüdern, den

Finanzgenies und Firmenchefs, von seiner Mutter, die er sehr verehrte, und dem viel jüngeren Bruder, den er charakterlich und politisch als unstet bezeichnete.

In Hannover kannte jeder den Namen Saalberg. Helens Vater äußerte sich nur verächtlich über die Zementfirma und meinte, es sei eine Schande, daß die Familie sich am Krieg bereichere. Ihre Mutter fand diese Äußerungen ungerecht. «Krieg oder Frieden», sagte sie, «Zement wird immer gebraucht, genauso wie Nägel und Schrauben. Da kann man niemandem einen Strick draus drehen.» Sie duldete ihren idealistischen Mann, folgte aber der Moral der Reichen und Mächtigen. Nicht nur aus Loyalität gegenüber ihrer Familie, sondern auch aus der Lust am letzten Wort und aus einer Art verbittertem Pragmatismus heraus. Sie war eine rigide Person mit immer hochgeknöpftem Bubikragen, einem viereckigen Gesicht, in dessen strengen Falten sich Verachtung für jede Form von Lebensuntüchtigkeit verbarg. Natürlich war sie von Joachim, von der Firma und dem Reichtum der Saalbergs beeindruckt, machte gezielte Anspielungen in Helens Gegenwart und hätte eine Verbindung der beiden jungen Menschen lieber heute als morgen gesehen.

Nach dem Abitur, im Frühjahr 1942, wollte Helen Gartenbau und Gartenarchitektur studieren, was damals nicht unbedingt normal, aber der Wunschtraum ihres Vaters war.

Der kannte alle berühmten Gartenarchitekten und Parks aus der Literatur. Seinen eigenen Garten liebte er wie ein Kind, arbeitete ständig darin, und Helen half ihm gerne dabei. Sie führten lange «Gartengespräche», die ihre Mutter nur langweilten.

In Helens Augen war ihr Vater ein zweiter Monet: Maler, Gärtner und Koch in einer Person. Über Politik sprach er nie. Der Krieg, Hitler und die Partei waren für ihn dunkle Mächte, die vor seinem Haus haltmachen mußten.

Zusammen mit Helen machte er lange Spaziergänge in den

Herrenhäuser Gärten, die sie zu Fuß erreichen konnten, und sie versetzten sich in die Künstler, die diese hochherrschaftlichen Gärten planen durften. Manchmal suchten sie sich auch während eines Spaziergangs in der freien Landschaft einen Punkt aus, von dem aus sie einen englischen oder französischen Garten entwarfen.

Solche Gespräche vermißte Helen, wenn sie mit Joachim spazierenging. Natur, Blumen und Gärten interessierten ihn nicht. Er war politisch, historisch und literarisch hoch gebildet und wollte gern über Themen sprechen, in denen sie noch sehr unsicher war. Er machte ihr Komplimente, die sie verwirrten. In seiner Gegenwart war sie wie befangen. Er übte eine merkwürdige Macht auf das junge Mädchen aus.

Ende April 1942 hatte er zwei Wochen Urlaub und kam fast jeden Tag. Helen fühlte sich unwohl, und gleichzeitig war sie fasziniert, wenn er sie ansah. Jedem Gespräch, das sich mit ihrer Beziehung hätte beschäftigen können, wich sie aus. Nach einem langen Gespräch mit ihrem Vater beschloß sie sogar, Joachim zu bitten, sie nicht mehr zu besuchen. Genau an dem Nachmittag, an dem sie mit ihm darüber sprechen wollte, stellte er Helen ganz unvorbereitet seiner Mutter vor.

Er hatte sie in einer schwarzen Limousine, die die Firma auch während des Krieges behalten durfte, abgeholt, um mit ihr im Tiergarten spazierenzugehen. Doch ohne die Einfahrt zum Tiergarten zu beachten und ohne Erklärung, lenkte er den Wagen vor das aprikosenfarben gestrichene Haus in Kirchrode, das hinter hohen Kiefern und frühjahrsweißen Birkenstämmen stand wie ein verirrter italienischer Palast. In das Haus verliebte sie sich auf den ersten Blick.

«Ich wünsche mir, daß Sie meine Mutter kennenlernen», sagte Joachim, als er ihr den Wagenschlag öffnete. Sprachlos folgte sie ihm durch die Halle und die großen Räume, die sie durch ihre Helligkeit und Schlichtheit beeindruckten. Helen spürte den Reichtum, der in dieser kunstvollen Einfachheit lag. Sie roch ihn förmlich in den Stoffen, Teppichen, im Holz der Möbel.

Joachims Mutter fanden sie, in einen verschlissenen Lodenmantel gekleidet, auf der Terrasse. Es war ein sonniger Aprilnachmittag, aber der Wind war eiskalt und verwehte ihre kurzen, grauen Haare. Sie hörte die beiden erst nicht, hustete und nieste, während sie mit geröteten Händen Primeln in das vordere Terrassenbeet pflanzte. Helen schloß daraus, daß Joachim sie nicht angemeldet hatte, und war gleichzeitig erleichtert und verärgert.

Er stellte sie vor und beanstandete sofort, daß seine Mutter mit ihrer schweren Erkältung ohne Kopfbedeckung draußen sei und Arbeiten mache, die andere erledigen könnten. Helen bemerkte den schnellen Blick, der über sie glitt und der Joachim amüsiert musterte. Dann sagte die alte Dame freundlich, aber bestimmt, sie wolle nicht unhöflich sein, aber sie müsse die Arbeit schnell noch fertig machen, Joachim solle mit seinem Besuch nur wieder hineingehen, und der alten Haushälterin, die mit weißer Spitzenschürze in der Terrassentür erschien, rief sie zu, daß der Tee am Kamin mit Rum serviert werden solle. Vor ihr standen noch zwei Holzkisten mit Primeln in allen Regenbogenfarben. Helen hatte große Lust, ihr auf der Terrasse beim Pflanzen zu helfen, und sagte das.

«Wunderbar», meinte Joachims Mutter, «dann geben Sie mir gleich zwei gelbe Primeln, Helen.» So ließen sie Joachim buchstäblich im Wind stehen, pflanzten und unterhielten sich. Natürlich merkte Helen, daß sie ausgehorcht wurde, aber es war ihr recht. Sie fühlte sich wohl bei der alten Dame.

Joachim wurde bald an die russische Front versetzt, aber seine Mutter lud Helen nach vierzehn Tagen wieder ein. Sie gingen durch den Garten, tranken Tee, redeten über Pflanzen, Menschen, Eindrücke, Beziehungen und fanden immer größeren Gefallen aneinander. Sie sprachen auch kurz über Joachim, und Helen erzählte, daß er ihr geschrieben habe. Das war alles. Die Einladung wiederholte sich, und die alte Frau Saalberg machte ihr den Vorschlag, sie an die Nordsee zu begleiten.

Das Haus auf der Insel hatten die Saalbergs nach dem ersten Krieg gebaut. Ein Arzt hatte dazu geraten, weil Joachims Mutter nicht sehr widerstandsfähig war. Im Frühjahr und Frühsommer litt sie unter Heuschnupfen, und wenn die Blütezeit kam, floh sie ans Meer, weil ihre Gesundheit zwischen Äckern, Bäumen und Wiesen gefährdet war.

Diese Allergie sollte später zu ihrem Tod führen. 1945 konnte sie nicht an die See und litt wochenlang unter ihrem Heuschnupfen. In diesem geschwächten Zustand bekam sie eine Lungenentzündung. Medizin gab es nicht. Sie erstickte, bevor sie an dem Fieber sterben konnte.

Nachdem Joachims Mutter Helen gebeten hatte, sie auf die Insel zu begleiten, brachte sie das junge Mädchen selbst nach Herrenhausen, um seine Eltern kennenzulernen und sie persönlich um ihr Einverständnis zu der Reise zu bitten. Helens Vater war sofort von ihr eingenommen. Ihre Mutter nahm kaum an der ersten Unterhaltung teil, erlaubte dann aber spontan die Nordsee-Reise, was ungewöhnlich und nur durch ihre berechnenden Erwägungen zu erklären war.

Joachims Mutter erreichte, daß diese Wochen als Pflegedienst und Invalidenbetreuung deklariert und damit als Teil von Helens Pflichtjahr angerechnet wurden. Es war ein bißchen unmoralisch, aber Helens Vater hatte seine Tochter so sehr gegen die Ideologie der Nazis erzogen, daß sie es nur richtig fand, sich zu entziehen. Die meisten ihrer Freundinnen hatten ähnlich elegante Pflichtjahrseinsätze. Ihre Väter waren wichtig, also paßten die Töchter auf die Kinder einer anderen einflußreichen Familie auf. Damit war die Sache dann erledigt.

«Schade, daß Macht und Einfluß uns so leicht korrumpieren», bemerkte Helens Vater.

«Das war niemals anders», war die Antwort der alten Frau Saalberg.

Er war unglücklich über seine Inkonsequenz, gleichzeitig froh, daß seiner Tochter ein Arbeitsdiensteinsatz in Polen erspart blieb, und es freute ihn über alle Maßen, daß sie auf diese Weise eine «Abitur-Reise» machen konnte, die er sich allerdings anders erträumt hatte.

Sie hatten nach dem Abitur zusammen nach Frankreich in die Gärten von Versailles, von Malmaison und Giverny fahren wollen, aber während des Krieges konnten sie die Reise natürlich nicht antreten, und sie sollte nie nachgeholt werden. Von einem der letzten Tiefflieger wurde Helens Vater im Mai 1945 in seinem Garten erschossen.

Viel später, als sie meinte, die Erinnerung an ihn ertragen zu können, unternahm Helen die Fahrt zusammen mit Rosa. Dabei redete sie über Gärten und ihren Vater, was Rosa furchtbar langweilig fand. Für Gärten hatte sie sich nie interessiert, schon um Helen zu ärgern. An ihren Großvater erinnerte sie sich nicht, aber auf die ihr eigene penetrante Art verlangte sie nach Joachim. Helen mußte begreifen, daß der Versuch fehlgeschlagen war, Rosa durch die Reise näher an sich zu binden. Sie tröstete sich aber damit, daß ihr Vater die Gärten auf diese indirekte Weise erlebt hatte.

In den Jahrzehnten nach dem Krieg hatte sie immer mehr zu spüren gemeint, daß man einen Menschen durch Erinnerung lebendig halten kann.

Sie fuhren Ende Mai an die Nordsee. Der Chauffeur hieß Siegfried Stroh und sah genauso aus, wie Helen bemerkte. Joachims Mutter hatte ihr rechtzeitig gesagt, daß er begeisterter Parteimann wäre und daß deshalb alle frechen Bemerkungen während der Fahrt entfallen müßten. Sie hatten genug anderes zu besprechen. Außerdem war Helen aufgeregt, und sie war neugierig, das Meer zu sehen. Schließlich kannte sie nur die Leine.

Nichts auf der Welt beeindruckte sie jemals so stark wie das Meer. Jedesmal, wenn sie später auf die Insel fuhr, empfand sie wieder die Sprachlosigkeit vor der Weite, vor der Gewalt, vor der andauernd wechselnden Schönheit.

Joachims Mutter gab Helen das große Giebelzimmer im ersten Stock. Aus den Südfenstern sah sie über die Weide und das Watt, aus dem Nordfenster das offene Meer. In der ersten Nacht konnte sie nicht einschlafen. Immer wieder stand sie auf. Sie lauschte auf die beruhigenden Töne der Wattvögel im Süden, auf das dunkle Brandungsgeräusch im Norden.

Joachims Mutter erzählte viel von ihren zwei jüngeren Söhnen. Joachim und der zwölf Jahre jüngere Ben seien wie Hund und Katze, sagte sie, wie Feuer und Wasser. Joachim klein, Ben groß. Joachim korrekt und beherrscht, sehr intelligent, leider besserwisserisch. Ben charmant, intelligent, frech, unkonventionell. Joachim war, ihrer Meinung nach, sehr begabt, aber ohne Höhen und Tiefen. Ben dagegen ein Sprachgenie. Englisch, Französisch, Italienisch sprach er fließend, er lernte Sprachen im Handumdrehen, buchstäblich beim Zuhören. Außerdem malte er Aquarelle, von denen viele im Inselhaus hingen. Helen betrachtete sie oft. Mit viel Wasser, klaren Farben und wenigen Linien hatte er das gemalt, was man durch die Fenster des Inselhauses sehen konnte: Wasser floß in den Horizont, und Wolken wuchsen daraus hervor, zogen auf zu steilen Wänden, verwandelten sich in dickwanstige Figuren, türmten sich zu leuchtenden Gebirgen, zerfaserten im Wind und trieben davon.

Joachim hatte Bens Bilder später vernichtet.

Ihre Mutter berichtete, daß es innerhalb weniger Minuten Streit gab, wenn die Brüder sich trafen. Joachims strenge, militärische Auffassung von Pflicht und Gehorsam paßte nicht zu Bens vorwiegend aufrührerischen Ideen. Joachim war zwar kein Nazi, aber er diente Hitler aus Prinzip, wie er jeder Obrigkeit gedient hätte. Ben äußerte sich in der Familie laut gegen die Partei, gegen Hitler.

Die zwei ältesten Saalbergbrüder, beide unverheiratet, leiteten die Firma sehr erfolgreich, seit der Vater 1936 bei einem Autounfall ums Leben gekommen war. Joachim stand eifersüchtig zwischen seinen viel älteren Brüdern und dem viel jüngeren Ben. Aus den Erzählungen seiner Mutter hörte Helen deutlich heraus, daß sie sich Mühe gab, keinen dieser unterschiedlichen Söhne zu bevorzugen. Sie versuchte, allen gerecht zu werden, ließ aber auch durchblicken, daß es ihr nicht immer gelang. Ben stand ihr am nächsten, daraus machte sie kein Hehl.

Merkwürdigerweise hatte sie keine Fotos ihrer Söhne. In der Frage verhielt sie sich ganz starrsinnig. In regelmäßigen Abständen hatte sie ihre Kinder zeichnen oder malen lassen. Fotos verabscheute sie.

Der 21. Juni 1942 war ein Sonntag. Joachims Mutter hatte sich bei einem Dünenspaziergang den rechten Knöchel verstaucht und war schon am frühen Abend in ihr Zimmer gegangen, um das schmerzhafte Gelenk mit Arnika-Umschlägen zu versorgen. Helen saß allein auf der windgeschützten Westterrasse und beobachtete, wie die Sonne blutrot im Dunst versank.

Sie ging noch einmal um das Haus herum, den schmalen dunkelroten Ziegelweg hinab, der zum Dorf führte. Schließlich blieb sie an der kleinen Grundstückspforte stehen und blickte von dort über die Weiden auf das überflutete Watt.

Die Ziegelsteine unter ihren nackten Füßen waren noch warm von der Gluthitze des Tages, und sie konnte sich von dem Platz nicht lösen, rührte sich nicht, als wäre sie gebannt in der Windstille dieser hellen Nacht.

Sie sah jemand den Weg heraufkommen. Langsam erst, sich immer wieder zum Watt wendend. Erst als der Unbekannte auf die kleine Pforte zuging, erkannte sie eine Uniform und blanke Lederstiefel in der Hand des großen, dunkelhaarigen Mannes.

«Es ist nicht wahr», sagte der Fremde leise, die geschlossene Pforte zwischen sich und Helen. «Der müde Soldat kehrt in tiefer Nacht für eine Woche aus dem mörderischen Feindesland in die Heimat zurück, und an der Pforte des Hauses erwartet ihn eine weißgekleidete Schöne mit meergrünen Augen.»

«Sie sind grau.»

«Das entscheide ich bei Tageslicht, wenn Sie dann noch Wirklichkeit sind.»

«Vielleicht.»

«Jetzt sind Sie da und müssen auch bleiben. Wenn ich von einer Reise komme, hasse ich Alleinsein. Lassen Sie mich hinein, wenn ich meinen Namen sage?»

Es war Ben.

Wie aus einem Dornröschenschlaf wurde das dämmerdunkle Haus geweckt. Ben begrüßte seine Mutter und holte sie strahlend herunter, machte überall Licht, stellte das Grammophon an; er hatte Hunger, er öffnete die Fenster, er holte Rotwein, briet Spiegeleier, erzählte von seiner Fahrt auf einem Krabbenkutter, lachte und redete, stellte das Grammophon lauter, als sein Lieblingssatz in dem Beethoven-Klavierkonzert kam, und blickte aus den Augenwinkeln immer wieder auf Helen.

Ihr ging es nicht anders. Sie hatte oft versucht, sich Ben vorzustellen, aber er war vollständig anders. Schnell, witzig, originell, frech – wie seine Mutter gesagt hatte –, aber sie hatte nicht damit gerechnet, daß er so groß, so massiv war. Wie aus Stein gehauen schien ihr der Körper, der kantige Kopf. Gerade und wuchtig wirkten Stirn, Nase und Kinn. Die graugrünen Augen waren die Augen seiner Mutter: weit geschnitten und in ihrem äußersten Winkel von einer feinen Lidfalte verhängt.

Jahrzehnte später, als Helen Paul geboren hatte und seine

Augen sah, fand sie zurück zu dieser Nacht auf der Insel und den Tagen, die ihr folgen sollten.

In dieser ersten Nacht saßen sie sich gegenüber, sprachlos erst, doch schnell miteinander vertraut, stellten verwirrt fest, daß sie keine Schranken zwischen sich spürten, so wie sie anfänglich zwischen Fremden natürlich sind, dachten noch darüber nach und hatten sich schon verliebt: Hals über Kopf, ohne Einschränkung, ohne Hindernis. Unaufhörlich waren sie zusammen. Den Abend, den Tag und wieder die halbe Nacht. Redeten, lasen, spielten Schach, redeten. Jeder Blick, jede Berührung ein Wunder und bald schon nicht mehr genug. Am zweiten Abend gingen sie hinunter zum Strand und sahen, im Sand sitzend, eine blaugraue Wolkenwand, die am Nordhimmel aufzog, wie eine gigantische Flutwelle. Sie lauschten dem Donnern der Brandung, spürten die Wärme des Sandes und die nahende Dunkelheit, einer an des anderen Rücken gelehnt. In dieser Nacht liebten sie sich zum erstenmal. In einem kleinen Holzhaus unten am Strand.

Ben hatte sieben Tage Urlaub. Vor seiner Abreise aus Frankreich hatte ihn die Nachricht erreicht, daß seine Mutter auf der Insel wäre. Er wollte sie sehen, und er wollte um jeden Preis in einer Mittsommernacht auf der Insel unten am Strand sein. Das habe er bisher immer erreicht, sagte er, und wichtige Angewohnheiten solle man nicht aufgeben: nicht für die Schule, die HJ oder den Führer – und schon gar nicht für den Krieg.

Die Tage waren warm, voller Wolken und Wind. Zusammen taten sie all die Dinge, die Ben liebte, und sie liebten sich mit jedem Blick, jeder Berührung, ob sie am Wasser entlanggingen, im Sand und im Dünengras lagen oder Besorgungen in dem dunklen Kolonialwarenladen im Dorf erledigten. Er zeigte Helen die kleine Kirche, deren Holzdecke himmelblau war mit goldenen Sternen. Sie standen vor der sagenumwobenen Pieta, dem Beutestück aus einem Schiff der besiegten spanischen Armada, das, von skrupellosen Feuern angelockt, vor der Insel gestrandet war. Er lehrte sie ein revolutionäres Liebesgedicht, das wunderschön und von der Zensur verboten war, er machte abends Feuer am Strand und bat sie über den Flammen, ihn zu heiraten: «Sag ja. Jetzt gleich!»

«Ja.» Die Flammen waren längst nicht mehr zwischen ihnen. «In einem Jahr heiraten wir hier auf der Insel, in der alten Kirche, und feiern abends barfuß am Strand. Sag ja. Helen. Sag es noch einmal.»

Nur kurz sprachen sie über Joachim. Ihre Liebe schien ihnen so überwältigend einfach und schön, daß sie sich einredeten, Joachim würde glücklich sein, wenn er davon erführe.

In der mondlosen Nacht vor Bens Abreise gingen sie ein letztes Mal an den Strand, und noch Jahre später spürte Helen den Wind, den Sand, seine Lippen, seine Hände, seinen Körper.

Nach Frankreich sollte Ben nicht zurückkehren. Er wurde der Heeresgruppe Süd zugeteilt, und von dem Moment ihrer Trennung an hörte Helen die Wehrmachtsberichte im Radio, für die sie sich vorher kaum interessiert hatte. Auf der Insel war die Trennung noch zu ertragen gewesen. Helen hatte einfach im Gras oder im Sand gelegen und sich in Tagträumen verloren. Zurück in Hannover aber wurde sie krank vor Sehnsucht, wartete nur auf die Post und verfolgte die Frontnachrichten. Jeden Zentimeter des eroberten Gebietes um Stalingrad kannte sie auf der Karte, jede Anstrengung, jede Qual sog sie aus Bens Briefen. Ihr Vater besorgte ihr eine Lehrstelle in einem Gartenbaubetrieb. Er half Helen ohne viel Worte. Sie hatte ihm alles erzählt.

Als Bens Mutter erfuhr, daß beide, Joachim und Ben, der 6. Armee zugeteilt worden waren, die vor Stalingrad lag, war sie unglücklich. «Für diese beiden ist die Welt zu klein», sagte die alte Dame bekümmert. «Es wäre besser, sie hätten Kontinente zwischen sich, aber was passiert? Obwohl doch überall Krieg ist, werden sie demselben Bataillon zugeteilt.»

Ben schrieb fast täglich, davon lebte Helen. Joachim schrieb ihr ebensohäufig. Seine Briefe beantwortete sie nicht mehr. In einem der Briefe, es war im Oktober, berichtete Ben von einer Auseinandersetzung mit Joachim. Der hatte ihn während der Dienstzeit in der Stabsbaracke besucht, in der Hand einen Brief aus Hannover, in dem ihm bestätigt worden war, was er aus Bens Mund nicht hatte glauben wollen. Ben herzählte ihm noch einmal ohne Umschweife, daß er und Helen sich liebten und heiraten wollten. Darauf griff Joachim ihn an. Sie prügelten sich wie Schuljungen, und ein Vorgesetzter von Ben brachte sie mit Mühe auseinander. Bevor Joachim aus der Baracke ging, kam er – weiße Wut im Gesicht – zu seinem Bruder und flüsterte ganz leise, daß er mit Helen verlobt sei, daß er sie heiraten und Ben sie nie im Leben bekommen werde.

Am Schluß des Briefes schrieb Ben: «Ich habe festgestellt, daß Joachim und ich gleichzeitig über Weihnachten und Silvester Urlaub nehmen sollen. Das werde ich ändern, darauf kannst Du Dich verlassen.»

Tatsächlich tauschte er seinen Urlaub mit einem anderen Offizier und kam am 15. November unangemeldet in Hannover an.

Er überraschte Helen in der grauen Dämmerung des naßkalten Novembernachmittags. In einem aprikosenfarbenen Seidenkleid stand sie am Fenster, für ein Konzert bereit, das sie mit ihrem Vater besuchen wollte. Sekunden betrachtete Ben sie sprachlos und behielt dieses Bild in seinem Gedächtnis.

Abends schenkte er Helen einen Ring seiner Mutter. Einen einfach geschliffenen, viereckigen Smaragd, wie ein Rhombus eingelassen in einen breiten, gewölbten Platinring.

Die alte Dame und Helens Vater waren in der kerzenerhellten Bibliothek und betrachteten die beiden in dem glücklichen Gefühl aus Rührung und stolzer Zufriedenheit, das die meisten Eltern empfinden, wenn Kinder ihnen geheime Wünsche erfüllen.

«Der Ring der Drachen», sagte Ben halb ernst, halb lachend, als er ihn Helen auf den Ringfinger schob. «Du darfst ihn nie ablegen und keinen anderen tragen», flüsterte er an ihrem Ohr, nachdem er sie geküßt hatte.

«Das war eigentlich eure Hochzeit», sagte Bens Mutter leise, als sie sich an dem Abend verabschiedete.

In den nächsten Tagen pflanzte Ben Rosen. Er erzählte nichts von der Front, hörte wortlos die Wehrmachtsberichte und grub Rosenstöcke aus, riß die heraus, deren Farbe er vor dem aprikosenfarbenen Haus verabscheute. Er grub die Erde mit solcher Wut, als wolle er furchtbare Erinnerungen begraben.

Sie sprachen nicht über den Krieg. Mit Fahrrädern und angehängten Bollerwagen fuhren sie in eine große Gärtnerei und suchten Rosen aus, als herrschte tiefer Frieden. Kahle, gestutzte Pflanzen brachten sie zurück. Später sollten sie so blühen, wie Ben es sich vorgestellt hatte: In den Farben von Aprikosen und Purpur, Zimt und Gold mit dem Hauch der Morgenröte. Ben pflanzte neue Rosen, wie er im Sommer gesagt hatte.

Seine letzte Woche brach an, und sie fuhren in ein Jagdhaus der Saalbergs im Deister. Während sie durch rotgoldenes Buchenlaub gingen und in einem holzgetäfelten, vom Kaminfeuer erhellten Zimmer den Krieg vergaßen, wurde Stalingrad eingeschlossen. Als Ben dann zurückfuhr, flog er in den Kessel. Aber das ahnte niemand.

Nie war ihnen in den Sinn gekommen, Ben könne wirklich etwas geschehen. Sie liebten sich so sehr, daß sie überzeugt waren, ein Engel werde über ihnen wachen.

«Einen Erzengel verdienen wir schon», hatte Ben im

Schutz des halbdunklen nächtlichen Zimmers gesagt. Sie wollten nicht schlafen, sprachen, berührten sich wieder und wieder. Er spürte nichts mehr als diesen Körper, küßte die tiefgrauen Augen, die geschlossenen Lippen, ihre Brust. Es war ihre letzte Nacht.

Nachdem Ben abgefahren war, versuchte Helen zu arbeiten, aber sie hing jede freie Stunde am Radio, saß über dem Atlas und wartete auf Post von ihm, die nicht mehr kam. Je bedrohlicher die Nachrichten wurden, um so sicherer war sie, daß sich die Lage bessern, daß Hitler die 6. Armee entsetzen würde.

Joachim kam erst in der zweiten Januarwoche 1943. Er besuchte Helen und machte ihr einen Heiratantrag, als wäre nichts geschehen. Helen sagte ihm, daß sie nur Ben lieben und nur Ben heiraten würde. Es beeindruckte ihn nicht.

Fünf Tage vor seiner Rückreise rutschte Joachim im Schnee aus, verrenkte sich bei dem Sturz einen Halswirbel und mußte eine Halskrause tragen. Er war felduntauglich und fuhr nicht mehr nach Rußland zurück. In Berlin gab es eine einstweilige Verwendung für ihn.

Mitte Januar ging Helen zum Arzt. Er bestätigte ihr, was sie längst ahnte: Sie war schwanger. Ein weiteres Zeichen, ein wunderbarer Beweis dafür, daß Ben gerettet werden würde.

Als am 3. Februar die Nachricht kam, daß Hitler Stalingrad aufgegeben hatte, war Helen fest davon überzeugt, daß Ben überleben würde.

Ende Februar stand Joachim im Wohnzimmer ihrer Eltern. Wie ein Spuk erschien ihr das zierliche, glatte Gesicht über dem Uniformkragen. Beiläufig zog er einen Brief aus der Tasche, gab ihr das aufgefaltete Blatt zu lesen, als wäre es ein Konzertprogramm. In den wenigen, gefürchteten Sätzen des Bedauerns, die jeder kannte, stand da, daß Ben am 29. Januar 1943 gefallen sei. Helen begriff nicht, warum sie nichts gespürt hatte. Irgend etwas in ihr hätte aufschrecken oder versteinern müssen in dem Moment seines Todes. Sie hatte ja gespürt, wenn Post von ihm unterwegs war, und dieser furchtbare Moment sollte unbemerkt an ihr vorbeigegangen sein? Sie glaubte es nicht. Nie.

Und doch war sie wie gelähmt. Sie konnte nicht sprechen, auch nicht mit ihrem Vater. Nur Bens Mutter wollte sie sehen, doch die war wegen ihrer angegriffenen Bronchien in der Schweiz. Joachim sagte, er werde sie dort unterrichten.

Einige Tage später kam er wieder, erkundigte sich nach Helens Befinden, als frage er nach dem Wetter. Die Unterhaltung zwischen ihnen war sehr kurz. Sie sagte ihm, daß sie ein Kind von Ben erwartet. Er antwortete, daß er sich vorgenommen habe, sie zu heiraten, und daß er es auch jetzt noch vorhätte. Helen lehnte rundheraus ab, und er ging.

Joachim kam wieder. Jeden Tag kam er und lockte sie in ein Gespräch, beschwor sie, ihn zu heiraten, ließ ihre Feindseligkeiten wie Zuneigung erscheinen, war liebevoll, charmant, verständnisvoll und unbeirrbar. Helen begann, ihre Lage sachlich zu überdenken.

Ihre Mutter lag mit hohem Fieber im Bett. Ihr Vater war zum erstenmal in seinem Leben ernsthaft niedergeschlagen, und Helen fühlte, daß er nicht mehr genügend Widerstandskräfte besaß, um mit den drängenden Problemen fertig zu werden. Nachts lag sie wach und fragte sich, wie sie die Verantwortung für Bens Kind und für ihre Eltern tragen sollte und ob es nicht sogar ihre Pflicht wäre, Joachim zu heiraten.

Als ihre Mutter an Typhus starb und ihr Vater hilflos war in seinem Kummer, erledigte Joachim alle Formalitäten, war ständig da, tröstete, organisierte. Er war da, Ben war tot. Helen heiratete Joachim.

Joachim äußerte nur einen einzigen Wunsch. Mit allem Charme, aller Überredungskunst bat er Helen, ihm diesen Wunsch nicht abzuschlagen: Niemand in seiner Familie sollte erfahren, daß er nicht der Vater ihres Kindes wäre. Sie lehnte empört ab, sagte, sie wolle Ben nicht weh tun, nie, auch nicht, wenn er gestorben sei, und sie könne unmöglich seine Mutter belügen, die sie verehre.

Vor dem Stuhl, auf dem sie saß, ging Joachim in die Knie. Er flehte sie an, beschwor sie mit nackt glitzernden Augen, ihn nicht lächerlich zu machen.

«Begreifst du nicht», sagte er, «Ben hat immer gewonnen, Ben war immer Erster. Sie haben früher darüber gelächelt, und jetzt würden sie mich auslachen.»

Helen blickte in sein Gesicht und willigte ein.

In der Nacht nach der Beerdigung Joachim Saalbergs erfuhren Paul und Wolf wenig von dieser Geschichte. Helen erzählte nur, daß sie im November 1942 entschlossen war, Ben Saalberg zu heiraten und nicht seinen älteren Bruder, und daß sie seit Januar 1943 wußte, daß sie ein Kind von Ben erwartete.

Dann stand sie auf und öffnete ein Fenster. Schüchterne Vogelstimmen waren zu hören, Jasminduft drang mit der warmen Nachtluft in den Raum. Helen schlug den Kragen ihres weißen Frotteemantels hoch, als fröre sie.

«Um diesen letzten Brief von Joachim zu verstehen, müßt ihr etwas wissen, was ich zu Joachims Lebzeiten niemals preisgegeben hätte.»

«Bitte, erzähl», sagte Paul leise.

«Ich mußte ihm schwören, niemandem zu sagen, daß es Bens Kind war, das ich damals erwartete.»

Sie setzte sich wieder, sprach ausdruckslos und schnell.

«Ich mußte schwören, es auch dem Kind nie zu sagen. Kein Wort über Ben, kein Bild von ihm. Er wollte ihn auslöschen. Er hat ihn ausgelöscht. Wir heirateten drei Tage später. Joachim hatte alles perfekt arrangiert. Das Kind war von ihm, und ich würde im August 43 eine Frühgeburt haben. Das war alles.»

«Rosa», sagte Wolf Farnheimer leise.

«Ja. Rosa.» Helen stand auf und ging wieder zum Fenster.

«Ich war nicht stark genug, mich gegen Joachim durchzusetzen. Der Schwur war mir unheimlich, aber ich ahnte nicht, wie grauenvoll das Schweigen werden würde. Damals wollte ich nur Bens Kind, und es sollte seinen Namen tragen.»

VIERTES KAPITEL

Hohle Rangiertöne einer leeren Straßenbahn dröhnten von der nahen Endstation durch den Sonnabendnachmittag. Die Nachmittagshitze lastete auf Haus und Garten. In den Südzimmern waren die Vorhänge zugezogen, und die Terrassentüren waren geschlossen, um die Hitze nicht hineinzulassen. Im Garten regte sich kein Blatt.

Es war schon fünf Uhr, dachte Paul, als er über den Rasen ging. Ich würde am liebsten allein Tee trinken, die Wochenendausgabe der Zeitung lesen, kein Wort sprechen und versuchen, meine Kopfschmerzen zu vergessen. Statt dessen wird sich gleich die Familie zusammenrotten.

Er setzte sich in den Schatten eines alten Blutahorns, mitten auf der großen Rasenfläche, wo auch dann noch ein Luftzug um Tisch und Stühle wehte, wenn die heiße Windstille der Terrasse unerträglich wurde.

Er überflog die Titelseite der Zeitung: Währungs- und Sozialunion mit der DDR! Oder-Neiße-Linie endgültige polnische Westgrenze! Abbau des alliierten Grenzübergangs «Checkpoint Charlie» in Berlin! Nur wenige Monate vorher waren solche Meldungen unvorstellbar gewesen. Es ist phantastisch, dachte Paul. Dann aber schloß er die Augen, und sofort waren seine Gedanken vollständig von der letzten Nacht beherrscht. Nachdem seine Mutter gegangen war, hatte er mit seinem Schwager, Wolf Farnheimer, bis in den frühen Morgen zusammengesessen, dabei hatten sie eine Flasche Cognac getrunken und über Rosa gesprochen: über ihre eifersüchtige Liebe zu Joachim, ihre Schwierigkeiten mit Helen, ihre Klugheit, ihren Ehrgeiz, ihren Starrsinn. Sie hatten versucht, sich vorzustellen, wie Rosa die Wahrheit verkraften würde, und waren zu dem Schluß gekommen, daß ihre Reaktionen unausdenkbar seien. Entmutigt von ihren eigenen Überlegungen, hatten sie sich um sechs Uhr morgens getrennt.

Die durchwachte Nacht steckte Paul in allen Gliedern, und die Tatsache, daß er sich nicht vorstellen konnte, wie Rosa der neuen Situation begegnen würde, beunruhigte ihn noch immer. Er fühlte sich ausgebrannt und verkatert. Seine Gedanken arbeiteten schwerfällig und drehten sich im Kreise. Seine Mutter hatte geschworen, den Mann zu verleugnen, den sie liebte, sein Kind zu verleugnen, kein Wort über ihn zu sprechen, kein Bild von ihm zu bewahren.

Kann man das nicht ganz kühl betrachten? fragte sich Paul. Vater war ungeheuerlich stolz. Ein Kind vor der Hochzeit zu zeugen war damals zwar schlimm, doch verzeihlich im Krieg. Daß es aber nicht von ihm, sondern von seinem offenbar verhaßten Bruder war, konnte er nicht dulden. Also wurde es verschwiegen. Eifersüchtiger Stolz mußte ihn zerfressen haben.

Vielleicht war es auch einfach Liebe, fragte sich Paul und wußte selbst, daß Eifersucht schlimmer war als schleichendes Fieber.

Er öffnete die Augen, weil er Stimmen hörte. Georgs ältester Sohn Arndt stand vor der Terrasse und redete auf ein fremdes Mädchen ein. Seinen Gesten zufolge erklärte er die italienisch wirkende Fassade des Hauses.

Wenn ich einen in der Familie anstrengend finde, dann ist es dieser Ruck-Zuck-Bubi, dachte Paul.

Er mochte es nicht, daß das Haus, das er besonders liebte, von jemandem vorgeführt wurde, den er ablehnte. Paul liebte das Haus nicht nur, weil er darin geboren und aufgewachsen war, sondern weil er es als perfekt empfand. So wollte er wohnen und nicht anders. Er wußte, daß er irgendwann ganz hier wohnen würde. Sein Vater hatte ihm schon vor Jahren gesagt, daß er ihn nach Helen als Erben des Hauses eingesetzt habe, weil immer der jüngste Saalberg das Haus erbe. Für den kommenden Montagnachmittag war die Testamentseröffnung bei Friedrich Rießt angesetzt. Viel Neues würden sie nicht erfahren. Im Grunde war es unnötig, überhaupt hinzugehen.

Diese kurzen Gesten von Arndt sind unerträglich, dachte Paul. Diese besitzergreifende Stimme! Unangenehmer als ein Wecker am Morgen. Man hört ihn kilometerweit. Was reitet ihn außerdem, einen Tag nach der Beerdigung hier unbekannten Besuch anzuschleppen? Entweder schmeiß ich ihn raus, oder ich gehe hinten durch den Blumengarten zum Haus und laß mich nicht mehr sehen. Verdammt noch mal!

Aber Arndt kam schon über den Rasen. Das Mädchen ging mit einigem Abstand neben ihm. Sie war sehr viel größer als er, trug ein weißes T-Shirt und beige Bermudashorts, die Paul im Grunde nicht mochte. Dieses Mädchen bewegte sich gelenkig und graziös. Paul tat so, als lese er Zeitung, und sah trotzdem, wie sie vor dem Hintergrund der wuchernden Rhododendronbüsche näher kam. Ihr schulterlanges, braunes Haar strich sie über der rechten Schläfe zurück, über der linken Schulter hielt sie den Riemen eines Lederbeutels, und am Handgelenk glänzte ein smaragdgrünes Plastikarmband.

«Was machst du denn hier noch?» fragte Arndts helle Stimme. «Ich dachte, du bist längst in Hamburg bei deiner Carolin?»

Dümmer und vorlauter kann man gar nicht sein, dachte Paul.

Er sagte: «Du überraschst mich immer wieder, Arndt.» Dabei erhob er sich, um nicht so unhöflich zu erscheinen, wie er sich gern gezeigt hätte, und begrüßte die Herankommenden, vor seinem Stuhl stehend, die gefaltete Zeitung in der linken Hand. In seinem Kopf hämmerte es.

«Dieser Riese ist mein Onkel Paul», sagte Arndt in künstlich fröhlichem Ton, der bewies, daß er sich eigentlich ärgerte. «Darf ich vorstellen: Paul Saalberg, Charlotte Tuchmann.» Er sprach den Namen englisch aus.

«Guten Tag.»

Ein kurzer Händedruck, ein kurzer Blick in ein fremdes Gesicht. Zugegeben: Ein sehr hübsches Gesicht, aber fremd und deshalb anstrengend.

Eine widerwillige Frage: «Möchten Sie sich setzen?»

«Charly setzt sich am besten in diesen Sessel hier im Schatten», sagte Arndt und rückte den hochlehnigen Stuhl, der am weitesten unter dem Baum stand, vom Tisch ab.

Paul, der immer noch stand, beobachtete Charly, die dastand, als wolle sie gleich wieder gehen.

«Ich möchte lieber nicht stören», sagte sie auch schon mit selbstbewußter Stimme.

Paul lächelte sie unter gesenkten Augenlidern an, als wolle er sagen: Sie stören zwar, aber sie merken es wenigstens.

Laut sagte er: «Es gibt gleich Tee, und es ist sehr nett, daß Arndt Sie mitgebracht hat. Setzen Sie sich doch bitte!»

Dann könnte ich mich nämlich auch wieder hinsetzen, dachte er und atmete einmal tief durch, weil der Kopfschmerz gerade in der rechten Schläfe rüttelte.

«Wo ist denn der Tee?» fragte Arndt etwas aufgeregt. «Warum hat Gisela ihn noch nicht gebracht. Charly muß um sechs Uhr wieder in der Hochschule sein.»

«Gisela hat heute frei», entgegnete Paul, «das muß man ihr gönnen! Schließlich war sie in der letzten Woche rund um die Uhr hier, oder?»

«Und? Wer macht den Tee?»

«Vielleicht wird Rosa sich darum kümmern. Wenn es eilig ist, mußt du vielleicht einmal hineingehen und nachsehen.»

«Hier klappt anscheinend nichts mehr», bemerkte Arndt mit der verärgerten Stimme eines ehrgeizigen Jungen, dem gerade die Show gestohlen wird. Keine vollzählige, fröhliche Familie am Teetisch, wie angekündigt. Keine Gisela in weißer Schürze, die ihn, als ältesten Saalberg-Enkel, nur zu gern besonders herausstellte.

«Entschuldige», sagte er zu Charly, «ich bin gleich wieder da.»

Charly stand immer noch hinter ihrem Stuhl, nahm ihre Handtasche langsam wieder über die Schulter und sah Arndt wie abwesend nach.

Sie ist phantastisch groß, dachte Paul und blickte kurz in ihr nachdenkliches Gesicht. Ich hätte so eine hübsche Freundin nicht stehenlassen. Mitnehmen, ganz egal wohin, notfalls auch in die Küche, um Tee zu machen! Aber Arndt macht immer alles anders, als ich es machen würde.

«Wollen Sie sich wirklich nicht setzen?» fragte er.

«Doch, doch.» Charly lächelte, und aus den Augen wanderte das Lächeln langsam über ihr Gesicht, und als es ihre Lippen erreichte, wirkte es strahlend und ansteckend. Irgendwo habe ich sie schon einmal gesehen, dachte Paul, und lächelte ebenfalls.

«Arndt sagte eben, daß Sie noch zur Hochschule müssen. Was studieren Sie nur an einem so heißen Sonnabendnachmittag um sechs Uhr?»

«Nichts. Das hat er falsch verstanden. Ich habe einen Termin im Krankenhaus.»

«Oh, das klingt nicht gut.» Seiner Stimme war anzuhören, daß er sich nur ungern auf dieses Thema einlassen wollte.

Charly lachte, hob ihre Hand, um die Haare aus dem Gesicht zu streichen und im Nacken etwas anzuheben. Er verfolgte diese kurze Geste, sah die smaragdgrüne Armbanduhr an ihrem erhobenen Arm und ihr lächelndes Gesicht.

Wo habe ich sie nur schon einmal gesehen, fragte er sich.

«Wohnen Sie in Hamburg?»

«Nein, in London.»

«Sind Sie Engländerin?»

«Ja.»

«Sie sprechen akzentfrei deutsch.»

«Unsere Familie ist deutsch.»

«Sie sind nur für kurze Zeit in England?»

«Nein, immer schon. Meine Großeltern sind ausgewandert.»

«Ach so», sagte Paul in dem Ton eines Schwergeprüften, dem nichts erspart bleibt. In seinem Kopf hämmerte es. Ich kann mich heute nicht zusammennehmen, dachte er. Ich will auch nicht. Ich will nicht über Krankenhausgeschichten oder Emigranten reden. Heute nicht.

Wo blieb nur Arndt? Wo war Rosa? Die beherrschte solche Unterhaltungen meisterhaft.

«Vor 1933?» fragte er dann doch.

«Nein. Erst 1938 und nicht aus Zwang. Nur aus Überzeugung.»

Charlys Stimme klang beiläufig, als spräche sie über das Wetter. Sie hob wieder ihre Haare im Nacken, er sah das smaragdgrüne Plastikuhrarmband und das befreiende Lächeln in ihrem Gesicht.

«Jetzt hab ich es!» bemerkte er.

«Was haben Sie?»

«Sie müssen am Freitag nachmittag in einem uralten, gelben VW-Bus gesessen haben. Kann das sein?»

«Ja, genau darin bin ich gestern nach Hannover gekommen.»

«Dann habe ich Sie auf der Autobahn gesehen. Sie haben mir sogar zugewunken.»

«Sie waren das in dem dunkelblauen BMW mit Schlips und Kragen? Ich habe gewunken, weil man ihrem ganzen Auto ansah, wie sehr Sie sich über unseren lahmen Bus ärgerten.»

«Das stimmt. Ich glaube, ich hatte es noch nie in meinem Leben so eilig. Gehört der Bus Ihnen?»

«Nein.» Charly sah ihn mit einem abwesenden Ausdruck in den Augen an und wandte sich ab. Mehr sagte sie nicht dazu.

Was hat sie nur, dachte Paul. Sie lächelt, aber nicht über mich. Sie denkt an etwas, das sie nachdenklich macht, aber es hat nichts mit mir zu tun. Sie kennt mich nicht und will auch überhaupt keinen Eindruck auf mich machen.

Diese Gedanken weckten ihn auf. Nicht weil er etwas vermißte. Im Gegenteil: er war froh über jedes Wort, das nicht gesprochen wurde. Seine Gedanken kreisten um seinen Vater. Er hatte es nie lange mit ihm ausgehalten, aber er war stolz auf ihn gewesen. Was er in der vergangenen Nacht gehört hatte, war nicht einfach wegzuwischen wie ein lästiger Fleck.

Charly Tuchmann war von dem Freund ihrer Schwester Anne gebeten worden, so schnell wie möglich nach Hannover zu kommen. Er war zusammen mit seinem Professor auf einer Vortragsreise in den USA, hatte Anne nicht erreichen können und so lang herumtelefoniert, bis er schließlich von einer Wohnungsnachbarin erfahren hatte, daß seine Freundin nachts im Treppenhaus gestürzt sei und mit Rippenbrüchen und schweren Prellungen im Krankenhaus liege. Da er noch zwei Vorträge halten mußte und unmöglich vorzeitig zurückfliegen konnte, hatte er Charly angerufen. Deshalb war sie aus London gekommen. Zweimal schon war sie auf der Station gewesen, beide Male war ihre Schwester nicht im Zimmer gewesen, und die Stationsschwester hatte kurz angebunden erklärt, daß mehrere Untersuchungen vorgenommen werden müßten, um Ursachen und Folgen des Sturzes abzuklären. Das sei ganz normal. Kein Grund zur Beunruhigung. Um 18.00 Uhr könne sie ihre Schwester bestimmt antreffen und auch gleich den Stationsarzt sprechen.

Charly hatte die Situation noch nicht überdacht und sich

dagegen gewehrt, sie zu ernst zu nehmen. Arndt Saalberg, den sie flüchtig aus London kannte und mit dem sie sich im Buchladen des Krankenhauses verabredet hatte, konnte sie leicht überreden, schnell einen Tee im Garten seiner Großmutter zu trinken. Es war ihr ziemlich egal, wo sie die verbleibende Zeit bis zur Sprechstunde herumsaß. Sie war davon überzeugt, daß ihrer Schwester nichts Schwerwiegendes zugestoßen war. Bis auf die Rippenbrüche war sie sicher so gesund, so mürrisch und bockig wie eh und je.

In Gedanken daran atmete Charly lautlos, aber tief. In ihren Augen spiegelten sich gleichzeitig Sorge und Erleichterung, und es war eine unbewußte Bewegung ihrer Schultern, ein Ausdruck in ihrem Gesicht, der Paul anrührte und vorsichtig machte.

Er rückte seinen Stuhl etwas vom Tisch ab und drehte ihn dabei in einen günstigeren Winkel zu Charlys.

«Was machen Sie in London?» fragte er, um etwas zu sagen. «Studieren Sie?»

«Nein, noch nicht. Bisher habe ich nur fotografiert.»

«Es geht mich ja nichts an, aber haben Sie Fotografie richtig gelernt?»

Charly lehnte sich zurück, lachte und sah in das dunkelrote Blätterdach des Ahorns.

Paul beobachtete flimmernde Sonnenflecken, die durch das dunkelrote Laub auf ihr leicht gebräuntes Gesicht und ihr braunes Haar fielen. Bevor sie ihren Kopf wieder senkte, umfaßte sein Blick schnell die schmale Gestalt in dem hochlehnigen, ausgebleichten Teakholzstuhl bis zu den übereinandergeschlagenen Beinen und Füßen. Ihre dunkelbraunen Schuhe, ihr großer Lederbeutel waren perfektes italienisches Design, das erkannte er mühelos. Die anderen Kleidungsstücke, T-Shirt und Bermudas, waren schlicht, sehr chic, aber nicht wirklich teuer. Es war lächerlich, daß er fast die gleichen Sachen trug wie sie: Beige Bermudas, weißes T-Shirt, und seine Füße steckten in uralten braunen Timberlands. Fünf Größen mindestens größer als ihre, schätzte er.

«Nach der Schule habe ich in einem Fotoatelier gejobbt und eine Fotolehre gemacht», hörte er Charly sagen.

«Das wollte ich auch immer.»

«Warum haben Sie es nie getan?»

«Mein Vater fand es unsinnig. Er hat es mir ausgeredet.»

«Und? Was machen Sie jetzt?»

«Bank.»

«Schade.» Sie lachten beide.

«An was für einem Projekt arbeiten Sie, wenn Sie sagen, daß Sie im Augenblick nur fotografieren?»

Charly sah flüchtig auf die Uhr. Ein Sonnenfleck fiel direkt auf das Zifferblatt, das so smaragdgrün war wie das Armband. Viel Zeit für Arndts Teestunde blieb nicht mehr, konnte Paul erkennen.

«Im Augenblick arbeite ich für einen kleinen Kunstverlag in London», erklärte Charly, ohne Unruhe zu zeigen. «Der Verleger möchte einen Foto-und-Aufsatz-Band über sieben Kleinskulpturen produzieren. Er ist ein Freund meines Vaters, aber er mag meine Fotoarbeiten wirklich, hoffe ich. Er hat mir die Liste seiner sieben Favoriten und einen ausgearbeiteten Reiseplan mit allen Tickets gegeben. Ich habe bis in den September Zeit, fahre in die Museen und arbeite so lange, bis ich mit den Aufnahmen zufrieden bin.»

«Wo sind denn die Museen?»

«In Rom, Paris, Moskau, Leningrad. In Hamburg, wenn ich Glück habe, sonst muß ich noch nach Rumänien.»

«Als ich Sie gestern in dem Bus gesehen habe, hätte ich noch gewettet, daß Sie eine militante Umweltschützerin sind.»

«Nein, nein. Die Leute in dem Bus habe ich im – Arrival kennengelernt.» Es war das erste englische Wort, das sie zögernd benutzte, bemerkte Paul.

«Ich hatte schon das Ticket nach Hannover, und da war dieser hilflose, nette Mann mit den zwei kleinen Kindern und dem großen Hund. Ich habe den Hund festgehalten, weil die Kinder dem Mann immerzu fortliefen.»

«Warum hat er den Hund bloß nicht im Auto gelassen?»

«Weil er immer die Polster anfrißt, wenn er allein ist. Es sah auch schlimm aus in dem Bus. Aber er hat mich mit nach Hannover genommen. Das war sehr nett, oder?»

«Nett, aber gefährlich.»

«Ich kenne in London viel gefährlichere Autos. So etwas sieht man hier in Deutschland gar nicht mehr auf der Straße.»

Paul schwieg. Er wollte, daß sie ihn ansähe.

Als sie es tat, entschied er, daß ihm ihre Augen gefielen, obwohl sie leider blau waren. Er hatte eine Passion für dunkelbraune Augen, wie die von Carolin. «Sie haben wirklich keinen Akzent», sagte er.

«Wir durften als Kinder zu Hause nur deutsch sprechen und nie die Sprachen vermischen.»

«Wohnen Sie jetzt nicht mehr zu Hause?»

«Nein!» Ihre helle Stimme vibrierte vor Ablehnung, dann fügte sie weniger kühl hinzu: «Ich wohne bei Freunden – aber ich glaube, ich muß jetzt gehen.»

Arndt ist wirklich ein Vollidiot, dieses Mädchen hier sitzenzulassen, dachte Paul. Er sagte: «Da Arndt anscheinend verschwunden ist, spiele ich heute den Greenpeace-Ritter und fahre Sie.»

«Oh, das war kein Greenpeace-Mann gestern», sagte Charly lebhaft, griff nach ihrer Tasche und stand auf. «Aber er war sehr interessant.»

«Warum?»

«Wollen Sie die Geschichte wirklich hören?»

«Ja, unbedingt», sagte er und dachte: Wenn ich aufstehe, fängt mein Kopf wieder an zu hämmern. Es ist alles verdammt mühsam heute, aber für sie strenge ich mich noch ein bißchen an.

Also hörte er zu, wie sie ihm erklärte, daß der Mann in dem gelben Bus sich sehr dagegen verwahrt habe, als Greenpeace-Mann eingestuft zu werden.

«Er war WWF-Member, wenn Sie wissen, was das ist.»

«Leider nicht», antwortete Paul bedauernd, obwohl er es wußte. Ich mag es, wenn sie redet, dachte er und stand auch auf.

«Ich habe ihn auf der Fahrt ausgefragt», sagte Charly, und an ihrem Blick bemerkte er, daß sie abschätzte, wie groß er ungefähr war.

«Und was haben Sie herausgefunden?» fragte er und dachte: Sie wird 1,75 Meter groß sein. Vielleicht 1,76 Meter. Viel größer als Rosa oder Carolin, die mir unter dem ausgestreckten Arm durchlaufen können.

«WWF steht für World Wide Fund for Nature. Die Stiftung kümmert sich um bedrohte Tiere und deren Lebensräume überall in der Welt, aber ausdrücklich ohne militante Aktionen. Die Frau, die zu meinem Busfahrer, den Kindern und dem Hund gehört, ist Fotografin und fliegt gerade mit einem WWF-Team nach Nordsibirien. In eine der letzten unberührten Naturregionen der Erde. Es muß phantastisch sein, dort überhaupt hinzukommen, und wenn man dann noch eine Expedition begleiten kann...»

Paul nickte und strich langsam mit den gespreizten Fingern der rechten Hand durch sein dunkles Haar. Das beruhigte sonderbarerweise den Kopfschmerz.

«Ja», sagte er. «Absolut phantastisch.»

Er beobachtete ihre Lippen beim Sprechen, ohne ihr zuzuhören. Ihr Mund ist schön, dachte er. Sie nimmt keinen Lippenstift. Eigentlich benutzen alle Frauen, die ich kenne, Lippenstift.

«Es klingt lächerlich», sagten jetzt die blaßrosa Lippen,

«aber auf der Halbinsel Taymir brüten viele Tiere, die hier leben. Zum Beispiel Ringelgänse – ein witziger Name, oder?» Charly sah Paul von der Seite an, als hätte sie ihn im Verdacht, nicht zuzuhören.

«Ringelgänse?» wiederholte Paul. Er preßte die Hand gegen die rechte Schläfe, hinter der es hämmerte. Der Name schwamm in seinem Kopf wie ein Rettungsbalken, an den geklammert er sich in das Gespräch zurückstoßen konnte.

«Ringelgänse –», wiederholte er noch einmal. «Aber die leben an der Nordsee.» In letzter Sekunde hatte er den Balken erwischt und klammerte sich daran. «In den Dünen hinter unserem Inselhaus wohnen immer Ringelgänse. Ich habe sie als Junge stundenlang beobachtet und fotografiert.»

«Das mag schon sein.» Charly lachte und hängte ihre Tasche über die Schulter. «Aber auch Ihre Ringelgänse brüten in Nordsibirien – sagt der Mann im Bus.»

Vom Haus her hörten sie jetzt Stimmen, Charly blickte sich kurz um, und Paul studierte ihr Profil: Die weitgeschnittenen, leuchtenden Augen unter auffällig geraden Augenbrauen und einer klaren Stirn, eine geradlinige, zierliche Nase, geschwungene Lippen und ein entschlossenes, kleines Kinn.

«Nun müssen Sie sich wieder setzen», sagte er zufrieden. «Jetzt kommt Arndt mit meiner Schwester Rosa, und in fünf Minuten wird Rosa alles über Sie wissen. Da gibt es kein Entrinnen.»

Den Samstagvormittag hatte Helen darüber gewacht, daß die Ordnung auf allen Ebenen des Haushalts wiederhergestellt wurde. Stühle, Tische, Mokkatassen, Tellerstapel, Tafelsilber – alles war bis zum Mittagessen an seinem vorgesehenen Platz.

Diese Betriebsamkeit kam ihr gerade recht, um die Ereignisse der letzten Nacht zu verdrängen. Gisela und der alte Otto, der in solchen Fällen im Haus half, redeten unaufhörlich, daneben konnte sie schwerwiegenden Gedanken nicht nachhängen. Der drahtige Gartenarbeiter aus der Firma begleitete seine Tätigkeiten mit flinken Augen und unzähligen Ausführungen, die stereotyp begannen: «Also, wenn ich es so betrachte...» Und an diesem Morgen hatte er wieder viel zu betrachten. Manchmal schien Helen das Gequassel unerträglich, aber Gisela fand Otto originell, und glücklicherweise hatten beide das bemerkenswerte Talent, beim Reden weiterzuarbeiten.

Rosa war morgens mit den Kindern in die Stadt gefahren, um ihrer Mutter aus dem Weg zu gehen, und während des Mittagessens hatte Rudolf so viel zu erzählen, daß niemandem auffiel, wie unverbindlich Rosa mit ihrer Mutter und diese mit ihr sprach.

Warum, um alles in der Welt, habe ich mich in der Nacht nicht beherrschen können, dachte Helen, während sie zum zweitenmal die hellgrüne Suppe auf ihren Teller schöpfte. Warum nur habe ich Paul und Wolf von Ben erzählt? Nun muß Rosa es erfahren, und ich habe keine Vorstellung, wie ich das Gespräch durchstehen soll. Sie wird mich mit Worten vernichten, genauso erbarmungslos, wie sie es immer getan hat.

Wolf hatte keinen Zweifel daran gelassen, daß Helen mit Rosa sprechen mußte. Zum Glück waren weder er noch Paul zum Mittagessen gekommen. Sie hätte sich zu sehr beobachtet gefühlt. Erst mußte sie schlafen. Versuchen, den Schlaf dieser Nacht nachzuholen. Danach würde sie entscheiden, wie sie mit Rosa sprechen würde.

Nach dem Mittagessen ordnete sie noch umständlich eine Rosenvase in der Küche, um bei Gisela so beiläufig wie möglich zu erfragen, wann und durch wen der Brief ins Haus gekommen sei, den sie in der vergangenen Nacht am Küchentelefon gefunden habe. Es sei völlig verständlich, daß Gisela vergessen habe, ihr den Brief zu überreichen, versicherte sie. Gisela müsse sich keine Sorgen und Vorwürfe machen, die Nachricht sei so dringend nicht gewesen.

Nichts war jemals so wichtig wie diese Nachricht, dachte Helen gleichzeitig. Wenn ich den Brief allein gelesen hätte, wenn ich nicht so überrascht worden wäre – ich hätte anders, überlegter reagiert. Ich hätte nichts gesagt.

Sie entfernte welke Blüten und Blätter aus dem Strauß und hatte dabei Giselas kleines Küchenfernsehgerät im Auge, das immer eingeschaltet war.

Natürlich sah auch sie auf den Bildschirm, schon aus Reflex. Zahllose blasse Menschen bewegten sich auf einer breiten Straße zwischen verwahrlosten Hochhäusern. Ausgemergelte Gesichter in kaltem Wind, farblose Billigkleidung vor grauen Wänden, kärgliche Fenster in Häusern aus Pappe – das war ihr Eindruck. Sie mußte zusehen, konnte dabei nicht weiterhantieren wie Gisela, die nebenher wichtige Arbeiten gut erledigte.

Endlich hatte Helen den Strauß neu geordnet, trug die schwere Glasvase in beiden Händen, um sie in die Halle zu bringen, und ging an dem Fernsehgerät vorbei zur Tür. Die Kamera wanderte gerade näher an die Menschen heran, konzentrierte sich auf eine kleine Gruppe, auf die Gesichter, bis sie nur noch fünf, dann noch drei und ganz zum Schluß ein einzelnes Gesicht zeigte. Helen ging immer näher an den Apparat heran und starrte wie gebannt in das kantige Gesicht eines untersetzten jungen Mannes. Er sah aus wie Ben! Ben Saalberg vor 48 Jahren. Es war völlig unmöglich, konnte nicht sein! Er war viel zu klein. Trotzdem – er sah aus wie Ben.

Jetzt erst wurde ihr bewußt, daß sie nichts hörte, weil Gisela ihr zuliebe immer den Ton abschaltete. Die Kamera verließ das vertraute Gesicht wieder, ließ es in der Menge eilig schreitender Menschen verschwinden, wo es seinen unauffindbaren Platz einnahm, wie ein kleiner Stein in einem gigantischen Mosaik. Helen versuchte mit einer Hand die Vase zu halten, die Finger der rechten Hand tasteten und drehten nervös an den verschiedenen Knöpfen, um den einzig wichtigen Knopf für die Lautstärke zu finden. Sie rief mit aufgeregter Stimme nach Gisela, als wäre sie in Gefahr. Die Vase fiel, zersprang in unzählige Splitter. Gisela kam zu spät. Das Bild war fort, die Sendung vorbei.

«O nee! O nee! Die schöne Vase», stöhnte Gisela, hockte sich auf den Boden und klaubte die Scherben aus den nassen Rosen. «Ich dachte gleich, das ist zu schwer für Sie, Frau Saalberg. Und da ham Sie auch schon gerufen.»

Das Fernsehen zeigte einen Zeichentrickfilm.

Es ist vorbei, dachte Helen, las die Rosen auf und sagte nichts über das Bild im Fernsehen. Ich kann im Programmheft nachsehen, was da eben gesendet wurde, beruhigte sie sich, außerdem kann es gar nicht wahr sein. Die letzte Nacht steckt mir in den Knochen. Ich habe nach 48 Jahren zum erstenmal von Ben gesprochen und meine schon, ihn zu sehen.

Sie stellte die Rosen in eine andere Vase, fühlte sich schwach, wie ausgebrannt. «Ich bin übermüdet und sehe Gespenster», flüsterte sie.

Danach schlief sie tief. Als sie aufwachte, verlor sich ihr Blick in den Blumenmustern der Fenstervorhänge, verfolgte die üppigen, vielgestaltigen Blüten, Blätter und verschlungenen Ranken. Sie fühlte eine bleierne Schwere, ihr Blick wanderte erkennend über die vertrauten Dinge und glitt über Bilder ihres Vaters, die in weiten Abständen an den Wänden hingen: Blühende Gärten und Felder, sonnendurchflimmerte Pappeln, Flußläufe unter hängenden Zweigen in vergoldeten Rahmen. Für Helen lebte in den Bildern seine Sehnsucht nach Schönheit und Ruhe, sein Verlangen nach Liebe, die er nicht gefunden und ihr gewünscht hatte. Eines der Bilder war datiert vom Sommer 1942. Sein Geschenk für Ben.

1942! Ungläubig sah sie das neunzehnjährige Mädchen, das sie damals gewesen war, die junge Helen, die im dritten Kriegsjahr Liebe, Glück, Angst und Verzweiflung in unbeschreiblichem Ausmaß erlebt hatte. Was war aus ihr geworden. Eine empfindliche Frau, die sich in die Arbeit für karitative Verbände vergrub, als sie begriffen hatte, daß sie von Erinnerungen nicht leben und Joachims Liebe nicht ertragen konnte; eine Frau, die aus dem Käfig der Unwahrheiten ausbrechen wollte und in letzter Sekunde geblieben war, um der Kinder willen. Eine Frau, die lange gebraucht hatte, bis sie zu der beherrschten Gemütslage fand, von der jetzt alle annahmen, sie sei ihr ursprünglicher Charakterzug.

Als sie achtunddreißig war, hatte sie noch einmal einen Mann getroffen, gegen dessen Liebe sie sich, zu ihrem eigenen Schrecken, nicht gewehrt hatte. Mit ihm wollte sie noch einmal neu beginnen, fortgehen, einen Ausweg aus der Ehe finden, in der sie seit Pauls Geburt zu erstarren meinte. Doch der Plan, der sie schon vollends beherrschte, war in einer einzigen Stunde gestorben.

Sie war spät von einer Verbandssitzung und einem heimlichen Treffen nach Hause gekommen. Joachim saß bei geöffneter Tür in seinem Arbeitszimmer über einem Schachspiel. Rosa sei oben bei Paul, der ständig geschrien habe, sagte er und fügte mit bewunderndem Blick hinzu, daß nicht einmal die intensive Verbandsarbeit ihr schaden könne, sie sei so schön wie eh und je. Bevor er sie erreichen und berühren konnte, war sie schon aus dem Zimmer, um nach Paul zu sehen. «Bald ist es vorbei», sagte sie sich, erfüllt von dem Glücksgefühl der letzten Stunde. «Bald ist es vorbei», flüsterte sie und hörte Rosas schimpfende Stimme, begleitet von Schlägen auf nackte Haut und Pauls Schreien. «Mami kommt nie wieder, wenn du nicht endlich schläfst. Nie wieder.»

Sie hatte beide beruhigen müssen: den halbnackten, dreijährigen Paul und die achtzehnjährige, fassungslose Rosa, die in Tränen ausgebrochen war und sich für ihr furchtbares Verhalten entschuldigt hatte. Ein Zugeständnis, das sie schon am nächsten Tag durch rechthaberisches Auftreten und anmaßende Äußerungen wieder wettmachte.

In dieser Minute im Kinderzimmer hatte Helen gewußt, daß sie nie fortgehen würde; daß sie gar nicht fähig sein würde, diesen tobenden kleinen Jungen allein zu lassen, der jetzt ihren Hals umklammerte. Glück, das ihn ausschloß, würde es für sie nicht geben. Und konnte sie Georg sich selbst überlassen, der seine Sucht, erwachsen zu werden, in Pauls Kinderzimmer beim Spielen vergaß, oder Rosa, die neben ihr kauerte, das Gesicht auf ihrem Knie, weinend und flüsternd wie ein Kind, daß sie nie wieder aus Zorn schlagen werde? Helen spürte Rosas Tränen durch ihre dünnen Nylonstrümpfe und hatte keine Hand frei, ihre eigenen Tränen fortzuwischen. Als Paul sich beruhigt hatte und bei offener Tür einschlafen durfte, wollte Rosa ihr noch unbedingt ein Aquarell zeigen, das sie im Kunstunterricht begonnen und zu Hause fertiggemalt hatte. Morgen müsse sie es abgeben, sagte sie, sie wolle aber noch wissen, ob Helen es so schön fände wie sie selbst.

Helen witterte hinter Rosas Aufgeschlossenheit einen Plan, der wie üblich zu Streit führen würde, aber es war ihr gleich. Sie fühlte sich in diesem Moment seltsam schwerelos und allem gewachsen. Ihre Tochter hatte ein Blumenstück gemalt. Das Beet, das sie aus ihrem Zimmerfenster sehen konnte. Rosen in den Farben von Purpur und Aprikosen, Zimt und Gold mit dem Hauch der Morgenröte. Bens Rosen mit leichtem Pinselstrich und viel Wasser. Als hätte er selbst es gemalt.

Benommen hatte Helen das Bild in den Händen gehalten und Rosa gebeten, es ihr später zu schenken. Gern, war deren Antwort gewesen, schließlich habe ihr doch Helen das Talent ihres Großvaters vererbt, an den sie sich leider nicht mehr erinnern könne; sie müsse Helen aber dringend etwas viel Wichtigeres erzählen, das Bild sei nur ein Vorwand gewesen. Sie mache sich große Sorgen um Joachim.

Wie schön, hatte Helen gedacht und Rosa kaum zugehört, wie wunderbar wäre es, diesem außergewöhnlichen Mädchen zu zeigen, daß sie so arbeitet wie ihr eigener Vater und nicht wie ihr Großvater; daß sie mit Bens Talent die Rosen malt, die er selbst ausgesucht und gepflanzt hat. Helen spürte, wie sehr sie mit dem Leben in diesem Haus und ihren Erinnerungen verwachsen war, es war, als hätten sich Menschen und Dinge verschworen, ihr an diesem Abend zu beweisen, daß sie an diesen Ort gehörte.

Wie aus einem anderen Raum war Rosas Stimme zu ihr gedrungen, die ihr etwas berichtete, was sie offenbar sehr beschäftigte.

Paul habe immer wieder geschrien, sagte sie, und ihr Schachspiel mit Joachim gestört. Als sie ihn oben beruhigen wollte, habe das Telefon geklingelt, und dann habe sie Joachim mit aufgebrachter, mühsam unterdrückter Stimme sprechen hören. Sie habe sich nicht bemerkbar gemacht, was sicher falsch gewesen sei, aber sie sei der Meinung, daß Joachim von irgend jemandem bedroht würde.

«Bedroht? Wer? Von wem?» fragte Helen aufgeschreckt.

«Siehst du», war Rosas Antwort, die Tonlage schon wieder spitz und gewohnt aggressiv. «Immer wenn es um Vater geht, hörst du nicht zu. Du änderst dich nie.»

Hast du eine Ahnung, hatte Helen fast amüsiert gedacht.

«Also, was ist passiert?» fragte sie und zwang sich, nicht an den vergangenen Abend zu denken.

«Vater sagte am Telefon, wenn dieser andere noch einmal anriefe, müßte er damit rechnen, daß er alle verabredeten Maßnahmen rückgängig mache und die Polizei einschalte. Er ließe sich mit vagen Vermutungen nicht erpressen, seine Familie und besonders seine Frau ließe er durch sinistre Personen und fadenscheinige Behauptungen nicht aus der Ruhe bringen.»

Joachim habe gesagt: «Rufen Sie hier nie wieder an. Sie machen sich nur unglücklich, wenn ich jemals erfahre, daß Sie mit meiner Frau Kontakt aufgenommen haben. Sie wissen, was das für Ihre Frau bedeuten würde.»

Zum Schluß, nach einer längeren Pause, habe Joachim noch gesagt: «Vergessen Sie doch endlich sein Lachen! Sie haben Gespenster gehört und gesehen. Es ist ein Ding der Unmöglichkeit, und ich verbiete Ihnen, noch einmal hier anzurufen. Sie kennen meine Bedingungen.»

Aus dem Garten war jetzt Michis Lachen zu hören. Helen sah auf den schwarzen Radiowecker, den Paul ihr zum Geburtstag geschenkt hatte, und stellte entsetzt fest, daß es fünf Uhr nachmittags war. Sekundenlang saß sie aufrecht im Bett, ließ sich dann doch wieder zurückfallen und lachte leise. Seit Jahrzehnten hatte sie darüber gewacht, daß in diesem Haus pünktlich um fünf Uhr nachmittags der Tee serviert wurde, und nun verschlief sie diesen geheiligten Termin. Es kann doch nicht sein, daß ich alles nur für Joachim oder aus Furcht vor seinem Pünktlichkeitswahn getan habe, dachte sie. Es war mir selbst wichtig, oder etwa nicht? Wer im Haus ist oder kommen möchte, der weiß: Um fünf Uhr gibt es Tee, dann bin ich da und habe Zeit. Das ist doch in Ordnung. Ich selbst habe es für die Familie so eingerichtet.

Aber heute mußte ich einfach Schlaf nachholen, sagte sie sich.

Wieder hörte sie Michi auf der Terrasse lachen.

Damals, als Rosa ihr von Joachims Telefongesprächen berichtet hatte und von dem Lachen, das erwähnt worden war, hatte sie gleich der Verdacht durchzuckt, Joachim habe am Telefon über Ben gesprochen. Sie hatte Rosa beruhigt und Joachim auszufragen versucht. Mit keiner Silbe hatte er das geheimnisvolle Telefonat erwähnt, in seinem glatten Mienenspiel, seiner unbeeindruckten Stimme war nichts zu lesen als Erstaunen darüber, daß sie annehmen könne, er verschweige ihr etwas.

Ohne Joachims Wissen forschte sie über die ihr zur Verfügung stehenden Verbindungen des Roten Kreuzes nach Ben. Am Ende hielt sie die Fotokopie der Urkunde in den Händen, die Joachim selbst ihr 1943 gezeigt hatte. Benedikt Saalberg war in den letzten Gefechten in Stalingrad gefallen, eine Tatsache, die sie hätte akzeptieren müssen und doch nie wirklich akzeptiert hatte. Darüber würde sie mit Rosa nicht sprechen, aber sie mußte ihr heute die Wahrheit sagen.

Entschlossen stand sie auf. Durch eine Tapetentür ging sie in ihr Bad, strich die Haare zurück. Das Gesicht, das ihr jetzt aus dem Spiegel entgegensah, zeigte die unausweichlichen Falten: Um die grauen Augen, die das Gesicht beherrschten, auf der kleinen, geraden Stirn, um den vollen Mund. Die Haut über der leicht gebogenen Nase spannte etwas, war im Gesicht ein wenig matt und welk geworden. Sie sah nicht so glatt aus wie Sophie Rießt, die gleichaltrige Frau von Joachims Rechtsanwalt, die alterslos wirkte wie eine Porzellantasse.

Helen dachte, daß es immer auffälliger wurde, wie sehr Sophie sich anstrengen mußte, um neben ihrem erfolgreichen, eleganten und ein paar Jahre jüngeren Mann bestehen zu können. «Wenn man fünfundzwanzig ist, dann macht das alles nichts», hatte Sophie Rießt erst vor wenigen Wochen auf dem Golfplatz geklagt, «auch nicht mit dreißig, kaum was mit vierzig. Danach ist aber Schluß, Helen, dann kommen die Herren erst richtig in Schwung, werden erwachsen, leistungsfähig und akzeptabel. Dann fangen die Dreißigjährigen an, nach ihnen zu schielen. Mit Erfolg, Helen.»

Joachim hatte sich wohl nie um eine andere Frau bemüht, was, wie Helen meinte, weniger ihrer Anziehungskraft und ihrer Jugend als seiner Halsstarrigkeit zuzuschreiben war. Er hatte sich willentlich von zwei Obsessionen beherrschen lassen: von der Liebe zu ihr und von seiner Arbeit. Die Firma war die zweite Passion seines Lebens gewesen. Zement, das staubige, graue Gold des Wiederaufbaus, hatte ihn beherrscht.

Vielleicht sollte ich versuchen, mit Rosa nach dem Tee in den Tiergarten zu gehen, dachte Helen und preßte kaltes Wasser gegen ihr Gesicht. Das tat gut.

Rigoros bürstete sie ihr Haar nach hinten.

Joachim hatte befürchtet, daß Rosa ihn nicht mehr lieben könnte, wenn sie erführe, daß er nicht ihr Vater sei.

Warum nur hatte er, während seiner nächtlichen Unruhe- und Angstzustände, mit ihr nicht sprechen können? Was stand hinter seinem beängstigenden Wunsch, sie solle in den nächsten Tagen nie vergessen, daß er alles nur aus Liebe zu ihr getan habe?

Alle Probleme haben einen handfesten Kern! Das hatte Joachim selbst immer gesagt. Könnte es etwas mit dem Testament zu tun haben, dachte Helen, oder wäre das zu einfach? Hat es Sinn, Friedrich Rießt anzurufen, bevor wir am Montag bei ihm zur Testamentseröffnung erscheinen?

Während sie sich ein einfaches, anthrazitfarbenes Seidenkleid anzog, sah sie aus dem Fenster in den Garten. Paul konnte sie unter dem Ahorn erkennen. Er stand gerade auf und redete. Wer war bei ihm? Arndt und Rosa kamen mit dem Teetablett über den Rasen. Hinter ihnen die Kinder, Caren, Michi, sogar Georg.

Sie zog graue Wildlederpumps aus dem Schuhschrank, warf einen prüfenden Blick in den Spiegel, legte schmale Goldketten um Hals und Handgelenk, verließ ihr Zimmer und sah über das Galeriegeländer hinunter auf den schwarzweißen Fliesenboden der Halle.

Die Tür eines Westzimmers unten stand offen, Sonnenstrahlen fielen breit in die Halle. Die Rosen, die sie mittags zwischen Scherben und Wasser vom Küchenboden aufgelesen hatte, glühten im Licht. Helen stand gebannt, konnte ihre Augen nicht davon wenden. Es war wie damals, an diesem heißen Sommerabend, als sie in einem weißen Batistkleid oben in der Galerie gestanden und einen sonnendurchglühten Rosenstrauß in der Halle bewundert hatte. Rosen aus dem Beet, das ihr das Liebste im Garten war, das sie allein pflegte und das Joachim aus diesem Grunde haßte. Aber sie dachte nicht an Ben, als sie auf die Rosen sah. Sie dachte daran, wie Joachim sich freuen würde, wenn sie ihm sagte, daß sie noch einmal ein Baby bekommen würde. Sie selbst war sich ihrer Gefühle nicht sicher, wenn sie an die Nacht dachte, in der sie dieses Kind empfangen hatte.

Joachim kam. Sie hörte seinen bestimmten Schritt, sah ihn durch die Halle in den Garderobenraum gehen, hörte mehr, als sie sah; wie er seinen dunkelbraunen Aktenkoffer auf den Sitz des Lederstuhls stellte, einen Kleiderbügel abnahm, ihn in seinen Regenmantel schob, den er bei jedem Wetter mitnahm, und mit einem kurzen Klick zurück an die breite Messingstange hängte; wie er sich die Hände wusch und dann mit entschlossenen Schritten auf den runden Tisch in der Mitte der Halle zuging, um darauf nach Post oder Notizen zu suchen. Vor dem Tisch verlangsamten sich seine Schritte, seine Augen verengten sich, er blieb stehen und blickte in die farbenprächtigen Rosen. Sein haßerfüllter Blick tat Helen weh, sie wollte sich bemerkbar machen, blieb aber stumm und schrie nicht, als seine kleinen, damenhaft eleganten Hände in die geöffneten Blüten griffen, sie drehten, würgten und zerfledderten.

Helen erinnerte sich nicht, wie sie die Treppe hinuntergekommen war. Sie stand neben ihm, und er vernichtete die Blüten und flüsterte kurze Worte. Als er Helen sah, weiteten sich seine Augen, er zog seine Hände aus dem Strauß, und sekundenlang standen sie erstarrt – unausgesprochene Anklagen wie schwelenden Brand zwischen sich. Dann schoß das glitzernde Lächeln in seine Augen, und er sagte in seiner Geschäftsstimme: «Du solltest öfter Weiß tragen. Es steht dir gut.»

Sie sah ihm nicht nach, als er die Treppe hinaufging, starrte wie geschlagen und blind vor Zorn in die verwüsteten Blüten und dachte: Er hat ihn gerade umgebracht. Ben ist fünfzehn Jahre tot, aber er hat ihn jetzt umgebracht.

Von der Galerie hörte sie Joachims befehlende Stimme, die hinunterrief, er wünsche in der Diele nur rosafarbene Blumen. Nichts anderes. Nie wieder.

Helen löste langsam ihre Hände, die das Geländer umklammert hielten, und ging die geschwungene Treppe hinunter, schaudernd vor den Erinnerungen, die ungezügelt über sie herfielen. Damals war sie im dritten Monat schwanger gewesen. Tagelang hatte sie geplant, das Kind abtreiben zu lassen und es dann erst Joachim zu sagen. Sie hatte eine Flugkarte nach London, einen Kliniktermin und nur einen Gedanken gehabt: Ihm weh zu tun.

Nichts hatte sie getan. Als Paul sechs Monate später zur Welt kam, als sie sah, daß er Bens Augen hatte, fühlte sie sich unbesiegbar in dem lautlosen Kampf, den Joachim gegen ihr Gedächtnis führte.

Sie hatte sich geschworen, nie wieder mit ihm zu schlafen, ja, damals hatte sie geglaubt, nie wieder jemanden lieben zu können.

In der Küche sah sie nach, ob sie noch etwas mit hinaus in den Garten nehmen könnte. Der kleine Fernsehschirm erinnerte sie jäh an die Mittagssendung, an das kantige Gesicht des jungen Mannes, sein dichtes dunkles Haar, die schmalen Augen. Sie ging nicht in den Garten, sondern suchte die Programmzeitschrift in ihrem kleinen Wohnzimmer.

Helen spürte, wie sonderbar es den Kindern erscheinen mußte, daß sie ausgerechnet am ersten Tag nach Joachims Beerdigung Angewohnheiten änderte, mit denen die Familie seit Jahrzehnten vertraut war. Es war ihr merkwürdig unwichtig. Sie fand das Programmheft, setzte sich in einen schmalen, schwarzen Korbsessel und blätterte die Seite des Tages auf. In der Mittagszeit war ein Wirtschaftsmagazin gelaufen. Das Thema: Industriezentren in der UdSSR.

Helen saß wie gelähmt und fühlte sich bedrängt von dumpfen Befürchtungen. Eine Ahnung, die Paul in der vergangenen Nacht vage empfunden hatte, drängte sich ihr als Gewißheit auf: Nach der vergangenen Nacht würde nichts mehr so sein wie zuvor.

Das Gespräch mit Rosa lauerte wie ein Gewitter hinter dem Horizont, und Helen wußte, daß sie es so bald wie möglich hinter sich bringen wollte. Sie wußte auch, daß diese Fernsehsendung sie nicht ruhen lassen würde, daß sie sich bald exaktere Informationen darüber beschaffen würde.

Aus der Halle hörte sie Stimmen. Helen stand schnell auf, legte die Programmzeitschrift aus der Hand und sah durch die geöffnete Tür.

Paul stand in der Halle und blickte wie bezaubert in das Gesicht eines jungen Mädchens, das sie noch nie gesehen hatte. Er hatte die Arme verschränkt, und das Mädchen erklärte ihm etwas mit schnellen, graziösen Handbewegungen.

Sie stehen da wie in einer Theaterinszenierung, dachte Helen. Aus einiger Entfernung durch den Türrahmen blickend, sah sie nicht mehr von der Halle als den schwarzweißen Fliesenboden, das geschwungene Treppengeländer und die beiden Menschen, dicht voreinander stehend, in beigen Hosen und weißen Hemden wie Zwillinge gekleidet, umgeben vom diffusen Nordlicht der Halle.

Er hört gar nicht zu, dachte Helen, aber er kann die Augen

nicht von ihr lassen. Entweder er amüsiert sich, oder er verliebt sich gerade. Wer ist sie?

In diesem Moment kam Arndt dazu, schwenkte leicht verärgert seine Autoschlüssel, lief mit kurzen Schritten um die beiden herum wie ein verärgerter Hund. Seine Hacken knallten hart auf den Fliesen. Das junge Mädchen, einen Kopf kleiner als Paul und einen Kopf größer als Arndt, sah erschrocken auf eine smaragdgrüne Armbanduhr, sagte etwas und lächelte Arndt entschuldigend an. So ansteckend war ihr Lächeln, daß Arndt seinen strengen, aufgeblasenen Ausdruck verlor und Pauls Blick bewundernd auf ihrem Gesicht ruhte.

Helen erinnerte sich jetzt, daß Arndt eine Freundin zum Tee einladen wollte, und ging langsam in die Halle, um das junge Mädchen zu begrüßen.

«Charlotte Tuchmann», stellte Arndt vor. «Charly! Meine Großmutter: Helen Saalberg. Außerdem müssen wir in dieser Sekunde abfahren, Charly, wenn du pünktlich kommen willst.»

Sie ist fast so groß wie ich, dachte Helen, als sie kurz den festen Händedruck des jungen Mädchens spürte.

«Es tut mir leid, daß ich nicht zum Tee in den Garten kommen konnte», sagte Helen förmlich und fügte freundlich hinzu: «Wie schön, daß ich Sie wenigstens noch begrüßen kann, bevor sie fort müssen.»

«Vielen Dank für den Tee», antwortete Charly. «Es ist wunderschön hier.» Sie sah direkt in die tiefgrauen Augen, hinter denen sie eine Welt ahnte, zu der wenige Zutritt hatten; vielleicht niemand.

«Charly! Du hattest es doch eilig», mahnte Arndt betont herrisch.

«Ich komme», antwortete Charly sachlich, aber sie bewegte sich nicht.

Paul blickte erstaunt zwischen den beiden Frauen hin und her.

«Sind Sie aus England oder Amerika?» fragte Helen dann und dachte: Wie jung und strahlend sie ist. Man möchte sie einfach nicht gehen lassen.

«Ich komme aus London.»

«Und ihr Name ist Tuchmann?»

«Ja.»

«Wir kannten vor Jahren einen Sinologen in London. Professor Edward Tuchmann.»

«Das ist mein Vater.»

Es folgte eine kurze, lebhafte Unterhaltung, in der sich herausstellte, daß Charlys Vater Joachim und Helen den Kauf von zwei Jade-Vasen der Tang-Zeit ermöglicht hatte und mit ihnen und seiner sehr hübschen Frau, einer Tierärztin, mehrere Male im Claridge's diniert hatte, daß er ein berühmter Wissenschaftler, geschickter Händler, aber offensichtlich untalentierter Familienvater war. Die Ehe war zerbrochen, und Charlys Mutter hatte wieder geheiratet, wohnte auf einer Farm in Neuseeland und kam nie nach Europa; ihr Vater lebte nur für sein Institut und befand sich seit Monaten bei Ausgrabungen in China, ihre Schwester Anne, die Charly im Krankenhaus besuchen wollte, studierte seit Jahren in Hannover.

«Dann sind Sie ja ganz allein», sagte Helen erschrocken.

«Es ist nicht schlimm», sagte Charly. «Ich wohne bei guten Freunden.»

«Aber wo wohnen Sie hier? In Hannover?»

«Ich kann sicherlich in der Wohnung meiner Schwester wohnen.»

«Aber Sie sind doch schon seit gestern in der Stadt», sagte Paul.

«Ach, gestern war es für alles zu spät», antwortete Charly zurückhaltend.

«Sie haben in einem Sessel im Krankenhaus übernachtet? Stimmt's?» Helen wunderte sich über den besorgten Ton in Pauls Stimme.

«Ja», gab Charly lachend zu.

«Dafür siehst du blendend aus, und jetzt müssen wir los!» schloß Arndt ab.

«Einen Moment, mein Lieber!» Helen schickte ihn hinaus, wie nur alte Damen ihre Enkel hinausschicken können. Er sollte sein Auto vorfahren. Während sie Charly zur Tür begleitete, bot sie ihr an, abends zurückzukommen und ein Gästezimmer des Hauses zu benutzen. In Gedanken an ihre weit entfernten Eltern sei ihr die Vorstellung unerträglich, Charly völlig allein in einer fremden Stadt zu wissen.

Charly bedankte sich, verabschiedete sich und versprach anzurufen.

«Es würde mich freuen», sagte Helen abschließend.

Als sie mit Paul durch die Halle zurückging, sagte sie: «Wenn man bedenkt, daß Arndt sonst nur diese Siegelring-Mädchen zum Tee bringt, ist sie wirklich erstaunlich.»

Helen nahm zur Kenntnis, daß Paul lächelte, ohne zu antworten.

FÜNFTES KAPITEL

Fünfzehn Minuten nach sechs Uhr eilte Charly durch die belebte Eingangshalle des Klinikums, mit den Geschäften, Restaurants und Cafés. Blumen, Bücher, Illustrierte, Süßigkeiten und Zigaretten, Jeans und Shirts, Seifen und Parfums, ein Friseurgeschäft. Wie im Flughafen, dachte sie. Nur die Ankunfts- und Abfahrtstafeln über den Aufzügen fehlen.

Vier Aufzüge kamen gleichzeitig an, spuckten Leute aus und sogen die Wartenden ein. Charly hatte einen Aufzug für sich allein. Ruckartig schob sich die Tür mit einem metallischen Knall zusammen, und genauso laut öffnete sich die Tür in dem hochgelegenen Stockwerk. Charly trat schnell hinaus.

Die Kluft zwischen der Welt der Kranken und der heiteren Einkaufswelt der Eingangsebene schien ihr unüberbrückbar. Als sie durch die schwer zu öffnende Stationstür trat, empfand sie widerstrebend, daß hier das Krankenhaus existierte, so wie es immer gewesen war und wahrscheinlich immer bleiben würde, weil krankes Leben nach anderen Gesetzen abläuft als gesundes. Hinter der schweren Glastür wartete der keimfreie Glanz gebohnerter PVC-Fliesen, das kühle Licht der Neonstablampen, der leise Tritt und die forschen Stimmen der Schwestern, die künstliche Ruhe der Krankenzimmer.

Es war noch kein elektrisches Licht angeschaltet. Die Nachmittagssonne fiel durch ein großes Fenster am Ende des langen Flures wie durch einen Schacht. Im Gegenlicht erkannte Charly in der Mitte des Ganges vor dem Stationszimmer einen Arzt und eine Schwester. Sie hatte das Gefühl, daß beide sie bemerkt hatten und über sie redeten, während sie sich näherte. Der Tritt ihrer Lederschuhe auf dem spiegelblanken Boden hallte ihr in den Ohren.

«Sie sind Frau Tuchmann?» fragte die Krankenschwester.

«Ja. Ich bin die Schwester von Anne Tuchmann. Können Sie mir bitte ihr Zimmer zeigen? Es wurde mir gesagt, daß meine Schwester jetzt auf der Station sein müsse.»

Charly hätte am liebsten gar nicht aufgehört zu reden, weil sie fürchtete, wieder eine abschlägige Antwort zu bekommen. Sie redete und sah dabei in zwei Augenpaare, die ihr irgend etwas signalisierten, was ihr angst machte.

Die weiche Hand der Krankenschwester griff kraftlos nach Charlys Arm.

«Kommen sie mit mir? Dr. Mayer möchte sie erst sprechen. Kommen sie hier lang?»

Charly zuckte zurück. Wortlos ließ sie sich in ein kleines Sprechzimmer führen. Gelbgestrichene Wände, Neonlicht, taubenblauer Kunstlederbezug auf drei Chromstühlen, ein Chrom-Glastisch, kein Fenster. Sie fing noch einen traurigen Blick aus dem welken Gesicht der Krankenschwester auf und las das kleine, chromglänzende Namensschild auf dem Kittel. Schwester Ute.

Die matte Hand strich an ihrem eiskalten Arm entlang.

«Es dauert nur eine Sekunde, Frau Tuchmann. Der zuständige Arzt kommt sofort. Wollen Sie einen Tee? Einen Saft?»

«Nein, danke», sagte Charly und dachte: Ich schreie, wenn sie mich noch einmal anrührt.

«Ah, da ist endlich das Abendbrot! Also, der Doktor kommt sofort.»

«Schwester Ute! Warum kann ich meine Schwester nicht jetzt sehen?»

«Der Doktor kommt sofort.»

Charly wartete in der Nähe der offenstehenden Tür.

Zwei gackernde Schwesternschülerinnen rollten den Küchenwagen über den Flur und ließen ihn genau in Charlys Blickfeld stehen. Durch den weißgestrichenen Türrahmen sah sie die orangefarbenen Tabletts in dem chromblitzenden, sechsstöckigen Wagen, die undurchsichtigen, hellgrünen Plastikhauben auf den Tellern, die weißen Namensschilder im Plexiglasständer, die auf jedem Tablett an der gleichen Stelle rechts vor dem Teller standen. Der Wagen spiegelte sich in dem blanken hellgrauen Fußboden. Charly fröstelte.

Schade, daß ich meine Kamera nicht mitgenommen habe, dachte Charly. Dieser Wagen in dem Türrahmen ist so phantastisch häßlich, funktional, uniform, ein perfektes Foto. Man könnte eine kleine Stilleben-Serie über fertig angerichtete Mahlzeiten in den verschiedensten Qualitäten unter den aberwitzigsten Abdeckhauben, auf den unterschiedlichsten Tablettwagen schießen. Ich muß es John vorschlagen.

Jetzt schob sich eine quadratische, weißgekleidete Figur vor den Wagen und verdrängte den Gedanken an ihren Verleger und neue Fotoserien.

«Frau Tuchmann?» fragte eine ruhige Stimme. «Guten Abend, ich bin Dr. Mayer von der neurologischen Intensivstation.» Er schloß die Tür hinter sich.

Eine Viertelstunde später saß Charly an dem Bett ihrer Schwester und bemühte sich, das zu begreifen, was der Doktor ihr umständlich erklärt hatte: Anne war seit 48 Stunden bewußtlos.

Charly hielt die Hand ihrer Schwester fest in ihrer Hand und sagte kleine, belanglose Dinge. Dabei suchte sie in dem vertrauten Gesicht nach Reaktionen, hoffend, daß Anne reagieren würde. Nicht irgendein Arzt, nicht irgendeine Krankenschwester, sondern sie. Annes Kopf war rundherum bandagiert. Ihre herzförmigen Gesichtszüge wirkten wächsern, wie entrückt. So sahen die Statuen mittelalterlicher Königinnen aus. Leblos und schön. Aber das hier war Anne.

Was war denn nur geschehen?

Wir waren doch immer so gesund, dachte Charly. Sie schob ihre Hand über die empfindungslose Hand auf der weißen Bettdecke und sah sich plötzlich in einem dünnen Nachthemdchen am Bett von Anne sitzen. Sie fror in dem kühlen Schlafzimmer, drückte die fieberheiße kleine Hand ihrer Schwester, legte einen nassen Lappen auf ihre Stirn und hörte die fröhlich-fordernde Stimme der Mutter über drei enge Stockwerke von unten heraufrufen: «Charly! Geht es Anne besser?» – «Nein.» – «Warum muß sie immer dieses lästige Fieber entwickeln? Ich muß mit Richard dringend nach den Pferden sehen, Darling.» – «Warum?» – Charly war an das schmale Treppengeländer getreten und sah unten den stämmigen Richard, der jedes Jahr mehrere Wochen aus Neuseeland kam, neben ihrer Mutter auf der Treppenstufe stehen. Er hatte den Arm um ihre Schulter gelegt, und sie fuhr mit der Hand durch seine dicken Locken. «Ein Fohlen ist krank, und Richard muß morgen fahren! Also, sei ein gutes Mädchen.» – «Wo ist Daddy?» – «Weiß ich nicht. Im Institut, auf einer Vernissage, irgendwo.» – «Ich will nicht allein sein.» – «Ruf den Doktor, wenn es dir nötig scheint.» – «Hi, Charly», rief Richard. «That's a good girl.»

Ich war damals sieben Jahre alt, dachte Charly. Immer das gute, große Mädchen, das sich um die empfindliche Anne kümmerte. Dabei war ich drei Jahre jünger.

Sie beobachtete ungläubig die geschlossenen Augen, den Mund der Bewußtlosen. Anne mußte doch irgendwas merken. Komm, Anne. Ich bin da. Du mußt deine Augen aufmachen. Alles wird wieder gut. Ich bin doch da. Ich werde versuchen, Sebastian zu erreichen. In irgendeinem Labor zwischen Chicago und San Diego werde ich ihn erreichen. Merkst du nicht, daß ich da bin? Ich hole alle: aus Neuseeland, aus China, aus Amerika. Sie sollen alle zu dir kommen. Einmal im Leben sollen sie kommen und sich kümmern!

«Kein Grund zu ernster Beunruhigung», hatte der Doktor gesagt. Die Anamnese hätte ergeben, daß ihre Schwester nicht sofort nach dem Unfall eingeliefert worden sei. Das sei erklärlich. Schließlich sei es nachts passiert, keiner könne den Zeitpunkt genau angeben. Morgens sei sie gefunden worden, soviel er verstanden habe, von der Zeitungsfrau. Der Notarzt sei alarmiert worden, so schnell wie möglich sei sie in die Notaufnahme gekommen, sofort sei eine Computertomographie gemacht worden. Zwei Rippenbrüche, ein Schädelbasisbruch, eine unerhebliche Platzwunde und eine intracerebrale Blutung hätte man festgestellt, operieren könne man nicht, aber der Fall sei nicht aussichtslos. Der Hirndruck werde regelmäßig gemessen. Der Bruch werde heilen, das Hämatom könne sich resorbieren. Der Hirndruck habe auch schon nachgelassen, was ein positives Zeichen sei. Die Brüche seien schmerzhaft, aber davon merke sie vorerst nichts... Seit ihrer Aufnahme liege sie auf der neurologischen Intensivstation. Es sei ihm, Dr. Mayer, unverständlich, daß Charly eine andere Station genannt worden sei. Er bitte um Entschuldigung. Es sei ein großes Krankenhaus, für manche etwas unübersichtlich.

Die Tür öffnete sich, und eine Schwester tauschte mit resoluten Handgriffen den fast geleerten durchsichtigen Beutel durch einen prallgefüllten mit kristallklarer Infusionslösung aus.

Charly streichelte das bandagierte Gesicht. Aufwachen, Anne. Du bekommst etwas zu trinken. Sie drückte die kleine Hand. Du mußt aufwachen.

Die Krankenschwester kontrollierte und überprüfte alle Schläuche und Leitungen, die von Anne zu den verschiedenen Geräten liefen, trug Meßwerte in eine Tabelle ein, lächelte und trat wortlos durch die dünne Glastür, durch die sie gekommen war.

Drei Stunden blickte Charly in das leblose Gesicht, flüsterte mit Anne, versuchte sich Mut zu machen, spürte Verzweiflung, zwang sich, ruhig zu bleiben, wehrte sich gegen Hirngespinste, preßte ihr Gesicht neben das bandagierte Gesicht, als könne sie sich verstecken und wußte, wie sinnlos es war. Die Angst lauerte hinter jeder Wahrnehmung, hinter jedem Gedanken, schlich in ihr Herz und wurde dort zu Stein.

Um neun Uhr abends verabschiedete sich Charly flüsternd von Anne. Was wäre, wenn ich schreie, dachte sie. Vielleicht würde der Schreck sie aus dem ohnmächtigen Schlaf reißen?

Vorsichtig auf Zehenspitzen ging sie zur Glastür. Warum trete ich nicht mit den Hacken auf? Ich will sie doch wecken.

Auf dem Flur zog sie den meergrünen Kittel aus, sagte im Wachzimmer, daß sie ginge und morgen wiederkäme.

Ein Flurfenster war draußen geöffnet.

Es ist alles nicht wahr, dachte Charly und trat an das Fenster. Es kann gar nicht sein. Anne wird wieder gesund. «Es besteht kein ernster Grund zur Beunruhigung», flüsterte sie vor sich hin und wußte, daß der Arzt es viel zu oft gesagt hatte.

Draußen verglühte ein wunderbarer Juniabend. Aus einem Fenster hörte sie Stimmen. Von irgendwoher kam Radiomusik. Billy Joel sang «Leningrad». Charly kannte den Text, sang das Lied immer mit, wenn sie es allein im Auto hörte. Die letzte Strophe hatte schon begonnen, und sie wartete auf den Schluß, auf die bombastischen Klavierakkorde. John und David machten sich darüber lustig, daß sie es so gern hörte. John und David müßte sie auch anrufen.

Aus dieser Höhe sah sie bis zum rosaglühenden Horizont, die Straßen und Häuser versanken winzig klein im Dunst der Dämmerung. Straßenlampen und Hausbeleuchtungen wirkten wie schwimmende Lichter auf Rosa und Grau.

Irgendwo dort hinten, südwestlich vom Krankenhaus, mußten das Haus und der Garten sein, in dem sie heute nachmittag gesessen hatte. Wahrscheinlich würde diese große, nette Familie immer noch unter dem dunkelroten Ahorn sitzen und reden und lachen. In Gedanken an die vielen Menschen, die mit einemmal im Garten zum Tee erschienen waren, mußte sie lächeln. Erst dieser riesengroße, träge Paul, den sie offensichtlich gestört hatte; dann der Bienenschwarm von Geschwistern, Neffen, Nichten. Wirklich bewundernswert, in welcher Schnelligkeit Rosa, die ältere Schwester von dem sogenannten Onkel Paul, sie ausgefragt hatte. Er hatte es ja angekündigt. In Windeseile hatte Rosa die weißen Teetassen auf dem Tisch verteilt und wie nebenbei herausbekommen, daß sie, Charly, dreiundzwanzig Jahre alt war, in London und dort in Chelsea wohnte, daß sie ihren Schulabschluß im St. Paul's College gemacht hatte, wie ihre ältere Schwester Anne, die jetzt hier in Hannover Medizin studierte, in wenigen Wochen ihr erstes Examen beenden würde und mit ihrem Freund zusammenlebte, der Sebastian hieß, auch Mediziner war, sich schon habilitierte und mit seinem Professor auf einer Vortragsreise in den USA unterwegs war.

Charly schüttelte noch nachträglich den Kopf über die Fragen-Kanonade und erinnerte sich an Paul, der sie fortwährend amüsiert beobachtet hatte.

Waren diese Augenlider das Besondere an ihm, die so schräg abfallen und so empfindlich wirkten? Es ist so, überlegte Charly, daß man das Lid berühren möchte, ganz vorsichtig mit dem Finger darüberstreichen. Vielleicht macht ihn das so aufregend – oder die Nase oder der Mund? Ich weiß es nicht. Alles an ihm ist groß, gerade, lässig und trotzdem nachdenklich. Dagegen ist Arndt ein Pfau.

Merkwürdig, daß Arndt sie mitgenommen hatte, einen Tag nach der Beerdigung seines Großvaters. Sie wäre nie mitgefahren, wenn sie das geahnt hätte. Sie kannte ihn doch gar nicht. Jedenfalls langte eine kurze Unterhaltung auf einem langweiligen Londoner «At Home» nicht aus, um jemanden seiner Familie vorzustellen.

Am liebsten hätte sie sich für ihr Eindringen entschuldigt, besonders bei der alten Dame, die sie noch ganz zum Schluß in der Halle begrüßt hatte.

Charly lehnte sich auf die Fensterbank und spürte nach der Anspannung der vergangenen Stunden zum erstenmal Müdigkeit. Diese Frau kennt unsere Eltern, dachte sie. Ungefähr vor fünfzehn Jahren hat sie dreimal mit ihnen im Claridge's gegessen. Das kann nur wenige Wochen vor der Trennung gewesen sein. Was würde sie sagen, wenn ich ihr erzähle, daß sie wahrscheinlich öfter mit meinen Eltern zusammen gegessen hat als Anne und ich?

Charly sah die kleine unaufgeräumte Souterrainküche des Londoner Hauses vor sich, in der es immer nach Angebranntem gerochen hatte. Johanna, wie alle anderen deutschen Studentinnen, die sich so ihr Geld verdienten, konnte überhaupt nicht kochen, aber sie redete dafür deutsch mit ihnen. Die Eltern aßen nur zu Hause, wenn Gäste da waren, dann selbstverständlich mit Lohndienern und ohne Kinder.

Fünfzehn Jahre lag der unvergeßliche Sommernachmittag zurück, an dem Anne und sie begriffen hatten, daß zwischen ihren Eltern noch viel weniger Gemeinsamkeit herrschte, als sie in bangen Stunden befürchtet hatten.

Charly sah sich und Anne die endlos lange Straße in Chelsea hinuntergehen, an deren Ende sie wohnten. Es war warm, und sie trödelten vorbei an den weißlackierten Häuserfassaden, den dunkelgestrichenen Türen und den unverhängten Fenstern. Anne war schon drei Jahre auf dem St. Paul's College und sie, Charly, erst drei Wochen: Ein achtjähriges Kind auf hageren Beinen, das dicke braune Haar in einen Rückenzopf geflochten, stolz auf die neue Schultasche, auf die erste Schuluniform, den rotweiß gestreiften Blazer mit goldenen Knöpfen, stolz auf jeden selbständigen Schritt mit den neuen Lackschuhen; gesünder, dünner, frecher und einen Kopf größer als die pummelige, blonde Anne.

Auch an diesem Tag ging Anne an der Straßenseite, weil sie, Charly, dicht an den Zäunen entlanglaufen wollte. Sie spürte noch ihre Fingerkuppen über die runden, gelackten Gitterstäbe gleiten, fühlte noch den Ruck von Annes Hand, die sie zwang stehenzubleiben. Am Ende der Straße, vor dem Haus mit der leuchtendblauen Tür, hielt ein Taxi, eine blonde Frau in einem hellen Kostüm schob einen großen Aluminium-Koffer in das Fahrzeug, stieg ein, und Sekunden später war das Taxi um die Straßenecke verschwunden. Es war ihr Haus, und es war ihre Mutter, die da in das Taxi gestiegen war. Sie waren so schnell gelaufen wie noch nie zuvor, Charly spürte noch den dicken Messingklopfer der Haustür in der Hand, mit dem sie unablässig hämmerte, um die Angst in sich zu übertönen.

Als Johanna ihnen schließlich öffnete, wurden sie in ihr Schlafzimmer geschickt und eine halbe Stunde später in das schmale Arbeitszimmer ihres Vaters gerufen.

Er saß glattrasiert und in den Duft seines starken Eau de Cologne gehüllt hinter seinem überfüllten Schreibtisch und blickte sie gleichgültig an.

«Eure Mutter hat uns verlassen und wird ab jetzt in Neuseeland wohnen.»

Schweigen.

«Johanna wird sich erst mal um alles kümmern. Es wird genauso gutgehen wie bisher.»

Schweigen.

Anne wurde von leisem Schluchzen geschüttelt, sie faßte nach Charlys Hand, und ihre Finger verkrallten sich ineinander.

Charly hörte noch ihre eigene dünne Stimme fragen: «Ist sie mit Richard weggegangen?»

«Ja. Wenn du Mr. Richard Jones meinst.»

«Warum?»

«Wenn es an der Zeit ist, werdet ihr sie vielleicht verstehen. Hier ist ein Brief für euch.»

In dem Brief stand unter anderem: «Vielleicht hat Euer Vater die Güte, Euch zu sagen, warum ich keinen Tag länger mit ihm im selben Haus, in derselben Stadt, nicht einmal im selben Land wohnen kann.»

Er hatte es ihnen nicht gesagt, Jahre später fanden sie es selbst heraus. Ohne besonders schockiert zu sein, hatten sie festgestellt, daß ihr Vater keine Frauen liebte. Er liebte Peter, einen Experten für ostasiatische Kunst. Zusammen waren sie mit John und David befreundet, die in das gegenüberliegende Haus zogen und einen kleinen Kunstbuch-Verlag betrieben. Anne und sie, Charly, liebten ihren Vater, weil sie das für ihre Pflicht hielten. Peter aber und besonders John und David liebten sie weit mehr, weil die sich wirklich um die kleinen Mädchen kümmerten. Sie waren dann eine ganz glückliche Familie gewesen, bis Annes Freund Sebastian aufgetaucht war. Er hielt Homosexualität für einen Charakterfehler, während er seine polygamen Bedürfnisse als männlich und normal einstufte. Anne litt unter diesem intelligenten Macho, aber sie liebte ihn und blieb bei ihm. Er hatte sie nach Deutschland geholt und so gegen ihren Vater und seine Freunde aufgebracht, daß sie seit zwei Jahren nicht mehr nach Hause gekommen war.

Ich darf hier nicht herumstehen, dachte Charly. Ich muß John und David anrufen. Sie mußte auch versuchen, Sebastian zu erreichen.

Sollte sie ein Taxi nehmen und in Annes Wohnung fahren? Sie müßte den Schlüssel bei der Nachbarin holen, die genauso traurig aus der spaltbreit geöffneten Wohnungstür sehen würde wie ihr Dackel, der hinter ihr in dem dunklen, ungelüfteten Flur stehen würde. Sollte sie jetzt in dieses speckige Treppenhaus gehen, in dem Anne nachts gestürzt war?

Charly stützte sich immer noch auf das Fensterbrett. Kann ich jetzt noch in diesem wunderschönen Haus anrufen, fragte sie sich. Müde und ein wenig mutlos malte sie sich aus, daß sie ein Taxi nehmen und in zehn Minuten da sein könnte. Die Hauswand würde im Abendlicht leuchten, sie würde in der dämmrigen Halle stehen und mit jemandem reden können. Irgendwo in diesem weiten Haus wäre ein Zimmer, sie würde noch im letzten Abendlicht einschlafen und wäre nicht allein.

Unsinn, sagte sie, sich selbst zurechtweisend. Es wäre unmöglich und unverschämt. In Annes Wohnung finde ich etwas zu essen und schlafe sofort. Vielleicht rufe ich noch in Neuseeland an. Dort ist jetzt früher Morgen.

Sie fuhr in die Eingangshalle hinunter, ging unschlüssig an den Auslagen der geschlossenen Geschäfte vorbei, stockte vor den Telefonzellen am Ausgang, betrat zögernd eine Kabine, suchte nach einer schmalen Visitenkarte in ihrer Tasche und wählte die Nummer des aprikosenfarbenen Hauses.

Michi nahm Charlys Anruf entgegen und entschuldigte seine Großmutter. Er könne sie nicht finden. Es sei auch umständlich, seinen Bruder Arndt an den Apparat zu holen, der spiele gerade Tischtennis im Keller, aber er wisse, daß sie erwartet würde. Warum? Weil er selbst damit beauftragt worden sei, Sprudelwasser, Bademantel und Handtücher in ein Gästezimmer zu bringen. Sie solle auf jeden Fall kommen, sonst hätte er ja alles umsonst gemacht.

Nachdem er den Hörer aufgelegt hatte, überlegte er kurz, was in diesem Haus eigentlich vorging. Rosas wütende Stimme hörte er hinter einer Zimmertür im oberen Stock, seine Großmutter ging nicht an ihr Telefon, obwohl sie in ihrem Zimmer war, und sein Vater und Paul saßen lange zusammen hinten im Garten, was sonst nie geschah. Michi mußte wohl zur Kenntnis nehmen, daß etwas geschehen war, das dem seltenen Einverständnis der Erwachsenen ein jähes Ende bereitet hatte.

Früher, als seine Mutter noch da war, hatte er abends oft die Stimmen seiner Eltern gehört, wie sie immer lauter und zorniger wurden, so als wolle einer den Ton des anderen abwürgen; dann war er unter die Decke gekrochen und hatte gehofft, seine Angst zu ersticken. Zehn Jahre waren seitdem vergangen, aber das Gefühl ohnmächtiger Furcht kannte er noch immer. Er wollte diese Angst nicht mehr zulassen, wollte erwachen, aber von einem nächtlichen Zank hinter geschlossenen Türen fühlte der Siebzehnjährige sich zu seinem Zorn immer noch zurück ins Dunkel geworfen.

Er wollte nicht weggehen, sich nicht mehr verkriechen, und jetzt mußte sich einer um Charly kümmern.

Sie hatte ihm am Nachmittag im Garten gefallen, und sie sollte sich hier wohl fühlen. Ihre Stimme hatte am Telefon so vorsichtig und zaghaft geklungen, der Unfall ihrer Schwester mußte sie wohl furchtbar ängstigen. Auch wenn hier im Haus Zank und Unfriede ausbrachen, würde er sich um sie kümmern.

Michi strich seine Haare aus der Stirn, atmete tief durch und holte für Charly ein Abendbrot aus dem gefüllten Kühlschrank, das für zehn Personen gelangt hätte; Essen, Trinken und Kerzenlicht überbrücken jeden schwierigen Anfang, sagte er sich. Dann rief er Wolfgang, Rudolf und Arndt aus dem Tischtenniskeller, und als das Taxi in die Hauseinfahrt bog, standen vier junge Männer in der offenen Haustür und warteten auf Charly. Ohne viel Umstände wurde sie in die Küche geführt. Arndt schenkte sich Wein ein und bot ihr davon an. Sie hörte seine durchdringende Stimme, und immer wieder traf sie sein beifallheischender Blick. Er setzte sich als einziger nicht an den runden Tisch, sondern lief Aufmerksamkeit fordernd hin und her. Die drei Jüngeren tranken Coca-Cola, fragten nichts, redeten auch nicht miteinander, sahen ihr nur aufmerksam zu. Charly fing den ruhigen Blick Wolfgangs auf, der vorsichtig begann, sie auszufragen. Er wolle Arzt werden, sagte er, wie sein Vater. Ob sie erzählen könne, was mit ihrer Schwester geschehen sei.

Sie erklärte den Fall mit den sachlichen Worten des Neurologen, und es beruhigte sie, darüber zu sprechen. Das Mitleid der erschrockenen Jungen tröstete sie, und bald war die Atmosphäre so unbeschwert, daß Michi sich sogar bereit erklärte, Billy Joel-Songs zu spielen. Also zogen sie in das Zimmer zwischen Bibliothek und dem großen Salon, in dem der Flügel stand, und Michi begann seine Vorstellung mit eiserner Miene, Sonnenbrille und Baseballmütze.

Die Klavierakkorde waren auch im Garten zu hören, wo Paul und Georg noch immer unter dem dunklen Ahorn saßen.

«Wann sollen wir wegen dieses Extra-Testaments zu Friedrich Rießt kommen, Georg?» fragte Paul.

«Am Montag um sechzehn Uhr. Kannst du es einrichten?»

«Schlecht», sagte Paul. «Ich habe schon seit Wochen einen Termin.»

«Du hast schon mal besser gelogen», Georg lachte vor sich hin. «Gestern hast du mir noch erzählt, du hättest alles in der Bank erledigt und könntest in der kommenden Woche Ferien machen.»

«Mit der Bank hat der Termin nichts zu tun. Ich muß ganz schlicht zum Zahnarzt.»

«Dann mußt du deinen Zahnarzt versetzen. Friedrich hat mir gesagt, daß die Brieföffnung nur in Gegenwart der vollzähligen Familie vorgenommen werden könne. Mir paßt es auch nicht, aber am Dienstag muß Friedrich nach New York...»

«Warum kommt Rießt nicht morgen hierher oder wir gehen zu ihm in die Kanzlei. Jetzt sind wir doch alle da und haben Zeit.»

«Keine Chance. Er feiert den siebzigsten Geburtstag seines Bruders in Hamburg.»

«Stimmt. Morgen früh! Wird ein Riesenauftrieb, und ich muß hin.»

Das letzte Dämmerlicht drang kaum durch das dichte Blätterdach des dunklen Ahorns, und das Haus stand als massiver Schattenriß vor dem rosigen Himmel.

«Dieser Zirkus bei Friedrich Rießt ist doch völlig unnötig. Das Testament liegt mindestens seit einer Woche beim Nachlaßgericht, und wir wissen doch sowieso, was drinsteht, oder?»

Er wandte sich Georg zu, konnte aber von der schmalen Gestalt seines Bruders nur noch zwei helle Flecken erkennen. Der matte obere Fleck war die gepflegte Managermaske, und der untere, leuchtende Fleck das maßgeschneiderte, himmelblaue Hemd aus London mit allerfeinsten weißen Streifen, um das er seinen Bruder schon den ganzen Nachmittag beneidet hatte.

Georg schwieg. Aus dem Haus klangen Klavierakkorde.

Ich wette, daß er jetzt überlegt, ob er mir sagen kann und soll, was er von Rießt schon erfahren hat, dachte Paul. Und ich? Soll ich ihm sagen, was ich seit gestern nacht weiß, oder sollte ich das unserer Mutter überlassen?

Aus dem Musikzimmer waren deutlich Michis dunkle Singstimme und Rudolfs helles Lachen zu hören.

Leningrad! Dieser furchtbare Ohrwurm, dachte Paul. Billy Joel mit seiner gepreßten Stimme. Pokerface, Mafiabrille, Baseballmütze.

«Was ist das bloß für Musik?» fragte Georg irritiert. «Michi ist ganz verrückt nach dem Lied! Zieht sich an wie ein Vorstadtschieber und singt es am Klavier. Zum Totlachen.»

«Michi ist gut», sagte Paul. «Ich mag ihn.»

«Wenn er nur halb so fleißig wäre wie Arndt, hätte ich nichts auszusetzen. Aber so möchte ich ihn jeden Tag einmal verdreschen. Jetzt droht ihm eine Sechs in Englisch. Wirklich nichts als Ärger.»

«Warum schickt ihr ihn nicht ein Jahr nach England?»

«Er will nicht. Sein Freund auch nicht. Daran liegt es.»

«Er könnte an den Wochenenden zu mir kommen, wenn er es im Internat nicht aushält.»

«An den Wochenenden ist man nicht in London, wenn man in London lebt, Paul.»

«Sieh das nicht so eng. Die Wohnung ist doch da. Arndt ist sicher auch oft drüben. Seine neue Freundin kommt aus London.»

«Das Mädchen, das heute nachmittag hier war?»

«Ja.»

«Das ist nichts für ihn.»

«Denk doch nicht gleich in Jahrzehnten.»

«Sie taugt nichts für ihn.»

«Du sagst das genau wie Vater.»

«Ich habe auch recht. Genau wie Vater.»

Unglaublich, dachte Paul und spürte die alte Wut in sich aufsteigen. So bin ich immer wieder auf Vater hereingefallen: Man sitzt im Garten, denkt nichts Böses, und dann geht das Vernichtungsfeuer los. Georg wird auch so, und keiner hindert ihn daran. Nur er hat recht, nur er ist großartig, dabei ist er verdammt ignorant und überheblich.

Es war dunkel geworden. Paul zog unwirsch die Sektflasche über den Tisch und schenkte sich etwas ein.

«Du kannst doch nicht, nachdem du sie fünf Minuten gesehen hast, ein Mädchen ablehnen, das Arndt offensichtlich wichtig ist.»

In Helens Zimmer wurde es hell, darunter machten die Kinder das Licht in den Wohnzimmern an. Der dunkle Block des Hauses war mit einem Schlag erleuchtet, wie ein Transparent, hinter dem eine Kerze entzündet worden ist.

«Ich lehne das Mädchen nicht ab. Ich lehne Arndts Weise ab, sie anzubeten, und ich brauchte nicht einmal fünf Minuten, um zu erkennen, daß er sich aufführt wie ein aufgeblasener Pfau, während sie sich nichts aus ihm macht – und sich nie etwas aus ihm machen wird.»

«Warum soll er nicht ein bißchen leiden», schlug Paul vor. «Das hat noch keinem geschadet.»

«Das klingt gut, aber es stimmt nicht», antwortete Georg, und Paul hörte den bitteren Ton in seiner leisen Stimme. «Liebeskummer muß überhaupt nichts nützen, muß einen keine Spur weiterbringen. Ganz im Gegenteil. Ich meine auch nicht normalen Liebeskummer... Ach, ich kann das schlecht erklären.»

«Willst du auch noch Sekt, vorausgesetzt, daß ich dein Glas treffe?» fragte Paul und dachte: Heute muß ich über die merkwürdigsten Sachen reden. Ringelgänse und Liebeskummer. Dabei habe ich immer noch Kopfschmerzen und trinke schon wieder Alkohol, ich Idiot. Es kann doch nicht wirklich sein, daß Georg mit mir über Liebeskummer reden will.

«Du kannst alles phantastisch erklären, wenn du willst», sagte er ermutigend.

«Du weißt, was ich meine. Mit Amalie war es genauso. Vater wollte sie mir ausreden, obwohl er sie bewunderte. Ich habe sie vergöttert, und sie hat mich geduldet. Dann haben wir entsetzlich gestritten und versucht, uns gegenseitig kleinzukriegen. Akzeptiert, geliebt oder bewundert hat sie mich nie – trotz der Erfolge und der Kinder. Es fehlte etwas. Davor will ich Arndt bewahren.»

«Du hast auch nicht auf Vater gehört.»

«Nein. Aber vielleicht muß man solche Gespräche anders beginnen als er. Auf jeden Fall meinte er seine Warnungen bitter ernst, und manchmal denke ich, er hat aus eigener Erfahrung gesprochen. Weißt du, was ich meine?»

«Ich denke schon», antwortete Paul, «aber sieh dir an, was da oben los ist.»

Rosa und Helen waren an dem großen Fenster von Helens Zimmer zu sehen. Rosa saß in einem Sessel, schaute, eine Zigarette in der Hand, zu Helen hoch, die sich zögernd in dem gegenüberliegenden Sessel erheben wollte, dann aber doch sehr aufrecht sitzen blieb. Helens lange rechte Hand bewegte sich vor ihrem Oberkörper in regelmäßigen Abständen auf und nieder.

«Mutter erklärt etwas, oder?» stellte Georg fest. «Ich habe das Gefühl, daß Mutter immer genau solche Angst vor Rosa gehabt hat wie wir. Und Rosa nutzt es aus, wie eh und je. Sieh dir nur an, wie sie sich vorbeugt. Wie eine Katze vor dem Sprung. Sie sagt bestimmt etwas Furchtbares. Weißt du, was da los ist?»

Es muß sein, dachte Paul. Ich sag es ihm. Mutter wird sogar froh darüber sein.

«Du hast eben doch gemeint, daß zwischen den Eltern irgend etwas nicht stimmte und nie gestimmt hat, oder?»

«Ja.»

«Seit gestern nacht weiß ich, was es war.»

Als Georg die Geschichte angehört hatte, stand er leise auf.

«Ich kann dazu jetzt gar nichts sagen, Paul. Ich glaube, mir fehlt einfach die Phantasie, um so etwas zu verstehen. Weißt du, ich gehe lieber, bevor die beiden herunterkommen.»

«Würde ich an deiner Stelle auch tun.»

«Wo ist eigentlich Wolf den ganzen Abend?» fragte Georg und meinte damit auf den Zuständigen für Rosas Probleme verwiesen zu haben.

«Wolf ist heut morgen wegen eines Notfalls nach Düsseldorf geflogen. Er wollte zurückkommen.»

Langsam gingen sie über den Rasen auf die Terrasse.

«Wie spät mag es sein?» fragte Georg und blieb ruckartig stehen.

«Halb elf, ungefähr. Warum?»

«Das Mädchen ist wieder da. Diese Charly. Siehst du sie neben Michi am Flügel?»

«Mutter hat sie eingeladen, hier zu wohnen. Sie kennt ihre Eltern.»

«Dann soll es mir recht sein», sagte Georg eher abfällig.

«Alle wollen ihr gefallen. Das Mädchen ist süß, Georg. Gib es wenigstens zu.»

«Jetzt ist Schluß. Die Jungs kommen mit. Ich fahre.»

«Ich auch.»

«Doch nicht nach Hamburg?»

«Warum nicht?»

«Weil es idiotisch ist. Du hast zuviel getrunken.»

«Stimmt. Dann fahre ich morgen ganz früh. Ich muß zu dem Empfang. Da hilft nichts.»

«Alles besser als ein Sonntag mit Rosa, oder? Vergiß nicht – Montag um 16.00 Uhr bei Friedrich Rießt.»

SECHSTES KAPITEL

Charly wachte in dem kleinen Gästezimmer des Saalbergschen Hauses auf. Wohlig unter ihrer Decke, lauschte sie dem niederrauschenden Regen und konnte sich nicht entschließen aufzustehen. Sie überdachte ihre Lage.

Sie würde viel länger als geplant in Hannover bleiben müssen, auf jeden Fall so lange, bis Annes Freund Sebastian aus San Diego zurückkäme. Aber es wäre ungezogen, die Gastfreundschaft dieser Familie länger als zwei Tage in Anspruch zu nehmen, obwohl sie nichts lieber getan hätte.

Charly setzte sich auf und umschlang ihre Knie über der mattblauen Daunendecke. Wie kann es sein, dachte sie, daß ich mich hier so wohl fühle?

In London war sie völlig unabhängig in ihrer Zeitplanung. Ihr Vater schrieb ihr nie etwas vor, wollte nicht wissen, wann sie genau an welchem Ort und zu welcher Zeit war.

In diesem Haus aber gab es Zeitpläne, an die sich alle hielten, Fragen, Erklärungen und Anweisungen, die befolgt wurden, weil im Zentrum der Familie Helen Saalberg stand.

Was muß man tun, denken, erleben, um einmal so zu sein wie sie, überlegte Charly, und es wurde ihr bewußt, daß es in ihrem Leben bis jetzt keine Frau gegeben hatte, die sie bewundern, nachahmen oder sogar hätte lieben können.

Trotzdem war sie glücklich. Sie liebte ihren Vater und Peter, John und David.

Hatte sie vielleicht etwas vermißt, ohne zu wissen, was es war? Es kam ihr vor, als kenne sie dieses weite Haus und die

Menschen, die darin wohnten, schon seit langer Zeit, als hätte sie danach gesucht und es endlich gefunden. John würde jetzt sagen, das sei das Bürgerliche in ihr, das wieder einmal durchschlage.

Charly fühlte sich wohl, obwohl sie längst erkannt hatte, daß in der Saalberg-Familie nicht nur Harmonie herrschte. Sie spürte die Spannungen, die von Rosa ausgingen, folgerte aus Seitenblicken, Gesten und Untertönen, daß eine besondere Uneinigkeit zwischen ihr und den anderen herrschte. Aber so etwas war sicher unvermeidbar in einer großen Familie, dachte sie und beneidete alle, die dazugehörten.

Sie stand auf, um rechtzeitig im Frühstückszimmer zu erscheinen, dachte an die unterschiedlichen Gesichter der Familie, die sich ihr am gestrigen Morgen zugewandt hatten, an Pauls bewundernden Blick und freute sich.

Doch als sie die Treppe in die Halle hinunterging, war sie in Gedanken wieder bei Anne. In welchem Zustand würde sie heute morgen sein? Charly hatte das Gefühl, sofort zu ihr zu müssen, und spürte den Stein aus Angst in sich, stärker als zuvor, so als hätte er sich in hinterhältiger Ruhe von ihren Kräften genährt und sie geschwächt. Aber sie durfte sich diese Angst nicht anmerken lassen. Sie mußte das Haus verlassen, durfte sich nicht an seinen Schutz gewöhnen und nicht an die Geborgenheit, die diese große Familie gewährte.

Im Eßzimmer war Helen noch allein und erschrak, als Charly den Raum betrat. Das Leuchten, das sie zuerst an diesem Mädchen fasziniert hatte, schien verschwunden. Helen meinte die Angst ihres Gastes fast zu spüren. Fühlt sie sich den Dingen, die sie allein bewältigen will, nicht gewachsen? Wahrscheinlich ist es besser, jetzt nicht über ihre Schwester zu sprechen. Als Charly die erste Tasse Kaffee getrunken hatte, fragte sie vorsichtig nach dem Buch, für das Charlys Fotos bestimmt waren.

«Der Plan, mich die Fotos machen zu lassen, ist letzten

Sommer entstanden, als die Bilder meiner ersten Ausstellung sich so gut verkaufen ließen. John, das ist ein Freund meines Vaters, hat das alles erst möglich gemacht, weil er mir klarmachte, daß meine Fotos zu schön seien, weil ich so harmoniesüchtig sei.» Charly schenkte sich eine zweite Tasse Kaffee ein und konnte zu Helens Erleichterung schon wieder ein bißchen lächeln.

«Ich verstehe nicht, wie etwas zu schön sein kann», sagte sie.

«John meint, Bilder dürfen nicht so schön sein, daß die Schönheit künstlich wirkt, daß der Betrachter sagt: So schön kann eine Wolke sich nicht im Wasser spiegeln – nicht hier, wo ich bin! Im letzten Frühling bin ich nur durch die Straßen gegangen und habe mit einem starken Zoom schöne Einzelheiten fotografiert: Eben eine Pfütze, die eine Wolke spiegelt, eine Tür, eine Messingklingel, einen Spatz in einer Wasserpfütze. John fand die Fotos sehr schön, aber langweilig, und er hat mir geraten, eine zweite Kamera mitzunehmen und das schöne Objekt schwarzweiß mit einem Weitwinkelobjektiv in seiner Umgebung zu fotografieren. Das wirkt einfach sehr desillusionierend. Er hat sie dann im selben Format abgezogen, in einen Rahmen gesteckt, und ich habe mit Neonstift die Verbindung zwischen dem schwarzweißen Weitwinkelfoto und dem farbigen Zoomobjekt hergestellt. Die Botschaft ist einfach: Jeder kann in jeder Umgebung etwas Außergewöhnliches sehen, wenn er sehen will. Die Fotos waren jedenfalls nach zwei Tagen verkauft. Es war großartig.» Charly mußte lachen in nachträglicher Freude.

Helen dachte: Ich verstehe die Jungs, wenn sie dieses Mädchen fortwährend ansehen. Die Augen, der Mund, ihr Lachen. Wie war Michis Urteil? Einfach süß! So was Schönes hat Arndt gar nicht verdient. Sie selbst würde nie den Anblick Charlys in der geöffneten Eßzimmertür vergessen. Die dichten, schulterlangen Haare aus dem klargeschnittenen Gesicht gekämmt, die blauen Augen leuchtend über dem Grün des kurzen, knappen Kleides, das die gleiche Farbe hatte wie ihr Uhrenarmband und das sie trug wie ein Modellkleid. Dabei war es ein verwaschenes T-Shirt-Kleid, das Helen ihr gerade erst geschenkt hatte.

Helen dachte besorgt: Trotz allen charmanten Selbstbewußtseins liegen Angst und Hilflosigkeit in ihr auf der Lauer.

«Wenn ich nächstes Mal in London bin», sagte sie, «werde ich Ihren Vater und die Galerie besuchen und Ihren John überreden, neue Abzüge zu machen, damit ich für mich ein Objekt kaufen kann.»

«Wunderbar», sagte Charly. «Bevor ich gleich gehe, schreibe ich Ihnen unsere Adresse auf. Ich würde mich so freuen, Sie wiederzusehen.»

«Soll das bedeuten, daß Sie heute schon zurückfahren?»

«Nein – ich denke nur, ich sollte die Wohnung meiner Schwester nutzen – es war schon so großzügig, daß ich hier sein durfte...»

Wie Helen es schaffte, Charly doch als Gast im Haus zu behalten, wußte später keiner der beiden. Aber als Charly mit in die Stadt fuhr, wo sie nach Annes Wohnung sehen wollte, um später zum Krankenhaus zu fahren, stand fest, daß sie abends wieder nach Kirchrode zurückkommen würde.

Wahrscheinlich wollte ich mich überreden lassen, dachte Charly, als sie sich in dem spärlich möblierten, schmalen Wartezimmer vor der neurologischen Intensivstation umsah. Vielleicht halte ich das hier besser aus, wenn ich mich auf irgend etwas freuen kann. Einige Stühle standen an den Wänden, ein niedriger Tisch war in die Ecke hinter der Tür geschoben. Die Gegenstände waren grau und abwaschbar; abweisend wie der gebohnerte Fußboden. Hierher kamen wenige, um sich erleichtert zu setzen. In diesem Raum wurden keine falschen Hoffnungen genährt. Unsichtbar lauerten Unruhe und Angst zwischen den glatten, grünlich gestrichenen Wänden. Nur ein gerahmtes Foto hing neben der Tür. Ein greller Herbstwald hinter Glas im Alu-Rahmen. Unnatürlich und kitschig. Charlys Augen klammerten das Bild aus.

Sie legte ihre Handflächen gegen die kühle Fensterscheibe und sah in den Innenhof hinunter, in dem der heftige Dauerregen große Pfützen hinterlassen hatte. Gleich würde eine Schwester kommen, ihr einen sterilen Kittel und die sterilen Überziehschuhe geben und sie mitnehmen. «Irgend etwas wird heute mit Anne passieren. Ich weiß es», sagte sie leise vor sich hin und hatte das lächerliche Gefühl, in dem Wartezimmer dürfe nicht einmal geflüstert werden. Sie lehnte die Stirn gegen die kühle Glasscheibe. Endlich wurde die Tür geöffnet. Charly blickte sich um und sah fast erschrocken ein Krankenschwesterngesicht, erkannte verordnete Zuversicht in den leicht geröteten Augen und ein trainiertes Lächeln um den Mund.

«Ich bin Schwester Lena, Frau Tuchmann. Guten Morgen. Wie geht es Ihnen?» Die Stimme klang gedrückt, so, als hätte Schwester Lena vor der Tür noch einmal mutig durchgeatmet, um unverbindlich fröhlich zu sprechen.

«Wie geht es meiner Schwester? Hat sich etwas geändert? Ist sie aufgewacht?»

Charly zog sich schnell den sterilen Kittel, die Überziehschuhe und die Kopfbedeckung an, die einer aufgeplusterten Duschhaube glich. Ihr Herz klopfte, und sie spürte, daß Schwester Lena ihr nicht antworten wollte.

«Kommen Sie bitte. Gleich ist Visite. Dr. Mayer wird gleich mit Ihnen sprechen.»

Nach einer Viertelstunde saß Charly wieder allein neben dem Bett ihrer Schwester. Der fensterlose, kleine Raum war erfüllt vom Surren der elektronischen Geräte. Matter Chromglanz, gepaart mit dem grünlichen Licht der Monitore, flimmerte durch das matterleuchtete Zimmer.

Was ist, wenn man in dieser außerirdischen Überlebenskabine aufwacht, und es ist niemand da? fragte sich Charly. Man denkt wahrscheinlich, daß man gestorben ist.

Und was ist, wenn ich in dieser Verkleidung neben Anne sitze, wenn sie aufwacht?

Wenn Anne wieder aufwacht – dieser Gedanke kam so leicht, aber mit ihm kam auch die Angst wieder, die Charly sich nicht eingestehen wollte.

Anne wird nicht sterben. Der Doktor hat gesagt, daß alles ganz normal verläuft. Sie darf nicht sterben. Charly kniete neben dem Bett, um dem Gesicht von Anne ganz nah zu sein, und griff nach der kleinen, warmen Hand.

«Ich habe Sebastian heute nacht erreicht, Anne. Hörst du. Ich habe mit ihm gesprochen. Er ist in San Diego und hält heute seinen letzten Vortrag. Sein Hotel liegt am Strand. Ich konnte den Pazifik durchs Telefon rauschen hören. Sein Vortrag ist wunderbar gelaufen, und er kommt. Übermorgen ist er da, und du wachst auf. Anne! Alles wird wieder gut.»

So dicht war sie an Annes Gesicht herangerutscht, daß sie den Kopfverband mit der Nase berühren konnte.

«Ich habe gestern deinen Autoschlüssel mitgenommen», flüsterte sie weiter, «dein Auto habe ich gefunden. Eine furchtbare Kiste. Ich geniere mich zu Tode. Wie kannst du nur so ein Auto kaufen. Aber es fährt, das ist die Hauptsache. Aber da, wo ich gerade wohne, kann ich mit der Kiste kaum vorfahren. Deine Wohnung ist o.k.! Ich habe die alte Milch weggeschüttet und deine Blumen gegossen, ich habe abgewaschen und mit Mutter telefoniert. Sie sagt, sie liebt dich, aber sie könnte dir jetzt nicht nützen. Du sollst kommen, um dich bei ihr zu erholen. Drei Stuten werden in den nächsten vierzehn Tagen Fohlen haben, das müssen wir verstehen, meint sie, daß sie unmöglich ihre Stuten verlassen kann. Ich habe ihr gesagt, daß es o.k. ist, weil es nie anders war. Ich bin da, Anne, hörst du?»

Eine Sekunde lang dachte Charly, Annes Augenlider hätten sich bewegt, der Druck ihrer Hand wäre erwidert worden. Ganz dicht müßte sie bei Anne bleiben, dann würden irgendwann Worte, Liebe und Wärme Anne erreichen. Nur nicht aufgeben. Sie mußte es schaffen, sie hatte immer alles geschafft, was sie wollte. Lange verharrte Charly so, bis sie sich steif und hungrig fühlte.

Vor den Aufzugtüren in der Eingangsebene stand Arndt Saalberg, sein abweisender Blick fixierte jeden ankommenden Aufzug. Er wartete geduldig, zum Sprung bereit wie ein Jagdhund. Charly Tuchmann ging ihm nicht mehr aus dem Sinn. Sie mußte irgendwann aus einem dieser Aufzüge herauskommen. Er hatte sie ja hineingehen sehen und leider nicht mehr erreicht. Er hatte sich Hals über Kopf in sie verliebt, und bisher hatte er jedes Mädchen bekommen, das er wollte. Er war zwar klein, aber das waren sein Großvater und Vater auch gewesen – klein, drahtig, schnell und ungeheuer erfolgreich –, darauf war er sogar stolz. Der Junior wird genauso wie die Alten, das sagten alle, die die Familie kannten, und Arndt wußte es.

Charly erkannte ihn sofort, als die Aufzugtür sich öffnete. Er wandte ihr den gutfrisierten Hinterkopf, den maßbeschneiderten Rücken zu und wippte leicht auf den glänzend geputzten Lochmusterschuhen.

«Da bist du ja endlich», sagte er mit angriffslustiger Stimme. «Ich warte hier schon seit zweieinhalb Stunden auf dich.»

«Ich habe Hunger», antwortete Charly nur. Sie war ausgehöhlt nach den Stunden am Bett von Anne, konnte ihren inneren und äußeren Zustand nur noch mit diesen drei Worten beschreiben.

«Ich lade dich zum Essen ein», sagte Arndt sofort. «Ich kenne ein wunderbares Lunch-Restaurant. Wir könnten auch ohne Anmeldung dort hinfahren, die Leute kennen mich.»

Charly sah ihn abwesend an. «Nein, vielen Dank», sagte sie mit dem ganz kleinen Lächeln in den Augen, auf das Arndt seit Stunden wartete. «Ich brauche Spaghetti. Wenn es regnet, brauche ich Spaghetti, und ich möchte hierbleiben. Wollen wir nicht einfach in der Cafeteria Spaghetti essen?»

Arndt hätte überall mit ihr gegessen, auch jedes andere Gericht.

Schweigend reihten sie sich in die Schlange vor dem Tresen der Cafeteria ein und griffen nach Tabletts, auf denen noch feuchte Wischspuren zu sehen waren. Das Besteck war noch dampfend heiß, frisch aus der Spülmaschine, die Spaghetti glänzten in einer öligen Sauce Bolognese, die leider nur noch lauwarm war, als Arndt und Charly sich endlich zwei Plätze ergattert hatten.

«Wir hätten so wunderbar essen können», seufzte Arndt, als er Gabel und Löffel in der zähen Nudelmasse drehte.

«So ist es auch wunderbar», sagte Charly, blieb sehr einsilbig, widmete sich konzentriert ihren Nudeln und überließ Arndt das Reden.

Wann würde sie wieder nach London fliegen? Sie wußte es nicht. Nein, der Zustand hatte sich nicht geändert. Wolle sie abends mit ihm essen gehen? Richtig chic?

Nein, auf keinen Fall. Sie habe keine Zeit.

Was ist mit mir los? dachte Charly. Ich bekomme kein Wort heraus, dabei gibt er sich so viel Mühe. Ich kann nicht über Anne reden, ich kann einfach nicht. Er soll mich in Ruhe lassen. Ich fange gleich an zu heulen. Sie stocherte in den letzten Spaghetti herum, ohne aufzublicken.

«Aber morgen hast du sicher Zeit», Arndts Blick und Stimme hatten nichts von ihrer Siegesgewißheit verloren.

«Was für ein Tag ist morgen?» fragte Charly.

«Morgen ist Dienstag, der 26. Juni, und ich fahre zu einem Gespräch nach Hamburg. Du kommst mit, und ich zeige dir in Hamburg, was du willst.»

«Einen Moment», Charly lächelte vorsichtig, und er hätte sie dafür umarmen können. Ihre Augen sind so blau wie ihre Jeans, dachte Arndt entzückt und vergaß, daß er Mädchen in Jeans eigentlich nicht mochte, daß er Cafeterias und Spaghetti Bolognese verabscheute.

Morgen kann ich erst nachmittags zu Anne, dachte Charly. Der Doktor hatte ihr angekündigt, daß Anne noch einmal untersucht werde, daß sie also den Tag über nicht in ihrem Zimmer sei. Sie würde also nur warten und sich ängstigen. Warum dann nicht etwas tun, was sie sich ohnehin vorgenommen hatte?

«In Hamburg gibt es ein Museum, das heißt ‹Die Kunsthalle›?»

«Ja», bestätigte Arndt. «Es gibt viele, tolle Museen und Galerien in Hamburg.»

«Ich brauche nur die Kunsthalle. Du gehst zu deinem Gespräch, und ich gehe in die Kunsthalle. Ist das o.k.?»

Er gehört zu den Männern, die man nie wieder los wird, dachte Charly. Er ist so übereifrig, aber warum soll er mich nicht mitnehmen. Ich kann versuchen, mit Annes Kamera zu arbeiten, und dann habe ich ein Foto für John schon in der Tasche.

Sie verabredeten sich für den kommenden Morgen vor dem Haupteingang des Klinikums. Arndt war so glücklich, daß ihm alles recht war. Charly sagte, sie müsse vor der Abfahrt noch einige Dinge in der Klinik abgeben. Ich werde wirklich vorher auf die Station gehen, dachte sie. Vielleicht wacht Anne in dieser Nacht auf und muß gar nicht langwierig untersucht werden. Dann fahre ich natürlich nicht nach Hamburg.

Helen wartete vor dem Schulgebäude auf ihren Enkel.

Jeder Montag war ein anstrengender Tag für Michi Saalberg, den Spielbesessenen, den Jeansträger, den Klavierspieler. Trotzdem freute er sich darauf, denn alles, was ihm überhaupt Spaß machte in seinem verplanten Schülerleben, ereignete sich an diesem Tag: Doppelstunden in Chemie und Geschichte, Klavierunterricht am frühen Nachmittag und Hockeytraining bis in den Abend. Klavierlehrer und Hokkeyclub waren vom Haus seiner Großeltern schnell zu erreichen, und deshalb fuhr er montags nicht nach Haus. Es hatte sich eingebürgert, daß Helen ihn von der Schule abholte, daß er in Kirchrode zu Mittag aß und dort noch Klavier übte, bis es Zeit war, zum Unterricht zu fahren.

Hinter abgedunkelten Scheiben kleiner Stadtwagen lehnten elegante Damen mit handtellergroßen Ohrclips, in großen Wagen oder Kleinbussen warteten strapaziertere Familienmütter mit kleineren Geschwistern, vereinzelt standen Limousinen mit zeitunglesenden Fahrern am Steuer. An dem Bild hatten sich für Helen in all den Jahren nur die Autokarosserien und die Frisuren der Damen geändert. Erst hatte sie Georg, dann Paul, später Arndt abgeholt.

Ungeduldig sah sie auf die Uhr, als sie die Schulklingel hörte. So bunt wie eine ausgeschüttete Riesenrolle Smarties war die Schülerwelle, die jetzt auf Schulhof und Straße brandete, langsam abebbte und sich schnell verlief. In ihren vielfarbigen Hemden und Jacken sahen die Schüler sehr viel lustiger aus als zu Georgs Zeiten, als sie Jackett, Trenchcoat, Schlips und Kragen getragen hatten. Sie wirkten unbelastet von ihren bedruckten Sportrucksäcken, die sie lässig nur an einem Riemen über die Schulter warfen. Nur die Gesichter über den leuchtenden T-Shirts glichen genau den Schülergesichtern, die Helen an vielen Tagen während der letzten dreißig Jahre gesehen hatte: nach sechs Stunden Schule waren sie müde bis muffig, abweisend, gelangweilt, mitunter aber auch hoch beschäftigt, lebhaft redend, lachend, zerknirscht, zufrieden.

Michi, der sich auf den Beifahrersitz warf, wirkte bei all seinem lässigen Jeanschic so kaputt und mißmutig, wie Helen ihn nur als ungezogenen, kleinen Jungen erlebt hatte.

An der Bewegung seiner Lippen konnte sie ablesen, daß er die übelsten Schimpfworte tonlos aus sich herausstieß. Helen wußte, daß er sich in ihrer Gegenwart zusammennehmen würde.

Sie startete den Wagen und blickte an der ersten roten Ampel kurz zu ihm hinüber. Er strich sich die nassen Locken aus der Stirn und sagte in barschem, aber schon halbwegs zivilisiertem Ton: «Du kannst weiterfahren. Die Ampel ist grün.»

«Danke», sagte Helen. Sonst nichts.

«Es ist so gemein», sagte er nach weiteren schweigsamen Minuten.

«Was denn?»

«Englisch, natürlich. Dieser Typ schreibt einen unangekündigten Vokabeltest in der sechsten Stunde.»

«Hm», machte Helen.

«Papi wird es auch nicht glauben. Jetzt krieg ich meine Sechs und muß nach England, und ich will nicht. Ich will nicht ins Internat.»

«Ihr schreibt doch sicher noch eine Arbeit...»

«Ach, die verhau ich genau wie den Test heute. Ich hab jetzt schon rasende Angst im Bauch, wenn du weißt, wie das ist.»

Helen drehte ihr Seitenfenster wieder hoch, weil es hineinregnete, stellte den Scheibenwischer auf die höchste Geschwindigkeitsstufe und bremste scharf vor einer haltenden Straßenbahn.

«Doch, das weiß ich auch», sagte sie abwesend und fuhr wieder an.

Angst spürte sie, wenn sie an Rosa dachte. Das Gespräch

mit ihr war so unglücklich verlaufen, wie sie es nie für möglich gehalten hatte. In Rosas Augen war sie durchgefallen.

Rosa war abgrundtief empört, hatte sich über Nacht zur Anklägerin entwickelt. Sie fühlte sich verraten. Ein Bastard sei sie, hatte sie geschrien. Rosa verachtete, was für Helen immer das Besondere gewesen war: Rosa verabscheute sich dafür, Bens Kind zu sein.

Die nächste Straßenbahnhaltestelle war erreicht, und Helen beobachtete, wie eine ältere Frau ausstieg, mit verregneter, grauer Dauerwelle in einem alten Regenmantel, der sich um wulstige Schultern spannte und vorn über den Hüften klaffte; eine Frau in ihrem Alter, die in breitgetretenen Schuhen über die Straße schluffte, vollgestopfte Plastiktüten in beiden Händen.

Es war deprimierend. Über den Regen hätte sie sich eigentlich freuen müssen. Der Garten brauchte ihn dringend. Aber er war viel zu heftig. Die Blüten würden alle verderben. Schon wieder stoppte sie in einem Stau. Der Regen donnerte wie eine vollaufgedrehte Dusche auf das Autodach.

«Du mußt dein Licht anmachen, Großmutter», sagte Michi.

«Ja. Du hast recht», antwortete sie mechanisch.

Gleich würde sie Rosa wieder gegenübersitzen. Paul war sicher noch nicht aus Hamburg zurück, und Charly war nicht da, um alle abzulenken. Seit dem vergangenen Samstagabend wäre das Leben im Haus ohne sie erlahmt. So war es an der Oberfläche wie von schnellem, klarem Wasser fortgetragen worden, denn alle kümmerten sich um Charly. Ihre Sorgen und Bedürfnisse lenkten die anderen von Rosas Gemütszustand ab. Charly wurde ins Krankenhaus gefahren und wieder abgeholt, sie spielte Tennis und gewann zusammen mit Michi ein Match gegen Arndt und Georg, der seitdem von ihr begeistert war. Sie brachte sogar Rosa zum Sprechen, weil sie Rudolf bewunderte, und wie alle Mütter war Rosa von dem

Lob, das ihrem Kind galt, so hingerissen, daß sie ihr Schweigen unterbrach. Charly spielte und sang mit Michi am Klavier, sie half, den Tisch abzuräumen und zu decken, immer assistiert und bewundernd verfolgt von den Jungen.

«Ist Charly da?» fragte jetzt Michi, als hätte er Helens Gedanken erraten.

«Nein. Ich habe sie in der Stadt abgesetzt. Sie wollte die Wohnung ihrer Schwester sehen und danach zum Krankenhaus fahren.»

«Will sie den ganzen Tag dort bleiben?»

«Ja.»

«Schade!»

«Zum Glück habe ich sie überredet, noch länger bei uns zu wohnen. Eigentlich wollte sie heute morgen in die Wohnung ihrer Schwester übersiedeln.»

«Ich hätte sie sofort zurückgeholt», versicherte Michi. «Arndt sowieso. Die andern auch. – Ich glaube, sogar Paul.»

Helen hörte nicht zu.

Keiner wußte, was sich am Samstag abend zwischen ihr und Rosa abgespielt hatte, keiner konnte sich vorstellen, was gesagt worden war, bevor Rosa ihr Zimmer verlassen hatte.

Ihre schöne, kleine Rosa, Joachims Liebling. Er hatte sie angebetet. Und Rosa? Helen war es wie Schuppen von den Augen gefallen: Rosa hatte Joachim viel mehr geliebt als sie. Und Joachim hatte Rosas Liebe erwidert, trotz Ben, trotz aller Vorurteile. Er konnte dieser besitzergreifenden Kleinkinderliebe nicht widerstehen. Nach ihm hatte Rosa verlangt, wenn es ihr nicht gutging, wenn sie aus dem Ausland anrief, wenn sie sich freute. Die Reihe ließ sich endlos fortsetzen. Rosas Beziehung zu Joachim war immer stark geblieben. Sie hatte ihn geliebt und bewundert. Jetzt fühlte sie sich ausgestoßen und machte ihr, Helen, unerhörte Vorwürfe.

«Wir könnten weiterfahren», Michi hatte den unterkühlten Gesprächston wiedergefunden, den er neuerdings kultivierte. «Das Hupen gilt uns, Großmutter.» Er stöhnte verhalten, wie nur Siebzehnjährige stöhnen können, die sich noch von ihren Müttern oder Großmüttern fahren lassen müssen.

«Ach, du meine Güte.» Helen legte den ersten Gang ein. «Ich glaube, ich muß mich jetzt wirklich auf den Verkehr konzentrieren.»

«Geschichte war heute wieder Spitze», sagte Michi ganz unvermittelt, als Helen angefahren war. «Kann ich nachher ein paar Bücher aus Großvaters Bibliothek nach Hause mitnehmen?»

«Ja, natürlich», erwiderte Helen.

«Ich habe mir heute ein Riesenreferat aufdrücken lassen. Erst sollten wir über den Rußlandfeldzug referieren, aber das hat Scholz dann plötzlich an andere verteilt. Wir machen jetzt zu viert den Widerstand gegen Hitler. Erst mal die Weiße Rose, Bekennende Kirche, 20. Juli. Mir hat Scholz eine Extraaufgabe gegeben: Nationalkomitee Freies Deutschland. Das ist aufregender Stoff, hat Scholz gesagt, das ist kaum bekannt, da langweilen Sie sich bestimmt nicht, Saalberg.»

«Nationalkomitee Freies Deutschland?» fragte Helen ausdruckslos und bremste vor dem ersten Zebrastreifen in Kirchrode. Eine Horde kleiner Jungen mit kunterbunten Ranzen auf dem Rücken tobte auf die gegenüberliegende Straßenseite.

«Weißt du schon, worum es sich dabei handelt, Michi?»

«Natürlich. Also, ganz grob: Es handelt sich um eine Gruppe von deutschen Kriegsgefangenen, die in Rußland gegen Hitler gearbeitet hat – nach Stalingrad.»

«Ja – nach Stalingrad ...» wiederholte Helen fast tonlos. Sie fuhr jetzt schnell, überholte endlich die Straßenbahn, hinter der sie den ganzen Weg hergefahren war, nur, um kurz darauf abzubiegen.

«In Stalingrad ist doch Großvaters Bruder gefallen, oder?» durchbrach Michi ihr Schweigen.

«Ja, in Stalingrad ist Großvaters Bruder gefallen.» Helen bog links auf die Ostfeldstraße ein.

«Großvater war doch auch in Stalingrad. Ihr habt damals doch sicher genau verfolgt, was in Rußland weiter passiert ist?»

Helen fuhr durch das dunkelgrün gestrichene Gittertor und hielt kurz darauf vor dem Hauseingang.

«Natürlich haben wir es verfolgt», sagte sie und hoffte, daß es sich beiläufig anhörte, «aber anders, als ihr euch das heute vorstellt.»

Was für ein merkwürdiger Zufall, dachte sie, als sie den Motor abstellte. Joachim und Ben waren tot, ihre Zeit war vorbei, und jetzt...

Im Aussteigen sah sie am Haus hoch und registrierte ein Loch in der Regenrinne. Die nasse Spur auf dem Putz führte bis hinunter zu den Küchenfenstern. Sie würde einen Handwerker bestellen müssen.

«Du könntest mir doch von damals erzählen, oder?» fragte Michi, der immer noch im Wagen saß, seinen blau-grünen Rucksack auf den Knien. «Großvater wollte nie darüber reden, aber er hat Bücher über das Nationalkomitee, das weiß ich.»

«Komm, beeil dich», sagte Helen, bevor sie den Wagenschlag schloß. «Gisela muß heute pünktlich um zwei Uhr gehen, weil sie ihren Sohn vom Flughafen abholen will.»

«Holt sie den ab, der gerade in Basra arbeitet?» Er stieg auch aus und knallte die Autotür zu.

«Gisela sagt, daß sie es nie behalten kann, wie die Scheichtümer heißen.»

«Großmutter! Basra ist eine Stadt im Irak. Die einzige Hafenstadt, wenn dir das was sagt. Kein Scheichtum.»

«Ich weiß», antwortete Helen zerstreut. «Beeil dich jetzt, damit wir schnell essen können.»

SIEBTES KAPITEL

Paul war aus Hamburg zurück. Er stand im Eßzimmer, die Hände in den Hosentaschen, und sah durch die offenstehende Terrassentür in den verregneten Garten.

Helen ging erleichtert in die Garderobe. Doch während sie ihren durchnäßten Regenmantel auf einen Bügel hängte, kam ihr der beunruhigende Gedanke, daß Rosas Wut sich auf Paul richten könnte. Sie sah ihre Tochter wieder vor sich, wie sie das vergilbte Paßfoto von Ben in der Hand gehalten und im ersten Moment erschrocken angenommen hatte, es sei Paul. In theatralischem Haß hatte sie dann das Bild zu Boden geworfen. Warum hat Joachim seinen Bruder so gehaßt, daß er die Erinnerung an ihn auslöschen mußte? Alles, was mit Ben zu tun hatte, wurde zerstört, bis zu Pauls Geburt. Danach mußte er seine Obsession jeden Tag neu bezwingen.

Helen würde den nackten Schrecken in Joachims Gesicht nach der Geburt seines zweiten Sohnes nie vergessen. Der Gedanke, den sie in seinen Augen gelesen hatte, war auch ihr erster Gedanke gewesen: Bens Augen. Es gab eine Rötelzeichnung aus dem Erbe seiner Mutter, die Ben als Baby zeigte: Ein großes, kräftiges Kind mit dichten Haaren und auffällig zarten, schräg abfallenden Augenlidern. Genauso sah Paul aus. Helen erinnerte sich an Joachim in ihrem Klinikzimmer, wie er sich ungläubig über das winzig kleine Gitterbettchen beugte, wie sein gepflegter Fingernagel das zarte Augenlid des Babys nachzeichnete, als wolle er es brandmarken.

«Er sieht meiner Mutter ähnlich.» Er hatte ihr kühl ins Gesicht gelächelt. «Deshalb ist er dir auch so groß geraten.» Rote Rosen, ein Smaragdkollier, ein Kuß – er hatte mit den Insignien stolzer Dankbarkeit nicht gespart –, aber kein weiteres Wort über ihr Baby. Das war sein erstes Zusammentreffen mit Paul.

Nie hatte er über die Ähnlichkeit gesprochen, nie hatte er den Vergleich mit Ben gezogen, aber er hatte Paul darunter leiden lassen. Kühl und distanziert hatte er den kleinen Jungen behandelt, der nicht ahnen konnte, warum er abgewiesen wurde, der immer abwartend, gleichzeitig selbstbewußt und sehr liebenswürdig auf eine Liebe wartete, die ihm nicht entgegengebracht wurde.

Helen beschloß, in Ruhe mit Paul darüber zu sprechen, aber nicht jetzt, drei Minuten vor dem Essen. Sie trocknete sich die Hände ab, kämmte ihr Haar und stellte verwundert fest, daß sie nicht so müde aussah, wie sie sich fühlte. Dann ging sie durch die Halle in das Eßzimmer und trat neben Paul in die offenstehende Tür.

«Guten Morgen», Paul begrüßte sie, als wäre er nicht fort gewesen. «Gerade habe ich gedacht, daß an dir doch eine große Gartenarchitektin verlorengegangen ist.»

«Gut, daß dir meine Rodung gefällt. Ich hätte dich eigentlich fragen müssen. Rosa war jedenfalls entsetzt, Georg ist es egal.»

«Es gefällt mir sehr. Ein Wunder, was du aus dieser verkramten Ecke gemacht hast.»

«Ich habe nur Unwichtiges entfernt, um Raum zu schaffen.»

«Das scheint das Geheimnis zu sein.»

Im Südosten des begrenzten Stadtgrundstückes hatte Helen bis auf die letzte Baumreihe an der niedrigen Gartenmauer alles gerodet, was ihr den Blick verstellt hatte: Ausgewachsene Holunderbüsche, die immer unordentlich wuchsen und im Herbst ein deprimierend häßlich verfleckte Laub bekamen; strunkige, alte Rosenbüsche, deren zitronengelbe, biedere Blüten sie nie hatte leiden können, und formlose Stachelbeersträucher, die nicht mehr trugen. Übriggeblieben waren Kiefern und alte Eichen, deren wuchtige Äste den Blick auf die weite, wellige Landschaft freiließen. So hatte sie die Illusion einer unendlichen, romantischen Landschaft geschaffen.

Zumindest im Sommer. Wenn das Laub fiel, waren die Dächer der Nachbarhäuser und häßliche Hochhaussiedlungen am östlichen Horizont zu erkennen. In neunzig Jahren hatte der Stadtbebauungsplan das klassische Bauwerk umzingelt, das zur Jahrhundertwende in dem einsamen Grundstück am äußersten Stadtrand gebaut worden war.

«Bei dunstigem Wetter wie heute oder in der Dämmerung sieht es wirklich so aus, als lebten wir hier allein», sagte Helen.

«Jedenfalls von diesem Standpunkt aus. Wehe, man bewegt sich einen Zentimeter nach links», sagte Paul.

«Von meinem Sitzplatz aus sehe ich nichts anderes.»

«Das ist die Hauptsache.» Sie lachten und traten in das helle Zimmer zurück. In der Mitte stand ein großer, runder Eßtisch, über dem immer großzügig bemessene Tischdecken lagen. Zehn kompakt konstruierte, mit schiefergrauem Wildleder bezogene Armstühle hatten daran Platz. Joachims Mutter hatte das Zimmer eingerichtet, und Helen hatte es übernommen. Dieser Raum war ihr und auch Paul der liebste. Nichts würde Helen jemals daran ändern.

Paul aber machte zwei Einschränkungen: Über einer Kommode hing in einem massiven, verzinkten Rahmen eine Berglandschaft. Matte Blau- und Grüntöne dominierten in dem expressionistischen Ölbild, das Joachim für sehr viel Geld ersteigert haben mußte. Paul liebte daran nur den Rahmen und meinte, es wirke wie eine Postkarte aus den Skiferien. Ansonsten hielt er die üppigen Tischdecken für überflüssig; denn darunter verbarg sich ein wunderbar gearbeiteter Tisch mit eingelassener, starker Glasplatte. Helen aber fand es unerträglich laut und kühl, auf kaltem Glas zu essen.

Heute bedeckte eine großgemusterte Decke in Blau-, Grün- und Weißtönen den Tisch, an dem sich die Familie zum Essen einfand. Es gab frische Kartoffeln, Steak und Kräuterbutter, weil Gisela montags für Michi kochte und wußte, was er besonders liebte.

Helen mußte sich nicht um eine verfängliche Unterhaltung bemühen. Für Michi, Paul, Wolf, Rudolf und Wolfgang gab es genügend Themen. Erst sprachen sie in einhelliger Begeisterung über Charly und bedauerten, daß sie nicht da war. Helen registrierte, daß Paul schwieg. Dann wurde über Giselas Sohn spekuliert, den Tiefbauingenieur im Irak, der nachmittags vom Flughafen abgeholt werden sollte. Helen war diese lebhafte Unterhaltung nur recht: Sie mußte Rosa nicht ansprechen, die sich mit streng zurückgekämmtem, schwarzem Haar, einem enganliegenden, schwarzen T-Shirt-Kleid wie eine sprungbereite Katze bewegte. So hatte sie auch früher beobachtet, was um sie herum geschah, so hatte sie sich immer verhalten, wenn sie zornig war und in Gedanken mit ihrem Zorn beschäftigt.

Nach dem Essen verabschiedete sich Helen schnell. Kaffee wolle sie nicht trinken, sondern versuchen, ein wenig zu schlafen. Kurz verabredete sie sich mit Paul für 15.30 Uhr. Sie würde mit ihm zur Kanzlei von Friedrich Rießt fahren, wenn er nichts dagegen habe. Paul war einverstanden, und als Helen aus der Tür ging, hingen alle schon wieder an Michis Lippen, der den neuesten Trabi-Witz aus der Schule mitgebracht hatte: Woran erkennt man einen Trabi-Sportwagen? – Serienmäßig Turnschuhe im Kofferraum!

Begeistertes Indianergeheul der Jungen, die Michi anhimmelten und nie genug von seinen Witzen hören konnten.

Helen lachte nicht, als sie die Treppe hinaufging, sondern überlegte, ob Rosa ihren Kindern erzählen würde, was sie über ihren Vater erfahren hatte? In welche Rolle drängte sie Wolf in diesem verzweifelten Spiel? Sie hatte nicht den Eindruck, daß es ihm gelang, Rosa zu besänftigen.

Aufatmend schloß Helen ihre Zimmertür hinter sich. In diesem Raum fühlte sie sich sicher. Paul mochte gegen Stoffbespannung an den Wänden sagen, was er wollte: Für sie gab es nichts Schöneres als diese matte, apricotfarbene Seide. Sie öffnete die Fenster weit, um den Regen rauschen zu hören. Die Blütenpracht der Rosenbeete sah schon bedenklich mitgenommen aus. Aber das war im Moment einerlei. Sie zog die Vorhänge halb zu und legte sich ins Bett, um wenigstens für eine halbe Stunde zu schlafen.

Es gelang nicht. Ihr Blick fiel auf den Sessel, den Rosa voller Wut umgestoßen hatte. Sofort stand Helen die entsetzliche Szene wieder vor Augen: «Warum hast du dich nicht an Vaters Wunsch gehalten? Er hatte ganz recht, als er sagte, daß ich dich dafür hassen würde. Dabei hat er nur übersehen, daß ich dich immer schon gehaßt habe.»

«Rosa!»

«Du warst nur so mit dir beschäftigt, daß du es nicht gemerkt hast. Es hat mir nichts ausgemacht, denn ich hatte ja Vater. Aber mit ihm habe ich gelitten.»

«Du hast Vater nie geliebt», hatte Rosa dann geschrien. «Du hast ihn immer betrogen. Du kannst mich ruhig schlagen, aber das meine ich ernst. Nicht normal und handfest betrogen, kein widerwärtiges, kleines Abenteuer! Nein, du hast ihn jahrelang in Gedanken betrogen, was viel schlimmer ist. Du brauchtest ihn gar nicht, hast ihn täglich neu verraten, und er ahnte es nicht, das wird mir nach allem, was du gesagt hast, vollständig klar. Jetzt verrätst du ihn vollends, weil du nicht einmal seinen letzten Wunsch akzeptierst. Er hat es geahnt, sonst hätte er nicht extra diesen Brief geschrieben. Er hat immer darunter gelitten, daß du dir nichts aus seinen Wünschen und Anordnungen machst, er hat so oft entsetzlich enttäuscht zu dir hingesehen, wenn du von seinen Empfindungen gar nichts gemerkt hast. Er hat dich angebetet, und du hast ihn schlimmer behandelt als einen Hund.»

«Rosa, kannst du nicht begreifen...» Sie hatte versucht, ihre Tochter zu unterbrechen.

«Nichts werde ich begreifen. Du mußt dir keine Mühe geben. Sag nichts weiter. Es wäre zwecklos. Ich habe nur einen Vater, und das ist Joachim Saalberg. Dieser Ben, an den du Tag und Nacht denkst, interessiert mich nicht. Nicht für einen Pfennig. Du hast ihn benutzt, um Vater zu betrügen, hast jahrelang in einer Seifenblase gelebt und dich darin schön eingerichtet, und es widert mich an zu denken, daß du ausgerechnet an ihn dachtest, wenn du mich ansahst. Du widerst mich an, und dieser Ben widert mich an. Er ist nicht mein Vater, sondern sicherlich eine ganz jämmerliche, untaugliche Figur gewesen, die Vater mit Recht verabscheut hat. Vater hatte immer recht. Sein einziger Irrtum warst du, wenn du wissen willst, was ich von dir halte...»

«Du kannst gehen», hatte Helen mit Mühe gesagt. «Ich will mir das nicht anhören.»

«Nein, du willst nicht.» Rosa war mit funkelnden Augen aufgesprungen. «Alles war immer selbstverständlich für dich. Daß du schön warst, daß du geliebt wurdest, daß passierte, was du wolltest. Dabei weißt du nicht einmal, was Liebe ist.»

«Geh endlich.»

«Oh, nein! Das werde ich nicht tun.» Rosa war wie eine Furie auf und ab gelaufen. «Ich gehe erst, wenn du dir angehört hast, daß ich dir nicht glaube. Vater war ein wunderbarer Mensch, und es ist eine Lüge, daß du ihn nicht heiraten wolltest, eine Lüge, daß du es nur für mich getan hast. Was warst du denn? Ein hübsches, schwangeres Mädchen. Arm, ohne Ausbildung und von einem Taugenichts geschwängert.

Ohne Vater wärst du doch in irgendeiner Abseite gelandet. Du hast ihn nur geheiratet, um in Ruhe von deinem Ben träumen zu können. Ben hier, da und überall, das hast du ja selbst eben zugegeben.»

Helen spürte noch das Zittern an allen Gliedern. Sie hatte vor Zorn gezittert, unfähig, etwas zu sagen, unfähig, sich zu rühren. Bewegungslos hatte sie in ihrem Sessel gesessen, bis Rosa endlich das Zimmer verlassen hatte.

Pünktlich um 15.30 Uhr trat Paul aus der Haustür und ging zum Auto, um mit seiner Mutter zu Friedrich Rießt zu fahren. Es hatte aufgehört zu regnen, war dunstig und schwül, die Luft roch nach nasser Erde und nassen Blättern. Neben seinem Auto war ein trockener, rechteckiger Fleck Asphalt, dort hatte Wolf Farnheimers Auto gestanden. Wolf und Rosa waren überpünktlich aufgebrochen, um rechtzeitig in der Kanzlei zu sein.

Schön, daß sie anschließend zurück nach Düsseldorf fahren, dachte Paul. Rosa kann sich dort in Ruhe überlegen, was für hysterische Anfälle sie noch bekommen soll und besonders vor wem. Unglaublich, ihr Auftritt vorhin!

Er setzte sich kurz auf den Fahrersitz, stellte die Scheibenwischer an, hörte den Verkehrsfunk, entfernte Blätter und Regentropfen vom linken Rückspiegel. Dann sah er sich im Auto um, blickte auf die Uhr, stieg wieder aus, nahm seinen Regenmantel und einen Golfschläger vom Rücksitz und verstaute beides im Kofferraum. Um 15.33 Uhr blickte er unruhig an der Hausfront entlang. Über dem Kücheneingang bemerkte er die rostige Wasserspur an der Hauswand, das mußte so bald wie möglich untersucht werden. Um 15.34 Uhr sah er unruhig an dem Jackett seines beigen Sommeranzugs herunter und entfernte einen winzigen, dunklen Flusen am linken Ärmel, und als weitere sechzig Sekunden verstrichen waren, ging er wieder zurück ins Haus, lief die Treppe hinauf und rief nach Helen. Schließlich steckte er, weiter rufend, den Kopf durch ihre Zimmertür, womit er sie endlich weckte.

Nach fünf Minuten saß Helen neben Paul im Auto, und sie fuhren los.

«Das muß dir erst einmal jemand nachmachen», sagte er so beifällig wie möglich, als er aus der Grundstückseinfahrt bog. Er hatte den Pünktlichkeitswahn seines Vaters immer abgelehnt, stellte aber seit kurzem fest, daß er ärgerlich wurde, wenn er warten mußte. Auf wen auch immer.

«Ausgerechnet zur Testamentseröffnung wollte ich nicht zu spät kommen», sagte Helen.

Sie nahm eine nachtblau schimmernde Dose aus ihrer Handtasche, öffnete sie und kontrollierte ihr Gesicht, soweit sie es in dem kleinen Spiegel sehen konnte, puderte sich über Nase und Wangen, der Schnappverschluß der Spiegeldose klickte leise zu, die Handtasche wurde geschlossen, Helen strich mit der Hand über den dünnen, schwarzgemusterten Stoff ihres Kostümrockes, schlug die Beine übereinander und lehnte sich aufatmend zurück.

«Ich begreife nicht, daß ich so tief einschlafen konnte.»

«Wirklich ein Wunder bei dem Lärm im Haus.»

«Was war nur los?»

«Rosa hat die Kinder angeschrien», antwortete Paul einsilbig.

«Rosa», wiederholte Helen nur und war dankbar für das Stichwort. «Es ist zum Verzweifeln mit ihr. Unser Gespräch ist vollständig verunglückt. Sie verrennt sich in wüsten Anschuldigungen und ist besessen von der Vorstellung, verraten worden zu sein.»

«Sie läßt nicht mit sich reden», sagte Paul. «Mich hat sie nicht mal ausreden lassen. Sogar Wolf ist ratlos. Er hat es mir selbst gesagt. Sie hat ihm verboten, mit dir zu sprechen.»

«Schlimmer ist, daß sie wegfährt, ohne den Versuch zu machen, mich zu verstehen. Seit Samstag abend hat sie kein Wort mehr mit mir gewechselt. Sonderbarerweise habe ich das Gefühl, daß sie mich so belauert wie früher.»

Wie ein Schlaglicht trat Helen das Traumbild vor Augen, aus dem Paul sie erlöst hatte, als er sie weckte. Sie hatte von einer Szene geträumt, die weit zurücklag. Sie war spätabends nach Hause gekommen, in den Windfang gegangen, hatte die Tür aufgeschlossen, die schwacherleuchtete Halle betreten und die zierliche, fünfjährige Rosa gesehen, die in ihrem rosafarbenen Lieblingsnachthemdchen in einem Ledersessel hockte, dem Eingang genau gegenüber. Sie war durch die Glastür gestürzt, die Windfang und Halle trennte, und mit ausgestreckten Händen auf Rosa zugegangen, um sie auf den Arm zu nehmen. Die aber hatte sich tief in den Sessel zurückgezogen, ihre Mutter aus grünen Augen angeblickt, war ihren Händen ausgewichen und hatte kalt gesagt: «Ich warte nur auf Vater.»

Helen spürte die bleierne Enttäuschung in allen Gliedern, die sie damals und eben im Traum empfunden hatte.

Paul konzentrierte sich auf den Verkehr.

«Und warum hat Rosa die Kinder angeschrien? Michi fing doch gerade an, Klavier zu üben. Das habe ich noch gehört, bevor ich eingeschlafen bin.»

«Ach, es fing alles ganz harmlos an.» Paul zog auf die Überholspur hinüber. «Wir haben Mokka getrunken, die Jungs haben irgendeinen Pralineekasten unter sich aufgeteilt, und Michi hat mit Rudolf und Wolfgang sein momentanes Lieblingsspiel durchgezogen. Das ist zwar so alt wie die Welt, aber er hat einen neuen Trick dabei. Von allen Anworten nimmt er den Anfangsbuchstaben, und daraus muß dann ein Name oder Begriff zusammengebastelt werden.»

«Ich weiß», unterbrach Helen. «Am Samstag nachmittag mußte ich mitspielen. Es kam leider nichts Vernünftiges dabei heraus.»

«Heute war es ganz spannend», sagte Paul und schaltete in den vierten Gang. «Rudolf mußte sich etwas ausdenken, die beiden anderen stellten die Fragen, und dann waren sie ganz begeistert über das Ergebnis, weil Michi aus den Anfangsbuchstaben das Wort ‹Zenit› zusammengesetzt hat. Es gab zwar nur ein ‹d› und kein ‹t›, aber das fanden sie unwichtig. Es ging schnell und war lustig, obwohl Rosa ständig an allem herummeckerte.»

«Und wen hatte Rudolf vor Augen? Wer heißt jetzt Zenit?»

«Rudolf hat einen Namen für dieses Jahrhundert raten lassen. Nicht mehr und nicht weniger. Er meinte, wenn Taifune und Hurrikans einen Namen bekämen, warum nicht auch ein Jahrhundert.»

«Der Junge ist unglaublich.»

«Ja, das stimmt. Wolf meinte fast erschrocken, es sei ungewollte Philosophie, unserem Jahrhundert den Namen ‹Zenit› zu geben. Und Michi sagte schließlich, Rudolf habe mit einem Wort erklärt, was er schon oft ganz umständlich gedacht habe, nämlich, daß in diesem Jahrhundert alle Träume wahr würden, die jemals geträumt worden seien. Alles sei erreicht, was die Menschen seit Tausenden von Jahren ersehnt und erforscht hätten. Fliegen, zum Beispiel, oder die Fortschritte in der Medizin. Wir seien auf dem Höhepunkt angekommen. Jetzt gehe es richtig los, aber gleichzeitig gehe es auch schon wieder zu Ende. Jedenfalls sei dieses das letzte Jahrhundert, in dem er überhaupt leben möchte.»

«Beängstigend, oder nicht?»

«Auf jeden Fall wäre es interessant gewesen, weiterzureden. Statt dessen hat Rosa eine Szene gemacht, weil Michi seinen Serviettenring über den Tisch rollen ließ und der wie ein Geschoß gegen Rosas Mokkatasse flog. Die Tasse war zersplittert, der Mokka auf dem Tisch verspritzt, und Rosa hatte Michi angeschrien wie eine Wahnsinnige, weil es Vaters Lieblingstasse war.»

«Wie schade um das Gespräch», sagte Helen. «Es ist so selten, daß man von den Kindern hört, was sie wirklich denken.» Im gleichen Moment wußte sie, wie Rosa sie für diese Bemerkung hassen würde, weil sie die Liebe Joachims zu irgendeiner Tasse überging. «Du hast dir nie etwas aus Vaters Empfindungen gemacht... Du hast dich nur amüsiert... Du hast ihn nachlässiger behandelt als einen Hund...»

Helen fragte sich, ob sie diese Anschuldigungen einfach abtun konnte. Sie hatte Joachim gegeben, was er verlangte: Sie hatte ihn geheiratet, Ben verleugnet, Rosas Identität geopfert und ihm zwei Söhne geboren. Sie hatte ihn nicht geliebt, aber das wußte er. Jahrelang hatte sie wie in einem Trancezustand neben ihm her gelebt und darunter gelitten, daß Ben tot war, daß Rosa sie ablehnte. Aber war das alles so einfach?

«Es ist fünf Minuten vor vier. Wir schaffen es, wenn wir Glück haben», sagte Paul und fuhr in Herrenhausen von der Schnellstraße herunter.

«Wie soll es mit Rosa nur weitergehen...» Helen sprach mehr zu sich als zu Paul.

«Rosa konnte sich vorhin überhaupt nicht mehr beruhigen. Michi wollte dann Klavier üben und ging ganz kleinlaut aus dem Zimmer. Als er anfing, diesen amerikanischen Hit, den er nächste Woche zum Schulfest aufführen will, zu spielen, rastete sie ganz aus. Rosas Nerven sind wirklich bös strapaziert. Sie raste durch die Schiebetür, schrie Michi an, nahm die Noten vom Klavier, fragte, woher er diesen Text habe, das sei der dümmste Text, den sie je gehört habe, und Rudolf und Wolfgang sollten solch einen Schwachsinn nicht hören.»

«Warum regt sie sich so auf? Kennst du den Text?»

«Natürlich nicht richtig. Es geht um irgendeinen russischen Jungen aus Leningrad. Kriegskind. Vaterlos – So ähnlich.»

«Zu töricht! Aber typisch für Rosa. Wenn sie einen Zorn in sich wachhalten will, dann nährt sie ihn mit den geringsten Kleinigkeiten.»

«Der arme Michi», sagte Paul. «Ich habe ihn noch in die Stadt gefahren, nachdem Rosa ein drittes Mal über ihn hergefallen ist.»

«Was gab es denn noch, um Himmels willen?»

Paul fuhr in die Tiefgarage des Bürogebäudes, in dem die Kanzlei von Friedrich Rießt die oberste Etage einnahm.

«Michi entschuldigte sich fast für diesen dummen Liedtext und sagte dann, er höre lieber auf, Klavier zu spielen, er wolle sich nur noch ein paar Bücher holen und dann verschwinden. Rosa fragte sofort, was für Bücher er mitnehmen wolle. Er sagte, er habe mit dir darüber gesprochen. Es seien Bücher aus Vaters Bibliothek, die er für sein Geschichtsreferat brauche. Er hatte noch nicht einmal ausgeredet, da stand Rosa vor der Tür zu Vaters Zimmer und schrie, er dürfe kein einziges Buch von Vater mitnehmen, keiner hätte etwas in Vaters Zimmer zu suchen, du auch nicht. Du hättest auch nicht über Vaters Sachen zu bestimmen. Er solle nur versuchen, das Zimmer zu betreten, sie würde ihn nicht durchlassen. Ich habe versucht, sie zu beruhigen, aber sie ließ mich keinen Satz zu Ende sprechen. Schließlich habe ich Michi am Arm aus dem Haus gezogen und bin weggefahren. Ich glaube, ich hätte sie sonst geohrfeigt.»

«Furchtbar. Wenn sie nicht einmal mit dir reden will, was kann dann noch helfen?»

«Georg.»

«Das ist nicht dein Ernst. Die beiden haben sich nie vertragen. – Weiß Georg überhaupt von Vaters Brief und unserem Gespräch?»

«Ich hab es ihm gesagt.»

Aus der Tiefgarage führte ein Aufzug in die Büroetagen. Die chromglänzende Aufzugtür war rechts neben einem kleinen, hellen Raum, in dem sich Wachpersonal oder wartende Fahrer aufhalten konnten. Ein neuer Fahrer der Saalberg AG, Erich Günther, stand mit einem anderen in der geöffneten Tür, beide hatten ihre grauen Jacken ausgezogen, den grauen Schlips gelockert und den hellblauen Hemdkragen geöffnet. Beide rauchten.

Helen und Paul eilten zum Aufzug. Ihre schnellen Schritte hallten in der weiten, halbdunklen Garage. Paul drückte auf die Ruftaste und lauschte in den verschlossenen Aufzugschacht. Nichts rührte sich. Er blickte auf die Uhr.

«Es ist eine Minute nach vier», flüsterte Helen, «noch ist es keine Katastrophe.» Amüsiert stellte sie fest, daß sie in halbdunklen Tiefgaragen aus Instinkt leise redete. Dann hörten sie den Aufzug kommen. Zischend öffnete sich die automatische Tür. Helen und Paul traten ein, die chromglänzende Kabine sauste in den sechsten Stock. Paul blickte auf seine phantastisch geputzten, dunkelbraunen Schuhspitzen und dachte: In London muß ich mir unbedingt neue Schuhe kaufen.

Als der Fahrstuhl vor dem sechsten Stock langsamer wurde, lächelten Helen und Paul sich kurz, fast erstaunt, zu, als wollten sie sagen: Jetzt haben wir gar nicht mehr darüber gesprochen, was uns hier erwartet. Aber es wird langweilig und normal verlaufen! Was soll auch schon passieren!

Dann öffnete sich die breite Tür zur taghell ausgeleuchteten Empfangshalle der Societät Fehrenbach, Giegeler, Rießt & Co.

Für die Vertäfelung der Wände, für die hohen Türen, für massive Aktenschränke, Bücherborde und Schreibtische aus dunkel poliertem, edel gemasertem Holz auf einer Bürofläche von 1000 Quadratmetern, waren sicherlich einige Raummeter tropischen Regenwalds vernichtet worden.

Die Büros waren Mitte der sechziger Jahre aufwendig restauriert worden, in einer Zeit, in der Vokabeln wie Umweltschutz, Luftverschmutzung, Artenschutz und Energiesparprogramm nicht bekannt waren, in der Abkürzungen wie FCKW und AKW keine Emotionen weckten; in einer westdeutschen Wirtschaftswunderwelt, die in Ordnung schien, weil man von der Verelendung noch nicht sprach, die sie anderswo auslöste.

Bei Fehrenbach, Giegeler, Rießt & Co. schien die Welt nach wie vor in Ordnung. Man mußte nur einige Vokabeln dazulernen und sie geschickt benutzen, man mußte mit den richtigen Leuten zu Mittag essen, die richtigen jungen Partner nachziehen. Man mußte elastisch, aber rücksichtslos auf dem schmalen Grat des Rechts die vielversprechenden Fälle der richtigen Klienten erfolgreich bearbeiten, dann konnte man vergnügt aus dem sechsten Stock des granitverblendeten Bürogebäudes in die Baumwipfel des Georgengartens schauen, der Zukunft – auch der gesamtdeutschen, ja besonders der gesamteuropäischen Wirtschaftszukunft – entgegen, denn auf Wirtschaftsrecht war die Societät spezialisiert. Fehrenbach, Giegeler, Rießt & Co. stand für erfolgreiche, elastische Abwicklung hochrangiger Wirtschaftsfälle, und Friedrich Rießt, inzwischen Seniorpartner, war einer der erfolgreichsten Anwälte, die es in der hundertjährigen Geschichte der Anwaltskanzlei gegeben hatte. Unter anderem war er Justitiar der Saalberg AG, ein enger Freund der Familie, und als solcher hatte er sich bereit erklärt, die unübliche Testamentseröffnung vorzunehmen.

Er war noch nicht im Haus, was seine Sekretärin mit dezenter Stimme offenbarte. Gerade hätte er aus einem Verkehrsstau am Steintor angerufen. Ein Unfall mit beidseitiger Straßensperrung. Sie verteilte ihr Lächeln routiniert zwischen Paul und Helen. Sehr lästig, aber innerhalb der nächsten zehn Minuten müsse er ankommen. Die anderen Damen und Herren warteten schon im Büro. Ob sie jetzt vorangehen dürfe.

Ein freundlicher Blick unter schilfgrünem Lidschatten begleitete das markierte Lächeln, sie ging etwas eckig durch den paneelierten, von Flutlichtstrahlern erhellten Flur und öffnete die Tür zu dem Büro von Friedrich Rießt.

Helen trat vor Paul durch die Tür, und ihr Blick wurde von Rosas weitgeöffneten, grünen Augen eingefangen. Sie erschrak, wie schon am Freitag während der Trauerfeier, und ihr Herz klopfte unrhythmisch den Takt zu den familiären Küssen und Worten, mit denen sie ihre Kinder begrüßte. Georg wirkte angespannt, Caren war unerhört chic in einem blaugrauen Leinenkostüm, Wolf lächelte bedauernd und gleichzeitig beruhigend, als wolle er sagen: Es wird schon gutgehen, aber ich weiß auch nicht wie.

Helen setzte sich in einen der schwarzen Ledersessel, von dem aus sie die Baumwipfel vor den Fenstern sehen konnte. Bloß nicht Rosa ansehen! Wenn dieser Termin bei Friedrich Rießt erledigt wäre, würde Rosa abfahren, alles würde sich beruhigen, schon allein durch zeitliche und räumliche Distanz. Sie würde Rosa schreiben und nichts unversucht lassen, die Kluft zu überwinden.

Helen spürte ein verstecktes Zittern in den Knien, und wie im Trauergottesdienst fühlte sie sich einer merkwürdigen Schwäche ausgeliefert. Sie sah in die Baumwipfel des Georgengartens, und in ihr Gedächtnis traten Szenen wie brüchige Bilder längst vergangener Momente: Ein verregneter Nachmittag im November 1943. Sie trug das helle Seidenkleid, das Ben an ihr so geliebt hatte, sah aus dem Fenster des Kinderzimmers in den herbstlichen Garten und hatte Rosa im Arm, ihr zierliches, kleines Baby, ganz warm und müde, die Lider über den wachen, grünlichen Augen fast schon geschlossen. Sie feierte allein für sich den Tag, an dem Ben ein Jahr zuvor aus Rußland gekommen war. Nur für sie, um sie ganz für sich zu haben, um sie zu heiraten. Auch damals hatte es geregnet, der Rasen vor dem Haus war überschwemmt gewesen von roten, gelben und braunen Blättern. Über das flaumweiche Babyhaar hinweg starrte sie in die kahlen Bäume. Sie meinte, Bens Umarmung noch genau zu spüren, und drückte den winzigen Körper Rosas ganz fest an sich. In diesem Zustand verzehrender Sehnsucht hatte sie minutenlang verharrt, mit geschlossenen Augen die Erinnerung heraufbeschwörend, bis sie sich an das Baby in ihren Armen erinnerte. Rosa hatte sie tieferschrocken angesehen, der kleine Körper in ihrem Arm war wie erstarrt.

Helen schob eine Hand schützend vor ihre Augen, die schmerzten, als hätte eine Vision sie geblendet. War es möglich, daß diese wenigen Minuten wichtig für sie und Rosa waren? fragte sie sich. Konnte ein Baby spüren, daß man es vergessen hatte, oder war es nur eine natürliche Aversion? Hatte sie das Baby fast erdrückt, und Rosa sah in ihr seitdem instinktiv diejenige, die ihr fast die Luft genommen hätte?

Wer könnte mir helfen, das herauszufinden, fragte sie sich.

Sie hörte das belanglose Gespräch ihrer Söhne, dann in einer Gesprächspause den hohlen Summton der Klimaanlage und sah immer noch in die regenschweren Baumwipfel, die so bewegungslos vor den Fenstern standen, als wären sie in die schwüle Luft geklebt.

«Dieses Büro ist furchtbar.» Caren, die kompromißlos nur modernes italienisches Design akzeptierte, brachte die Unterhaltung wieder in Gang. Paul und Georg gingen sofort auf das Thema ein. Wolf bewunderte, trotz der heftigen Kritik an Friedrich Rießts Geschmack, die Ausmaße des dunkelroten afghanischen Teppichs, der von dem hellgrauen Teppichboden, mit dem das Büro ausgelegt war, nur die Ränder frei ließ.

Rosa sagte kühl: «Der Afghane in Vaters Arbeitszimmer ist schöner.»

«Natürlich.» Aus Georgs Stimme klang uralter Kinderspott. Unter dem Titel «Vater ist der Schönste» hatte er noch zu Rosas Hochzeit mit Paul kleine Sketche aufgeführt. Rosa hatte am lautesten gelacht. Jetzt lachte sie überhaupt nicht, sondern blickte Georg lauernd an, als wolle sie sagen: Was weißt du? Was machst du daraus?

Wie muß sie leiden, dachte Helen. Aber ich kann ihr nicht helfen. Sie läßt es nicht zu.

Wie in einem tonlos zurücklaufenden Film sah sie die weitgeöffneten, grünen Augen in Rosas herzförmigem, von schwarzen Locken umrahmtem Gesicht: Rosa als junge Frau, als junges Mädchen, als kleines Kind, als Baby – Rosas Augen, die erschrocken und abweisend auf sie schauten, wenn sie sich über ihr Bett beugte oder nach längerer Abwesenheit in der Tür stand.

Wie dringlich hatte sie sich gewünscht, Rosa länger als nur Sekunden auf ihrem Schoß, in ihren Armen zu halten! Helen spürte wieder den vergessen geglaubten, nahezu körperlichen Schmerz darüber, daß dieses Kind, das sie mit verzehrender Liebe erwartet hatte, daß Bens Kind sich ihr verweigerte.

Wie hatte sie Joachim beneidet, dem Rosas ganze Kinderliebe galt, den sie mit kätzchenhafter Geschmeidigkeit umgarnte, für den allein sie ihre gute Laune und ihren spielerischen Charme aufhob. Wenn er fort war, verwandelte sie sich in ein kratzbürstiges Kind. Nach der Geburt von Georg, mit dem Joachim nichts anzufangen wußte, obwohl er der ersehnte Erbe war, und deutlicher noch nach der Geburt von Paul, den der Vater nicht zur Kenntnis nehmen wollte, hatte Helen die Zurückweisung Rosas verdrängt und später sogar gelassen hingenommen.

Helen nahm vage auf, daß die konservative Einrichtung des Büros, in dem sie untätig herumsitzen und warten mußten, weiterhin ein dankbares Unterhaltungsthema war.

Joachim hatte von diesem Büro geschwärmt, dachte Helen, sagte aber nichts, um nicht mit Rosa in einen Wortwechsel zu geraten.

«Einer dieser Strahler hier fällt genau auf deinen Drachenring, Mutter», hörte sie Paul sagen. Wie alle anderen blickte auch Helen auf ihre linke Hand, die leicht angewinkelt auf dem dünnen, schwarzweiß gemusterten Seidenrock lag, und sah den großen, viereckigen Smaragd unter dem intensiven Licht leuchten.

«Er schimmert wie ein mythischer Ring, Helen», sagte Wolf Farnheimer belustigt. «Er hütet ein Geheimnis.»

«Noch mehr», ergänzte Caren und flüsterte, «der Ring hilft ein Geheimnis zu lüften und führt den Träger bis ans Ende der Welt.»

«Ihr habt viel Phantasie», lachte Helen und zog ihre Hand mit dem Ring aus dem Lichtstrahl. Sie dachte: Wenn ich jetzt Rosa ansehe, weiß sie, daß der Ring von Ben ist. Noch ist sie unschlüssig.

Glücklicherweise bemerkte Georg im gleichen Moment: «Vater hat dir märchenhaften Schmuck geschenkt. Das Smaragdkollier für Pauls Geburt durfte ich damals mit aussuchen, und dann hat er es dir doch überreicht, als ich nicht dabei war.»

«Du durftest mir dann zum Trost noch eine kleine Kette schenken. Die habe ich mindestens so oft getragen wie das Kollier.»

«Aber an den Händen habe ich nie anderen Schmuck gesehen als diesen Ring», sagte Paul. «Du hast nie etwas anderes getragen, oder?»

«Mit dem Drachenring habe ich meine erste große Wette gewonnen», erinnerte sich Georg, und Helen war froh, daß keiner ihre Antwort erwartete. Alle sahen gespannt und auffordernd Georg an, hörten ihm zu, hörten Paul zu, der von kindlichen Alpträumen erzählte, in denen der Ring immer eine wichtige, befreiende Rolle gespielt hatte. Mit Geschichten und Spekulationen vertrieben sie sich die Zeit. Helen bemühte sich, gelassen zuzuhören. Rosa sagte kein Wort.

Endlich öffnete sich die Tür, und die Sekretärin sah in sechs enttäuschte Gesichter. Friedrich Rießt würde leider noch weitere zehn Minuten auf sich warten lassen, teilte sie bedauernd mit und kündigte strahlend Erfrischungsgetränke an.

«Wenn sie die Getränke bringt», sagte Caren, «könnte sie das Fenster aufmachen. Es ist heiß und luftlos hier.»

«Das wird sie wegen der Klimaanlage nicht dürfen», gab Georg zu bedenken.

«Fenster oder Klimaanlage ist ziemlich egal», sagte Paul träge. «Die Luft bleibt mir in dieser Dunkelkammer auf jeden Fall weg. Keinen Gedanken könnte ich hier fassen.»

«Und dein Büro in London?» fragte Georg und schlug ein Bein über das andere, wobei er kritisch seine blanken, schwarzen Schuhspitzen betrachtete.

«Das andere Extrem», grinste Paul. «Alles Aluminium und Weiß – hat den Charme einer Hotelküche.»

«Dir macht es wohl keiner recht», sagte Rosa.

Helen beobachtete einen kurzen Blickwechsel zwischen Rosa und Wolf, der dabei beruhigend die Hand auf ihren Arm legte.

Wenn Wolf nicht wäre, würde Rosa verzweifeln, dachte sie. Er hat sie damals, vor ihrer Hochzeit, von ihren Hysterien befreit, vielleicht gelingt es ihm auch dieses Mal. Joachim hat wirklich alles richtig gemacht, solange es sich um Rosas Probleme handelte. Wie viele Freunde hatte er ihr ausgeredet, bis endlich Wolf auftauchte, den er sofort akzeptierte, obwohl der damals ein mittelloser Assistenzarzt war. In Joachims Augen war für Rosa das Beste gerade gut genug gewesen. Hochadel, besser noch Hochfinanz oder eine Symbiose aus diesen Eckpfeilern der sogenannten großen Gesellschaft, das hatte er sich für die Tochter erträumt, aber mit ihren jeweiligen Verehrern aus illustren Familien war er nie einverstanden gewesen, weil Rosa keinen wirklich liebte, wie er klar erkannte. Sie hat immer nur ihn geliebt, dachte Helen. Wie blind bin ich gewesen, daß ich das jetzt erst erkenne. Rosa hat versucht, mich, Georg und Paul zu ignorieren. Sie wollte Joachim ganz für sich. Wichtige Dinge hat sie nur ihm erzählt. Sie wollte auch als junge Frau, als promovierte Juristin nicht selbständig wohnen, sondern blieb zu Hause, wo sie sicher war, ihren Vater so oft wie möglich zu sehen.

Helen erinnerte sich an den Tag, an dem Rosa bewußt wurde, daß Joachim alles, auch was sie betraf, mit Helen besprach, daß er ihr alles erzählte. Rosa hatte ihm eine Szene von shakespeareschem Format gemacht und war kurz darauf nach Köln gezogen. Sie hatte das Angebot einer Freundin, einer niedergelassenen Anwältin, angenommen, in eine Societät als Partnerin einzutreten. Dann hatte sie Wolf kennengelernt und erstaunlich schnell geheiratet. Seitdem war sie selten zu Hause gewesen, war ganz in ihrem Beruf, in ihrem Leben mit Wolf und den beiden Kindern aufgegangen. Joachim hatte sie regelmäßig in Düsseldorf besucht. In den letzten Jahren waren diese kurzen Reisen zu Rosa sein einziges Vergnügen gewesen.

Helen blickte wieder zu dem Sofa, auf dem Rosa und Wolf dicht nebeneinander saßen, und begegnete Rosas starrem Blick.

Vielleicht kann Wolf ihr und mir helfen, wenn ich ihm mehr erzähle, dachte sie. Wenn ich Rosa nicht ganz verlieren will, muß ich darum kämpfen, und wer anders als Wolf könnte mir helfen.

Warum war sie nicht schon längst auf den Gedanken gekommen? Sie könnte auf die Insel fahren und Wolf bitten, sie dort mit Rosa zu besuchen. Der Gedanke gab Helen Ruhe und Sicherheit.

Jetzt waren die Nächte dort hell. Gras, Sand und Steinplatten waren abends noch warm. In Gedanken atmete sie schon die tiefe Stille über der Insel, hörte die gleichmäßigen Laute der Wattvögel. Das Haus dort war immer ihr Zufluchtsort gewesen, warum sollte es nicht auch Rosa helfen.

Als Friedrich Rießt endlich kam, war eine Dreiviertelstunde verstrichen. Er gehörte zu den Menschen, die allein durch ihr Auftreten ein ganzes Stockwerk in Schwingungen geraten lassen. Seine Stimme war trotz aller dämpfenden Materialien, trotz dicker Teppiche und Doppeltüren zu hören. Dabei sprach er nicht besonders laut, sondern pflegte nur das Vibrato seiner Baritonstimme, auf die er stolz war. Seine Schritte waren nicht auffällig schnell oder weit ausholend, aber er trat mit den Hacken seiner eleganten italienischen Schuhe zuerst auf, seine Bewegungen in dem beigen Sommeranzug waren koordiniert, nicht sportlich, das hätte er vulgär gefunden. An der äußeren Erscheinung durften sich, seiner Meinung nach, keine privaten Tätigkeiten ablesen lassen. Akkurat, präzise, prompt waren Lieblingsadjektive seines Wortschatzes. Er haßte Unpünktlichkeit, Unordnung, die Farbe Lila, lauwarmen Kaffee und «unnützes Geschwätz».

Als er die Tür seines Büros öffnete, standen die Herren auf, um ihn zu begrüßen.

«Eine Dreiviertelstunde zu warten ist Folter», verkündete sein warmer Bariton, und damit war er schon bei Helen.

«Ich kann es nie wiedergutmachen!»

Damit war das Thema «Unfall – Verkehrsstau – Rushhour – Rettungshubschrauber im Stadtzentrum», bei dem andere sich ausgiebig aufgehalten hätten, für ihn abgetan.

Handkuß bei den Damen, Händedruck bei den Herren, jeweils ein schneller, direkter Blick in die Augen, und das Nennen der Namen. «Rosa! – Caren! – Georg! – Paul! – Herr Farnheimer!» Im Handumdrehen war die Begrüßung vorbei, und er sah kurz auf die Armbanduhr.

«Wie lange haben wir noch Zeit?»

«Zehn Minuten», sagte Georg grinsend. «Mein nächster Termin ist in einer halben Stunde.»

«Meiner auch», stellte Friedrich Rießt fest. «Aufsichtsratssitzung von R & B, Georg?»

Georg nickte.

«Dann haben wir denselben Termin.» Alle lachten befreit.

«Ich habe alles vorbereitet.» Friedrich Rießt zog einen kleinen Schlüsselbund aus der Jackentasche, schloß einen Schublade seines Schreibtisches auf und kam mit einer flachen, schwarzen Ledermappe an den ovalen Palisandertisch. Er setzte sich, wie alle Chefs in ihren eigenen Büros, mit dem Rücken zum Fenster, rückte die Mappe in das Arbeitslicht eines Punktstrahlers und schlug sie auf.

«Jedem von euch ist heute das Testament vom Nachlaßgericht zugeschickt worden. Da es also in der Post ist, könnt ihr es auch hier einsehen.»

Er verteilte drei hektographierte Seiten an jedes Familienmitglied.

«Joachim hat dieses Testament seit Jahren nicht mehr geändert, und soweit ich weiß, ist euch der Inhalt in den wichtigen Punkten bekannt.»

Alle nickten.

«Wenn ihr also einverstanden seid, gehen wir das Dokument nicht Satz für Satz durch – schon um Zeit zu sparen.»

Sechs Augenpaare überflogen in Windeseile die Seiten. Schweigendes Einverständnis.

«Joachim war im Rahmen dieser unüblichen Testamentseröffnung einzig und allein dieser Brief wichtig», Friedrich Rießt zog ein großes, weißes Kuvert aus der schwarzen Ledermappe.

«Über den Inhalt hat Joachim nicht mit mir gesprochen. Er war erst vor zwölf Tagen hier und hat drei Briefe geschrieben. In höchster Erregung, wenn ich das anmerken darf. Der eine ist dir, Helen, sofort nach seinem Tod zugestellt worden. Soweit ich dich verstanden habe, enthielt er nur detaillierte Anordnungen für die Beisetzung. Der zweite Brief wurde dir vor der Beerdigung zugestellt. Ist das alles ordnungsgemäß verlaufen?»

Helen nickte, sah Paul an und zuckte leicht mit den Achseln, als wolle sie sagen: Es ist zwar so schief wie nur möglich gelaufen, aber das ist im Augenblick unwichtig und ohnehin nicht mehr zu ändern.

Friedrich Rießt sprach längst weiter: «Den dritten Brief habe ich hier in der Hand. Joachim hat mich gebeten, ihn vor euch zu öffnen und laut vorzulesen. Ist bis zu diesem Punkt alles klar? Gibt es Fragen? Braucht irgend jemand etwas zu trinken?»

«Deine Sekretärin hat uns sehr nett mit Kaffee und Wasser versorgt», sagte Paul.

«Sehr gut», konstatierte Friedrich Rießt. «Also: Ich öffne jetzt den Brief und lese ihn vor.»

Aus der linken Brusttasche nahm er eine Lesebrille und setzte sie auf; aus der Ledermappe zog er einen silbernen Brieföffner und schlitzte den Umschlag auf. Das dumpfreißende Geräusch, das dabei entstand, war nur deshalb so deutlich zu hören, weil keiner etwas sagte und niemand sich bewegte.

Friedrich entnahm dem Kuvert einen weißen, nur auf die Hälfte gefalteten DIN-A4-Bogen. Nicht besonders dick oder dünn, kein Bütten, kein Briefkopf. Ein normales Blatt Papier, wie es in allen Kanzleien der Welt für nebensächliche Schreibarbeiten verwendet wird.

Friedrich Rießt faltete den Bogen schnell auseinander, legte ihn in den Lichtkegel des Punktstrahlers.

«An meine Familie», las er und sah dabei mit der aufmunternden Nüchternheit eines Tagesschausprechers in die Runde.

«An meine Familie», wiederholte er noch einmal und las dann den Brief, ohne einmal abzusetzen, vor.

«Nach langen, quälenden Überlegungen bin ich zu der Überzeugung gelangt, daß ich euch mit einer Tatsache konfrontieren muß, von der ich seit dem Sommer des Jahres 1943 weiß. Bevor ich sterbe, muß und will ich mich dieses Wissens entledigen.

Mein Bruder, Benedikt Saalberg, lebt.

Nach der Trauer um seinen Tod vor Stalingrad war ich glücklich zu erfahren, daß er nur schwer verletzt worden, aber wieder genesen war, doch mein Glück darüber wurde auf der Stelle vergiftet. Er trat im Sommer 1944 unter Umständen auf, die damals jeden deutschen Soldaten zutiefst empören mußten. Nicht als russischer Kriegsgefangener, als ehrenvoll besiegter deutscher Soldat, sondern als Vaterlandsverräter, als Mitglied einer kommunistischen Bande, die von sich behauptete, für Deutschland zu arbeiten. Die berühmten Namen der Mitkämpfer des Nationalkomitees Freies Deutschland sind uns allen bekannt gewesen. Sie forderten deutsche Soldaten zum Überlaufen, zum Hochverrat auf. Mein Bruder war rührig und erfolgreich in diesem Komitee – wie ich erfuhr. Ein Landesverräter, ein Hochverräter.

Im Herbst 1944 ist er für mich zum zweitenmal gestorben.

Ich habe jeden Kontakt zu ihm abgelehnt. Wenn ich damit Schuld auf mich geladen habe, muß ich sie tragen.

Ich weiß – und das beschwöre ich – nichts anderes, als daß Ben im August 1989 noch lebte. Sein Regimentsfreund Bernd Haller, der mit uns in Stalingrad war, will ihn 1944 in einem Lager und 1989 in Moskau auf dem Flughafen erkannt haben. Mein Bruder war schon wegen seiner Größe eine unverkennbare Gestalt. Bernd Haller hat Monate neben ihm gekämpft und alles mit ihm geteilt. Besser kann man einen anderen Menschen nicht kennen. Deshalb kann seiner Nachricht vertraut werden. Natürlich habe ich im Gespräch mit Bernd Haller ablehnend reagiert. Haller versuchte, Ben auf sich aufmerksam zu machen, was ihm aber nicht gelang. Als er aus der Transithalle kam, war Ben nicht mehr zu finden. Bernd Haller starb im letzten Jahr.

In den letzten Monaten sind mir furchtbare Zweifel an der

Richtigkeit und Berechtigung meiner Handlungsweise gekommen.

Am Ende meines Lebens kann ich nichts mehr ändern, nur die Wahrheit sagen. Ich kann nur die Worte wiederholen, die mich bewogen haben, Euch diesen Brief zu schreiben:

‹Denn wir müssen alle offenbar werden vor dem Richtstuhl Christi, auf daß ein jeglicher empfange, nach dem er gehandelt hat bei Leibesleben, es sei gut oder böse.›
Hannover, Montag, den 11. Juni 1990.
Joachim Saalberg.»

Friedrich Rießt blickte auf und sah in bestürzte, erstaunte Mienen. Er wartete aber keine Äußerung ab, sondern fügte sofort hinzu, daß er es vorziehen würde, diesen Brief zu überdenken und heute, auch aus Zeitgründen, nicht mehr in eine Diskussion einzutreten, falls denn eine Diskussion gewünscht würde. Ein kurzer Blick auf die Uhr und schnelle, ordnende Handgriffe in den vor ihm liegenden Papieren unterstrichen seinen Wunsch, die Sitzung zu beenden.

Helen wußte später nicht, wie sie auf die Straße gelangt war. Sie hatte sich Georgs Eile zunutze gemacht und vorgegeben, selbst einen dringenden Termin in der Stadt zu haben. Man müsse telefonieren, Paul solle nur sofort nach Hamburg fahren, wie er es vorgehabt habe. Sie nehme ein Taxi. Mit kurzem Gruß hatte sie sich von Rosa und Wolf verabschiedet.

Während ihre Kinder mit dem Aufzug in die Tiefgarage hinunterfuhren, ging sie durch die Drehtür des Gebäudes auf die Straße, winkte einem Taxi und ließ sich nur einige hundert Meter weit bis zum Eingang der Herrenhäuser Gärten fahren.

Die feuchte, warme Luft roch nach nassen Blüten und nasser Erde. Langsam ging sie die Lindenallee hinunter. Ihre Haare, ihr Kostüm wurden naß vom Regenwasser, das beständig aus den Bäumen tropfte, aber sie achtete nicht darauf.

Nur wenige Menschen, die um diese Zeit durch die Gärten gingen und die Allee kreuzten, sahen die einsame Gestalt einer älteren Dame in der Tiefe der Allee verschwinden. Niemand beobachtete, daß ihre Schritte immer langsamer wurden.

ACHTES KAPITEL

Es war Helen, als habe jemand an ihrer Stelle mit geringschätzigem Lächeln große, einfach geformte Puzzlestücke zu einem Bild zusammengerückt, das ihr Leben darstellte. In ihren Augen entstand ein Bild von Selbsttäuschung und Verrat. Dabei hätte es ihre Aufgabe sein sollen, die fertig gestanzten Teilstücke zusammenzulegen. Sie allein hätte darüber entscheiden müssen, ob sie das Bild, das sich formte, anderen zeigen wollte. Jetzt war es zu spät. Ihr Leben lag offen da. Sie krümmte sich vor der Wahrheit und weinte dort, wo niemand sie sah.

Er ist nicht zurückgekommen, dachte sie. Er lebt und ist nicht zurückgekommen. Das ist Wahrheit und Verrat in einem.

Sie ging durch die tiefen Lindenalleen und verschlungenen Wege des Herrenhäuser Gartens, vorbei an beschnittenen Taxushecken und Rosenrondellen, ohne etwas wahrzunehmen. Regentropfen, die aus den Linden in ihr Gesicht fielen, vermischten sich mit ihren Tränen.

Ben lebte und war nicht zurückgekommen. Keine Erklärung, keine tröstende Geschichte konnte darüber hinwegtäuschen.

Warum hatte sie sich fortwährend belogen?

Sie selbst hatte doch von der ersten Minute an Zweifel an Bens Tod gehegt. Den Totenschein hatte sie damals nicht akzeptieren wollen, sich nur widerstrebend von Joachim überzeugen lassen, daß ein Freund ihn tot unter einem zusammenstürzenden Kellergewölbe in Stalingrad verlassen hatte, daß unter brennenden Trümmern seine Erkennungsmarke nicht gefunden worden war. Sie hatte zu jener Zeit geduldet, daß unausgesprochen Mißtrauen zwischen Joachim und ihr stand. Er hat mich geliebt, während ich mich noch nach Ben sehnte, sagte sie sich, und ich fühlte mich im Recht, weil er Ben in mir töten wollte. Ich habe seine begierige Liebe erwidert und gleichzeitig gespürt, wie grausam sie war. Das Versprechen, das er ihr abverlangt hatte, war wie ein Würgegriff an der Kehle gewesen. Kein Wort über Ben! Niemals! Rosa sollte es nicht erfahren, seine Mutter nicht, die an Bens Tod verzweifelt war. Nur Helens Gedächtniskraft hatte Ben lebendig gehalten. Ihre ummauerte innere Welt war für sie zur Normalität geworden.

Ich habe mich von Joachim auf ein Podest rücken lassen, er hat mich bewundert, begehrt und gleichzeitig gequält. Ich habe es geschehen lassen und neben einem Mann gelebt, den ich nur als Ersatz angesehen habe. Hatte Rosa recht? Ich lebte neben ihm her, an ihm vorbei, dachte insgeheim, wirklich und vollkommen wäre es mit Ben. Ich sehe eine aprikosenfarbene Rose und denke an Ben. Heute noch. Ich laufe am Strand, sehe die Möwen und denke an Ben.

«Du mußt dein Gesicht in den Wind halten», hatte er damals auf der Insel gesagt, als sie sich rückwärts gegen den Weststurm stemmte. «Immer das Gesicht in den Wind. Es ist herrlich. Du wirst schon sehen.»

Heute noch kann ich das Brecht-Gedicht von den Liebenden auswendig, das damals neu und verboten war:

Sieh jene Kraniche in großem Bogen!

Ben hatte es ihr beigebracht, und im Sand nebeneinander liegend hatten sie es sich abwechselnd aufgesagt, wie in dem Theaterstück, von dem er erzählte.

Die Wolken, welche ihnen beigegeben
Zogen mit ihnen schon, als sie entflogen
Aus einem in ein andres Leben.

So hatten sie den Wolken und Vögeln zugesehen, damals im Juni 1942. Der Befehl, für den Ben sterben sollte, war längst erteilt. Noch hatte der Krieg sie nicht eingeholt.

Ben lebt und ist nicht zurückgekommen. Die Verse, sorgsam gehütet und nie zerredet, klangen wie Hohn:

Daß so der Kranich mit der Wolke teile
Den schönen Himmel, den sie kurz befliegen
Daß also keines länger hier verweile
Und keines andres sehe, als das Wiegen
Des andern in dem Wind, den beide spüren
Die jetzt im Fluge beieinander liegen

Mitte der sechziger Jahre, als überall Brecht gespielt wurde, hatten sie das Stück auf der Bühne gesehen. Der erfolgreiche Joachim Saalberg und seine wunderschöne Frau. «Aufstieg und Fall der Stadt Mahagonny!» Premierenpublikum in langen Kleidern, goldenen Sandaletten, die Herren im Smoking, für Bert Brecht, den Verbotenen, Verfemten, dessen Bücher sie hatten brennen sehen, der die graue DDR ihrem Wirtschaftswunderland vorgezogen hatte.

So mag der Wind sie in das Nichts entführen
Wenn sie nur nicht vergehen und sich bleiben
So lange kann sie beide nichts berühren
So lange kann man sie von jedem Ort vertreiben
Wo Regen drohen oder Schüsse schallen.
So unter Sonn und Monds wenig verschiedenen Scheiben
Fliegen sie hin, einander ganz verfallen. –

Festgeklammert an die Armlehnen ihres samtbezogenen Sessels im ersten Rang hatte Helen das Gedicht mitgeflüstert. Die Szene auf der Bühne aber war nackt und roh. Joachim wollte gehen. Sie hörte ihn nicht, hatte sich in den Versen des Gedichtes verloren. Sie hatten es in den Wind und die Wolken gesprochen und für die Einsamkeit, die man teilt und nichts anderes ersehnt.

Ein Teil von ihnen war dort geblieben. Auf der Insel. Ben war tot, aber nur der Tod hatte ihre Liebe unterbrechen können. Das hatte sie damals im Theater gedacht, Joachim neben sich, der Obszönitäten auf der Bühne haßte und das Wunder des Textes nicht erfassen wollte.

Wohin ihr? – Nirgend hin. – Von wem davon? – Von allen.
Ihr fragt, wie lange sind sie schon beisammen?
Seit kurzem. – Und wann werden sie sich trennen? – Bald.
So scheint die Liebe Liebenden ein Halt.

Helen setzte sich auf eine Bank und verdeckte ihr Gesicht mit den Händen. Die Schlußverse hatte sie damals gerne aussparen wollen. Sie gehörten nicht wirklich zu einem Liebesgedicht, hatte sie gemeint.

Joachim hatte neben ihr gesessen in diesem Theater, er hatte gewußt, daß Ben lebte. Ihr hatte er nichts gesagt. Warum nicht? Um sich zu rächen? Um sie zu schützen? Warum?

Paul war damals noch nicht geboren, ihre Tage waren durchzogen vom Streit mit der eifersüchtigen, dreizehnjährigen Rosa. Georg war schon fast selbständig mit seinen neun Jahren. Joachim hatte gewußt, was seine Worte, was nur die leiseste Andeutung bewirkt hätten: Sie hätte ihn verlassen. Unsinnig und unbedacht wie eine Liebende im Märchen, wäre sie gegangen, um Ben zu suchen, um zu beweisen, daß er sie nicht verraten hatte.

Helen starrte in das Dunkel ihrer Handflächen.

Warum nur war er nicht wiedergekommen? Was war wirklich mit ihm geschehen? Lebte er noch, klagte er sie an? War vielleicht alles nicht wahr? Was hatte Joachim gewußt? Woher hatte er das Recht genommen, so zu handeln? Wo war ihre Schuld vergraben in diesem Scherbenhaufen aus Täuschung, Liebe und Verrat? Sie mußte herausfinden, was wirklich geschehen war. Aus den großen Puzzleteilen, die sich einfach zusammenzufügen schienen, wurden wieder Tausende. Zerbrochen in unzählbare, kleine Stücke, lagen sie am Boden. Bizarr und verworren.

Sie öffnete ihre schmale Handtasche, griff nach einem kleinen Schildpattkamm und der nachtblauen Spiegeldose, beseitigte Spuren von Regen und Tränen in ihrem Gesicht, kämmte ihr Haar. Ich weiß nicht, wie und wo ich anfangen soll, aber ich muß es schaffen, dachte sie. Ich werde herausfinden, warum Ben nicht zurückgekommen ist. Vor den Parktoren winkte sie einem Taxi, das gerade von einer kleinen Gruppe alter, englisch sprechender Damen verlassen wurde.

Die Luft im Taxi war unerträglich stickig. Helen lehnte sich zurück und schloß die Augen.

Wie haben die Kinder diese Nachricht aufgenommen? Was wird Rosa daraus machen? Unter keinen Umständen wird sie mir helfen. Was für ein Interesse sollte sie daran haben, herauszufinden, was mit Ben geschehen ist. Jetzt kann ich nicht mit ihr und Wolf auf die Insel fahren, aber ich darf nicht vergessen, daß ich ihr helfen muß. Wie kann ich erreichen, daß sie mich verstehen will?

Wird überhaupt einer Zeit haben, zu überlegen, was man tun kann oder tun muß, um Ben ausfindig zu machen? Paul? Er fängt Ende der Woche in London an und muß sich von Carolin trennen.

Ihn kann ich mit nichts belasten.

Auch für Georg waren im Moment andere Probleme wichtig. Er war wie Joachim, hatte genau wie sein Vater ein lauerndes Glitzern in den Augen, wenn ein gewagtes Geschäft greifbar nah war. Nichts Privates durfte dann stören.

Er würde sich auch nicht um Michi kümmern, dessen Versetzung auf dem Spiel stand. Das durfte sie nicht aus den Augen verlieren.

Es gab viel zu tun.

Langsam drehte Helen das Fenster des Taxis hinunter und spürte Wind im Gesicht.

Georg Saalberg verfolgte an diesem Montagnachmittag Pläne, die in keinem Zusammenhang mit dem Familientermin in Friedrich Rießts Büro standen.

Er erwartete Kurt Matthes, der aus der irakischen Hafenstadt Basra kommen sollte. Kurt wollte einen vierzehntägigen Urlaub bei seinen Eltern, Gisela und Heinz Matthes, verbringen. Mit der Nachmittagsmaschine der Lufthansa würde er aus Frankfurt kommen und nicht nur von seiner Mutter in der Ankunftshalle erwartet werden.

Gisela Matthes war pünktlich am Flughafen. In der schlecht ausgeleuchteten Ankunftshalle warteten nur wenige Personen. Herren im Regenmantel, die gelangweilt hin und her gingen. Eine stark geschminkte Brünette, deren pralle Formen aus einem schwarzen Lackmantel herausplatzten, mit zwei ungezogenen, kleinen Burschen, die Rolltreppe fahren wollten, was sie nicht durften. Zum Trost wurden sie mit Gummibärchen vollgestopft, die sie wieder ausspuckten. Nur zum Spaß. Unnütze Verwarnungen, eine Ohrfeige, Geschrei füllte die Halle. Schließlich fuhren alle drei auf der verbotenen Rolltreppe.

Kurt Matthes war einer der ersten Passagiere des Lufthansafluges aus Frankfurt, der die schmale Treppe herunterkam.

Ohne sich umzusehen, stellte er sich wartend am Kofferfließband auf. Groß und breitknochig, in Blue jeans und schwarzer Lederjacke, braungebrannt unter weißblonden Haaren, überragte er auffällig die dezent gekleideten Reisenden, die mit ihm warteten. Als er seine Mutter entdeckte, hob er kurz die Hand. Gisela war stolz und winkte verhalten zurück. Sie beobachtete ihn durch die Glaswände, die Zoll- und Ankunftshallen trennten, und stellte fest, daß seine scharfen Augen immer wieder die Ankunftshalle absuchten, so, als erwarte er noch jemanden. Dann konzentrierte er sich auf die Koffer, die jetzt in schneller Folge auf das Fließband rutschten, sich eckig zurechtschoben, von vielen Augenpaaren verfolgt ihre Runde drehten und hinter einer schwarzen Gummiklappe verschwanden, als würden sie in den Hades zurückgleiten und nie mehr zurückkommen.

Schließlich rollten auch zwei schwarze Ledertaschen auf das Fließband, die Kurt Matthes schon in der Hand hatte, bevor ein anderer Fluggast ein Auge darauf werfen konnte. Sie sahen schwer aus, wie mit Zement ausgegossen, und er trug sie wie Brötchentüten. Mit einem Lächeln in den Augen ging er an den Zollbeamten vorbei und schloß gleich hinter der automatischen Glastür seine Mutter kurz in die Arme.

Nach einigen Begrüßungssätzen sah er sich blitzschnell in der Halle um, entdeckte einen älteren Mann in der Tür zur Herrentoilette und machte in Sekundenschnelle ein Zeichen mit dem Daumen seiner rechten Hand.

Gisela suchte in ihrer Handtasche nach dem Autoschlüssel und bemerkte diese Geste nicht. Als sie mit ihrem Sohn aus der Abflughalle gegangen war, die Straße überquert hatte und vor der Kasse der Hochgarage stand, öffnete sich die Tür der Herrentoilette, und ein älterer, zierlicher Mann in einem grauen Kammgarnanzug begab sich flink auf die Rolltreppe, fuhr in die Abflughalle hinauf und ging zu einem Golf, der auf einem der Kurzparkplätze vor dem Gebäude stand. Auf dem

Beifahrersitz lag die graue Schirmmütze, die alle Fahrer der Saalberg AG trugen.

Wilfried Hanke nahm den Westschnellweg, um zur Firma zurückzufahren, wo er von einem jungen Fahrer den schwarzen BMW seines Chefs übernahm. Damit stand er pünktlich um 19 Uhr vor dem Verwaltungsgebäude der Handelsgesellschaft R & B, um Georg Saalberg abzuholen und ihm eine erfreuliche Mitteilung zu machen.

Georg ließ ihn dann gleich durch die Innenstadt vor den Haupteingang des Hauptbahnhofs fahren. Am Ernst-August-Platz parkte Hanke kurz, verließ für kurze Zeit das Fahrzeug und kehrte nach wenigen Minuten zurück, in denen Georg hinter den dunklen Scheiben seiner Limousine eine Gruppe männlicher und weiblicher Punks beobachtete, die sich am Sockel des Ernst-August-Denkmals versammelten. Georg hatte nur für Sekunden von der Akte hochgesehen, die er gerade bearbeitete. Er sah sonst nie hinaus, arbeitete vom Anfang bis zum Ende jeder Autofahrt. Zeit war so rar. Aber diese Szene auf dem verlassenen Bahnhofsvorplatz fesselte ihn, weil ihm die sinnlose Untätigkeit greifbar schien, in der die jungen Menschen dort verharrten. Fünf lösten sich aus der Gruppe, es war ihm, als kämen sie genau auf sein Auto zu. Michi sagte zwar, Punks seien friedliche Außenseiter, aber trotzdem mußte Georg sich zwingen, nicht auf die Zentralverriegelung zu drücken. Er schämte sich nicht der reflexhaften Bewegung. Erleichtert sah er dann die Fünfergruppe im Rückspiegel.

In New York hatten kürzlich zwei Männer ein vor ihm stehendes Auto überfallen: Einen dunklen Mercedes 600, Statussymbol für unangreifbaren Reichtum. An einem regnerischen Abend wie diesem, bei laufendem Motor vor einer roten Ampel hatten sie einen Mann im Regenmantel vom Rücksitz des Wagens gezerrt, ihn ausgeraubt und zu Boden geschlagen. Als die Ampel umsprang, hatten sie ihn zurück in den Fond geworfen – wie einen leblosen Regenmantel. Dieses Erlebnis lauerte in Georgs Erinnerung. In der ledergepolsterten Luxuszelle seines Wagens fühlte er sich seitdem nicht mehr unantastbar.

Hanke kehrte mit einem großen, in hellgrünes Papier eingeschlagenen Blumenstrauß zurück. Darunter verbargen sich neunzehn langstielige, erdbeerfarbene Gewächshausrosen, die leidlich frisch waren. Hankes geübter Kleingärtnerblick hatte ihnen noch 36 Überlebensstunden zugebilligt. Erdbeerrosa war die Lieblingsfarbe von Gisela Matthes.

Bevor Georg sich später zu einem informellen Abendessen mit ausländischen Geschäftspartnern in Wiechmanns Restaurant treffen würde, was sein Terminkalender für den Fall von Kurt Matthes' glücklicher Heimkehr vorsah, lenkte er den dunkelgrauen Golf seiner Frau durch eine schmale Siedlungsstraße in Anderten. Hinter einem frisch gestrichenen Jägerzaun lag am Ende der Straße ein kleines, erdbeerfarben gestrichenes Häuschen, das er sofort wiedererkannte. Neben der lindgrünen Eingangstür entdeckte er die Nummer 34. Die leuchtenden Messingzahlen waren an diesem verregneten, dämmrigen Juniabend besonders gut zu lesen. Er stieg aus, nahm den Blumenstrauß vom Rücksitz, trat durch die nach Holzschutzmittel riechende Pforte und drückte auf den Klingelknopf. Im chlorgrün gestrichenen Haus gegenüber bewegte sich eine Gardine.

«Nein, der Herr Doktor», entfuhr es Gisela, die im türkisfarbenen Kostüm die Tür öffnete. «Mein Gott, so 'ne Überraschung!»

«Ich möchte Ihnen nur etwas überreichen, Gisela.»

«So 'ne Überraschung. Aber kommense rein, Herr Doktor, kommense rein!» Die lindgrüne Tür schloß sich hinter dem zierlichen Mann im unauffälligen, beigen Regenmantel.

In dem kleinen, hellgestrichenen Flur wickelte er den Blumenstrauß aus dem Papier und zog ein Kuvert aus der Brusttasche seines dunkelblauen Blazers.

Mit leiser Stimme sagte er, daß er in der kommenden Woche leider nicht in Hannover sei, um Gisela am Tag ihres fünfzigsten Geburtstags selbst zu gratulieren. Sie sei eine so wichtige Stütze für seine Mutter, sein verstorbener Vater habe sie wie noch keine andere Hauswirtschafterin geschätzt, deshalb sei es ihm ein besonderes Anliegen, ihr diese Blumen und das beigefügte Kuvert eigenhändig zu überreichen.

Während dieser kleinen Rede war Kurt Matthes in die Diele getreten, und Georg begrüßte ihn unverbindlich, erkundigte sich dann aber doch freundlich nach seinem Befinden, nach seinen Arbeits- und Lebensbedingungen im Irak und äußerte abschließend seine Freude darüber, daß er rechtzeitig zum Geburtstag seiner Mutter Urlaub bekommen habe. Gisela hörte bewegungslos zu, ihr Gesicht zur lächelnden Grimasse erstarrt, so als fürchte sie, der einmalige Besuch Georg Saalbergs, des bewunderten und gefürchteten Chefs der Saalberg AG, könne sich als Tagtraum erweisen, wenn sie ihre Haltung verändere. Sie war derart mit sich selbst beschäftigt, daß sie sich nicht weiter über Georgs Interesse an den Urlaubsterminen ihres Sohnes wunderte. Außerdem nahm sie ihren fünfzigsten Geburtstag wirklich wichtig, und Georg kannte ihren Sohn schließlich seit seiner Kinderzeit, dazu kam, daß Kurt jetzt als diplomierter Ingenieur für die SAMA arbeitete, eine Hoch-und-Tiefbau-Gesellschaft mit hohem ausländischem Auftragsvolumen, eine Tochter der Saalberg AG.

Georg lehnte es freundlich lächelnd ab, in die Stube zu kommen, es sei ein ganz besonders hübsches Haus, sagte er, er würde gerne länger bleiben, aber er habe noch Termine, ja, ganz richtig, die Arbeit höre nie auf.

Gisela Matthes hatte das nicht anders erwartet. Die Absage war ihr sogar lieb. Schließlich erwartete sie ihren Mann, der Bahnbeamter war und jede Minute kommen mußte, und außerdem wollten sie ihren Kurt an diesem Abend für sich allein haben.

Sie wolle nur schnell die wundervollen Rosen ablegen, dann könne sie den Herrn Doktor ans Auto begleiten.

Nein, nein! Kurt Matthes griff ein. Sie solle sich unbesorgt ihren Rosen widmen, es sei doch selbstverständlich, daß er Dr. Saalberg hinausbegleite. Gisela verabschiedete sich strahlend.

Kurt Matthes ging auf die Haustür zu, und während er die linke Hand auf die Türklinke legte, zog seine rechte ein dünnes, braunes Kuvert aus der Brusttasche der weitgeschnittenen, schwarzen Lederjacke, die er zur Verwunderung seiner Mutter den ganzen Nachmittag über nicht ausgezogen hatte. Georg nahm das Kuvert und ließ es in der tiefen Tasche seines Regenmantels verschwinden.

«Vielen Dank, daß sie mich hinausbegleitet haben», sagte er, trat auf die Treppe hinaus und fragte auf der zweiten Stufe stehend: «Alles läuft wie besprochen?»

Kurt Matthes nickte. Zwischen seinen klugen, braunen Augen stand eine messerscharfe Furche. Ein Handschlag, ein kurzes Lächeln, Sekunden später sah Gisela den dunkelgrauen, kleinen Wagen die Straße hinunterfahren.

«Eigentlich schade, daß er nicht in seinem BMW gekommen ist», sagte sie später zu ihrem Sohn, der jetzt endlich seine Jacke auszog und nachdenklich in den umzäunten Vorgarten sah. «Wirklich schade! Die Niemannsche drüben hätte dann echt was zu gucken gehabt.»

Georg Saalberg fuhr inzwischen auf dem Südschnellweg in Richtung Hildesheimer Straße, bog aber unplanmäßig an der Kirchroder Ausfahrt ab.

Seine Freizeit war nach Minuten verplant. Zu wichtigen gesellschaftlichen Ereignissen oder zu unumgänglichen familiären Veranstaltungen mußte er überredet werden. In seiner zweiten Frau Caren hatte er einen Menschen gefunden, der ihn so liebte, wie er war, und sich um seine privaten Angelegenheiten kümmerte. Schade, daß sie keine eigenen Kinder bekam, aber sie wurde lächelnd damit fertig, sie belastete ihn nie. Genau das war wichtig für ihn, um konzentriert arbeiten zu können.

Nur einen Luxus erlaubte sich Georg Saalberg: Die Sorge um die Abitur- und Lebenschancen seines talentierten, komplizierten, faulen Sohnes Michi.

Darüber hinaus gab es für ihn nur einen Stoff, über dessen Einsatz sich nachzudenken lohnte. Über ihn wußte er alles. Man konnte die unterschiedlichsten Dinge daraus anfertigen lassen. Zwischen dem 3×3-Meter-Sockel für ein Heldendenkmal, Estrichböden für Gewächshäuser versponnener Orchideenzüchter und meerüberspannenden Stahlbetonbrücken gab es unzählige Objekte, deren Planung und Fertigung ohne diesen Stoff kaum möglich war: Zement! Das war der Stoff, aus dem auch die Tage, Träume und Tagträume von Georg Saalberg bestanden.

Die kurze Sitzung bei Friedrich Rießt beunruhigte ihn nachträglich, der letzte Brief seines Vaters hatte einen tiefen Stachel in ihm hinterlassen. Zusammen mit Friedrich Rießt war er zur Aufsichtsratssitzung von R & B gefahren, unterwegs hatten sie die möglichen Schwierigkeiten, die ihnen aus der neuen Sachlage erwachsen könnten, kurz durchgespielt, und Friedrich hatte keinerlei Komplikationen für die Saalberg AG kommen sehen.

«Aber in der Haut deiner Mutter möchte ich auch nicht gerade stecken», hatte er gesagt und hinzugefügt: «Wenn es Schwierigkeiten gibt, Georg, dann nicht in der Firma, sondern in der Familie.»

In Georg keimte das unbestimmte Gefühl auf, daß es sogar große Schwierigkeiten geben würde. Deshalb fuhr er jetzt, ohne lange zu überlegen, nach Kirchrode. Er wollte sich vergewissern, daß seine Mutter gut nach Hause gekommen war, so ungewöhnlich das auch scheinen mochte. Dafür mußte heute Zeit sein, auch mit einem so vielversprechenden Kuvert in der Manteltasche. Wenigstens zehn Minuten.

Bevor er aus dem Auto stieg, öffnete Georg das Zahlenschloß seines dunkelbraunen Aktenkoffers und schob das bräunliche DIN-A 5-Kuvert aus seiner Manteltasche in ein leeres Fach im Kofferdeckel. Als er seinen Wagen abschloß, bemerkte er mit Erstaunen Pauls dunkelblauen BMW. Warum war Paul nicht wie angekündigt nach Hamburg gefahren?

In der Halle warf Georg seinen Mantel wie immer über die Lehne des alten Ledersessels, der der Eingangstür gegenüber stand. Seinen Aktenkoffer ließ er nicht aus den Augen.

Paul war nach der Sitzung bei Friedrich Rießt sofort nach Kirchrode und nicht, wie Helen angenommen hatte, nach Hamburg gefahren. Er hatte als letzter der Familie in der Tiefgarage gestanden. Ein unbeteiligter Beobachter hätte nichts anderes sehen können als einen großen, dunkelhaarigen Mann im hellen Sommeranzug, der zu seinem Wagen ging. Ganz so wie die anderen elegant gekleideten Männer, die aus den noblen Büros des Hauses hier unten in der Garage zu ihren gepflegten Wagen gingen. Vielleicht wäre dem Beobachter aufgefallen, daß dieser Mann auffällig langsam ging, daß er nur zögernd den Schlüssel in das Türschloß steckte, einige Sekunden die Garagenausfahrt fixierte und kurze Zeit nachdenklich vor dem Steuer saß, bevor er den Motor anließ und abfuhr.

Ich kann nicht so tun, als wäre nichts passiert, hatte Paul gedacht. Ich kann nicht zu irgendeiner Vernissage und zu einem Abendessen fahren und so tun, als sei die Welt in Ordnung. Rosa bleibt, also bleibe ich auch.

Ohnehin fühlte er sich außerstande, die angekündigte Künstlerin zu bewundern, die vermutlich linkisch lächelnd ihre einfarbig mit Acrylfarben bespritzten Leinwände in einer stolzen Weise präsentierte, als hätte sie von Yves Klein noch nie im Leben gehört.

Er haßte das alles. Wieder einmal mußte er sich eingestehen, wie verworren sein persönliches Leben war. Nichts stimmte mit Carolin, und ganz und gar unerträglich schien ihm der unvorhergesehene Sumpf von Unklarheiten in seiner eigenen Familie.

Paul fühlte sich machtlos wie ein verpupptes Tier und verabscheute diesen Zustand so sehr, daß er beschloß, ihn zu beenden. Jetzt gleich! Auf der Stelle mußte er etwas unternehmen. Und er wollte da ansetzen, wo er am hilflosesten war: So schnell wie möglich mußte er versuchen, etwas über den verschollenen Ben Saalberg zu erfahren, den verschollenen Bruder seines Vaters, die große Liebe seiner Mutter, den Vater seiner Schwester.

Im Haus angekommen, warf er Jackett und Schlips achtlos neben sich auf den dunkelroten Teppich und suchte in seinem dünnen schwarzledernen Adreßbuch nach der Berliner Nummer eines alten Freundes. Bernd Schumann hatte vier Semester lang eine kleine Hinterhofwohnung in Heidelberg mit ihm geteilt, damals Slavistik und Geschichte studiert und chinesisch gekocht. Inzwischen war er Privatdozent für Militärgeschichte des 20. Jahrhunderts.

Alles, was Paul über Ben Saalberg wußte, hatte er den Andeutungen seiner Mutter in der Nacht nach der Beerdigung und dem letzten Brief seines Vaters entnommen. Was davon Bernd Schumann interessieren könnte, war in zwei historischen Stichworten leicht zusammengefaßt: «Stalingrad» und «Nationalkomitee Freies Deutschland». Beide Begriffe setzten in seinem Freund eine Flut von Informationen frei. Paul schrieb sich ein paar Dinge auf und verabredete einen Termin in Berlin für den kommenden Freitag. Der wichtigste Programmpunkt war nach Ansicht von Bernd Schumann der Besuch bei einer Behörde, deren Existenz Paul bislang völlig unbekannt gewesen war.

Es handelte sich um die sogenannte «Deutsche Dienststelle für die Benachrichtigung der nächsten Angehörigen von Gefallenen der ehemaligen deutschen Wehrmacht». Bernd wollte einen Termin arrangieren und meinte, wenn berechtigte Zweifel an der Richtigkeit der früheren Aussagen bestünden, weil die angeblich gefallene Person noch lebe, werde man möglicherweise eine Erklärung in den Unterlagen finden. Zusätzlich empfahl er den Besuch der ständigen Ausstellung «Widerstand gegen den Nationalsozialismus» im Bendler-Block, von der er meinte, sie könne ihm brauchbare Information liefern. Paul war verwirrt, aber froh, einen Anfang gefunden zu haben.

Er lehnte an der Fensterbank, mit dem Rücken zum Fenster, und sah an den hohen Bücherwänden des Zimmers entlang. Die Bibliothek seines Vaters hatte er immer bewundert: Die Qualität der Ausgaben, die Unterschiedlichkeit der Themenkreise, besonders die Sammlung historischer Literatur. Aus Protest hatte er nichts davon gelesen, gerade weil er sich dafür interessieren sollte und immer wieder von seinem Vater abgefragt wurde. Fotografie, Kunst und Architektur, das hatte ihn interessiert und seinen Vater vollständig unbeeindruckt gelassen. Fotos waren in dessen Augen notwendig für den Reisepaß, ansonsten überflüssige Erinnerungen an Familientreffen und Ferienerlebnisse. Kunst und Fotografie in einem Atemzug zu nennen, hatte er sich verbeten. Möbel, Gemälde und Stiche des 18. und 19. Jahrhunderts – darin hatte sich seine Vorstellung von Kunst und Kultur erschöpft.

Warum ist er nur so kompromißlos gewesen, fragte sich Paul. Seinen Geschmack nicht zu teilen war gleichbedeutend mit Konfrontation gewesen, nahezu beleidigend. Zur Konfirmation hatte sich Paul keinen eigenen Plattenspieler, auch keinen eigenen Fernseher gewünscht, wie fast alle seine Freunde, sondern eine Spiegelreflexkamera. Was aber hatte er bekommen? Ein eigenes Lexikon! Ein riesiges vierundzwanzigbändiges, eigenes Lexikon, das genau so, wie es da auf seinem Geschenktisch prangte, schon in der Bibliothek seines Vaters stand. Der hatte Lexika gesammelt, war stolz auf bibliophile Erstausgaben des Brockhaus oder der Britannica. Seine Kamera hatte Paul sich dann heimlich von dem Geld gekauft, das einige Paten ihm zum Ärger seines Vaters geschenkt hatten.

Geld hat man, aber man schenkt es nicht!

In Pauls graue Augen trat ein amüsierter Blick. Er hatte seinen Vater in Gedanken zurückgeholt, sah ihn auf dem schwarzledernen Drehsessel hinter dem Schreibtisch sitzen und meinte noch das energische Fingertrommeln auf der blanken Tischfläche zu hören, mit dem Joachim Saalberg seine jeweiligen Ausführungen zu Benehmen, Schulleistung, Arbeitshaltung, Personenbeurteilung und Kleiderfragen begleitet hatte, während man vor seinem Tisch stand – als Junge in gebügelten Flanellhosen, als Schüler und Student in den verpönten Blue jeans, schließlich als junger Banker wieder in gebügelten Flanellhosen. Keine Konfrontation hatte der Alte ausgelassen, seine Dogmen aufgestellt. Lästigerweise hatte er meistens auch noch recht behalten.

Nur Carolin hast du mir nicht ausgeredet, sagte Paul zu dem schwarzen Sessel. Du hattest zwar in vielen Punkten gar nicht unrecht, es stimmt leider, daß sie gierig und banal sein kann, ich werde sie auch nie heiraten, aber den Triumph hätte ich dir nicht gegönnt.

Sein Blick wanderte vom Sessel zurück zu den Bücherborden.

«Was bin ich für ein Idiot», sagte er vor sich hin. Es war sonnenklar, daß er hier etliches würde finden können, was im

Zusammenhang mit «Stalingrad» und dem «Nationalkomitee Freies Deutschland» stand. Es war ihm zwar merkwürdig unangenehm, in den Büchern seines Vaters nach Schriften zu wühlen, die der vorsätzlich nie erwähnt hatte, aber er wollte dieses Versteckspiel nicht mehr weiter mitmachen. Er wollte alles über diesen Ben erfahren.

An der Wandseite, die dem Fenster gegenüber lag, standen alle Biographien, Autobiographien und Tagebücher historischer Persönlichkeiten in alphabetischer Reihenfolge.

Paul fand auf Anhieb die Titel, die ihm von Bernd Schumann genannt worden waren: Heinrich Graf Einsiedel, «Tagebuch der Versuchung»; Bodo Scheurig, «Freies Deutschland. Das Nationalkomitee und der Bund Deutscher Offiziere in der Sowjetunion 1943–45»; Jürgen Schmädecke und Peter Steinbach: «Der Widerstand gegen den Nationalsozialismus»; Heinrich Gerlach: «Odyssee in Rot».

Zufrieden saß er schließlich am Schreibtisch, als das Telefon läutete. Das Gespräch war für ihn. Carolin war am Apparat.

Erstaunt stellte er nach ein paar Minuten fest, daß er ihr Gerede so aufnahm, wie er eine abgenutzte Schallplatte anhören würde: Besorgt, in der akuten Furcht, daß nach störenden Kratzern ein Sprung auftauchen könnte, aus dem die Saphirnadel nicht mehr herausfinden würde. Manchmal konnte man beim besten Willen nicht sagen, woher der Schaden auf der schwarzglänzenden, gutgepflegten Platte kam. Er war mit einemmal da. Dann mußte man sie leider wegstellen.

Er hörte zu, antwortete und fragte sich, was sie um Himmels willen an solchen Telefongesprächen liebte.

Ich bin heute ungerecht, dachte er schnell. Dieser Tag war zum Verrücktwerden, und es geht noch weiter. Carolin ist doch unter diesem affigen Getue fabelhaft organisiert, immer auf dem Punkt. Klein, zierlich, brünett. Sie sieht einfach unglaublich gut aus, ist witzig und schlau. Berufstätig, unabhängig, erfahren. Eine Traumfrau. Er war nicht der einzige, der so dachte. Das machte das Spiel besonders interessant. Trotzdem mußte er ihr jetzt sagen, daß er nicht kommen könnte, und das würde einen neuen Redeschwall provozieren.

Als Georg das Haus betrat und auf der Suche nach irgendeinem Familienmitglied durch die Zimmer ging, telefonierte Paul immer noch. Georg setzte sich in einen niedrigen Sessel, der vor den Terrassentüren des großen Wohnzimmers stand, zog seinen Terminkalender aus der Brusttasche des dunklen Jacketts und machte einige Eintragungen mit einem spitzen, dünnen Stift.

«Ja, ja», sagte Paul unwirsch am Telefon. «Das hast du alles schon fünfmal gesagt, aber ich kann es nicht ändern... Nein, heute abend komme ich bestimmt nicht mehr nach Hamburg... Was? Mach dich nicht lächerlich, Carolin! Ich hab dir gesagt, daß wir in der Familie noch etwas Wichtiges zu bereden haben... Gut, dann glaubst du es nicht... O.k., natürlich! Ich gehe gleich mit einer ganz wundervollen Frau zum Abendessen. Sie wartet schon draußen... Unsinn, kein Mensch kann toller aussehen als du... Natürlich nicht... Also gut. Morgen um 13 Uhr in der Kunsthalle... Ja... Wie immer?... Ach so! Natürlich habe ich das nicht vergessen...»

Paul legte den Hörer auf mit dem bestimmten Gefühl, daß er diese Sorte Telefonat nicht mehr führen wollte. Es machte ihn krank, Bestätigungen auszustoßen und Beweise abzuliefern.

Er trat an das Fenster, sah in die verregneten Rosen und fühlte sich erbärmlich. Er fürchtete sich davor, Carolin nicht mehr lieben zu können. Er wollte nicht, daß sein bewunderter Vater noch nachträglich zum Helden einer Schauergeschichte wurde, daß seine Mutter hilflos vor dem Scherbenhaufen stand, zu dem ihr Leben innerhalb weniger Minuten geworden war.

Sie hatte sich unerhört zusammengenommen, aber er hatte gemerkt, wie sie zitterte, mit welcher Anstrengung sie sprach. Georg hatte Caren und ihn daran gehindert, ihr nachzugehen. In der Tiefgarage hatten sie, nachdem Rosa und Wolf abgefahren waren, kurz überlegt, ob sie etwas unternehmen müßten.

«Sie will allein sein, also laßt sie allein», hatte Georg gesagt. «Sie ist kein Baby wie Michi», dabei hatte er fast schüchtern gelächelt. «Mutter ist immer ruhig und gelassen gewesen. Heute abend wird sie wieder dasein, und zwar genau so, wie wir sie kennen. Wir müssen nur auf Rosa aufpassen.» In dem Moment war schon Friedrich Rießt erschienen und zusammen mit Georg abgefahren.

Alle Anzeichen sprachen dafür, daß Rosa sich wie eine Tragödin aufführen würde. Im Fahrstuhl hatte sie Helen noch irgend etwas hinterhergezischt, allerdings zu leise, um verständlich zu sein. Wolf hatte ihren Arm festgehalten, Rosa hatte ihre Brüder abschätzig gemustert und nur einen Satz aus ihrem versteinerten, schönen Katzengesicht herausgestoßen: «Ich bleibe.» Und sie war da. Paul konnte sie hören. Es schien ihm unmöglich, seine Mutter mit Rosa in dieser Situation allein zu lassen.

Wenn man nur mit ihr reden könnte oder ahnen würde, was sie jetzt plante. Paul hörte ihre harten, kleinen Schritte genau über sich. An Rosas Zimmer, das genau über dem Arbeitszimmer ihres Vaters lag, war nie etwas verändert worden, obwohl sie schon sechzehn Jahre verheiratet war. Joachim Saalberg hatte darauf bestanden. Jederzeit sollte sie in ihr Mädchenzimmer zurückkommen können.

«Wo seid ihr alle?» Georg kam in das Arbeitszimmer. Paul blieb am Fenster stehen, die Hände in den Hosentaschen. Er wunderte sich nicht einmal über die unvermutete Anwesenheit seines Bruders.

«Ist Mutter wieder da?» fragte Georg.

«Ja. Ich habe sie kommen hören, aber noch nicht gesehen. Sie ist wohl gleich nach oben gegangen.»

Dann standen die Brüder schweigend nebeneinander und sahen aus dem Fenster. Über sich hörten sie Rosas Schritte. «Was sollen wir nur mit ihr machen?» fragte Georg kopfschüttelnd.

Paul antwortete: «Andersherum, Georg. Was macht sie mit uns?»

Das Telefon klingelte wieder. Georg nahm den Hörer ab.

«Hallo, Charly», hörte Paul ihn sagen und bemerkte erstaunt, daß ein freudiges Glimmen Georgs finsteren Blick aufhellte und daß er selbst unwillkürlich lächelte.

«Ja, meine Mutter ist da», sagte Georg. «Geht es Ihnen gut? – Oh, das tut mir leid. – Soll Arndt Sie nachher abholen? – Ach so. – Ja. Auf Wiedersehen. Eine Sekunde! Ich stelle das Gespräch nach oben.»

Helen kündigte er nur das Gespräch an und sicherte zu, später am Abend noch einmal zurückzukommen. Er müsse jetzt einen wichtigen Termin einhalten.

«Also – ich muß schon seit fünf Minuten weg sein. Wir sehen uns nachher, Paul.» Er war schon in der Halle verschwunden.

NEUNTES KAPITEL

Helen saß in einem tiefen Sessel ihres Zimmers, feilte ihre Nägel und hoffte sich damit zu beruhigen.

Ein wenig Ruhe und Zeit – mehr hatte sie nie gebraucht, um sich auf ihre eigene Kraft zu besinnen.

Ihr war bewußt, daß es heute nicht gelingen würde, auch nur zu einer gewissen Gelassenheit zurückzufinden, denn ein wichtiger Teil ihres Selbstbewußtseins war aus der Liebe zu Ben entstanden und aus Bens Liebe zu ihr. Der Verrat an dieser Liebe wog schwer. Ben lebte und war nicht zurückgekommen. Das Gefüge ihres Lebens war in den vergangenen zwei Tagen vom Sog der Ereignisse unterspült worden, würde sie es je wieder ins Lot bringen können?

Helen feilte energisch den kleinen Finger der linken Hand, obwohl es schon lang nichts mehr zu feilen gab.

Ein anderer Teil ihres Selbstbewußtseins wurzelte in ihren Kindern, woran auch Rosas Feindlichkeiten nie etwas geändert hatten. Rosa, Bens Tochter, hatte sie gelehrt, daß auch Joachim liebenswert war. Anfänglich hatte sie den Verdacht gehabt, er wolle Rosas Zuneigung nur erlangen, um seinen geheimen Triumph über Ben auszukosten, aber dann hatte sie die tiefe Bindung zwischen ihm und dem zierlichen Kind ernst genommen und nie gestört. Wenn sie die beiden betrachtet hatte, war sie glücklich, manchmal fast ein wenig eifersüchtig gewesen.

Aber Erinnerungen bringen mich jetzt nicht mehr weiter, dachte sie. Ich muß erfahren, was mit Ben geschehen ist.

Inzwischen war sie sich sicher, daß Joachim in seinen letzten Wochen und Tagen, besonders an seinem letzten Abend versucht hatte, mit ihr über Ben zu sprechen. Er hatte den Panzerschrank geöffnet, ohne die Tür zu seinem Arbeitszimmer zu verschließen. Er hatte gewußt, daß sie jede Sekunde aus dem Garten zurück ins Haus kommen würde, und hatte sich nicht wie sonst eingeschlossen. Hatte er sie durch den Geruch brennenden Papiers nur anlocken wollen? Was hatte er verbrannt, und was war noch in dem Safe zurückgeblieben?

Das Telefon klingelte. Sie griff nach dem Hörer, aber das Gespräch war schon abgenommen worden. Rosa konnte in ihrem Zimmer nur Hausgespräche annehmen. Dann war also Paul noch da und nicht in Hamburg? Es klingelte wieder und Georg verband sie mit Charly. Helen spürte bei dem Klang der jungen Stimme fast ein schlechtes Gewissen, denn sie hatte das Mädchen während der Ereignisse des Tages ganz vergessen. Jetzt freute sie sich, daß Charly abends zurückkommen wollte, ja, ihr war alles recht, solange dieses empfindsame Mädchen nicht allein war mit seiner Angst.

Als sie den Hörer auflegte, sah sie einige Sekunden in den verregneten Garten. Rosa war nicht nach Düsseldorf, Paul nicht nach Hamburg gefahren. Georg würde wiederkommen. Der Tag war noch nicht zu Ende.

Entschlossen, die Fäden in der Hand zu behalten, ging sie in ihr Ankleidezimmer. Die gewohnten Handgriffe und Bewegungen beruhigten sie, das Spiegelbild zeigte ihr das vertraute Bild. Mit der gewohnten Ruhe und Gelassenheit würde sie jetzt hinuntergehen und die Dinge in ihrem Haus erledigen, die offenen Fragen beantworten. Und sie würde den Panzerschrank öffnen, vielleicht mit Paul, sicher ohne Rosa.

Minuten später ging sie durch die unteren Räume und fand Paul im Arbeitszimmer ihres Mannes.

«Wolltest du nicht heute abend rechtzeitig in Hamburg

sein», fragte sie so beiläufig wie möglich, sah erstaunt die aufgeschlagenen Bücher auf dem Schreibtisch und trat neben Paul an das Fenster.

«Nein, ich sehe Carolin erst morgen mittag», antwortete er. «Weißt du, daß Rosa nicht mit Wolf und den Kindern zurückgefahren ist?»

«Ja, ich habe aber noch nicht mit ihr gesprochen.»

«Erst hat sie eine Stunde lang telefoniert, seitdem läuft sie im Zimmer herum, als müßte sie Planquadrate abschreiten.»

«Dann entwickelt sie einen Plan. Du kannst sicher sein, daß wir ihn heute noch zu hören bekommen.»

«Das klingt nicht gut.» Paul hatte seine Manschettenknöpfe aus den Knopflöchern gelöst. Zwei kleine Skarabäen von unterschiedlicher Größe und unterschiedlicher Farbe in schmaler, rotgoldener Fassung. Für Sekunden hielt er sie in der offenen Hand und ließ sie dann in seiner rechten Hosentasche verschwinden.

«Wie merkwürdig, daß du diese Knöpfe heute trägst», bemerkte Helen. «Zeig sie mir bitte noch einmal!»

Dann lagen sie in ihrer Hand. Zwei fein gewölbte, kunstvoll ziselierte Halbedelsteine. Dunkelrot und schmal der eine; der andere rundlicher und dunkelgrün, beide ein vollkommenes Oval.

1942, dachte sie. Weihnachten 1942. Zwei ungefaßte Skarabäen von meinem Vater zu Weihnachten. Ich wollte sie Ben zur Hochzeit schenken. Warum muß mich heute jede dumme Kleinigkeit an Ben erinnern?

«Wann habe ich sie dir geschenkt?» fragte sie, obwohl sie es genau wußte.

«Sieht nach Konfirmation aus, oder?» erwiderte Paul mit seinem frechen Lächeln. «Ich trage sie am liebsten, obwohl sie höllisch unpraktisch sind. Diese lasche, kleine Kette bekommt man kaum durch die Knopflöcher, und wenn es eilt, klappt es überhaupt nicht.»

Während er sprach, beobachtete er seine Mutter, die ernst aus dem Fenster schaute. Natürlich haben die Knöpfe Ben gehört, dachte er. Sie sagt es nicht, weil sie nicht darüber reden will. Ob sie wissen will, welche Bücher ich auf dem Schreibtisch liegen habe, oder will sie Ruhe haben? Wünscht sie uns alle weit weg, Rosa insbesondere?

Helen sah die unzähligen Regentropfen an der Fensterscheibe wie eine unendliche Kette aufgeschnürter Perlen und spürte, daß die Ereignisse des Nachmittags nichts an Kraft eingebüßt hatten. Noch vor wenigen Minuten hatte sie es sich einreden wollen. Aber es ging um Verrat, nicht nur um Bens Verrat, nein, auch um Joachims Verrat an Ben – aus Fanatismus oder aus Eifersucht? Und war ihre Liebe zu Ben nicht auch ein jahrzehntelanger Verrat an Joachim? Wo lag Bens Schuld? Warum hatte er ihre Liebe verraten? Ben und immer wieder Ben. Es stimmte nicht, daß sie nur heute durch jede Kleinigkeit an ihn erinnert wurde. Es war nie anders gewesen. Doch seit wenigen Stunden tat es weh.

Paul hatte inzwischen die Ärmel seines gestreiften Hemdes bis zu den Ellenbogen aufgekrempelt und beobachtete die Wandlung im Gesichtsausdruck seiner Mutter. Zum erstenmal und mit aller Deutlichkeit begriff er, daß sie alt geworden war. Er registrierte die müde Haut um die Augen, an den Schläfen, das Haar, das ihm silberner vorkam als sonst.

«Georg war eben hier», sagte er, um etwas zu sagen. «Er wollte wissen, ob du heil zurückgekommen bist. Nach seinem Geschäftsessen kommt er noch einmal vorbei.»

«Ihr seid wunderbar.» Helen fühlte sich auf sonderbare Weise ertappt und beobachtet. Einerseits war sie von der Aufmerksamkeit ihrer Söhne gerührt, aber auf der anderen Seite wollte sie die Situation lieber beherrschen, als mitleidig umsorgt zu werden.

«Wir müssen Joachims Brief besprechen. Das darf nicht aufgeschoben werden», sagte sie nur.

Erleichtert beobachtete Paul, daß der Klang ihrer Stimme unverändert bestimmt wirkte.

«Was machst du hier?» fragte sie und trat mit entschiedenen Schritten an den Schreibtisch.

«Ich habe versucht, etwas über dieses Nationalkomitee herauszufinden, von dem Vater so abfällig geschrieben hat.»

«Gut.» Helen schob die Bücher auf dem Tisch nebeneinander und studierte die Titel.

«Hast du damals von diesem Komitee gehört?»

«Natürlich, die Hetztiraden von Goebbels waren nicht zu überhören.»

«Ich wußte bis heute nachmittag nicht einmal von der Existenz des Komitees. Im Brockhaus habe ich nur einen kurzen Artikel gefunden.»

Paul schob das dicke, mit Goldschnitt ausgestattete Buch über die polierte Mahagoniplatte, und ein schleifendes Geräusch war zu hören. Sie sahen sich kurz an und mußten lachen.

«Schwere Bände schiebt man nicht», rezitierte Paul und lenkte den Punktstrahl der Leselampe auf die linke aufgeschlagene Lexikonseite.

«Es schadet dem Buch und der Politur», ergänzte Helen eine der Regeln ihres verstorbenen Mannes. Paul zog den Band an sich und begann den Artikel laut zu lesen.

«Nationalkomitee Freies Deutschland, eine deutsche Organisation unter sowjetischem Patronat, die 1943 nach dem militärischen Zusammenbruch der deutschen 6. Armee bei Stalingrad von deutschen kommunistischen Emigranten (W. Pieck, W. Ulbricht, H. Matern, A. Ackermann, R. Herrnstadt, E. Weinert, J. R. Becher), deutschen Überläufern und Kriegsgefangenen gegründet wurde. Ihr Ziel war, Hitler und das nationalsozialistische Regierungssystem zu beseitigen sowie einen raschen Frieden herzustellen.»

Paul sah kurz von der Seite hoch. «Ich würde diesen Ben für

seine Mitgliedschaft eher bewundern als verurteilen», sagte er.

«Genau das wird Michi sagen, wenn er davon erfährt», sagte Helen. «Gerade heute morgen hat er mir erzählt, daß er ein Referat über das Nationalkomitee halten soll. Was für ein grotesker Zufall!»

Helen wußte, daß Paul mehr von ihr erwartete. Äußerungen über Ben, über das, was damals in der Zeit nach Stalingrad geschehen war. Wortlos zog sie das schwere Lexikon an sich heran, nahm eine alte Lupe mit geschnitztem Ebenholzgriff in die Hand, der Punktstrahl der Lampe brach sich im Brennglas und vergrößerte einen kreisrunden Teil des Textes, in dem sie nur das Wort «Stalingrad» sah.

Helen hatte nicht vergessen, daß Paul sie beobachtete und was er von ihr erwartete; aber sie konnte nur eines denken: Ben ist nicht zurückgekommen.

Sie sagte: «Sollten wir nicht zu Abend essen?»

Gisela Matthes hatte freigenommen, um die Ankunft ihres Sohnes Kurt aus dem Irak zu feiern, das Abendessen im Saalbergschen Eßzimmer hatte sie aber noch gewohnheitsgemäß vorbereitet. Für vier Personen war gedeckt, obwohl Helen gesagt hatte, sie würde allein sein. Gerade an solchen Tagen kam immer unvorhergesehener Besuch, das kannte Gisela.

In wenigen Minuten hatte Paul alles aus dem Kühlschrank auf den Eßtisch gebracht. Suppe, Brot, Butter, Käse- und Schinkenplatten, Wein und Wasser. Der bloße Anblick des gefüllten Kühlschrankes machte ihm seinen Hunger ruckartig bewußt.

«Wenn ich nicht in drei Minuten sitze, falle ich hier über das Essen her», sagte er vor sich hin. Er bezwang sich, die Baguettespitze nicht abzubeißen, bevor er sie in den Backofen schob.

Helen hatte fünf dunkelblaue Kerzen angezündet, den

Wein eingeschenkt, und Paul hatte schon seinen Stuhl zurückgezogen, als er das Zögern seiner Mutter bemerkte.

«Sollten wir nicht Rosa zum Essen hinunterholen?» schlug sie vor, obwohl sie nichts weniger wünschte.

«O.k.», stöhnte Paul, «ich kann nicht mehr, aber ich rufe sie an.»

Nach wenigen Worten am Küchentelefon kam er mit großen Schritten zurück.

«Rosa hat zum Glück keinen Hunger», stellte er kurz fest.

«Vorsicht», warnte Helen, «die Suppe ist heiß.» Sie wußte, daß Paul jetzt augenblicklich sitzen, die Serviette achtlos auf die Knie legen und den ersten Suppenlöffel besinnungslos in den Mund schieben würde.

«Mikrowellenherde sind eine satanische Erfindung», sagte er, nachdem er die Suppentasse vorsichtig geleert hatte.

«An und für sich ganz praktisch», meinte Helen.

Paul setzte die Tasse ab, nahm einen Schluck Wein und brach sich ein Viertel der Baguettestange ab.

«Ich falle immer wieder darauf rein.» Er grinste. «Vor vier Wochen in London wurde ich nach dem letzten Vorstandsgespräch zum Lunch gebeten. Als künftiger Mitarbeiter, vor allem als Sohn vom alten Saalberg, glaub ich.

Wir warteten in der obersten Etage auf den Boß. Eßsaal in perlgrauem Satin, Blick über die Themse.

Erst nach einer halben Stunde kam Mr. Grey. Vor Hunger war ich fast ohnmächtig. Die Suppe wurde sofort serviert. Ich dachte noch, daß sie bei aller Feinheit vergessen hätten, das Geschirr vorzuwärmen, da hatte ich mich schon derartig an der Brühe verbrannt, daß ich fast geschrien hätte. Es war mir so peinlich.»

«Haben die anderen etwas bemerkt?»

«Natürlich. Aber sie waren wunderbar. Mr. Grey sagte über seinem Löffel: ‹It's terrible unfair, this microwave-heat, isn't it?› Dann redeten sie alle über Mikrowellenherde im allgemeinen und besonderen, wann, wie, wo sie sich zum erstenmal die Zunge verbrannt hatten.»

«Du fängst nächsten Montag in London an?»

«Ja, am Montag», antwortete Paul und häufte sich Roastbeef auf den Teller.

«Was machst du mit deiner Hamburger Wohnung?»

«Ich behalte sie erst mal.»

«Wahrscheinlich ist das eine richtige Entscheidung», Helen bestrich ein Stück Pumpernickel mit Butter. «Schließlich wirst du öfter nach Hamburg kommen und willst unabhängig sein, oder?»

Sie dachte: Natürlich behält er die Wohnung nur wegen Carolin. Jetzt, ohne Joachims Vorurteile und Aggressionen, müßte es doch möglich sein, mit ihm ganz ruhig über Carolin zu sprechen.

«Das ist genau der Punkt», bemerkte Paul und dachte: Es fehlt noch, daß sie jetzt anfängt, über Carolin zu sprechen. Meine Probleme sind heute kein Thema. Es geht um sie oder um Vater und diesen mysteriösen Ben. Wäre aber kein Wunder, wenn sie versuchen würde, sich selbst durch ein mütterliches Fürsorgegespräch abzulenken.

Er schenkte sich Wein nach, bemerkte, daß Helen überhaupt noch nichts getrunken hatte, und versuchte, das Gespräch auf Ben Saalberg zu lenken.

«Ich fand den Artikel im Brockhaus ganz informativ.»

Helen schwieg.

«Ein merkwürdiger Gedanke, daß Vaters Bruder dabeigewesen ist.»

«Ja.»

«Vater hat dieses Komitee gar nicht erwähnt?»

«Er hat viele Gespräche und Dispute über diese Zeit geführt, aber mit mir hat er darüber nie gesprochen.»

So kann das nichts werden, dachte Paul und beobachtete seine Mutter von der Seite. Helen hatte sich mit dem Glas in der Hand zurückgelehnt und sah in den Garten hinaus. Sie liebte die Abendstimmung im Eßzimmer, diese späte Zeit zum Essen und Sprechen, und dachte: Warum kann ich es nicht über mich bringen, ihm zu sagen, daß auch ich alles über Stalingrad, alles über das Nationalkomitee weiß; daß ich jede Meldung über den Rußlandfeldzug nach Stalingrad, alle erhältlichen Informationen über das Komitee gehört habe? Daß ich sogar einmal dachte: Wenn Ben leben würde, hätte er da mitgemacht? Instinktiv habe ich seine Spuren verfolgt. Warum kann ich es Paul nicht sagen? Schäme ich mich etwa dafür, daß er nicht zurückgekommen ist? Fühle ich mich nach fast fünfzig Jahren verschmäht?

Und Paul dachte: Was mach ich hier eigentlich? Sie ist zu erschöpft nach diesem Tag. Sie braucht Abstand und Ruhe, bevor sie über diese verrückte Geschichte reden kann. Warum bin ich überhaupt geblieben? Wegen Rosa? Oder wollte ich Carolin ganz schlicht nicht zu ihrer Vernissage begleiten? Aber Rosa läßt überhaupt nicht mit sich reden. Sie ist im Haus und stellt sich nicht. Mauert da oben herum wie ein aufgeblasener Backfisch. Kümmer dich gar nicht um sie, hat Georg gesagt. Der macht es wahrscheinlich richtig: erst die Firma, dann die Familie. Auf seinem informellen Geschäftsessen verdient er sich gerade eine goldene Nase, und was mache ich?

«Sieh mal, wer da kommt», sagte Helen erfreut.

Über den nassen Rasen, den Hockeyschläger über der Schulter, kam Michi und drückte sein gerötetes, hageres Jungengesicht gegen die Scheibe.

«Na, Sportsfreund», begrüßte ihn Paul beim Öffnen der Tür, «bist du auf der Suche nach einem Hockeypartner oder nach einem Abendessen?»

«Essen klingt gut. Hallo! Großmutter! Ich dachte, du wärst heute abend allein.»

«Schön, daß du noch einmal kommst. Du siehst ja, Gisela hat euch alle eingeplant.»

«Toll. Darf ich so, wie ich bin, mitessen?»

«Wir gehen davon aus, daß du nach dem Training eine halbe Stunde lang geduscht hast», sagte Paul und griff nach der Wasserflasche.

«Logisch...», grinste Michi. «Eine Sekunde, dann sitz ich schon.»

Nach zwei Minuten saß er am Tisch, Haare, Gesicht und Hände glänzten vom frischen Wasser, und er aß wortlos, seine Gier mühsam verbergend, die inzwischen abgekühlte Suppe.

«Wartet Caren nicht auf dich?» fragte Helen, als er seine Suppentasse weggestellt hatte und über eine Kerzenflamme nach der Baguette griff.

«Doch, schon», sagte Michi halb verlegen und ritzte das Brot blitzschnell auf, als wäre es eine Semmel. «Die Sache ist die, daß ich heute mittag meine Schultasche hier vergessen habe. Ich weiß auch nicht. Es ging alles so schnell.»

«Dieses abgerissene Rucksackteil in der Garderobe, das ist deine Schultasche?» fragte Paul.

«Klar! Das Teil muß so aussehen.»

«Schrei nach Hilfe, wenn es auseinanderfällt.»

«Hilfe brauch ich gerade massenhaft», bestätigte Michi, ließ seine hungrigen Augen über den Tellern kreisen und nahm sich eine ausreichende Menge Roastbeef mit langem Arm quer über den Tisch.

«Sag nur, wenn ich dir irgend etwas reichen kann», bemerkte Helen verhalten.

«Entschuldigung, Großmutter», seine unregelmäßigen Gesichtszüge wurden von einem Lächeln verklärt, «nach dem Training kann ich mich nur ganz schlecht benehmen. Großvater hätte mich eben gar nicht an den Tisch gelassen.»

«Wir sehen, dein plötzlicher Aufstieg in die Oberliga war ein schwerer Fehler», stellte Paul fest. «Willst du etwas Wein trinken?»

«Um Himmels willen. Ich muß noch Hausaufgaben machen.»

«Was willst du dir denn um diese Zeit noch in dein müdes Hirn quälen?»

«Englisch, natürlich.»

«Da liegt der Hund begraben, oder?» Paul sah Michi scharf an.

«Ganz tot ist er noch nicht», erklärte Michi, «wenn ich Glück habe, schramme ich gerade an einer Sechs in Englisch vorbei. Dafür brauche ich aber einen Ausgleich, und das muß eine preisverdächtige Eins in Geschichte werden. In der Konferenz müssen sie sagen: Er ist ja so begabt, so interessiert und kompetent, wo er sich bemüht, dieser Michi Saalberg. Das bißchen englische Grammatik wird er nachholen, aber wir können ihn nicht einfach sitzenlassen. Wäre es nicht ein Jammer, ihn zu verlieren?»

Helen lehnte sich im Stuhl zurück und lachte. Es war ihr gewohntes, befreiendes Lachen. Paul streckte seine langen Beine unter dem Tisch aus und war froh darüber.

Michi ließ sich nicht mehr aufhalten.

«Also: Ich muß jetzt das Spitzenreferat halten. Es muß wie eine Granate einschlagen, und dazu brauche ich Bücher aus Großvaters Arbeitszimmer, auch wenn Rosa das respektlos findet und es verbietet.»

«Ach – Rosa hat dir verboten, Bücher mitzunehmen?» fragte Helen leise.

Ich habe es ihr doch erzählt, dachte Paul. Heute nachmittag im Auto habe ich es ihr erzählt. Hat sie das wirklich vergessen, oder tut sie nur so?

«Ja», beantwortete Michi Helens Frage. «Na ja, ich glaube, sie war nicht so gut in Form, heute mittag. Jedenfalls hat sie mich furchtbar angeschrien. Stimmt doch, Paul, oder?»

«Leider.»

«Jetzt ist sie ja weg. Erlaubst du es mir, die Bücher herauszusuchen, Großmutter?»

«Rosa ist noch da», sagte Helen kühl, «aber natürlich darfst du dir die Bücher mitnehmen, wenn sie dir helfen.»

«Über welches Thema mußt du denn referieren?» fragte Paul.

«Das sagt dir bestimmt nichts. Großmutter konnte heute mittag auch nicht viel damit anfangen. Nationalkomitee Freies Deutschland. Erinnerst du dich nicht, Großmutter? Ich hab dich doch heute mittag schon gefragt.»

Paul schien es, als ob die Kerzen aufgehört hätten zu flakkern. Er behielt sein Weinglas in der Hand, ohne zu trinken, ohne es wieder auf den Tisch zurückzustellen.

Helen löste zwei dünne Platinarmreifen, die zu weit am Arm hinaufgerutscht waren und sie beengten; sie klingelten leise, als sie am Handgelenk mit ihrer Armbanduhr zusammenstießen.

«Was für ein Tag ist heute?» fragte sie dann leise.

«Warte.» Michi blickte auf seine schwarz gummierte Sportuhr. «Der 25. 6. 1990. – Warum?»

Einige Sekunden war es vollkommen still.

«Ich glaube, diesen Tag werden wir alle lange Zeit im Gedächtnis behalten.» Helens Stimme klang fremd.

Draußen war es dunkler geworden. Das Kerzenlicht spiegelte sich in den Weingläsern, ließ das Silber aufleuchten. Michi erkannte einen lauernden Ausdruck in Pauls tiefliegenden Augen, die auf Helen gerichtet waren. Er selbst führte die Gabel mit dem aufgespießten Roastbeef nicht zum Mund, hielt es in der Schwebe und sah auch auf Helen.

«Was ist?» fragte Helen. «Warum seht ihr mich so an?»

«Weil du gerade gesagt hast, daß es ein Geheimnis gibt», antwortete Michi unbeeindruckt, «du hast gesagt, daß wir diesen Tag nicht vergessen werden – also hast du ein Geheimnis.»

Paul sah Michi belustigt an.

«Stimmt, für dich ist es noch ein Geheimnis», sagte Helen lächelnd. «Du wirst es ohnehin erfahren, warum also nicht jetzt.»

Das Telefon klingelte.

Helen erhob sich so schnell, daß Michi und Paul ihr nur ratlos hinterhersahen.

Vorbei, dachte Paul und trank sein Glas aus. Es ist wieder vorbei. Nach dem Gespräch wird sie von etwas ganz anderem reden. Es ist verhext.

«Irgendwie ist alles anders als sonst», bemerkte Michi kauend.

«Genau», sagte Paul resigniert.

«Was ist los?»

In diesem Moment kam Helen mit bestimmten Schritten zurück, setzte sich, schlug die Beine übereinander und wandte sich Michi zu.

«Wir haben heute erfahren, daß der Bruder deines Großvaters nicht in Stalingrad gefallen ist, wie wir jahrzehntelang geglaubt haben», sagte sie unvermittelt. «Wir müssen annehmen, daß er lebt, wahrscheinlich in Rußland.»

«Wahnsinn» war alles, was Michi sagen konnte.

«Ja, so könnte man es nennen», bestätigte Helen. «Dein Großvater wußte, daß sein Bruder Ben lebt, hat es aber verschwiegen. Ein Grund, er hat ihn in seinem letzten Brief genannt, ist die Zugehörigkeit seines Bruders zum Nationalkomitee Freies Deutschland. Dein Großvater empfand es offensichtlich als Verrat. Er und Ben waren in politischen Fragen immer verschiedener Ansicht.»

«Und der andere Grund?»

Michi will ungehemmt alles wissen, dachte Paul, das ist gut so. Vielleicht redet sie weiter.

«Zwischen deinem Großvater und seinem Bruder gab es noch andere Zerwürfnisse», antwortete Helen. Ihre Stimme klang unbeteiligt. «Aber das würde heute zu weit führen.» Sie lächelte in sich hinein, als betrachte sie ungläubig ein vergilbtes, längst vergessenes Foto.

Sie hörten Geräusche. Die Haustür fiel zu.

«Für dich geht es jetzt doch um dieses Nationalkomitee, Michi», fuhr Helen ganz sachlich fort. «Ich weiß einiges darüber, Bücher hat Paul schon herausgesucht. Aber bevor du sie mitnimmst, laß uns nachsehen, ob alle wichtigen dabei sind. Könntest du nicht morgen nach der Schule wiederkommen?»

«Ja klar, natürlich.» Michi hörte am strikten Tonfall ihrer Fragen die eindeutige Aufforderung, das Thema jetzt ruhen zu lassen.

Energische Schritte näherten sich der Eßzimmertür. Dann stand Georg auffordernd im Türrahmen. Hinter ihm öffnete sich die Haustür erneut. Es war Arndt.

«Wie wunderbar», Georgs herrische Stimme füllte den Raum, «dann sind ja alle zusammen, die ich brauche.»

Michi schrumpfte auf seinem Stuhl zusammen. «Dazu gehör ich sicher nicht», murmelte er, ohne seinen Vater anzusehen.

«Natürlich nicht», Georg griff kurz in Michis sehnigen Nacken, setzte sich dann auf einen Stuhl zwischen Helen und seinem Sohn. «Um diese Zeit mußt du arbeiten oder schlafen, mein Lieber.»

«Der Mensch braucht regelmäßige Nahrungsaufnahme und liebevolle Zuwendung.»

«Genehmigt. Weiß Caren, wo du steckst? Hast du angerufen?»

«Wollt ich gerade ...»

«Na, dann ...» Eine kleine Handbewegung trieb Michi vom Stuhl hoch.

«Sag ihr, daß wir in zwanzig Minuten zu Hause sind, und

entschuldige dich – und wo ist Rosa?» Übergangslos wandte er sich an Helen. «Ist sie doch schon gefahren? Hat sie ihre niederschmetternde Vorstellung schon gegeben, und ich habe etwas verpaßt?»

Helen schüttelte den Kopf.

«Weißt du noch, wie es früher war, wenn sie in ihrem Zimmer endlos hin und her gelaufen ist, mit niemandem gesprochen hat und nicht zum Essen kam? Paul und ich dachten eben daran, als ich vor dem Essen hier war. Es war, als hätte sich 25 Jahre lang nichts geändert.»

Paul konnte seine Augen nicht vom Gesicht und der Gestalt seines Bruders wenden. Vom Scheitel bis zur Sohle der erfolgreiche Wirtschaftsführer. Perfekt gekleidet im nachtblauen Sommerblazer. Mit 45 Jahren im Zenit seines Lebens und Erfolges. Jetzt war der Abend eines erfolgversprechenden Tages dran. Erst die Firma, dann die Familie. Noch abends um halb zehn wirkte er frisch rasiert, sein mittelblondes, schon leicht ausgedünntes Haar perfekt geschnitten und frisiert. Lächelnd entblößten seine geschwungenen Lippen große, makellos glänzende Zähne. Ein wenig Schminke hätte ihm fast feminine Schönheit verliehen. Zumindest bei Dämmerung und Kerzenschein, dachte Paul. Während seines informellen Abendessens muß er sich ein Bombengeschäft gesichert haben. Würde er sonst so eindeutig strahlen?

Arndt trat ins Zimmer, begrüßte Helen mit Handkuß, bedachte Paul über den Tisch mit der Geste eines eintreffenden Staatsoberhauptes auf der Gangway vor dem Präsidentenjet und setzte sich vor das unbenutzte Gedeck.

«Ich liebe dieses Zimmer.» Er sah sich zum Mißfallen Pauls besitzergreifend um. «Aber habt ihr denn für den lieben Arndt kein Fleisch übriggelassen, Großmutter?»

«Wenn nicht mehr genug da ist, kann ich dir noch etwas holen.» Helen wollte sich schon erheben. Paul griff ihren Arm und drückte sie auf den Stuhl zurück.

«So weit kommt es noch», sagte er nur. «Arndt weiß genau, wo Giselas Schinkenvorräte liegen.»

Dieser ausgestanzte, angepaßte Erfolgsbubi versucht immer noch auf seine lächerlich neckische Tour, den kleinen Erbprinzen zu spielen. Allerdings nicht in meiner Gegenwart, nicht in meinem Haus, sagte sich Paul. Zum erstenmal an diesem Tag dachte er daran, daß er jetzt der Besitzer dieses Hauses war. Dabei streckte er seine Beine noch weiter unter den großen, runden Tisch.

«Was hast du den ganzen Abend getrieben, daß du jetzt noch Hunger hast», fragte Georg. Seine Stimme bekam immer einen stolzen Unterton, wenn er mit Arndt sprach. In diesem Sohn sah er seinen vielversprechenden Nachfolger und den erfolgreichen Absolventen eines Doppelstudiums. Fünfjährig eingeschult, hatte Arndt die zweite Grundschulklasse und die achte Gymnasialklasse übersprungen und mit siebzehn Jahren sein Abitur gemacht, wegen einer unerheblichen Rückgratverkrümmung war er ausgemustert worden. Schließlich – und das bewunderte auch Paul – hatte Arndt Volkswirtschaft und Jura in kürzester Studienzeit mit höchster Auszeichnung abgeschlossen.

«Ich habe mich um Charly gekümmert», beantwortete Arndt Georgs Frage zwischen zwei Bissen.

«Der Zustand ihrer Schwester hat sich verschlechtert, sagte sie am Telefon.»

«Ja, es nimmt sie furchtbar mit. Morgen ist sie im Krankenhaus überflüssig, weil Untersuchungen gemacht werden. Ich lenke sie ein bißchen ab und nehme sie mit nach Hamburg. Außerdem: Spätestens in einem halben Jahr werde ich sie heiraten.»

«Weiß sie es schon?» fragte Helen und dachte: Er redet genau so wie Joachim damals. ‹Spätestens in einem halben Jahr werde ich Sie heiraten.› Damit hat er mich auch beeindruckt.

«Sie wird keine Wahl haben.»

«Charly – keine Wahl?» fragte Helen ungläubig.

«Keine Wahl.»

In Pauls Ohren klangen die Worte unerträglich eitel.

«Das ist ein Scherz, oder?» sagte Georg besorgt.

«Nein.»

«Morgen hast du dein wichtiges Vorstellungsgespräch in Hamburg! Das steht doch wohl an erster Stelle?»

«Natürlich.»

Dieses Machogerede halte ich nicht aus, dachte Paul. Georg ist verliebt wie ein Affe in sein verlaustes Baby. Und Mutter auch. Wie sie ihn ansieht!

Arndt sah sich mit flinken Augen und vollem Mund kauend nach etwas Trinkbarem um, entdeckte die halbvolle Weinflasche neben Paul und gab ihm mit dem Zeigefinger der linken Hand ein Zeichen, damit er ihm das Glas vollschenke.

Paul reagierte nicht, und Arndt sagte mit der gespielt-vorwurfsvollen Stimme eines beleidigten Schuljungen: «Das sag ich morgen Charly, daß du mir keinen Wein einschenken wolltest. Heute mittag meinte sie noch, ich hätte einen sehr netten Onkel.»

Ohrfeigen und rausschmeißen, dachte Paul.

«Also hast du sie doch schon gefragt?» fragte Helen interessiert.

«Nein, nicht richtig», wand sich Arndt, «aber morgen sage ich ihr, daß ich sie heiraten werde.»

«Wen?» fragte Michi, der sich wieder auf seinen Platz schob. «Charly?» Dabei hielt er ein Streichholz in die offene Kerzenflamme. Zischend fing es Feuer, und Michi beobachtete interessiert das abbrennende dünne Holz.

«Allerdings», antwortete Arndt kauend, «und sie wird ja sagen.»

«Die Arme. Das wird sie schon nach zehn Minuten bereuen.»

«Schluß!» Georg fuhr sofort dazwischen. «Hier sind meine

Schlüssel. Dreh den Wagen, Michi, bevor du noch frecher wirst. Wir müssen gleich los.»

«Schade, ist ja gar nicht der BMW», Michis Blick streifte geringschätzig den VW-Schlüssel.

«Tarnung, Papi?» fragte Arndt gewitzt. «Oder warum fährst du mit Carens Wagen?»

«Ganz spannende Sache», strahlte Georg. Es störte ihn nicht, wenn Arndt seine Winkelzüge durchschaute. Ganz im Gegenteil. «Hast du gleich noch Zeit? Du vielleicht auch, Paul? Wir können mit der SAMA einen Riesenauftrag an Land ziehen, den Franzosen genau vor der Nase weg. Am liebsten würde ich dich noch ein halbes Jahr von Hamburg fernhalten, Arndt, oder dich von London, Paul. Einer von euch müßte da runter.»

«Wohin?» mischte Michi sich ein.

«Du sollst das Auto wenden. Wir wollen nach Hause.»

Georg beantwortete die Frage nicht. Paul bemerkte zwischen Georg und Arndt blitzschnellen Blickwechsel, der bedeutete: Namen, Fakten und Termine nur unter vier Augen.

Die beiden sind enervierend, aber doch zu beneiden, dachte er. Zwischen ihnen ist es genauso wie früher zwischen Vater und Georg. Sekundenlang stieg das alte Leid des ungeliebten Sohnes in ihm auf. Ungeliebt war ein viel zu starker Ausdruck, das wußte er auch. Aber entbehrlich war er sich immer vorgekommen, wenn er mit seinem Vater und Georg zusammengewesen war. So verdammt entbehrlich.

Deshalb ist und bleibt es die richtige Entscheidung, daß ich jetzt nach London gehe und noch nicht in die Firma eintrete, dachte er. Abgesehen davon habe ich nicht diesen engen Kontakt zu Georg, wie Arndt ihn hat. Ach, ich halt es doch keine Stunde mit ihm aus. Heute ist eine Ausnahme.

«Weißt du eigentlich, daß Großvaters Bruder vielleicht noch lebt, Papi? Das finde ich viel spannender als alles andere.» Michi war nicht gegangen.

«Oh, ja, natürlich.» Paul hörte mit Genuß den schuldbewußten Unterton in Georgs Stimme, der schließlich gekommen war, um über den letzten Brief seines Vaters zu reden.

Man muß Michi nur machen lassen, dachte Paul. Ich hätte das Thema nicht noch mal ansprechen können, ohne mir wie ein Idiot vorzukommen.

Georg gab sich beeindruckt.

«Hast du Zeit genug gehabt, über den Brief nachzudenken, Mutter?» Wie auf einer Vorstandssitzung kam er sofort zur Sache.

«Was für ein Brief? Was ist passiert?» fragte jetzt Arndt.

Mit ruhiger Stimme erzählte Helen ihm dasselbe wie Michi.

Sie macht sich hart, dachte Paul, und ein Blick auf Georg sagte ihm, daß der dasselbe dachte. Kein Wort über Ben, ihre große Liebe. Kein Wort über Rosa. Sie wollte nicht darüber reden. Wollte sie Rosa schützen?

Georg schien die Version vom uralten Zerwürfnis sehr zu gefallen. Er trank erleichtert einen Schluck Weißwein.

«Auf dein Wohl, Mutter», sagte er und sah sie bewundernd an.

Georg hat recht gehabt, dachte Paul. Mutter versucht heute abend wieder so zu sein, wie wir sie immer gekannt haben, und Georg ist so, wie Vater immer war. Er hat ein Riesending in der Nase, und Familienkrisen stören seine Kreise. Mutter spielt das alte Spiel mit, zeigt sich kühl und allen Schwierigkeiten gewachsen. Sie beherrscht die Hausregel, nach der es kein Problem gibt, das nicht in kürzester Zeit und möglichst allein zu bewältigen ist. Notfalls würgt man es hinunter, und nur ganz selten verschluckt man sich daran.

«Was unternehmt ihr denn jetzt?» hatte Michi unterdessen gefragt. «Lebt dieser Bruder wirklich noch? Das ist doch wahnsinnig spannend!»

Keiner antwortete, sogar Arndt war sprachlos.

«Merkwürdige Geschichte, wenn sie stimmt», sagte Georg und machte im gleichen Moment den Eindruck eines Mannes, der über seine eigene Äußerung verärgert ist.

«Du zweifelst doch nicht daran?» Helen sah ihn erstaunt an.

«Nein, nein», antwortete er mit beruhigender Stimme.

«Wie meinst du es dann?»

«Nun, Friedrich Rießt hatte den Eindruck, daß der Brief und die Begleitumstände so untypisch für Vater seien, daß man annehmen müsse, Vater habe kurz vor seinem Tod unter – na, sagen wir einmal – zwanghaften Vorstellungen gelitten.»

«Dein Vater hat nur darunter gelitten, daß er zuviel Zeit hatte, über sich nachzudenken.»

Jetzt meldete sich Arndt zu Wort: «Meiner Meinung nach visiert Friedrich Rießts Äußerung eventuell anfallende Probleme an, die im Sinne der Firma vom juristischen Standpunkt aus zu beleuchten sind.»

«Was soll das denn heißen?» fragte Michi entgeistert.

«Im Augenblick sind juristische Probleme der unwichtigste Punkt, oder? Mutter kann das jetzt nicht interessieren.» Georgs Stimmlage schwankte zwischen ungehaltenem Geschäftston und besorgtem Kammerton.

«Warum unwichtig?» Helens Stimme war ganz ruhig. «Was ist bei Friedrich Rießts Überlegungen sonst noch herausgekommen?»

Georg antwortete nicht sofort, er schenkte sich ein Glas Mineralwasser ein, verschloß die Flasche sorgfältig, setzte sie aufmerksam auf ihren Platz neben einem der Silberleuchter zurück. Die dunkelblauen Kerzen waren schon so weit abgebrannt, daß die Flammen in gleicher Höhe mit dem Aluminiumdeckel der Glasflasche flackerten.

Diese Füchse, dachte Paul und beobachtete Georgs zielgerichtete Hantierungen. Keine Sekunde haben sie im Auto verstreichen lassen. Innerhalb von Minuten haben sie ihr Paket für die Firma fertig geschnürt und alles klar gezurrt. Erst die Firma, dann die Familie. Jetzt windet sich der alte Georg, weil es ihm peinlich ist, seine Prioritäten zu offenbaren.

«Wenn meine juristische Ausbildung irgend etwas genützt hat, kann ich euch erklären, wie Friedrich Rießt das möglicherweise aufziehende Problem beurteilen würde», sagte Arndt, und dabei breitete sich das «Ich-bin-der-Größte»-Grinsen in seinem eitlen Schuljungengesicht aus.

«Es ist ein wenig spät heute für juristische Hypothesen», wiegelte Georg mit einer energischen Handbewegung ab. «Wir sollten dich jetzt nicht mit zweitrangigen Problemen belasten, Mutter.»

Sehr untypisch, dachte Paul, sonst darf sich der Bubi mit jedem gedanklichen Pups präsentieren, und nun wird er gedrosselt?

Aber Helen war gar nicht unglücklich über die Wendung des Gespräches. Im Gegenteil, es war ihr sehr willkommen, Bens Existenz losgelöst von ihren persönlichen Gefühlen zu diskutieren. Sekundenlang ärgerte sie sich darüber, nicht viel früher erkannt zu haben, wie hilfreich die sachliche Auseinandersetzung von ihrer wahren Gemütslage ablenkte. Sie lehnte sich erleichtert im Stuhl zurück und sah in die kerzenbeleuchteten Gesichter ihrer Söhne und Enkel. Das Spiegelbild der Tischgruppe war schemenhaft in den Glaswänden zu erkennen, sie wirkten wie Verschwörer.

«Laß Arndt doch ruhig erklären, was er weiß», sagte sie gelassen. «Im Augenblick sind alle Gesichtspunkte interessant, oder nicht, Georg?»

«Selbstverständlich.»

«Na, also», Arndt strahlte. Recht zu haben wirkte wie eine Droge auf ihn.

«Das liebste wäre Friedrich Rießt sicherlich, diesen letzten Brief zu den Akten zu legen und den Vorfall auf sich beruhen zu lassen. Möglicherweise wäre das sinnvoll im Hinblick auf Großvaters beeinträchtigten Gemütszustand.»

Während er sprach, fixierten seine beifallfordernden Augen abwechselnd Helen, seinen Vater, Michi oder Paul.

«Der Gemütszustand deines Großvaters war nicht im krankhaften Sinn beeinträchtigt, falls du das meinst», erwiderte Helen ruhig. «Wie ich schon sagte, er hatte nur zuviel Zeit, um über sich und sein Leben nachzudenken. Dabei können sich schon einige Schwerpunkte verschieben.»

Arndts Finger pickten Brotkrümel vom Muster der Tischdecke; dann sprach er weiter, als hätte Helen nichts gesagt.

«Ich habe noch im Auge, daß die Saalberg AG Friedrichs liebstes Kind ist. Die Umbildung vom Familienunternehmen zur AG betrachtet er als sein Werk. Wenn Friedrich hört, daß noch ein Bruder von Großvater lebt, wird er nur einen einzigen Aspekt interessant finden. Und zwar: Wird ein lebender Ben Saalberg Ansprüche an der Saalberg AG anmelden? Können seine Ansprüche dem Unternehmen schaden? Friedrich wird in dem Fall darauf drängen, alle Erbverträge oder Testamente, die seit 1940 vorliegen, auf Schwachpunkte hin durchzuarbeiten. Natürlich nur, um gewappnet zu sein. Eines aber steht fest: Es gibt über alle Testamentsbestimmungen hinaus ein Gesetz, wonach nicht eingeklagte Rechtsansprüche nach 30 Jahren verjährt sind. Ob dieser Ben Saalberg existiert oder nicht, zurückkommt oder nicht, ist also unerheblich.»

Georg unterdrückte ein Stöhnen. Helen blickte fassungslos in das eifrige Gesicht ihres ältesten Enkels. Paul dachte: Das ist der Gipfel der Geschmacklosigkeit. Und Michis Stimme flüsterte: «Schweine – das ist es, was ihr seid. Habgierige Schweine. Ihr habt überhaupt...»

«Michi!» Georg unterbrach ihn scharf.

«Ist doch wahr.»

Arndt fuhr ihn an: «Bläh dich bloß nicht auf, du kleine

Niete. Schließlich habe ich nur gesagt, was Friedrich Rießt sich denken könnte.»

«Aber so etwas fällt einem nicht ein, Mann. Ich würde mir lieber die Zunge abbeißen, bevor ich wie Friedrich Rießt reden oder denken würde.»

«Das ist offensichtlich dein Problem.»

«Schluß», fuhr Georg wieder dazwischen. «Entschuldige dich bei Großmutter, und dann such deine Sachen zusammen.»

Wunderbar, dachte Paul. Arndt hat sich schlecht benommen, und Michi muß es ausbaden.

«O.k., entschuldige bitte, Großmutter», murmelte Michi und stand widerstrebend auf. «Trotzdem!» Hinter seinem Stuhl stehend, fing er wieder an. «Das ist doch nicht normal, Papi. Das mußt du doch zugeben. Wenn man hört, daß jemand lebt, der eigentlich seit fünfzig Jahren tot ist, denkt man doch: Wo lebt er, wie geht es ihm, was hat er in den Jahren gemacht, wie kann ich ihn finden? Ist doch hirnrissig, gleich an Geld zu denken. Dieser Ben muß ein besonderer Mann gewesen sein, wenn er im Nationalkomitee war...»

Helen, froh über Michis letzte Sätze, weil sie ihr Gelegenheit gaben, auf ein anderes Thema überzuleiten, unterbrach ihn. «Ich bin sicher, daß wir eine Spur finden, wenn wir uns mit dem Nationalkomitee beschäftigen.»

Paul sah, daß Arndt – den Blick auf seinen leeren Teller geheftet – weiterhin Krümel von der Tischdecke sammelte. Der hat wenigstens begriffen, daß er vollständig danebengelangt hat, dachte er. Geben wir ihm die Chance, sich zu erholen.

Er sagte: «Es gibt wirklich Möglichkeiten. Heute nachmittag habe ich schon etwas herumtelefoniert.»

«Wen hast du angerufen?» fragten Helen und Georg wie aus einem Mund.

«Einen alten Heidelberger Freund. Bernd Schumann.»

«Ist das der, der damals in eurer Hinterhofküche Nasi-Goreng kochte, anstatt zu studieren?» fragte Georg.

«Genau der. Inzwischen ist er Militärhistoriker in Berlin. Er hat zwei Vorschläge, die ganz gut klingen.»

«Erzähl!» forderte Georg ihn auf und sah kurz auf seine feine Armbanduhr.

«Bernd nannte als erstes eine Dienststelle in Berlin, die damals zuständig war für die Benachrichtigung von Angehörigen von Gefallenen – klang sehr umständlich. Eine absurd lange Behördenbezeichnung. Wichtig ist: Die Dienststelle gibt es heute noch. Bernd will den zuständigen Mann ausfindig machen, dann kann man schreiben, telefonieren, hinfahren, was auch immer. Es ist also möglich, daß wir eine Akte ‹Ben Saalberg› in die Hände bekommen.»

«Sehr gut», kommentierte Georg, «sehr brauchbar.»

«Aber Joachim hatte damals eine eindeutige Gefallenenmeldung bei sich», sagte Helen. «Ich sehe den Zettel noch vor mir.»

«Vater hat alle Dokumente penibel aufbewahrt. Das Benachrichtigungsschreiben muß zu finden sein. Entweder bei Friedrich Rießt oder hier in seinem Safe.»

«Ich werde morgen nachsehen.» Helen gab ihrer Stimme den Klang, den Söhne und Enkel respektierten.

«Wie sieht der zweite Vorschlag aus?» Georg hatte begriffen und ging zum nächsten Punkt über.

«Bernd meint, der Hinweis auf das Nationalkomitee sei möglicherweise hilfreich. Es gibt einige sehr prominente Mitglieder des Komitees, die noch in Westdeutschland leben. Zum Beispiel Lew Kopelew, der russische Dichter, der von Breschnew ausgebürgert wurde. Er lebt jetzt in Köln. Dann einen Grafen Einsiedel, der in München wohnt, ungefähr der gleiche Jahrgang wie Ben Saalberg. Er hat schon 1952 ein Buch über seine Zeit im Nationalkomitee geschrieben. Bernd könnte den Kontakt mühelos herstellen und auch noch andere

Adressen ausfindig machen. Man könnte mit einem Foto von Ben Saalberg zu ihnen fahren oder es ihnen zuschicken. Vielleicht erinnert sich jemand an ihn oder weiß sogar, was aus ihm wurde. Da liegt zumindest eine Chance.»

«Das klingt alles wirklich sehr brauchbar», sagte Georg. «Wir müssen nur besprechen, wer sich um was kümmert. – Gut! – Und dieses Komitee? Was, wo, wann war das? Vaters Brief fand ich in der Hinsicht nicht sehr aufschlußreich, und ich habe keine Ahnung, muß ich zugeben.»

«Das ist schnell aufzuholen», sagte Helen zum Erstaunen ihrer Söhne. «Das Nationalkomitee war eine Organisation deutscher Kriegsgefangener der 6. Armee, die sich nach Stalingrad mit deutschen kommunistischen Emigranten aus Moskau zusammenschlossen, um gegen Hitler zu arbeiten. Möglich war das nur, weil die Organisation von Stalin gebilligt, ich glaube sogar gewünscht war. Sie gaben eine eigene Zeitung heraus und verfaßten Flugblätter, die sie für die Soldaten abwarfen, sie hatten einen eigenen Rundfunksender, und sie arbeiteten mit Lautsprecherwagen entlang der Front. Ihr erklärtes Propagandaziel war, das deutsche Volk und die Wehrmacht zum Sturz Hitlers aufzurufen. An der russischen Front versuchten sie ohne großen Erfolg, die Soldaten zum Überlaufen zu bewegen.»

«Warum ohne Erfolg?» fragte Michi wißbegierig. «Hitler war doch ein Verbrecher, der ganze Krieg war ein Verbrechen.»

«Das führt jetzt zu weit, Michi», unterbrach ihn Georg. «Ich hatte keine Ahnung, daß du so gut Bescheid weißt, Mutter.»

«Es ist doch natürlich, daß ich jede Information aufgesogen habe. Über Ben durfte nicht gesprochen werden, aber die Diskussion über den Krieg, Stalingrad, den Rußlandfeldzug, die Kriegsgefangenen hat nie aufgehört. Joachim kaufte jedes Buch, jeden Zeitungsartikel, sah jeden Beitrag im Fernsehen, korrespondierte mit Soldaten, Historikern und Politikern und lud sie ein.»

«Ein gefährliches Spiel», sagte Paul deutlich. «Irgend jemand hätte doch Ben kennen können oder sogar wissen, daß er noch lebt.»

«Ja, so gesehen war es ein Spiel mit dem Feuer, aber typisch für ihn, sich so und nicht anders mit Bens Schicksal zu beschäftigen. Viele, die ihn hätten kennen können, waren hier Gast im Haus, als wir noch Gesellschaften gaben. Irgendwann Mitte der fünfziger Jahre hatte Joachim sogar einen jungen Mann zu einem Essen eingeladen, der für das Nationalkomitee gearbeitet hatte. Er sollte im Haus übernachten, fuhr dann aber nach dem Essen weg, weil er und Joachim eine furchtbare Auseinandersetzung über das Komitee hatten.»

«Weiter, bitte», sagte Michi eifrig. «Was haben sie gesagt, weißt du das noch?»

«Ich würde es auch gerne wissen, aber wir müssen unbedingt los. Wie spät ist es jetzt?» Georg sah auf seine Uhr.

«Exakt 22.06 Uhr, Georg», sagte Rosas Stimme hinter ihnen. «Du hast heute bemerkenswert viele Sekunden für die Familie eingeplant, oder sollten sie etwa nicht einkalkuliert sein?»

Alle sahen sich ruckartig nach ihr um. Sie lehnte in der offengebliebenen Tür zum Küchenflur.

Georg und Arndt standen sofort auf.

Wie es sich gehört, dachte Paul. Eine Dame betritt den Raum, da stehen die Herren auf. Nur hat sie sich angeschlichen wie eine Katze. Kurz sah er zu Michi hinüber, der auch sitzen geblieben war. In seinem offenen Jungengesicht spiegelten sich aufrührerische Gedanken.

«Komm», sagte Paul so verbindlich wie möglich zu seiner Schwester, «komm her und setz dich.»

«Ich setze mich nicht mehr, weil mein Taxi gleich kommt. Außerdem sehe ich, daß kein Platz mehr für mich gedeckt ist.»

Rosa schritt langsam durch den Raum auf den Eßtisch zu, alle Blicke folgten ihr. Sie stellte sich hinter einen freien Stuhl und umfaßte das mattschimmernde Holz mit festem Griff. Die Knöchel ihrer Hand traten eckig hervor. Jeden sah sie eindringlich an, bis ihr Blick auf Helen haftenblieb.

Sind wir hier bei Dornröschens Taufe und sie spielt die dreizehnte Fee, oder was soll der Auftritt? fragte sich Paul, zog die langausgestreckten Beine unter den Stuhl und setzte sich gerade auf.

«Ich bin heute nachmittag geblieben, um mir Klarheit und Informationen zu verschaffen. Beides ist mir gelungen. Ich fahre gleich, weil ich morgen früh um neun Uhr einen Gerichtstermin habe und weil ich euch, wenn ich alles gesagt habe, nicht mehr sehen möchte. Es ist unnötig, daß deine vorlauten Jungen dabei sind, Georg, aber was ich zu sagen habe, betrifft zum größten Teil auch sie.»

Georg verschränkte die Arme vor der Brust, saß kerzengerade und blickte an Rosa vorbei in den Garten. Niemand rührte sich. Rosas klare Stimme, ihre Angriffshaltung und ihr abwehrender Blick bannte alle. Sie saßen auf ihren Stühlen wie in einem Zuschauerraum.

«Heute nachmittag habe ich gelernt, daß ich mein Leben lang benutzt worden bin: Von meiner Mutter als Erinnerungsvehikel, ja, du mußt mich nicht so abweisend ansehen, Mutter, denn du hast nur deinen Ben in mir geliebt und nicht mich. Von meinem Vater als lebendes Racheinstrument, denn ich, das Kind seines verhaßten Bruders, liebte ihn abgöttisch und betrachtete ihn als Vater. Ihr habt mich ein Leben lang betrogen, und jede einzelne Sekunde davon werde ich heute abrechnen.»

Helen warf ihre Serviette auf den Tisch und stand auf, sie wollte dieses Spiel nicht mehr mitspielen.

«Du gehst besser gleich», erwiderte sie ruhig. «Schluß mit deinen pathetischen Auftritten und Beleidigungen. In diesem

Haus sind sie ab jetzt überflüssig. Merk dir das, ein für allemal! Außerdem tragen sie nichts, aber auch gar nichts, zur Klärung der Situation bei.»

«Oh, nein! Ich gehe nicht. Ich werde aber gerne alles Notwendige zur Klärung der Situation tun.» Rosa benutzte ihre Stimme wie eine kalte Dusche. Sie fixierte Helen und Paul über dem gedeckten, kerzenbeleuchteten Tisch. «In diesem Haus werde ich tun und lassen, was ich will, denn es ist meins. Seit heute nachmittag ist es meins.»

«Sag das noch mal», donnerte Paul. Der Stuhl flog hinter ihm auf den Teppich, so abrupt war er aufgestanden. Ganz dicht stand er vor Rosa, die anderthalb Kopf kleiner war und unerschrocken zu ihm aufsah.

«Du hast richtig gehört: Es ist meins.»

Paul atmete tief ein, steckte beide Hände in die Hosentasche, wo sie sich ballten, streckten und wieder ballten.

«Dieses Haus – jeder konnte es heute im Testament lesen – hat Vater mir überschrieben, weil es aus Tradition der jüngste Sohn bekommt. Das weißt du so gut wie wir alle. Mutter hat lebenslänglichen Nießbrauch, sie wohnt hier, solange und auf welche Weise es ihr gefällt. Daran kann und wird keiner etwas ändern.» Paul versuchte seine Stimme zu beherrschen, er hatte Michis erschrockenen Blick aufgefangen.

«Vater konnte dir dieses Haus gar nicht überschreiben, denn es gehörte zum Erbteil seines Bruders Benedikt. Er war der jüngste Sohn.»

Jetzt stand auch Georg auf. «Was soll das, Rosa? Können wir das noch einmal ganz ruhig von vorn hören?»

«Nur zu gerne. Ich habe noch gar nicht richtig angefangen. Es kommt noch einiges hinzu! Vor allem für dich und deine hoffnungsvollen Söhne, Georg.»

Als Arndt sich erhob, trat er ungeschickt auf das tiefhängende Tischtuch. Eine Gabel, die zu nah an der Tischkante gelegen hatte, flog wie vom Katapult geschossen auf den schimmernden Parkettboden und sprang dort in unregelmäßigen Sätzen weiter.

Georg sah dem klirrenden Geräusch nach, als wolle er es ersticken. Er stand jetzt hinter seinem Stuhl, eine Hand auf der Lehne, und zwang sich zur Ruhe. «Bitte, ich höre.»

«Da bin ich aber gespannt», sagte Paul im gleichen Ton, stellte den gestürzten Stuhl wieder an seinen Platz und blieb ebenfalls dahinter stehen.

«Ihr ahnt gar nicht, wie klärend dieser Nachmittag für mich war.» Rosa zögerte leicht und sah nur Helen an, die ihr gegenüber saß. Michis Augen gingen zwischen den beiden Frauen hin und her, blieben bewundernd an Helen hängen. Sehr abweisend, den Kopf zurückgeworfen, die linke Hand leicht in die Rocktasche geschoben, sagte sie: «Also bitte, fang an.»

«Wenn ich es schon hinnehmen muß, daß ich nicht Vaters Tochter war, sondern die Tochter eines davongelaufenen Phantasten, dann werde ich mich dafür entschädigen. Ich bin die Tochter von Ben Saalberg, also werde ich ihn auch beerben. Ich fordere sein Erbe, hör gut zu, Georg, ich klage alles ein, was meinem Vater, Benedikt Saalberg, gehört hätte – nein, der Konjunktiv ist falsch. Ich klage das ein, was ihm gehört.»

«Dazu mußt du ihn erst mal finden.»

«Das muß ich nicht.»

«Oh, doch. Und er müßte dich offiziell anerkennen.»

«Du bist gemeiner, als ich dachte, Georg.»

«Ich habe diese Diskussion nicht angefangen. Wenn sie aber geführt werden muß, dann mit harten Bandagen, das kann ich dir versichern. Harte Bandagen und alle Konsequenzen.»

«Er wird mich anerkennen.»

«Dazu brauchst du allerdings Mutters Hilfe.»

«Und die werde ich bekommen, wenn sie noch einen Funken Glaubwürdigkeit behalten will», erwiderte Rosa kalt.

Helen stand wie gelähmt.

«Du willst also Vaters Testament anfechten?» fragte Paul.

«Das habe ich gar nicht nötig, ebensowenig wie ich Benedikt Saalberg finden muß. Vaters Testament ist per se ungültig. Habt ihr verstanden: Ungültig, weil er eingestanden hat, daß sein Bruder noch lebt, daß er in jedem Fall zur Zeit der Abfassung seines Testamentes gelebt hat. Also gilt sein Testament für genau 50 Prozent des Firmen- und Familienvermögens. Diese 50 Prozent werdet ihr unter euch aufteilen, wie er es vorgeschrieben hat. Die andere Hälfte gehört mir. Ich kenne mich im Erbrecht nicht genügend aus, aber das, was ich wissen mußte, habe ich heute nachmittag in groben Zügen von einem Freund erfahren. Wenn Vater wußte, daß sein Bruder lebt, und wir wissen jetzt, daß er es wußte, konnte er sein Testament nur für den ihm zustehenden Teil des Vermögens machen. Es gibt einen Erbvertrag von 1938, in dem unsere Großmutter zur Vorerbin eingesetzt war und die vier Söhne zu ihren Nacherben. Sie ist 1944 gestorben. Damals war – wie wir jetzt wissen – Benedikt Saalberg noch am Leben, also war er mit Vater erbberechtigt. Ich habe damals meine Referendarzeit bei Friedrich Rießt absolviert und unsere Akten genau studiert.»

«Braves Mädchen! Du hast deine Zeit immer gut genutzt, oder?»

«Dein Sarkasmus bringt dich jetzt auch nicht weiter, Georg.»

«Mit der Sache kommst du nicht durch. Nicht gegen mich.»

«Du wirst mich nicht aufhalten können, darum hör dir meine Bedingungen lieber genau an.»

«Die wären?»

«Ich werde morgen eine befreundete Kanzlei aufsuchen und mich genau darüber informieren, in welcher Weise ich gegen das Testament vorgehen kann. Ihr müßt Benedikt Saalberg innerhalb von sechs Monaten auffinden; er muß nach Deutschland kommen, seine Identität nachweisen und seinen

Anspruch auf 50 Prozent des Saalberg-Vermögens anmelden. Wenn er in den letzten Monaten gestorben ist, werde ich darauf bestehen, daß Mutter mich als Benedikt Saalbergs Tochter legalisiert. Ich wiederhole: Wir alle wissen, daß Vater davon überzeugt war, daß mein Vater noch lebte, als er sein Testament aufsetzte. Also hat er ihn um sein Erbe betrogen, das mir jetzt als Tochter und Erbin Benedikt Saalbergs zusteht. Wir können das hinter geschlossenen Türen regeln, sonst wird das Verfahren anlaufen, und ich werde vor keiner Enthüllung zurückschrecken.»

Es klingelte an der Haustür.

«Mein Taxi», konstatierte Rosa. «Bemüht euch nicht, mich umzustimmen. Ich spreche mit euch nur noch über meinen Anwalt. Ihr werdet von mir hören.»

Sie hob leicht ihre Hand und wandte sich zur Tür.

«Rosa», sagte Paul beschwörend, «du kannst jetzt nicht abfahren. Wir sind hier nicht im Theater.»

«Nicht im Theater, aber in Rosas Rachefeldzug», kommentierte Georg.

«Ganz recht», warf sie zurück.

«Mein Gott, seid ihr verrückt», Helen schrie es fast aus ihrer Sprachlosigkeit heraus. «Wo soll das enden, Rosa?»

«Hast du es nicht verstanden? Wenn es sein muß, wird es vor Gericht enden: Saalberg gegen Saalberg.»

Gleichzeitig mit Rosas Taxi war Charly angekommen, sah Rosa aus dem Haus treten, grußlos den Wagen besteigen und abfahren. Beklommen betrat sie durch die weitgeöffnete Tür die Eingangshalle, in der die zurückgebliebenen Familienmitglieder ratlos beieinanderstanden und sie sekundenlang nicht bemerkten.

Michi begrüßte sie als erster, zog sie geistesgegenwärtig an den Eßtisch, und Arndt kam sofort hinterher. Sie schalteten das elektrische Licht an und fragten Charly etwas atemlos aus, um nicht selbst befragt zu werden, das erkannte sie schnell. Zusammen begannen sie noch einmal zu essen und zu trinken, waren rührend bemüht, die unangenehme Situation zu überspielen.

Charly trank und aß nur wenig, beantwortete Fragen über den unverändert schlechten Zustand ihrer Schwester, über die Wohnung, die sie aufgesucht und nicht bezogen hatte, dachte im stillen, daß sie doch besser dorthin gegangen wäre, und war gleichzeitig froh, daß sie es nicht getan hatte. Währenddessen beobachtete sie Michi, bemerkte, daß er kreidebleich war, daß seine Hände zitterten, daß sein rastloser Blick fortwährend zu den Erwachsenen hinüberglitt, die im Nebenzimmer saßen und leise besprachen, was vorgefallen sein mußte. Sie versuchte, ihn abzulenken, begann Annes Wagen zu beschreiben, den sie gefunden und nach Kirchrode gefahren hatte, und erreichte, was sie wollte. Die Vorstellung des schrottreifen Vehikels, seiner vulgären Ausstattung und Geräusche beschäftigte Michis skurrile Phantasie, während es Arndt die Sprache verschlug.

Im angrenzenden Zimmer hatte Paul aus einem tiefen Sessel heraus die kleine Gruppe am Eßtisch im Blick, und während er mit Helen und Georg überlegte, wie Rosas ultimativen Drohungen zu begegnen sei, sah er immer wieder zu Charly hinüber, sah ihren besorgten Blick auf Michi ruhen und ahnte, daß sie nur für ihn etwas erzählte, und war froh, als er Michis Lachen hörte und Charly erleichtert lächeln sah.

Dann räumten die drei den Tisch ab, verschwanden mit dem Rollwagen in der Küche und kamen nach wenigen Minuten still zurück. Nur Arndt ging zu Helen, um sich zu verabschieden.

Georg nahm den Moment zum Anlaß, selbst aufzubrechen. Michi müsse dringend nach Haus, noch offene Fragen könnten am kommenden Tag telefonisch besprochen werden. Paul beobachtete wieder Charly, die im Hintergrund einer Geschichte von Michi lauschte. Für den Bruchteil einer Sekunde sah sie zu ihm hinüber, und er wußte, daß ihm ein Mädchen mit einer solchen Ausstrahlung noch nie begegnet war und daß er die Zärtlichkeit, die in ihrem Blick lag, gern auf sich bezogen hätte. Arndt stellte sich jetzt zu ihr und legte besitzergreifend den Arm um ihre Schulter, wovon sie sich zu Pauls Zufriedenheit nach wenigen Sekunden lächelnd befreite. Im allgemeinen Aufbruchs- und Gute-Nacht-Gerede, das alle zusammenführte, sagte Arndt noch einmal, daß er Charly morgen mit nach Hamburg nehmen wolle, damit sie die Kunsthalle besuchen könnte, um dort Aufnahmen zu machen. Arndt versuchte auf seine dreiste Art, Paul zu der Aussage zu bewegen, daß er Hamburger Banken gut, Restaurants und Bars sehr gut, die Kunsthalle aber allenfalls von außen kenne. Ganz im Gegenteil, erwiderte der lachend, in der Kunsthalle seien nicht nur seine Lieblingsbilder, sondern auch sein angestammtes Restaurant, und morgen sei er zufällig dort und vielleicht würde man sich sehen.

Keiner bemerkte die Aufmerksamkeit, mit der Helen Gesten, Blicke und Gespräche ihrer Kinder und Enkel verfolgte, und lange Zeit erfuhr keiner, was sie in diesen nächtlichen Minuten beschloß.

ZEHNTES KAPITEL

Das Café Liebermann in der Hamburger Kunsthalle war kein Szene-Treffpunkt. Ebendeshalb saß Paul gern hier. Es war ein wenig umständlich zu erreichen, und Michi hatte auf dem Weg dorthin einmal gemurmelt, es sei auch nicht jedermanns Sache, sich durch ellenlange Kunstkorridore zu schleppen, um eine Tasse Kaffee zu trinken.

Aber Paul liebte diesen Gang durch die dunkle Galerie, den Geruch aus gebohnertem Nachkriegs-Linoleum und Ölgemälden, die kleinen Nischen mit beruhigenden Ansichten der Aumühle, des Alstertales und des Elbstrandes bei Blankenese.

An diesem Mittag ging er mit langen Schritten hindurch, betrat das Café und erfaßte mit einem Blick, daß Carolin noch nicht da war. In der Nähe des Buffets setzte er sich an einen freien Tisch. Carolin würde sich über den Standort des Tisches sofort beschweren und versuchen, einen besseren Tisch zu finden: Hinter einer Säule, in der Nähe einer Topfpalme, kurzum nicht direkt im Durchgang zum Treppenhaus. Er wußte es, aber es war ihm gleichgültig.

Fast ist es mir egal, ob sie kommt oder nicht, dachte er und war entsetzt darüber, daß er es dachte.

Er zog die Zeitung aus der Tasche seines Jacketts, um nicht schon wieder an Rosa zu denken. Zeitung lesen, Kaffee trinken, normal sein, den Mund halten, um 14 Uhr zu einem letzten Gesprächstermin bei seinem Chef gehen.

«Verheerendes Erdbeben im Iran fordert 40000 Menschenleben.» Paul überflog die Überschriften, ohne sie wirklich zu lesen, beobachtete die Tür, durch die Carolin kommen mußte, und fand die Atmosphäre des Cafés wohltuend unaufdringlich wie immer. In der haushohen, langgestreckten Säulenhalle standen die runden Cafétische und schwarzen Thonetstühle wie Spielzeug zwischen baumstarken Marmorsäulen. Der warme Terrakottaton der Wände wirkte beruhigend. Die hochliegenden Milchglasfenster verteilten diffuses Licht.

Paul wollte sich wohl fühlen. Carolin würde gleich kommen, und er würde sie wunderbar finden. Vielleicht war das Zerwürfnis zwischen Rosa und der Familie aufzuhalten, sie würde Vernunft annehmen, ihre Krallen einziehen und sich wie ein Papiertiger zusammenklappen. Er würde versuchen, noch vor seinem Gespräch um 14 Uhr mit ihr zu telefonieren. Niemand sonst in der Familie würde es versuchen, das war ihm klar. Er wollte unbedingt mit ihr im Gespräch bleiben, denn bei allem Ärger verstand er, daß sie litt.

Er dachte daran, was er in den nächsten Tagen alles bewältigen mußte. Er würde in der Berliner Behörde die Akte einsehen, und mit einer Fotografie, die Ben Saalberg als jungen Leutnant zeigte, würde er so schnell wie möglich die Personen aufsuchen, die ihn nach Stalingrad möglicherweise kennengelernt hatten. Von der Bank aus würde er versuchen, den Grafen Einsiedel in München zu erreichen. Georg war auf die Idee gekommen, daß Ben Saalberg womöglich unter anderem Namen dem Nationalkomitee beigetreten war, ansonsten wäre doch jemand bei einem Besuch in Joachims Haus die Namensgleichheit eines bekannten Komiteemitgliedes und seines reaktionären Gastgebers aufgefallen. Aus dem gleichen Grund würde es auch nicht ausreichen, mit Lew Kopelew zu telefonieren. Von dem hatte er schon einen Interviewtermin für die nächste Woche bekommen. Nur eine halbe Stunde. Die tiefe, freundliche Stimme des alten Mannes hatte ihn beeindruckt.

Georg wollte sich mit der Botschaft in Moskau in Verbindung setzen, vielleicht hätten auch die brauchbare Ratschläge. Benedikt Saalberg mußte gefunden werden. Darüber gab es zwischen Georg, ihm und Helen gar keine Diskussion. Sein Bruder war der Überzeugung, daß Rosa ihre Drohungen unverzüglich in die Tat umsetzen würde, und allen graute vor der Vorstellung, Firmen- und Familienprobleme als Schlagzeile in der Zeitung wiederzufinden.

Eigentlich wollte ich in dieser Woche nur lesen, Bücher und Bilder sortieren und mich fit machen für nächsten Montag. Wenn daraus nichts wird, muß wenigstens die Familienfehde abgewendet werden. Natürlich rufe ich Rosa an, oder ich fahre zu ihr. Vielleicht wartet sie sogar darauf, und ihr Auftritt gestern abend war ein Hilfeschrei, den man verstehen muß.

Carolin kam nicht, statt dessen überschwemmte eine Schülergruppe die umliegenden freien Tische. Erschöpft, gemäßigt laut und nett: Jeanstragende Jünglinge wie Michi und viele, sehr hübsche Bürgertöchter.

Paul sah noch einmal auf die Titel der ersten Seite, schauderte bei dem Gedanken an die Hoffnungslosigkeit und Machtlosigkeit aller technischen Mittel angesichts der Erdbebenkatastrophe im Iran, ging dann schnell den Wirtschaftsteil der Zeitung durch, überflog die Kurstabelle, suchte die Notierung der Saalberg-Aktien und dachte, daß Georg keine ruhige Minute mehr haben würde, solange er in Erwägung ziehen mußte, einen Teil des Saalbergschen Aktienvolumens an Rosa zu verlieren.

«Du hast einmal gesagt, daß du es sofort merkst, wenn ich im Raum bin.» Hinter sich hörte er Carolins dunkle Stimme. Verraucht und sexy, wie immer, fand Paul. Elektrisiert wollte er aufstehen, aber der Druck ihrer Hände auf seinen Schulter signalisierte, daß er sitzen bleiben solle.

«Wende den Kopf und sieh nach rechts», flüsterte sie neben seinem Ohr, küßte ihn auf die Wange und setzte sich schnell.

«Das kann nicht wahr sein!» sagte Paul so leise wie möglich, als er sie ansah. «Warum mußte das denn sein?»

Carolin hatte sich ihre Haare abschneiden lassen. Schwarze, wunderbar dichte, glatte, schulterlange Haare waren abgeschnitten und fransten jetzt wie bei Liza Minelli in ihr sinnliches Gesicht, das von großen, schwarzbraunen Augen und rosageschminkten Lippen beherrscht wurde. Natürlich sah sie auch so wahnsinnig hübsch aus, vielleicht ein bißchen zu chic, um es vorsichtig auszudrücken, dachte Paul. Er konnte sie nur sprachlos ansehen.

«Wow! Du schäumst nicht gerade vor Begeisterung.» Carolin war völlig unbeeindruckt. «Ich besorge mir erst mal einen Kaffee, und du überlegst dir ein rasendes Kompliment für mich.»

«Ich habe ein Glas Sekt für dich.»

«Mein Alkoholspiegel ist noch viel zu hoch von gestern nacht. Ich falle auf der Stelle um, wenn ich jetzt schon wieder etwas trinke. Eigentlich gehöre ich ins Bett. Sag mal, wäre es nicht eine bessere Idee, zu dir zu gehen? Wir haben uns endlos lang nicht mehr gesehen, Paulino. Warum hast du mich gestern abend versetzt? Es war unser Geburtstag.»

Paul zog seine Hand, die längst auf ihrem Arm gelegen hatte, ruckartig zurück.

«Du bist irgendwie kleinlich, Amigo. Warum soll ich nicht über unsere Beziehung reden, wenn es doch so wichtig ist?»

«Von Sonntag mittag bis Montag morgen war ich in Hamburg, und du warst nicht da.»

«Spielst du Othello? Ich war mit den Kindern bei meiner Mutter in Lüneburg, und das hab ich dir Freitag abend am Telefon auch gesagt. Schließlich mußte irgend etwas passieren, nachdem du mich nicht mit zur Beerdigung genommen hast.»

Als wäre die Beerdigung meines Vaters eine Vernissage gewesen, zu der man jemanden hätte mitbringen können.

«Wo sind deine Jungen jetzt?» fragte er statt dessen.

«Die bleiben heute bis um vier im Kindergarten. Sie würden mich jetzt umbringen. Ich muß erst gründlich ausschlafen, bevor ich sie wieder abhole.»

«Gut! Ich laß dich auch in Ruhe. Ich muß zwischen drei und vier in der Bank sein.»

«Oh, fuck, Paul! Sei nicht so unpersönlich. Es tut mir ja leid, daß ich wieder von der Beerdigung geredet habe. Ich weiß, daß ich nicht zur Familie gehöre, aber es hat mich trotzdem beleidigt. Außerdem hättest du mich am Wochenende gefunden, wenn du nur für einen Moment nachgedacht hättest. Früher jedenfalls konntest du doch nachdenken.»

«Wir sollten aufhören, darüber zu reden.»

«Wir sollten aufhören, darüber zu reden», äffte sie ihn nach. «Weißt du was? Du drückst dich. Du verschwindest hinter deiner lausigen Familie und willst unser Problem ausschweigen oder aussitzen, wie ein fetter Politiker. Verdammt! Wir reden über uns, Paul, und das ist verdammt wichtig. Ich bin gekommen, um mit dem tollsten Mann, den es gibt, allein zu sein, weil ich langsam nicht mehr weiß, woran ich bin. Statt dessen sitze ich in diesem furchtbaren Tempel-Café auf einem harten Stuhl und lasse mich von Schulmädchen anstarren, die alle nur hinter dir her sind.»

«Hör auf, Carolin!»

«Es stimmt doch», flüsterte sie. «Alle, die zu lange in deine Augen sehen, wollen mit dir ins Bett. Alle. Das Alter spielt keine Rolle.»

Sie stand abrupt auf und ging zum Buffet. Ihre kleine straffe Figur steckte in einem sehr kurzen, hautengen weißen Rock und einem noch engeren dunkelgrauen Rippenpullover aus dünnster Baumwolle. Carolin ging langsam und schwingend auf hochhackigen Riemchensandaletten, und als Paul ihr nachblickte, erkannte er sofort den begehrlichen Blick in den Augen des Buffet-Kellners.

Was soll das alles, fragte er sich, warum, zum Teufel, kann nicht irgend etwas so bleiben, wie es war. Sie ist doch so schön.

Carolin hatte bis zu ihrem 31. Geburtstag alles getan, was von einer Tochter aus «gutem Hause» erwartet worden war. Sie trug Samtschleifen im zurückgekämmten Haar, Faltenröcke, Lackschuhe, eine Perlenkette über der gestreiften Hemdbluse und sagte nur in allergrößter Not einmal «Scheiße». Sie hatte nette Freunde, ging ins Theater, ins Kino und nur mit Herrenbegleitung in Diskotheken. Sie machte ihren Führerschein, ihr Abitur und bündelte schließlich ihre guten, aber unspezifischen Talente in einem Studium an der Pädagogischen Hochschule, verlobte sich kurz vor dem Examen mit einem netten Juristen, weil sie ein Baby von ihm bekam, nach wie vor die Samtschleife im Nacken. Hochzeit, erstes Baby, Examen, Lehrerprüfung, Staatsexamen ihres Mannes, zweites Baby, ihr Selbstbewußtsein und ihre Schönheit wuchsen im gleichen Maße wie ihre Unzufriedenheit mit der langweiligen Ehe. Dann wurde ihr bewußt, daß sie einen wunderschönen Körper, ein sinnlich schönes Gesicht, eine atemberaubende Ausstrahlung auf Männer und Frauen hatte, und die Bereitschaft wuchs, etwas anderes, Neues, Verrücktes zu machen. Sie blieb Lehrerin, weil sie es gern war, ließ ihren Mann als perfekten Babysitter mit den Kindern und seiner mühseligen Promotion allein und entdeckte die abendlichen Veranstaltungen der Stadt. Sie schloß Freundschaften mit eigenwilligen, kreativen, selbständigen Menschen, packte Hemdblusen, Flanellröcke und Halstücher in einen Beutel für das Rote Kreuz, trug Modeschmuck, offenes Haar und teure, aufregende Klamotten. Sie lernte Paul Saalberg kennen, hatte die erste große Liebesbeziehung ihres Lebens und benutzte sie unbewußt nur dazu, sich weiter und immer weiter zu wandeln. Sie veränderte ihre Bewegung, ihre Sprechweise und merkte nicht, daß ihre Beziehung zu Paul nur die erste Sprosse auf der Leiter in ein vollständig neues Leben war.

Gewaltsam versuchte sie, diesen Mann an sich zu binden, war aber kurz vor der Einsicht, daß einzig und allein Sex für sie im Augenblick eine Rolle spiele.

Doch in diesem Stadium der Entwicklung wollte und konnte Paul ihr nicht mehr folgen.

Jetzt saß sie wieder neben ihm, ihr Blick fing ihn ein. Fragend, erstaunt und gleichzeitig liebkosend war dieser dunkelbraune Blick, der in allen Männerhirnen ruckartig eindeutige Gedanken und Phantasien freisetzte.

Carolin nahm ihren ersten Schluck Kaffee, und Paul betrachtete sie.

«Nun sag etwas! Wie seh ich aus?» Wieder der liebkosende Suchblick.

Paul zuckte die Schultern und lächelte sie an. Er konnte und wollte jetzt nicht über ihre neue Frisur sprechen.

«Nun, es ist sehr ungewohnt», bemerkte er obenhin.

«Du überschlägst dich ja förmlich. Alle anderen finden den Schnitt einfach rasend. Gestern abend bei Lena haben sie die Geburt meiner zweiten Identität gefeiert. Es war irrsinnig komisch. Da hast du wirklich was verpaßt. Um vier Uhr haben wir auf der breiten Fensterbank in dem kleinen Erker getanzt, und ich habe die anderen dann von draußen als Schattengruppe vor hellblauem Neonlicht gefilmt. Heute abend sehen wir uns das Video an. Du kommst mit und bewunderst mich als Jungfilmerin. Dann gehen wir allein essen und holen unsere Geburtstagsfeier von gestern nach, dann gehen wir zu dir...»

Paul sah die schönen, großen rosa Lippen, sah den breiten rosa Schminkrand an der Kaffeetasse und überflog gleichzeitig zum zehntenmal die Zeitungsüberschrift, die das Erdbeben im Iran meldete. Während Carolins rosalackierte Fingerspitzen ihrer linken Hand sein Handgelenk umschlossen und streichelten, während sie mit dunkler, vibrierender Stimme den kommenden Abend vor ihm entwickelte, hatte er die Vision, eines der 40000 Opfer zu sein, nach sekundenlanger Angst und Panik auf schwankendem Boden durch auseinanderbrechende Hauswände in klaffende Erdspalten zu stürzen und unter staubenden Erdmassen und Trümmern zu erstikken.

«Da ist dein niedlicher kleiner Neffe – ciao, Arndt», rief Carolin, unterbrach damit ihren eigenen Redefluß und Pauls apokalyptische Vorstellungen.

Der fehlt mir gerade noch, dachte Paul, erinnerte sich aber daran, daß Arndt sich mit Charly angekündigt hatte und beobachtete, wie Carolins Lippen Arndt küßten. Rechte Wange, linke Wange und ein umarmender Blick, den Arndt sofort auf sich bezog. Charly war nicht zu sehen.

«Du siehst wahnsinnig aus», sagte Arndt jetzt zu Carolin.

«Hallo, Paul. Wir wollen nicht über die Familie reden, einverstanden?»

«Du sprichst mir aus der Seele, Arndt.»

«He», die durchdringende Stimme Arndts überschlug sich fast, «du solltest zum Film gehen oder irgend etwas unglaublich Tolles mit dir anstellen, Carolin. So eine Schönheit darf doch nicht in einer Grundschule in der Vorstadt verkümmern.» Er konnte sich kaum von ihrem Anblick trennen.

«Du bist süß.» Carolin küßte ihn noch einmal auf beide Wangen. «Wow! Ich liebe Komplimente, und heute bin ich noch nicht auf meine Kosten gekommen.» Sie sah auf Paul, ohne seinen Blick zu treffen. «Aber du siehst auch fabelhaft aus, Arndt.» Ihre Hände glitten an seinen Armen herunter.

«Bellissimo. Setz dich zu uns. Trink einen Kaffee, oder willst du hier etwas essen?»

Herzlichen Glückwunsch, dachte Paul, diese Form von Rache ist noch subtiler, als ich es mir hätte vorstellen können. Sie weiß, daß ich Arndt nicht ausstehen kann.

«Einen Augenblick.» Arndts unruhige Augen suchten den Raum ab. «Ich muß sehen, wo Charly bleibt. Sie wollte sich diese langweiligen Hamburger Ölschinken in Ruhe ansehen, und ich muß gleich weiter. Vorher muß ich aber unbedingt noch etwas zu essen haben. Du mußt Charly kennenlernen, Carolin.»

«Oh – schon wieder eine neue Freundin, Arndt?»

«Du bist ja leider doppelt vergeben», er schenkte ihr sein leicht feminines, unverschämtes Lächeln. «Irgendwie muß man sich doch trösten, wenn die ersten Preise schon verteilt sind.»

«He! Du bist frech. Horst du Paul? Der kleine Arndt ist richtig aufregend geworden.»

In ihren Augen müßte ich aufstehen und mit energischem Griff die Szene beenden, so wie ich es mindestens schon zweimal gemacht habe. Sie würde es lieben, wenn ich Arndt an seinem Wappenschlips strangulieren würde wie einen ungezogenen kleinen Jungen. Einen Teufel werde ich tun.

Arndt wand sich jetzt selbst aus der Situation, er hatte Charly entdeckt. Sie stand weit hinten im Raum, sah ihn, winkte kurz und kam auf den Tisch in der Nähe des Buffets zu.

Ebenso unbeirrt ist sie am vergangenen Samstag nachmittag auf mich zugekommen, rosa-weiße Rhododendronbüsche hinter sich, ein smaragdgrünes Plastikarmband am Handgelenk, eine Tasche über der Schulter, dachte Paul.

Er merkte, daß er sich insgeheim auf sie gefreut hatte, auf dieses Mädchen, dem Arndt gestern abend vielleicht gesagt hatte, daß er sie heiraten würde.

«Sie ist ja ein unverbrauchtes Baby, Arndt!» hörte er Carolin sagen. «Mit der macht's sicher Spaß, oder?»

Warum möchte ich ihr für diese Frage jetzt am liebsten eine Ohrfeige geben, fragte sich Paul. Aber auch – warum rege ich mich darüber auf?

Carolin hatte den Blick aus Pauls Augen aufgefangen, setzte sich wieder und flüsterte: «Sieh mich nicht so abwertend an. Andere Leute sind nicht langweilig und reden über

Sex. Es ist das Normalste von der Welt und das Tollste.» Dabei legte sie besitzergreifend ihre Hand um sein Handgelenk und krallte ihre Nägel kurz in seine Haut.

«Komm», sagte jetzt Arndts durchdringende Stimme zu Charly, «du mußt die schönste Frau von Hamburg kennenlernen. Das ist Carolin, die Freundin vom alten Onkel Paul.»

«Hallo.» Charly lächelte zögernd und umfaßte die Tischgruppe mit einem Blick, sah, daß Paul seinen Arm aus der Umklammerung löste, bevor er aufstand, um ihr die Hand zu geben, sah das glitzernde Lächeln in Carolins hübschem Gesicht und Arndts Grinsen zwischen Wichtigtuerei und Verlegenheit. Zwischen den drei Personen an dem kleinen runden Marmortisch stimmte nichts.

Hier habe ich nichts zu suchen, dachte Charly. Wenn es einen Infrarotfilm gäbe, mit dem man ausströmenden Ärger so gut lokalisieren könnte wie die entweichende Hitze über schlecht isolierten Hausdächern, dann wäre das Foto dieses Tisches von roten, irisierenden Leuchtfäden dominiert.

«Vielen Dank für die Fahrt», sagte sie zu Arndt, sah auf die smaragdgrüne Uhr, nahm ihre Tasche von der linken Schulter und verstaute eine kleine Papiertüte darin. Während dieser kurzen Sekunden ruhiger Beweglichkeit war ihr klargeworden, was sie tun wollte. «Ich gehe jetzt gleich weiter. Um vier Uhr bin ich vor dem Hauptbahnhof, o. k.?»

«Aber Sie können doch nicht einfach wieder gehen», sagte Carolin. «Eine Freundin von Arndt muß ich schließlich auch kennenlernen. Sie müssen sich ein paar Sekunden setzen. Hier ist schon ein Glas Sekt für Sie.»

«Es kommt gar nicht in Frage, daß du gleich gehst, Charly.» Arndts Stimme überschlug sich fast. «Ich dachte, wir wollten hier zusammen etwas essen?»

«Nein, vielen Dank. Ich esse nie, wenn ich noch arbeiten muß.»

«Trotzdem! Setz dich bitte!» bestimmte Arndt. «Ich brauche etwas zu essen, und dir hole ich auch etwas. Im Auto hattest du noch Hunger. Wenigstens eine Tasse Kaffee.»

Charly wollte nicht, daß die anderen von ihr denken könnten, daß sie sich ziere, und setzte sich. «Aber bitte nur ein Glas Wasser», sagte sie bestimmt.

«Sehr vernünftig. Komm doch gleich neben mich.» Carolin rückte den Stuhl an ihrer rechten Seite zurück.

Sie hat dieses Mädchen noch nie gesehen, dachte Paul. Warum, um alles in der Welt, muß sie sie gleich duzen? Verärgert setzte er sich zurück und schlug ein Bein über das andere.

Er wünscht alle zum Teufel, dachte Charly, dabei habe ich mich auf ihn gefreut. Ihr Blick verlor sich im Anblick des beige-goldenen Säulenmarmors und sah unendlich viele kleine wabenähnliche Zellen in dem warmen Veroneser Stein. Zellen, die sich gegeneinanderschoben, deren Ränder dunkler waren als das Innere. Ich lebe auch wie in einer Zelle, dachte sie und würgte wieder die Angst hinunter, die sie am Morgen angesichts der leeren Kabine auf der Intensivstation überfallen hatte. Sie hatte sich gezwungen, mit nach Hamburg zu fahren. Es war ein Fehler gewesen. Sie saß hier, aber ein Teil von ihr war zurückgeblieben in der Tagundnachtgleiche der neurologischen Intensivstation. Sie war nach Hamburg gefahren, als wollte sie ausbrechen und davonlaufen. Sie wollte arbeiten, normal und gesund sein wie sonst. Sie saß in einem gutbesetzten Museumscafé zwischen hohen Marmorsäulen unter Gewächshauspalmen und bestellte sich ein Glas Wasser. Sie hatte sich einen Katalog gekauft und beruhigende alte Gemälde betrachtet, sie bewegte sich und redete, fühlte sich aber im Grunde ihrer Seele gebannt, machtlos und schwer, so als verwandele sich ihr Blut langsam in flüssiges Blei.

Arndt war zum Buffet gegangen, und Carolin hatte mit Hingabe Charlys Gesicht und Gestalt studiert.

«Was gibt es denn hier im Museum für dich zu arbeiten?» fragte sie nach den schweigsam vergangenen Sekunden.

«Ich fotografiere.» Charly wandte ihren Blick langsam von der Säule ab und versuchte ein vorsichtiges Lächeln. Es wirkte ein wenig hilflos, als wolle sie sich dafür entschuldigen, daß sie keine Konversation gemacht hatte. Paul sah es und hatte das sonderbare Gefühl, daß Arndt sie nicht hätte mitbringen dürfen. Sie ist so empfindlich, dachte er, deshalb war sie auch gestern so wunderbar mit Michi. Sie selbst schluckt ihre Angst gerade hinunter, und das macht sie noch dünnhäutiger. Er spürte in sich den Wunsch, sie von diesem zugigen Platz im Durchgang fortzuführen und vorsichtig mit ihr zu reden.

«Was? Du fotografierst professionell?» fragte Carolin ungläubig.

«Ja.»

«Wow – sie fotografiert!» stieß Carolin aus. «Das will ich auch. Ich würde sofort aufhören, dummen Kindern dumme Sachen beizubringen, wenn ich von Porträtfotografie leben könnte.»

Zu Arndt gewandt, der jetzt ein Glas Wasser vor Charly hinstellte, sagte sie anzüglich:

«Paß nur auf, daß keiner dir deinen Paradiesvogel wegfotografiert. Wer so aussieht, wird doch im Handumdrehen zum Fotomodell. Findest du nicht auch, Paul? Schon allein diese Augen. Wie dunkles Jeansblau mit Appretur! Weißt du, was ein tolles Foto von dir wäre, Charly? Einfach in Jeans und sonst nur die Augen und die Haare! Absolut toll und sexy wäre das...» Sie lachte ihr sinnliches Lachen.

Sie muß verrückt sein. Paul sah entgeistert auf Carolin.

Charly nahm einen Schluck Wasser und dachte: In den nächsten fünf Sekunden muß ich hier verschwunden sein. Sie meint es sicher nett, aber ich kann es nicht aushalten.

Arndt lachte kurz, wobei sein Blick auf Carolins perfekt modellierter Brust verweilte.

«He! Guck nicht so, kleiner Lustmolch», gurrte Carolin weiter. «Du hast einen ganz schön unverschämten Freund, Charly, weißt du das?»

Charly lächelte wortlos. Arndt grinste zwischen Carolin und Charly hin und her und sagte abwägend: «So ein Foto kann man sich in allen möglichen Variationen sehr gut vorstellen – aber jetzt muß ich mich beeilen. In fünf Minuten muß ich im Auto sitzen und mich um meine Karriere kümmern. Wir treffen uns um vier, Charly? Wie besprochen? Gut.» In Windeseile hatte er seinen Reissalat aufgegessen und seinen Espresso hinuntergeschüttet.

Charly stand gleichzeitig mit Arndt auf, griff nach ihrer Tasche, hob kurz die rechte Hand und sagte: «Ich muß mich auch beeilen. Sonst schaffe ich nichts. Bis nachher, Arndt.»

«Ciao, Bella!» rief der schon im Gehen.

«Ciao, Bella!» rief auch Carolin ihr nach. Charly drehte sich in der Tür zum Treppenhaus noch einmal um, winkte kurz, warf ihre Haare nach hinten, als wolle sie etwas abstreifen, und ging weiter.

«Eine süße Maus! Tolle Augen! Wow, so würde ich auch gerne aussehen», sagte Carolin mit der Großzügigkeit, die schöne junge Frauen schadlos aufbringen. «Wie findest denn du Arndts kleine Engländerin, Paul?» Carolin trank jetzt in einem Zug den Sekt und stellte das geleerte Glas klirrend auf den Marmortisch. Dort stand es neben dem halbgeleerten Wasserglas von Charly, und Paul stellte fest, daß an Charlys Glas keine Spuren waren, es wirkte unbenutzt, verlassen und rührte ihn.

«He, Paul! Hörst du nicht? Wie findest du denn Arndts kleine Maus?»

«Ich muß gleich in der Bank sein», sagte Paul und stand auf. «Vielleicht fragst du dich einmal, wie du auf dieses Mädchen gewirkt hast mit deinem Geschnatter? Kontrollierst du dich überhaupt nicht mehr?»

Sie verließen das Café und gingen durch den Galerieflur auf den Verkaufsstand des Museums zu.

«Ach, Großvater Paul, spiel dich nicht auf! Meinst du ihren sehnsüchtigen ‹Wär-ich-nur-fort›-Gesichtsausdruck? Das ist alles Masche von den kleinen Girls. Die wollen nur gebumst werden. Das ist alles.»

Paul blieb ruckartig stehen und sah auf den Mund hinunter, der diese Worte formte, als sei nichts dabei. Da sind wir also gelandet, dachte er. Ich weiß, es ist nichts dabei. Es ist chic, so zu reden. Aber es widert mich an. Ihre Worte kleben wie ihr Lippenstift an Tassen und Gläsern.

«Tu nicht so erschrocken. Ich hab recht», lachte Carolin. Sie stand sehr attraktiv vor einer romantischen Landschaft.

«Die wollen alle nur von dir gebumst werden», wiederholte Carolin. «Das ist alles.»

«Ja», antwortete er und ging langsam weiter. «Ich denke, das war alles.»

Paul ging zu Fuß zum Ballindamm, nachdem er Carolin verabschiedet hatte, ohne sich auf einen Termin am Abend festlegen zu lassen.

Sein Auto war von einem blendaxweißen Suzuki so verbarrikadiert, daß er sich drehen und wenden konnte, wie er wollte, ohne aus dem Parkplatz herauszukommen.

Nach fünf Minuten Wartezeit hatte er widerwillig einen schmalen schwarzen Aktenkoffer aus dem Kofferraum seines Wagens genommen und auf dem Zebrastreifen oberhalb der Kunsthalle die Straße überquert.

In der Bank registrierte er dann, angenehm berührt, die sachliche Freundlichkeit, mit der er begrüßt wurde. Es gab zum Glück Menschen und Orte, die sich nicht veränderten.

In seinem Büro versuchte er, Rosa zu erreichen. Am anderen Ende der Leitung meldete sich Rudolf, der gerade aus der Schule kam und ihm sagen konnte, daß Rosa frühestens um

18 Uhr aus dem Gericht zurück sein würde. Paul hörte Hunger in Rudolfs brüchiger Schülerstimme und die Unlust, überhaupt den Mund aufzumachen.

«Sag ihr bitte, daß ich angerufen habe und sie unbedingt heute noch sprechen muß, Rudolf.»

«Wird gemacht.»

«Es ist dringend. Bitte vergiß es nicht.»

«Is klar, Paul.»

«Hast du es aufgeschrieben?»

«Nee.»

«Wo bist du um 18 Uhr heute abend?»

«Theaterprobe in der Schule.»

«Also siehst du Rosa gar nicht?»

«Nee.»

«Rudolf – wann siehst du sie?»

«Morgen zum Frühstück. Sie sind im Konzert, wenn ich zurückkomme.»

«Tu mir einen Gefallen, Rudolf. Schreib es auf und leg den Zettel so hin, daß Rosa ihn liest. O. k.?»

«O. k., ich muß jetzt essen, o. k.?»

Zumindest kann ich versuchen, Rosa zwischen 18 und 19 Uhr zu erreichen, sagte sich Paul resigniert und trat unzufrieden zum Fenster. Die Binnenalster lag müde zwischen den Häusern. Kein Windhauch kräuselte die Wasseroberfläche, der Himmel verbarg sich hinter einer Hochnebeldecke von phantasielosem Grau, das Wasser hatte sich mit eben dieser Farbe vollgesogen, war eine große schmutzige Pfütze, in der Gebäude und Bäume kopfüber versackten.

Man müßte diesen Anblick zerreißen wie eine schlechte Fotografie, dachte Paul. Den vergangenen Tag in Hannover zerreißen wie eine üble Geschichte.

Er sah auf die Uhr. Es war höchste Zeit, sich in den obersten Stock zu begeben. Chefs soll man nicht warten lassen. Niemanden soll man warten lassen. Auch ein Punkt, über den er mit Carolin nicht einig war. Die hielt Zuspätkommen neuerdings für einen Sieg über den Rest der Welt, der für sie aus spießigen Pünktlichkeitsfanatikern bestand.

Paul spürte, daß er darüber nie wieder diskutieren wollte, löste sich vom Anblick der grauen Alster und ging zu den Aufzügen.

Nach einem sehr befriedigenden Gespräch in der obersten Etage stand er fünfundvierzig Minuten später unten auf der Straße und winkte nach einem Taxi, um so schnell wie möglich zu seinem Auto zu kommen. Die Parkuhr mußte längst abgelaufen sein. Fehlte noch, daß er wegen dieser dämlichen Suzuki-Kiste einen Strafzettel bekäme. Oder wollte er noch aus einem anderen Grund so schnell wie möglich zurück zum Museum?

Der Suzuki war zwar fort, doch Paul steckte den Autoschlüssel, den er schon in der Hand gehalten hatte, zurück in die rechte Jackentasche, griff statt dessen ein loses Markstück, fütterte den Automaten und ging zum zweitenmal an diesem Tag in die Kunsthalle.

«Ich fotografiere hier», hatte Charly gesagt.

Die Szene vorhin im Café ging Paul nicht aus dem Kopf. Er hatte sich zum erstenmal für Carolin geniert, und der Gedanke, daß Charly ihn mit den anzüglichen Äußerungen in Zusammenhang brachte, war ihm so unerträglich, daß er zum Museum zurückging, um sich Gewißheit zu verschaffen, daß sie ihn nicht verachtete.

«Im Augenblick arbeite ich für einen kleinen Kunstverlag in London...» – bruchstückhaft erinnerte er sich an das Gespräch mit Charly am Samstag nachmittag, im Schatten des Blutahorns, sah die rötlichen Sonnenflecken in ihrem Haar, die leuchtenden Augen, die geschwungenen Lippen, ihr befreiendes Lächeln – «...einen Fotoband über Kleinskulpturen... ich fahre jetzt in die Museen und arbeite so lange, bis ich alles zusammenhabe.»

Er würde nur schnell sehen, ob sie noch da wäre. Es war nur natürlich, daß er wissen wollte, ob sie sich verletzt fühlte. Schließlich war sie ein Gast seiner Mutter.

Paul sah auf seine Uhr. Um vier könnte er Einsiedel in München erreichen, bis dahin würde er längst zurück an seinem Schreibtisch sein. Er eilte durch den Kassen- und Verkaufsraum, passierte die Galerie der Hamburger Künstler, das Café Liebermann, lief weiter die Flure entlang, blickte nicht auf die Bilder, sondern nur auf die wenigen Besucher und den schimmernden Parkettboden. Erst als er die erste Plastik sah, wurde er langsamer, stand schließlich still und betrachtete durch einen Türrahmen die Lembruck-Skulptur eines stehenden Mädchens aus grauem Stein. Sie stand im Zentrum des hellen, quadratischen Ausstellungsraumes. Paul mochte das Stück nicht besonders. Die hingebungsvolle Weltferne in Blick und Haltung dieser Frauenfigur löste ein sonderbares Mißbehagen in ihm aus, aber er liebte den Ausstellungsraum, die Großzügigkeit der Stellung.

Als er an diesem Dienstagnachmittag in den Türrahmen trat und scheinbar gedankenversunken das Kunstwerk betrachtete, beschäftigte ihn das allerdings überhaupt nicht. Er hatte angenommen, Charly in diesem Raum zu sehen. Sie war nicht dort.

Was um Himmels willen tue ich hier eigentlich, fragte er sich. Ich kann doch nicht im Ernst mit ihr über diese peinliche Unterhaltung vorhin reden. Sie arbeitet hier und hat die fünf Minuten unten im Café längst vergessen.

Er wollte schon umkehren, ging aber weiter. Wie beiläufig schlenderte er noch durch den langgezogenen, rechteckigen Raum, in dem die Expressionisten hingen. Kein anderer Besucher war dort, niemand fotografierte die Barlachskulpturen. In dem kleinen Kabinett rechts hinten, von dem aus man die Treppe zum Arp-Ausstellungsraum erreichen konnte, lehnte ihr dunkelbrauner Lederbeutel an der Wand. Aus dem angrenzenden Raum war die schnelle, aufgeregte Stimme eines Mannes zu hören. Paul zögerte einen Augenblick, blickte vorsichtig in das kleine, abgedunkelte Kabinett und entdeckte Charly.

Von seinem Standort konnte er ihr Profil hinter den dichten Haaren kaum sehen. Sie saß zurückgelehnt auf der schmalen, mit blauem Teppich bedeckten Treppe, die in den oberen Stock führte, hielt ihre Kamera mit der rechten Hand im Schoß, hatte den linken Arm auf der Treppenstufe hinter sich abgestützt, das rechte Bein stand angewinkelt auf einer Treppenstufe, das linke war locker darübergeschlagen, und an der Fußspitze wippte ihr schmaler Schuh. Sie sah auf die gegenüberliegende Wand, dort hing sein Favorit, ein kleines Ölbild von Robert Delaunay.

Charly aber schien das Bild gar nicht zu betrachten. Sie war in Gedanken wohl mit etwas ganz anderem beschäftigt. Ängstlich wirkte sie und sehr verloren. Jetzt drückte sie beide Ellbogen fest in die Magengegend, als könnte sie einen Stein wegdrängen, der sich dort eingenistet hatte.

Warum sage ich nichts? Warum bewege ich mich nicht? Irgend etwas fehlt ihr, und ich muß mich um sie kümmern, dachte Paul.

Regungslos stand er im Türrahmen, geschützt durch die lauten Stimmen aus dem Nachbarraum. Von der gegenüberliegenden Seite sah Paul nun das redende Paar in das kleine Kabinett kommen. Er schlank, fast zierlich, emphatisch redend, schwärmerische Augen im faltigen, ovalen Gesicht, das dünne weiße Haar à la Brutus sorgfältig in die Stirn gekämmt. Sie wie ein frostiges Viereck, ihr Mund ein Strich über geschlossenem Bubikragen. Die beiden befanden sich in einer heftigen Auseinandersetzung über Nolde und Nay, es war nicht zu überhören. Sie gingen, ohne nach rechts oder links zu sehen, weiter und blieben erst bei den Expressionisten wieder stehen. Paul nutzte die Bewegung im Raum, um selbst einzutreten. Charly war aufgestanden und hängte sich gerade die Kamera über die rechte Schulter, als sie ihn sah.

«Oh, hallo», sagte sie nur und griff nach ihrer Tasche.

«Sind Sie gerade fertig?»

«Ich habe gar nicht anfangen können.»

«Warum nicht? Stimmt etwas nicht?»

«Alles nicht. Ich bin im falschen Museum.»

Charly suchte etwas in ihrem Lederbeutel, ihr linker Fuß stand auf der zweiten Treppenstufe, so hatte sie sich mit dem angewinkelten Bein eine gerade Fläche für den Beutel geschaffen. Als erstes kam eine Sonnenbrille zutage, die sie aber nur aufsetzte, um damit ihre dichten Haare aus dem Gesicht zu schieben. Sie sah Paul kurz an, suchte weiter und sagte: «Diese Beutel sind furchtbar. Man sieht und findet nichts.» Sie dachte: Warum ist er hier? Und warum zittern meine Hände? Weil er mich überrascht hat? Weil er mich beeindruckt? Hat er sich unten im Café vielleicht über mich geärgert? War es unverschämt, daß ich einfach gegangen bin? In jedem Fall ist es verrückt, daß meine Hände zittern!

Paul war erleichtert. Er hatte sie gefunden, und sie war nicht abweisend. Er sah ihr zu. Es war alles ganz einfach.

«Was suchen Sie denn?»

Charly sah ihn erstaunt an. «Die Schutzkappe für das Objektiv», antwortete sie. Es klang fast entschuldigend, stellte er fest.

«So unverschämt wollte ich gar nicht fragen.» Er trat neben sie. «Ich meine, welche Skulptur suchen Sie?»

«Ich suche den ‹Kuß› von Brancusi. Sie stehen genau davor. Aber dieses hier ist ein Gipsabdruck und ein ganz besonders trauriger dazu.»

Sie trat auf die andere Seite des 1,30 Meter hohen Sockels, so stand die Brancusi-Skulptur unter ihrem Plexiglas-Schutzkasten zwischen ihnen. Eine massive kleine Plastik, die kaum höher als 30 Zentimeter sein mochte, schätzte Paul.

«Können Sie sich vorstellen, daß diese Skulptur eigentlich das Schönste ist, was es gibt?»

«Nein, ich habe sie nie besonders beachtet.»

«Das ist kein Wunder. Sie verkümmert in diesem dunklen, engen Durchgang, auf Teppichboden und unter Glas.»

«Wie würden Sie sie stellen?»

«In einen hellen, quadratischen Raum, auf Holz oder Stein. Ganz für sich allein. Den Glasschutz und diesen gelb angelaufenen Gips müssen Sie vergessen und sich grauen, rauhen Stein vorstellen. Sie ist archaisch, massiv und wunderschön.»

Paul sah ihren konzentrierten Blick auf die Plastik gerichtet, und so betrachtete er zum erstenmal die Skulptur: Liebende in enger Umarmung. Nur der obere Teil ihrer Körper, nackt, ohne jede Aufdringlichkeit. Der Oberkörper des Mannes wirkte wie eine undifferenzierte Masse, die Brust der Frau drückte sich an ihn, nur vorsichtig gewölbt. Fesselnder als die Nähe der beiden Körper, die sich umarmten, war der ineinander versunkene Blick der Liebenden, Auge in Auge standen sie da, in gleicher Höhe und in unendlicher Hingabe versunken, während ihre Lippen sich berührten.

«Es ist wirklich wunderschön», sagte er.

«Ich habe einmal ein Foto in Rom gemacht, das würde ich in dem Buch gleich neben dem Foto von dieser Skulptur bringen, wenn ich dürfte», hörte er Charly sagen.

«Und – was ist darauf zu sehen?»

«Keine Skulptur, nichts Altes, nur zwei kleine Autos von Fiat. Das eine rot, das andere blau. Beide hatten noch die altmodische, abgerundete Karosserie. Sie standen dicht aneinandergedrängt auf einem Parkplatz am Tiberufer im Dunst. Nicht hintereinander, sondern sie berührten sich mit der vorderen Stoßstange, als würden sie sich küssen. Nichts hätte zwischen ihnen hindurchgepaßt.»

Paul beachtete schon lange nicht mehr die Plastik. Er sah Charly, ihre Augen, ihren Mund, lauschte dem Klang ihrer

Stimme. Als sie zögernd den Blick von der Skulptur löste, sahen sie sich wortlos an, standen bewegungslos, von Glas und Stein getrennt, hingerissen von Zärtlichkeit, traten zueinander und küßten sich. Keiner wußte später, wer den ersten Schritt getan hatte, wessen Lippen die des anderen zuerst berührt hatten.

Erst als die Stimmen anderer Besucher ganz dicht vor dem kleinen Raum waren, lösten sie sich langsam voneinander, Charly nahm ihre Tasche vom Boden und ging aus dem Kabinett.

«Wo steht das Original?» Paul sprach als erster, als sie die breite Marmortreppe hinuntergingen.

«In Craiova, in Rumänien.»

«Dann ist Rumänien die nächste Etappe?» Er wollte, daß sie ihn ansah und lächelte, aber Charly sagte ohne aufzusehen: «Noch lange nicht. Ich muß in Hannover bleiben.»

Es klang nicht abweisend, aber so fern, daß Paul nur den Wunsch hatte, ihren schnellen Schritt aufzuhalten, um sie anzusehen, sie zu umarmen, um irgend etwas zu sagen. Er spürte noch die Berührung ihrer Lippen und wußte, daß sie jetzt nicht darüber reden, sondern schweigen würden, weil es überwältigend schön und einfach, gleichzeitig aber unlösbar kompliziert war, was da oben in dem kleinen Kabinett geschehen war.

Charly wäre am liebsten stehengeblieben, um den vollkommenen Moment endlos fortzusetzen, und dachte: Es war einfach schön und ist mit nichts vergleichbar. Es ist passiert, weil es passieren mußte. Aber empfindet er genauso? Denkt er nicht, daß ich mit Arndt befreundet bin, weil Arndt das behauptet. Denkt er, daß es für mich normal ist, ihn zu küssen, bevor ich ihn auch nur einmal bei seinem Namen genannt habe? Daß ich mir nichts daraus mache, daß ich seine Freundin gerade kennengelernt habe?

Sie sagte: «Es ist schon fünf Minuten nach vier.»

«Hoffentlich ist mein Auto nicht wieder verbarrikadiert», Paul gab sich Mühe, seiner Stimme einen beiläufigen Klang zu geben. Sie näherten sich dem Ausgang, und er erzählte von dem weißen Jeep, der ihn aufgehalten hatte.

«Wenn man vom Auto Rückschlüsse auf den Besitzer ziehen kann, möchte ich gar nicht wissen, was man von mir denkt, wenn ich in Hannover im Auto meiner Schwester herumfahre.»

Charly ging durch die Tür, die er aufhielt. Draußen schien jetzt die Sonne. Sie schob ihre Sonnenbrille von den Haaren hinunter auf die Nasenspitze und wirkte sofort ganz entrückt.

«Und? Was ist das für ein Auto?» fragte er und versuchte ihre Augen hinter dem dunkelbraunen Glas zu entdecken.

«Ein gelber Opel mit schwarzem Dach, Rallyestreifen und Stickern. Meine Schwester hat ihn fast geschenkt bekommen und macht sich überhaupt nichts aus Äußerlichkeiten. Dieses Auto geht allerdings zu weit, meine ich.» Charlys Mund lächelte und sagte dann unvermittelt: «Auf Wiedersehen. Ich muß um vier am Bahnhof sein.» Sie drehte sich schnell um und ging.

«Charly?» Er rief zum erstenmal ihren Namen.

«Ja?» Sie wandte sich um und schob die Sonnenbrille ein wenig nach oben. Paul ging ihr drei Schritte nach.

Sie machte einen kleinen Schritt auf ihn zu und blieb dicht vor ihm stehen.

«Paul?» Ihre Stimme ging im Lärm anfahrender Autos und dem Gehupe unter.

«Ja?»

«Ich muß mich beeilen.» Ihre Augen sagten etwas anderes und lasen die Erwiderung in seinem Blick.

«Ich weiß», war Pauls hörbare Antwort.

ELFTES KAPITEL

Helen hatte an diesem Morgen in scheinbarer Ruhe darauf gewartet, daß sie allein war.

Charly hatte das Haus sehr früh verlassen, um mit Arndt nach Hamburg zu fahren, wohingegen Paul seine Abfahrt für ihr Empfinden lange hinausgezögert hatte.

Als sein Wagen endlich aus der Einfahrt gebogen war, ging sie kurz in die Küche, nur um Gisela Matthes zu sagen, daß sie in der nächsten Stunde im Arbeitszimmer ihres Mannes sei und unter keinen Umständen gestört werden wolle, nicht durch Telefonanrufe, auch nicht durch Morgenbesucher.

«In Ordnung», sagte die Haushälterin und klappte mit Schwung die Spülmaschine zu. «Da sorg ich schon für, Frau Saalberg. Heute is ja auch zum Glück ein bißchen mehr Ruhe.»

«Wollen wir hoffen, daß es so bleibt. Aber Michi wird wieder zum Mittagessen kommen.»

«Wunderbar.» Gisela riß eine hellblaue Mülltüte von der Rolle. «Für den Jungen koch ich gern. Jetzt, wo Kurt wieder da is, muß ich zu Hause auch richtig was auf den Tisch bringen.» Ihre Augen signalisierten Mitteilungsbedürfnis.

«Oh, Gisela! Wie konnte ich das vergessen! Sie haben ja gestern Kurt abgeholt. Wie geht es ihm nach all den Monaten?»

«Gut geht es ihm.» Gisela versuchte erfolglos, den Müllsack zu öffnen. Zwischen Daumen und Mittelfinger schob sie die raschelnde Plastiktüte hin und her, um eine kleine Öffnung an der Perforationskante zu finden. «Und gut sieht er aus. Also das war ein wunderschöner Nachmittag gestern! Und dann kam auch noch Dr. Saalberg.»

«Gestern war Georg bei Ihnen?» Irritiert beobachtete Helen Giselas breite rosa Fingernägel, die in dem hellblauen Plastikmaterial kreisten. Das harte Geraschel ging ihr auf die Nerven.

«Ja. Der Herr Doktor war bei uns im Haus. Kurt hat ihm wohl was Wichtiges von da unten mitgebracht. Das wollte er sich holen, und ich sollte das wohl nicht so merken. Ihnen kann ich's ja sagen. Ich hab mich ja richtig amüsiert, wie die beiden so dachten, ich merk das nicht. Aber der Herr Doktor hat es wirklich nett gemacht! Mir hat er gleich gratuliert und Blumen zum Fünfzigsten gebracht, weil er dann verreist ist, hat er gesagt.»

Eigenartig, diese Geschichte, aber Helen wollte sich jetzt nicht ablenken lassen, sie mußte tun, was sie sich vorgenommen hatte.

«Sie müssen mir nachher alles ausführlich erzählen, Gisela», sagte sie abschließend. «Soll ich es mit der Tüte einmal versuchen?»

«Das wär gut. Mit Abreißtüten is das ja so wie mit Gurkenglasdeckeln: Wenn's nich sofort aufgeht, geht's überhaupt nicht, und ein andrer schafft's dann mit einemmal.»

Als Helen Minuten später die Tür zum Arbeitszimmer ihres Mannes hinter sich schloß, blieb sie eine Weile stehen und atmete tief durch. Langsam ging sie dann auf das Bücherbord zu, hinter dem sich der Safe befand. Sie war zum erstenmal seit dem Abend, an dem Joachim gestorben war, allein im Haus.

An jenem Abend hatte sie im Garten gesessen und den warmen Juniabend genossen. Sie hatte an die Insel gedacht, an helle Juniabende, die weit zurücklagen. Seit langer Zeit hatte sie wieder an Ben gedacht. Aufgeschreckt vom Geruch brennenden Papiers war sie dann durch die unbeleuchteten Zimmer zu Joachim gelaufen, und genau an dieser Stelle, an der sie jetzt stand, hatte sie ihn liegen sehen: das Gesicht auf den glänzenden Parkettboden gedrückt, den schmalen Körper im hellen Sommeranzug noch gekrümmt über der rechten Hand, mit der er nach seinem Herz gegriffen haben mußte, als der Infarkt kam.

Helen meinte noch den stickigen Papierqualm jener Nacht zu atmen, der in Schwaden vor den zugezogenen dunkelgrünen Samtvorhängen gestanden und ihr fast den Atem genommen hatte. Erst war sie zu Joachim gestürzt, erst dann hatte sie die Kaminklappe und das Fenster weit geöffnet. Während des Telefongespräches mit dem Arzt hatte sie verwirrt den glimmenden, dann brennenden Papierstapel im Kamin und die abziehenden Rauchschwaden beobachtet. War es töricht gewesen, zuzusehen? Hätte sie wichtige Papiere retten können? Aber sie hatte nur an Joachim gedacht, der frische Luft benötigte, um dessen Leben sie fürchtete.

Einen Papierbogen hatte der Arzt Joachim noch aus der Hand genommen. Sie sah es deutlich vor sich, wie er die Arzttasche neben Joachim setzte, sich niederkniete, den Puls fühlte, die Augenlider hochschob und kurz verharrte, bevor er sich nach ihr umdrehte. Nur wer den Tod festgestellt hat, kann sich so langsam und blicklos umdrehen, hatte sie gedacht und so sehr gezittert, daß sie sich hatte setzen müssen.

Zusammen mit dem Arzt hatte sie dann Joachim auf den Rücken gedreht. Der Arzt hatte ihm den zerknitterten Briefbogen aus den verkrampften Händen genommen und ihn achtlos in den offenstehenden Safe geschoben. Das Papier war dabei zerrissen. Hartes, robustes Papier mußte es gewesen sein, so wie sie sich an das Geräusch erinnerte.

Gleich würde sie wissen, was Joachim zuletzt in den Händen gehabt hatte. In Augenhöhe standen Biographien mittelalterlicher Kaiser, und Helen suchte an der Seitenwand des Mahagonibordes nach einem dunkelroten, ledernen Buchrücken, auf dem in verblichenen silbernen Runenbuchstaben «Barbarossa» eingeprägt war. Sie zog den Band heraus, drückte auf eine dunkle Metallfeder und schob das Regal nach rechts zur Seite. Ein dunkelgrüner Safe, groß wie ein amerikanischer Großraumkühlschrank, kam zum Vorschein, und Helen stellte die Zahlenkombination ein: 22061941.

Hätte man Helen Saalberg gefragt, ob der Titel des Buches oder die Zahlenkombination des Safeschlosses eine besondere Bedeutung hätten, sie hätte gelassen geantwortet, daß es nichts anderes sei als die notwendige Information, um den Safe zu öffnen, in dem ein großer Teil ihres Schmucks, der Familienschmuck, Familiensilber und kostbare Bilder aufbewahrt wurden, mehr nicht.

In dem Safe befanden sich außerdem noch zwei separate Schließfächer. Zu dem einen hatte immer sie den Schlüssel gehabt, das andere hatte Joachim benutzt. Seinen Schlüsselbund trug sie jetzt bei sich. Die zwei unteren, offenen Fächer des Safes waren immer leer gewesen.

Barbarossa. 22061941.

Für Joachim Saalberg, der den Safe 1951 hatte einbauen lassen, waren Name und Zeitpunkt des deutschen Überfalls auf die Sowjetunion Chiffren des politischen und persönlichen Umbruchs gewesen. Helen hatte es mehr geahnt als gewußt, denn sie hatten nie darüber gesprochen. Für sie war die Beschäftigung mit dem Rußlandfeldzug in erster Linie die Erkundung der letzten Lebensmonate von Ben gewesen, und unbemerkt von Joachim hatte sie begonnen, alles darüber in Erfahrung zu bringen. Jede Gelegenheit hatte sie genutzt: Von den Schulbüchern ihrer Kinder über Zeitungsartikel und Filme bis hin zu Gesprächen mit Überlebenden. Sie hatte ihn nie merken lassen, daß sie sich informierte; hatte gemeint, das zu wissen, was er wußte, ohne eine Vorstellung vom Ausmaß seiner Forschungen zu haben. Er hatte viel mehr getan, als sich jedes neuerschienene Buch, jeden wichtigen Zeitungsartikel über Beginn, Verlauf und Ende des Rußlandfeldzuges zu verschaffen. Durch eine umfangreiche, vor Helen geheimgehaltene Korrespondenz hatte er ein fast lückenloses Wissen erworben. Jede Operation der Heeresgruppen zwischen dem «Unternehmen Barbarossa» am 22.6.1941, der Niederlage vor Stalingrad 1943, dem russischen Vormarsch und der bedingungslosen Kapitulation am 8.5.1945 war ihm geläufig gewesen. Besonderes Augenmerk hatte er darüber hinaus auf die Aktivitäten deutscher Kriegsgefangener in Rußland und den Aufbau der sowjetisch besetzten Zone geworfen.

Joachim Saalberg, eine Symbolfigur des deutschen Wirtschaftswunders mit weitgespannten persönlichen Interessen und einer umfassenden historischen und gegenwartspolitischen Bildung, das wollte er sein, so stellte er sich dar. Und doch waren seine Forschungen nur ein Mittel, um sich mit dem Abgrund in sich selbst zu befassen. Im Unterbewußtsein hatten immer Selbstzweifel und Selbstverachtung gelauert. Weil Ben lebte: gehaßt, bewundert und beneidet. Verdrängt, verleugnet, totgesagt und immer gegenwärtig.

Helen zog langsam die schwere Tür des Safes nach vorn und griff nach dem zerrissenen, zerknitterten Papier im untersten, leerstehenden Fach. Es war ein postkartengroßer Notizblockzettel. Auf solchen Zetteln hatte Joachim immer notiert, was er erledigen wollte: Briefe, Telefonanrufe, Besorgungen. In seiner ordentlichen Handschrift standen dort zwei Zeilen:

«Helen erinnern wg. Taschentüchern mit Monogramm.

Friedrich R. anrufen wg. letztem Brief (unbedingt vernichten).»

Den Zettel in der Hand ging Helen langsam an den Schreibtisch und setzte sich auf den schwarzen Ledersessel.

Draußen mähte Otto den Rasen, jetzt genau vor dem Fenster. Das Motorengeräusch zersägte die Stille des Raumes.

Was sie in zitternden Händen hielt, war Joachims letzter Wille. Seine letzte Notiz hatte den drei verhängnisvollen Briefen gegolten, die das Leben der Familie in den letzten zehn Tagen beherrscht hatten und für immer verändern würden.

Sie mußte Friedrich Rießt anrufen, Georg anrufen. Paul mußte es wissen und Rosa. Nur nützen würde es nichts mehr. Die Ereignisse der letzten drei Tage wären durch keine Notiz mehr rückgängig zu machen.

Helen legte Arme und Hände auf das glatte, kühle Holz, beobachtete ihre langen, knochigen Hände, den Smaragd am Ringfinger der linken Hand. Sie spürte ein Zittern in Knien und Fingerspitzen. Der Krach des Rasenmähers war ohrenbetäubend. Sie konnte nichts denken. Aber sie erhob sich auch nicht, um das Fenster zu schließen oder Otto zu bitten, ausnahmsweise seinen Arbeitsplan umzustoßen und anderswo im Garten etwas weniger Lautstarkes zu tun. Sie war wie betäubt. Die Lüge, mit der Joachim gemeint hatte leben zu müssen, hatte alles zerstört. Wie gestautes Wasser, das eine undichte Stelle sucht und sich als vernichtende Flutwelle Platz schafft.

Helen meinte zu frieren, stand auf, zog sich langsam eine hellgraue Strickjacke über, stellte verärgert fest, daß die Wolle am Hals leicht kratzte, und wußte, daß sie kratzende Wolle nicht ertrug, nicht eine Minute, also zog sie die Jacke wieder aus. Sie trat an das Fenster und winkte Otto zu, der gerade hinaufsah. Er legte kurz seinen Zeigefinger an die verschlissene grüne Schirmmütze. Sein verschmitztes, mageres Gesicht nickte ihr zu. Es war Dienstag morgen. Otto mähte den Rasen vor den Wohnräumen des Hauses wie jeden Dienstagmorgen im Sommer.

Sie schloß das Fenster und ging zurück zum Safe. An Joachims Schlüsselbund suchte sie den kleinen Geheimfachschlüssel, und als sie ihn in das Schloß steckte, bemerkte sie, daß die Tür nicht verschlossen war. Sie ließ sich einfach aufziehen. Kurz vor seinem Tod mußte Joachim das Fach geöffnet haben. Helen sah, daß es fast leer war. Im harten Tageslicht waren aber deutlich staubfreie Abdruckstellen zu erkennen. Bücher oder Briefe mußten dort gelegen haben. Was in seiner Todesstunde im Kamin langsam verglüht war, mußte er dort fortgenommen haben. Die drei Briefe, die bei Friedrich Rießt lagen, hatte er vernichten wollen, offensichtlich auch diese Papiere. Waren es Beweise einer uneingestandenen Schuld? Hatte er in der letzten Stunde seines Lebens geahnt, welches Unwetter er heraufbeschwören würde?

«Es muß Dokumente geben», hatte Georg gesagt. «Vater hat immer alles so penibel aufgehoben.»

«Er hat sie verbrannt, Georg», flüsterte Helen vor sich hin. «Er hat sie verbrannt. Wie soll ich euch das jemals begreiflich machen...» Sie griff ganz weit in das schmale Fach hinein. In der linken Ecke lagen noch zwei Papierstapel. Mürbes, vergilbtes Papier der eine, von zwei brüchigen roten Gummiringen zusammengehalten. Der andere Stapel war dicker und bestand aus lose zusammengehefteten Seiten im DIN-A 4-Format. Beide Stapel trug Helen zum Schreibtisch, entfernte zuerst die Gummis und legte die Papiere vorsichtig auseinander.

«Nationalkomitee Freies Deutschland», las sie. «Nr. 8 / An alle deutschen Angehörigen der Wehrmacht, SS und Polizei im Abschnitt Mitte / WIR KLAGEN AN! / Kein äußerer Feind hat uns Deutsche jemals so tief ins Unglück gestürzt wie Hitler.»

Dann hielt sie das «Manifest des Nationalkomitees Freies Deutschland an Volk und Armee» in der Hand und mußte die Lupe nehmen, um die kleingedruckten, verblaßten Worte zu lesen:

«Deutsche! Die Ereignisse erheischen von uns sofortige Entscheidung. In dem Augenblick der tödlichen Gefahr, die über unserem Vaterland schwebt und seine Existenz bedroht, ist das NATIONALKOMITEE FREIES DEUTSCHLAND geschaffen worden. (...) Hitler führt Deutschland dem Abgrund entgegen (...) Jahrelang hat Hitler diesen Eroberungskrieg vorbereitet, ohne das Volk nach seinem Willen zu fragen. Hitler führte Deutschland in die politische Isolierung: er forderte in unverantwortlicher Weise die drei größten Weltmächte heraus, so daß sie sich zu unerbittlichem Kampf gegen den Hitlerismus vereinigten. Hitler hat ganz Europa in den Feind des deutschen Volkes verwandelt...»

Michi wird sagen, daß die Sätze sehr vernünftig klingen, dachte Helen. Aber damals? 1943? Eindeutiger Hochverrat in Joachims Augen. Als nächstes hielt sie eine von Joachim beschriftete und gezeichnete Landkarte Rußlands in der Hand. Sie las Namen, die ihr geläufig, andere, die ihr völlig unbekannt waren: Moskau, Stalingrad, Frolow, Oranki, Jelabuga, Lunjowo, Krasnogorsk, Leningrad. Hatte Joachim die Namen der Lager, die Tagungsorte dieses Komitees in Erfahrung gebracht und eingezeichnet? Waren das die verschiedenen Stationen, die Ben erreicht und wieder verlassen hatte? Mit welcher Sorgfalt Joachim diese Karte hergestellt, Breiten- und Längengrade eingezeichnet hatte, Flüsse, Meere und Städte dieses riesigen Landes zwischen Finnischem Meerbusen, Wolga und Kaspischem Meer. Erregt beugte sie sich darüber. Konnte sie endlich etwas über Bens Schicksal erfahren, hatten diese Namen die Welt des Lebenden bestimmt, während sie den Toten betrauerte? Sie fühlte sich hilflos und niedergeschlagen.

Helen legte die Blätter sorgfältig nebeneinander. Kleingedruckt, verblaßt und vergilbt, würden sie nur mühsam zu lesen sein. Sie müßte erst eine andere Brille holen, aber jetzt wollte sie den Raum nicht verlassen. Nur das letzte Blatt nahm sie noch in die Hand und las die dickgedruckte Überschrift: Rede des Hauptmanns Ernst Hadermann, Kommandeur II. A. R. 152 (Kassel), vor den kriegsgefangenen deutschen Offizieren des Lagers Nr. 95 am 21. 5. 1942.

«Meine Herren! Wir antifaschistischen Offiziere wenden uns heute an die deutsche Wehrmacht, an das deutsche Volk. Wir fordern unsere Kameraden an der Front auf, das deutsche Volk vor der ungeheuersten Katastrophe zu retten, und zwar –

durch den Sturz Hitlers,
die Wiederherstellung der Freiheit des deutschen Volkes,
den Abschluß eines rechtzeitigen, ehrenvollen Friedens.

(...)»

Im Mai 1942? fragte sich Helen. War Hitler im Mai 1942 nicht überall auf dem Vormarsch? Wer hat damals schon solche Dinge gedacht und gesagt? Und Ben? Er war im Mai 42 noch nicht einmal in Rußland, dachte sie verwirrt. Zwei lose Zettel fielen aus den zusammengehefteten Seiten. Auf dem einen war eine Aquarellzeichnung. Längliche, gelbgestrichene Häuser unter Birken und Lärchen, darüber ein zartblauer Himmel. In der rechten Ecke war das Bild gezeichnet. Die Signatur sah aus wie ein quadratisches «U», das rechts unten an Stelle der rechtwinkligen Ecke eine kleine, nach außen gezogene Schleife hatte. Darunter stand ein kurzer Satz. Helens Herz begann zu klopfen. Sie nahm die große, schwarze Lupe und entzifferte: «Krasnogorsk, Juni 1944. Hier leben und lernen wir.» Es war Bens Handschrift, und die Zeichnung mußte von ihm sein. So hatte er gezeichnet. Leicht, mühelos und mit sehr viel Wasser. Auf der Insel damals hatte sie neben ihm gesessen und zugesehen, wie auf seinem Aquarellblock Wolken, Wasser und Dünen entstanden. Ihre Hände begannen zu zittern, als sie auf das andere Blatt sah und einen ganzen Absatz in seiner geraden, kleinen Handschrift entdeckte.

«Lies es wenigstens, Joachim», stand da. «Versuch einmal in Deinem Leben zu verstehen! Das sind Gedanken, die notwendig sind, um Deutschland zu retten. Diese Arbeit hier ist für mich eine Befreiung. Was ist mit Helen? Hast Du ihr meine Briefe gegeben?»

Jetzt zitterte Helen so sehr, daß sie Mühe hatte, ihre Finger zu beherrschen. Dann legte sie das Blatt vor sich auf den Tisch und las immer wieder dieselben Worte: «Hast Du ihr meine Briefe gegeben?»

«Oh, mein Gott», stöhnte sie und verharrte gebeugt über dem Papier, als könne sie ihre Augen nicht mehr davon lösen.

«Wie ist der Krieg zu beenden?» Die Textüberschrift war von Bens Handschrift halb verdeckt. Unter der fettgedruckten Schlagzeile befand sich eine schwächere, aber auch gut lesbare Überschrift: «Ein Manneswort eines deutschen Hauptmanns. – Vorrede von Erich Weinert.» Genau da, mit dünnem Bleistift geschrieben, stand der Satz, der jede Hoffnung auf Joachims Schuldlosigkeit zunichte machte: «Hast Du ihr meine Briefe gegeben?»

«Jeden Kontakt mit meiner Familie habe ich unterbunden...» Friedrich Rießt hatte kurz und bedeutungsschwer über seine Brille gesehen, während er den Satz aus Joachims letztem Brief vorlaß.

«Mein jüngster Bruder ist ein politischer Wirrkopf und Phantast. Außerdem gegen jedes strenge Reglement...»

Es war, als klänge ihr der Satz in den Ohren, den Joachim im Frühling 1942 gesagt hatte, während ihre Augen über die fettgedruckten Sätze des Dokuments glitten:

«Heute noch unterirdische Parole, wird sie morgen zur flammenden Losung werden, die mitten im Volk und in der Armee den Willen zum Aufstand entzündet. Die unabwendbare Forderung: DEN STURZ HITLERS, UM DEUTSCHLAND ZU RETTEN, ist schon im Bewußtsein vieler Offiziere zur vaterländischen Pflicht geworden.»

Helen stand auf. Mit diesen Gedanken und Ideen muß Ben schon damals umgegangen sein, als er mich kennenlernte. Wie hätte Joachim sonst so über ihn urteilen können?

Der Raum schien ihr jetzt unerträglich dunkel und luftlos. Sie öffnete ein Fenster und beobachtete die zwei dicken, grauen Tauben, die im Ahorn ihr Nest gebaut hatten. Den weiten, frischgemähten Rasen hatten sie für sich allein und pickten.

Wenn Ben und ich zusammen waren, zählte die Welt um uns herum nicht, dachte Helen. Nur uns gab es – mitten in dem Kriegsalltag von damals, der mich jetzt aus diesen alten Papieren anspringt. Manchmal hatte Ben etwas über Hitler und den Krieg gesagt, es waren Gedankengänge, die ihr vertraut waren, die sie von ihrem Vater kannte.

Aber was hatte er ihr geschrieben? Sie würde es nie erfahren.

In der Entfernung dröhnte eine rangierende Straßenbahn. Die Luft war so grau und still. Jeder Laut war zu hören.

Helen ging hinaus in den Garten. Sie redete mit Otto, der jetzt an ihrem Rosenbeet arbeitete, half ihm, die verregneten Blüten herauszuschneiden, und ließ sich seine alten Geschichten aus der russischen Gefangenschaft erzählen, die sie alle schon kannte, aber mit weit größerem Interesse verfolgte als sonst. Als das Telefon im Haus klingelte und Gisela sie zurück ins Haus rief, stellte Helen erstaunt fest, daß der Himmel über dem Garten immer noch grau war. Sie hatte so lange in die gelben und aprikosenfarbenen Rosen gesehen, daß sie meinte, die Sonne schiene.

Am Telefon war Wolf Farnheimer, der noch nichts von Rosa gehört hatte. Er wußte nur zu berichten, daß sie schon um sieben in ihr Büro gefahren sei, und erkundigte sich nach dem Verlauf des gestrigen Abends.

Helen berichtete ihm kurz, was vorgefallen war. Rosas Androhung eines Gerichtsverfahrens auf Kosten der Privatsphäre der Familie schien Wolf unglaubhaft. Er war sicher, daß sie nichts unternehmen würde, was die Firma schädigen könne und einer öffentlichen Demontage Joachims gleichzusetzen wäre. Helen bat ihn, sie anzurufen, wenn er mit Rosa gesprochen hätte.

Während des Gesprächs, das sie an Joachims Schreibtisch führte, zog sie das von Ben gemalte Aquarell und die von Joachim minutiös gezeichnete Landkarte der Sowjetunion zu sich heran, legte sie nebeneinander, und es war ihr, als lägen Porträts der Brüder vor ihr.

«Krasnogorsk, Juni 1944», las sie auf dem Aquarell.

«Krasnogorsk, das war nur für die Herren Offiziere und dann auch nur für die hundertprozentigen», hatte Otto im Garten gesagt.

Krasnogorsk war auch in Joachims Landkarte eingezeichnet – ein Ort in der Nähe Moskaus.

Michi kam wie erwartet nach Kirchrode zum Mittagessen und war etwas enttäuscht, daß außer Helen niemand da war, erinnerte sich dann aber, daß Paul, sein Bruder und Charly nach Hamburg gefahren waren. Für einen kurzen Moment hatte er das Gefühl, seine Großmutter wolle dazu etwas sagen, aber dann lächelte sie nur, und Michi widmete sich ungestört dem Essen.

Bevor er wegen seines Referats in das Arbeitszimmer seines Großvaters ging, sprach er vorsichtig über den vergangenen Abend. Rosas nächtlicher Auftritt im Eßzimmer hatte ihn tief verstört. Nachts meinte er wach zu sein, es war ganz hell, und die Gardinen waren zurückgezogen, kein Laut war zu hören. Durch das geöffnete Fenster schoben sich langsam dickliche, glatte Tiere. Nicht Maus, nicht Ratte, nicht Schlange. Er wollte schreien, weglaufen. Aber er konnte sich nicht bewegen, keinen Laut hervorbringen. Immer mehr Gewürm schob sich über den Fenstersims, schmolz zu einer formlosen Masse, die anschwoll und ihn zu ersticken drohte, als er schweißgebadet aus dem Alptraum erwachte.

Es war vier Uhr morgens gewesen. Draußen dämmerte ein

neuer Tag, und verschlafene Vogelstimmen hatten ihn beruhigt. Aber eingeschlafen war er nicht mehr. Sorgen, Ängste, Befürchtungen türmten sich vor ihm auf: Die deprimierende Aussicht auf einen Erbschaftsprozeß zwischen seinem Vater und Rosa, den er sich akribisch ausmalte; würgende Angst um die Versetzung in die zwölfte Klasse; der längst begraben geglaubte Schmerz über den Verlust seiner Mutter. Er stellte sich vor, wie es wäre, wenn die verschwiegenen Probleme seiner Familie durch die Schlagzeilen gingen. Was um Himmels willen würde er tun, wenn er nicht versetzt würde? Warum hatte seine Mutter ihn allein gelassen, war mit einem Maler in die Karibik gezogen?

Das Gefühl, unwichtig und ungeliebt zu sein, würde ihn nie ganz verlassen, immer würde es auf der Lauer liegen, er würde Angst haben vor neuem Schmerz, der den alten immer wieder verdoppelte.

Schon als kleiner Junge hatte er seine Liebe in vollem Umfang auf seinen Vater, Großvater und besonders seine Großmutter konzentriert. An Helen liebte er Klugheit, Großzügigkeit und Lebensfreude, und Joachim war für ihn das Ideal eines verantwortungsvollen, erfolgreichen und ethisch handelnden Familienvaters gewesen. Seinen Vater sah er schon im gleichen Licht, und für Paul schwärmte er.

In der vergangenen Nacht aber war alles ins Schwanken geraten, und er war geradezu verzweifelt bemüht, dem Traum der letzten Nacht keine besondere Beachtung zu schenken. In jedem Wort hörte Helen sein Verlangen nach Normalität, nach Liebe und Beständigkeit.

Seine Angst wird sich verringern, wenn wir sprechen, wenn er mit seinen Fragen nicht im dunkeln tappt, dachte Helen und erzählte ihm, was er wissen mußte, um Rosa, seinen Großvater und seinen Vater zu verstehen.

Im Arbeitszimmer stürzte sich Michi auf die Dokumente, die sie für ihn zurechtgelegt hatte. Häufig unterbrach er das

Lesen, fragte etwas, wollte mit ihr über diesen Bruder seines Großvaters reden, den er immer besser verstand, der so gehandelt hatte, wie man nach seiner Vorstellung handeln mußte.

Ben, dachte Helen. Michi begreift gar nicht, wie unvorstellbar es für mich ist, daß Ben lebt. Sie saß aufrecht, etwas abgerückt vom Schreibtisch, und sah hinaus in den Garten. Ihren Blick auf etwas konzentriert, das Michi nicht sehen konnte, den Kopf zurückgeworfen, so daß die Nase abweisend nach vorn sprang. Er spürte, daß sie ihn gar nicht wahrnahm. Sie saß vor ihm wie unter einem Glassturz. Er las weiter, beobachtete sie, bis er es nicht mehr aushielt.

«Warum nimmst du nicht einmal den anderen Papierstapel?» fragte er laut. «Ich bin so gespannt, was darin ist.»

Helen schrak unmerklich zusammen.

«Ja, natürlich», sagte sie abwesend, griff nach dem Stapel und nahm langsam die Blätter auseinander.

Zum Glück begreift er nicht, was in mir vorgeht, dachte sie. Er hat genug Sorgen, und daß Ben existiert, behandelt er wie eine Sensation, eine spannende Entdeckung: Ein verschollener Familienangehöriger, dessen letzte Briefsendungen ihn mit aktuellem Quellenmaterial für sein Referat versorgen.

Helen wandte sich den Papieren zu.

«Mein lieber Herr Oberst! Verehrter, lieber Herr Saalberg!» stand in steiler Handschrift auf einem Briefbogen, der aus der obersten, lose zusammengehefteten Broschüre herausfiel. «Mit herzlichen Grüßen (nach langen Jahren des Nichtsehens) sende ich Ihnen diese Berichte von ehemaligen Stalingradkämpfern und auch anderen russischen Kriegsgefangenen. Alles, was ich während der letzten Jahre gesammelt habe. Die Aktivitäten des Nationalkomitees Freies Deutschland, nach denen Sie besonders fragen, werden überall behandelt. In alter Verbundenheit und in Hoffnung auf ein baldiges kameradschaftliches Zusammentreffen, immer Ihr Hubertus Knoll.»

Der Brief war datiert vom 28. 5. 1978. Der Name war Helen unbekannt. Sie blätterte durch die Berichte. In Joachims akkurater Handschrift standen die Verfasser und das Eingangsdatum jeweils in der rechten oberen Ecke des Deckblattes. Darunter waren Namen von Personen, die Joachim nur geschäftlich gekannt haben konnte, andere, zu denen sie einen losen gesellschaftlichen Kontakt gepflegt hatten. Sicher hatte er nie mit diesen Menschen darüber geredet, er traf sie gesellschaftlich oder geschäftlich und bewahrte ihre persönlichen Aufzeichnungen in seinem Safe auf. Scheinbar ungerührt und mühelos hatte er seine unterschiedlichen Aufgaben und Pläne nebeneinander ausgeführt, die steigende Angst verbergend, jemandem zu begegnen, der wußte, daß Ben noch am Leben war. Hätte er für den Fall einen Plan in der Tasche gehabt? Was war mit Bens Regimentsfreund Haller, den er selbst in seinem letzten Brief erwähnt hatte? War dieser Mann, der Ben in Moskau gesehen hatte, zum Schweigen verpflichtet worden?

Sie blickte auf Michi, der gerade fieberhaft das Manifest des Nationalkomitees las. Sie selbst flog wahllos über einzelne Sätze, Überschriften und kleinere Absätze hin. An einem dickgedruckten Ausrufungszeichen blieb ihr Auge hängen.

«... es gab also Urlaub!» stand da. «Ich hatte das Glück und wurde für Weihnachten ausgelost – doch da kam ein älterer Reserveoffizier zu mir und fragte mich, ob ich nicht bereit wäre, mit ihm zu tauschen ...»

Das Wort «Urlaub» war mit einem dicken Ausrufungszeichen versehen. Urlaub von der russischen Front. Winter 1942. Bens Urlaub war damals auf ähnliche Weise zustande gekommen.

«Das kann nicht sein», sagte Helen leise vor sich hin.

«Was?» fragte Michi gespannt. Aber Helen sah nicht auf.

Auf der Suche nach Bens Namen las sie jetzt in höchster Konzentration die verschiedenen Berichte, die Auskunft gaben über die Sommermonate vor dem Kampf um Stalingrad, über die verzweifelten Wochen im Kessel, die elenden Zustände bei den Gefangenentransporten, die Epidemien in den Lagern. Auffällig war, wie viele Berichte es über die Aktivitäten des Nationalkomitees gab und über die Probleme derjenigen, die 1955 erst zurückgekehrt waren. Verbittert oder in tiefverwurzeltem Zorn schrieben die Männer darüber, daß sich niemand, kein Politiker, für ihr Schicksal interessierte, sich niemand einsetzte für eine angemessene Entschädigung. Die verlorenen Jahre, die angeschlagene Gesundheit, das Schuften im Arbeitslager, das alles galt nichts im Wirtschaftswunder des Nachkriegsdeutschland. Als sie mit fünfunddreißig heimkehrten und erst einmal mit der Berufsausbildung anfangen mußten, waren die Plätze längst verteilt. Alle Namen in diesen letzten Berichten waren von Joachims feinem Bleistift unterstrichen. Er mußte die, die Ben noch gesehen haben konnten, mit besonderer Aufmerksamkeit verfolgt haben.

Aber die Suche nach Bens Namen in diesen Schriften blieb ergebnislos. Enttäuscht lehnte sich Helen zurück und dachte gleichzeitig, wie erleichtert Joachim jedesmal gewesen sein mußte, keinen Hinweis auf Ben gefunden zu haben. Nirgendwo war er erwähnt, seine Briefe waren verbrannt – was war mit ihm in Rußland geschehen?

ZWÖLFTES KAPITEL

Benedikt Saalberg war im August 1942 wieder bei der Kompanie seines Infanterieregiments eingetroffen. Am 21.8.42, sie waren inzwischen nach Südrußland verlegt worden, gelang es dem Bataillon, einen Brückenkopf über den Don zu bilden, aus dem heraus in wenigen Tagen Panzer bis an die Wolga nördlich von Stalingrad vorstießen. Mit diesem erfolgreichen und bewunderten Einsatz waren Standort und Schicksal dieses Bataillons festgeschrieben.

Ben Saalberg war eindeutig ein beliebter Offizier. Die Mannschaften schätzten ihn, weil er so begeisterungsfähig und doch ausgeglichen war und weil er in seinem Gerechtigkeitsempfinden keine Kompromisse kannte. Seine ablehnende Haltung gegenüber Hitler und der Partei war nur im kleinen Freundeskreis bekannt, wurde aber akzeptiert. Einige machten sich seine Überzeugungen gern zu eigen – so auch seine skeptische Beurteilung der strategischen Lage. Zu diesem Zeitpunkt diskutierten sie beunruhigt, daß keinerlei Reserveeinheiten zur Verfügung standen, um das damals noch relativ offene Stalingrad zu besetzen! Es schien absehbar, daß der Kampf um das Westufer der Wolga toben würde, wo die Russen sich auf einem teilweise nur 300 Meter breiten Streifen eingegraben hatten und ausharren sollten. Wegen der Enge des Raumes und wegen des steil abfallenden Ufers war ein Einsatz von schweren Waffen kaum möglich, und so gelang es bis zum Schluß nicht, diesen strategisch wichtigen Streifen zu erobern und damit den Nachschub der Russen zu unterbinden. Keiner konnte sich aber zu dem Zeitpunkt vorstellen, daß es zu dem erbitterten Kampf um Stalingrad kommen würde – Mann gegen Mann, Haus um Haus –, daß ein Kampf um jeden Quadratmeter bevorstand, für den Hitler eine ganze Armee opfern sollte – 200 000 Mann.

Joachim Saalberg diente in der Stabskompanie des gleichen Bataillons, die beiden Brüder sahen sich aber selten, was beide begrüßten. Joachim war nicht einverstanden mit Bemerkungen Bens, die ihm zugetragen wurden. Er suchte ihn einmal auf und bestellte ihn zweimal zu sich, um ihn darauf aufmerksam zu machen, daß er «wehrzersetzende» Äußerungen in jedem Fall zu unterlassen habe. Bei dem zweiten Zusammentreffen in der Stabsbaracke war Bens angeblich beschämendes Verhalten nur Vorwand für Joachim. Er stellte ihn vielmehr zur Rede wegen seiner Beziehung zu Helen, dem Mädchen, das er, Joachim Saalberg, heiraten wollte. Bens strahlende Sicherheit, was seine Liebe zu Helen betraf, reizte den kühlen, wegen seiner Überlegenheit und Selbstbeherrschung bekannten Joachim Saalberg, und die Brüder begannen einen Streit, der von zwei anderen Offizieren, unter Androhung von Gewalt, geschlichtet werden mußte.

Die Division hatte im September 1942 im Nordriegel zwischen Don und Wolga in einem Steppengebiet mit tiefeingeschnittenen Schluchten Stellung bezogen und sie in mühseliger Kleinarbeit gut ausgebaut. Durch ein kompliziertes Schützengrabensystem konnten alle Kampfstände von den Unterständen aus erreicht werden. Zusätzlich verstärkt wurde diese Stellung durch abgeschossene Panzer, deren Türme noch in Ordnung waren und die zur Panzerabwehr eingegraben wurden. Es entstand das Gefühl, an diesem Ort sicher zu sein.

In ihrem Abschnitt an der Flanke von Stalingrad herrschte zu diesem Zeitpunkt relative Ruhe, und die Urlaubssperre wurde aufgehoben – es gab Urlaub!

Ben tauschte mit einem älteren Offizier seinen Termin, als er hörte, daß er zusammen mit seinem Bruder über Weihnachten hätte nach Hause fahren sollen. Nur zwei Tage dauerte es bis zu seiner Abreise.

Mitte November kam er nach Hannover, fuhr sofort nach Herrenhausen, überraschte Helen und trennte sich in den Wochen seines Urlaubs nicht mehr von ihr. Beide waren sich so sicher, daß ihm nichts geschehen würde, hielten sich in ihrem Glück für so unverwundbar, daß sie auf eine schnelle Kriegstrauung verzichteten. Sie wollten erst im Sommer heiraten, auf der Insel – wie sie es sich vorgenommen hatten.

«Im Juni auf der Insel...» Das waren die letzten Worte, die Ben aus dem anfahrenden Zug rief, und die letzten, die Helen von ihm hören sollte.

Als Ben an die Front zurückfuhr, rief er sich im harten Takt des rollenden Waggons die Wochen mit Helen ins Gedächtnis zurück; vom ersten nebligen Novembernachmittag, an dem er sie in helle Seide gekleidet am Fenster fand, bis zu dem letzten Tag, an dem er im ersten Dämmerlicht des kalten Dezembermorgens aufwachte, weil sein rechter Arm, auf dem ihr Kopf lag, eingeschlafen war und prickelnd schmerzte, er aber gleichzeitig ein unfaßbares Glück empfand, als er ihren Körper neben sich spürte. Diese Erinnerungen würde er hüten wie zerbrechliche Bilder.

Die Lage in Stalingrad hatte sich inzwischen dramatisch verändert, seit dem 22. November war die Stadt eingeschlossen. Die Bevölkerung in Deutschland hatte davon keine Ahnung, sonst hätten Fronturlauber wie Benedikt Saalberg vielleicht einen anderen Weg wählen können.

Als sein Urlauberzug in Charkow hielt, kam eiligst ein Offizier durch die Wagen mit dem Befehl «Offiziere und Mannschaften der 6. Armee – aussteigen! – Offiziere zur Führerreserve!» Niemand wußte, was das bedeutete, aber langsam wurde bekannt, daß in Stalingrad «etwas nicht in Ordnung» sei. Ben und die anderen nahmen die Gerüchte gelassen hin. Daß die 6. Armee eingeschlossen sein könnte, schien ihnen undenkbar.

Nach einigen Tagen Charkow, voller Ungewißheit und Unruhe, wurde die Führerreserve nach Rostow am Don verlegt, wo bereits Gerüchte von einem «Kessel um Stalingrad» in Umlauf waren. Dort wurde Ben mit anderen Offizieren in Richtung Osten in Marsch gesetzt.

Aber bereits in Tschir – etwa 150 Kilometer vor Stalingrad – wurden sie aus dem Zug geholt und bekamen den Befehl, mit der Besatzung des Zuges eine Kampfgruppe zur Verteidigung des Ortes zu bilden. Die schwersten Waffen, die zur Verfügung standen, waren Karabiner und Pistolen. Das war am 23. Dezember 1942.

Auch am Heiligen Abend kampierten sie im Zug und hielten die provisorischen Verteidigungsstellungen rund um Tschir besetzt. Zu irgendeiner Feindberührung kam es nicht. Sie hatten keinen Schimmer von der militärischen Großlage, aber langsam wurde allen klar, daß nicht einmal an diesem Ort, so weit vor Stalingrad, eine funktionsfähige Abwehrfront bestand.

Diese Befürchtung wurde ihnen auch von einem Verwundetentransport bestätigt, der an diesem 24. Dezember aus dem Osten kommend auf dem Bahnhof in Tschir einlief. Erschrocken sahen sie die ausgemergelten, hoffnungslosen Verwundeten. Als es Abend wurde, stellte einer der Offiziere plötzlich einen Weihnachtsbaum auf dem Bahnsteig auf. Er zündete Kerzen an, und wunderbarerweise fand sich einer, der es verstand, aus dem zusammengewürfelten Haufen einen Chor zu bilden. Sie sangen die alten Weihnachtslieder mehrstimmig, sangen inbrünstig auf diesem zugigen Bahnsteig bei klirrendem Frost. Niemand wußte, wie es weitergehen würde, aber alle fühlten sich unendlich getröstet.

Am 30. 12. erreichte Ben in Tschir ein neuer Marschbefehl.

«Zurück zur Heeresgruppe Don», die zu dieser Zeit in Nowotscherkas lag und von Manstein geführt wurde. Er fuhr und meldete sich bei der Registratur, wo eine Anforderung seiner Division aus dem Kessel vorlag. Dort waren offensichtlich alle altgedienten Offiziere ausgefallen. Nach dem Hin und Her der vorangegangenen Tage war Ben froh über die Aussicht, wieder zu seiner alten Truppe zu kommen. Die Vorstellung, die Situation könnte kritisch oder gar hoffnungslos werden, verdrängte er.

Sein Flug war für den nächsten Tag festgesetzt, Ben hatte Zeit, studierte gerade die Stellenbesetzung der Heeresgruppe, als sich die Tür hinter ihm öffnete und er einen nur zu wohl bekannten Laut arroganten Erstaunens hörte. In dem kleinen, überheizten Raum der Registratur der Heeresgruppe Don traf er auf seinen Bruder Joachim.

«Der eine kommt, der andere geht», sagte Joachim kühl ohne weitere Begrüßung. Anders als Ben hatte er sofort die Fassung wiedergefunden.

In Ben überwog ein spontanes Gefühl der Freude darüber, zu diesem Zeitpunkt und an diesem Ort seinen Bruder zu treffen. Er ging auf Joachim zu, umarmte ihn, und der ließ es geschehen.

«Du hattest einen angenehmen Urlaub?» fragte Joachim unverbindlich und nahm die Schirmmütze von seinem glattgescheitelten, schmalen Kopf.

«Angenehmen Urlaub –» wiederholte Ben ungläubig die indifferenten Worte. «Ich war im Paradies, Joachim.»

Wie er dastand, dieser große, junge Mann im aufgeknöpften Uniformmantel, strahlend und beneidenswert lässig, verschmolzen in Joachim vergangener Neid und frische Eifersucht zu tiefem Haß. Er zitterte vor zurückgepreßter Erregung, als er fragte: «Du hast Helen gesehen?»

Ben wandte ihm den Rücken zu und rieb ein kleines Sichtloch auf der vereisten Fensterscheibe frei. Dabei sagte er leise:

«Begreif doch endlich, Joachim – wir lieben uns. Du kannst es dir gar nicht vorstellen, wie sehr wir uns lieben.»

«Offensichtlich nicht! Darf man gratulieren?»

«Na endlich!» Ben drehte sich zu ihm um und lachte sein großes, tiefes Lachen, das Joachim später im Wachen und Träumen verfolgen sollte. «Gratulieren kannst du in jedem Fall. Heiraten werden wir erst im nächsten Sommer.»

Ben mißverstand das Aufleuchten in den hellen Augen seines Bruders und freute sich über dessen veränderten Gesichtsausdruck.

«Lebt Bernd Haller noch?» fragte er, um von dem heiklen Thema abzulenken.

«Ja, soviel ich weiß.»

«Wann fliegst du?»

«Es kann jeden Moment losgehen. – Nur gut, daß du wieder zurück bist», sagte Joachim unerwartet lebhaft. «Wir brauchen jeden Mann.»

«Wie kommt es, daß du dann hier bist», fragte Ben irritiert, «mir wurde gesagt, daß im Augenblick nur Verwundete aus dem Kessel herauskommen.»

«Ich starte gleich mit einer Kuriermaschine – ein Sonderauftrag.»

«Was ist los, Joachim?»

«Nichts besonderes», wiegelte Joachim ab. «Ich darf nichts sagen, das dürfte dir als Soldat bekannt sein! Außerdem wird zu viel geredet. Wenn jeder seinen Mann steht, bis der Führer die Armee entsetzt, kann nichts passieren.»

«Und – wird er sie entsetzen?»

«Ohne jeden Zweifel! Und wir dürfen stolz sein, für ihn zu kämpfen – notfalls für ihn zu sterben.» Joachims rosiges Gesicht leuchtete in dem lichtlosen, niedrigen Raum. Ben erkannte den starren Ausdruck selbstgefälligen Diensteifers wieder, den er so verabscheute, hörte den Ton kritikloser Pflichterfüllung in Joachims harter Stimme. Aber er verzichtete dieses eine Mal auf eine spöttische Entgegnung, zog ein Kuvert aus der Manteltasche und fragte: «Nimmst du Helen diesen Brief mit?»

Während Göring Wochen später seine berüchtigte Rede hielt, in der er die letzten der aufgeriebenen 6. Armee mit den Spartanern verglich, die durch ihren Opfertod bei den Thermopylen ihre Heimat siegreich gegen die Perser verteidigten, mußte Benedikt Saalberg, im Keller eines zerstörten Hauses in den Ruinen von Stalingrad, an dieses letzte Zusammentreffen mit seinem Bruder denken. Er wehrte sich gegen den Gedanken, daß Joachim ihn hätte zurückhalten können.

Warum hatte er ihn nicht mit aller Macht gehindert, noch in den Kessel einzufliegen, obwohl die militärische Lage bereits hoffnungslos war, obwohl er wußte, wie es in Stalingrad aussah: kaum Verpflegung – keine Möglichkeit, sich notdürftig aufzuwärmen – keine Überlebenschance für Verwundete – kaum Munition – keine einsetzbaren Panzer – keine Aussicht auf Entlastung von außen. Ihr Regiment bestand nur noch aus zwei Bataillonen mit jeweils zwei Kampfgruppen – die Bataillone wurden von Hauptleuten geführt, Adjutanten gab es nicht mehr, die Kampfgruppen von Oberleutnants oder Leutnants – das Bataillon hatte noch drei Offiziere. Einer von ihnen war Bens Freund Bernd Haller.

Benedikt Saalberg übernahm eine der Kampfgruppen mit ungefähr dreißig Mann – sein Vorgänger war am Tage vorher schwer verwundet worden. Es war schwierig, eine Truppe zu führen mit Leuten, die er nicht kannte und an die er kaum herankam, weil sie zu zweit oder zu dritt in ihren Löchern lagen – er konnte sie nur nachts aufsuchen – vorausgesetzt, es war bewölkt. In den gutausgebauten Stellungen saßen jetzt die Russen, Ben lag mit seiner Truppe auf der freien Ebene, wo sie sich mühsam ein paar Löcher in den tiefgefrorenen Boden gebuddelt hatten, dürftig mit Blech abgedeckt, ohne jede

Möglichkeit zum Heizen – der Schnee lag meterhoch, und es waren 15 bis 20 Grad minus!

Am 10. Januar begann das Ende – der russische Angriff kam massiv von Norden. Ben und Bernd Haller gelang es, die Stellung einen Tag lang zu halten, dann brachen die Russen neben ihnen durch, und sie mußten sich, um nicht abgeschnitten zu werden, vor den nachdrängenden feindlichen Truppen zurückziehen. Nacht für Nacht ein Stück weiter nach Osten auf die Stadt zu. Dabei schleppten sie ihre Verwundeten mit, die sie auf Schlitten durch den tiefen Schnee zerrten, sonst nichts, für alles andere reichten die Kräfte nicht mehr aus.

Nacht für Nacht diskutierten sie, ob und wie man sich nach Westen durchschlagen könne. Ben hielt einen solchen Versuch, allein oder in Gruppen, für völlig aussichtslos: Dreihundert Kilometer tiefverschneite Steppe, keine Möglichkeit, sich zu verstecken, keine Möglichkeit, irgendwo etwas Eßbares aufzutreiben; die Soldaten, die monatelang gehungert hatten, konnten einen derartigen Gewaltmarsch nicht durchstehen. Einzelne aus der Truppe versuchten es trotzdem. Keiner kam durch. Den anderen wurde klar, daß jeder, der überlebte, mit russischer Gefangenschaft rechnen mußte – niemand sprach offen darüber. Alle hatten die erschreckenden Bilder der endlosen Kolonnen ausgemergelter, apathischer russischer Kriegsgefangener vor Augen, und keiner konnte und wollte sich vorstellen, daß auch er bald so durch den Schnee ziehen würde.

Der Kessel war inzwischen in drei Teile gespalten. Flugplätze gab es nicht mehr und damit auch keinen Nachschub. Ab und zu warfen zwar Flugzeuge noch Verpflegungsbomben ab, aber die Russen hatten sehr schnell die deutsche Signalgebung entschlüsselt, und so fiel das kostbare Gut meist in russische Hände.

Ende Januar kapitulierte der Nordkessel mit General Paulus, der noch kurz zuvor zum Kampf bis zur letzten Patrone aufgerufen hatte. Benedikt Saalberg lag zu diesem Zeitpunkt unter den Steintrümmern einer Kellerwand, die nachts über ihm und dem Rest seiner Kampfgruppe zusammengestürzt war. Bernd Haller konnte sich mit drei anderen Überlebenden aus den Trümmern befreien. Er litt jahrzehntelang darunter, daß es ihm nicht möglich gewesen war, die massiven Steinblöcke wegzuräumen oder zu übersteigen, die ihn von seinem Freund Ben trennten. Er hatte das starre, von Blut verkrustete Gesicht im fahlen Morgenlicht erspähen können und war sicher, daß Ben tot war, wollte zu ihm, um sich zu vergewissern, um seine Papiere und seine Erkennungsmarke an sich zu nehmen, als ein helles Knacken den Zusammenbruch der letzten Kellermauern ankündigte. In letzter Sekunde rettete er sich auf die Straße.

Die Gefangennahme ging friedlich vonstatten. Die Soldaten beider Seiten waren zu Tode erschöpft und froh, daß es endlich zu Ende war.

Während Bernd Haller einer Gruppe von Offizieren zugeteilt wurde, die Richtung Norden in Marsch gesetzt wurde und drei Tage lang ununterbrochen marschieren mußte, bevor sie in einem völlig zerstörten, von Posten umstellten Dorf zum erstenmal ausruhen durfte, wurde Ben in Stalingrad von zwei gutmütigen russischen Soldaten gefunden, denen es eigentlich wichtiger war, kostbare Beute aufzuspüren, als gefährdetes Leben zu sichern.

Nach der Kapitulation der Deutschen und deren Gefangennahme durchkämmten sie die Ruinen und hatten zu Beginn ihres Streifzuges drei tote deutsche Soldaten in den Trümmern eines Hauses gefunden, von dem nichts stehengeblieben war außer einem wuchtigen, auffällig grün gestrichenen Türrahmen. Neben leeren Feldflaschen und einem zerborstenen Volksempfänger hatten sie nichts bei den drei Toten finden können. Enttäuscht hockte einer der Suchenden am Boden, um nichts zu übersehen, und sah, beleuchtet von der niedrigstehenden Februarsonne, durch ein eckiges Trümmerloch Bens Gesicht. Vorsichtig kroch er so dicht wie möglich an die Öffnung heran, sah an der Uniform, daß da ein Offizier vor ihm lag, und spürte, ja, wußte im gleichen Moment, daß dieser Soldat noch lebte. Einfach deshalb, weil er nach den Erfahrungen der letzten Wochen genau wußte, wie einer aussieht, der seit Tagen tot ist.

Zu zweit bewegten sie die Steintrümmer, erreichten Ben und tauschten nur einen kurzen Blick, der bedeutete: Später können wir ihn vielleicht retten, aber er ist ein Deutscher und er ist Offizier, und wenn er schon leben soll, dann ohne seine Kostbarkeiten, die stehen uns zu! In blitzschnellem Einvernehmen griffen sie in alle Taschen, entwendeten, was sie finden konnten, streiften den Siegelring und die goldene Armbanduhr ab, suchten nach einem Brustbeutel, den sie auch fanden, und rissen – wie im Vorbeigehen – die Kette mit der Erkennungsmarke von Bens Hals, steckten sich die Taschen voll, um später Unbrauchbares wegzuschmeißen, und knöpften ihm das Hemd wieder zu – vorsichtig, fast liebevoll vor Glück über das Ausmaß der Beute. Sie berichteten sogar noch dem Sanitätsdienst, daß ein am Kopf schwer verwundeter, aber noch lebender Soldat zwischen den Trümmern läge, nur einen Straßenzug weiter, hinter einem grünen Türbogen, vor Eintritt der Dunkelheit unschwer zu erreichen.

Zwei Stunden später untersuchte die diensthabende Ärztin den Bewußtlosen, säuberte und verband die Wunde am Hinterkopf, wusch das Gesicht und war bewegt von dem ruhigen Ausdruck, der auf dem jungen, männlichen Gesicht lag. Wie alt mochte er sein, wie hieß er – sie stellte achselzuckend fest, daß ihm alles entwendet worden war, was Auskunft über ihn hätte geben können.

Jelisaweta Zontarowa war eine große, kräftige Frau. Unter ihrer Sanitätsmütze sah man in ein volles, blasses Gesicht mit klugen braunen Augen, sie war dreißig Jahre, liebte ihren Beruf und setzte grundsätzlich das durch, was sie für notwendig erachtete. Und weil Ben noch lebte, beschloß sie, ihn am Leben zu halten. Nach zwei Wochen aufopfernder und kundiger Pflege seiner schweren Kopfverletzung fühlte Jelisaweta mehr als eine Schwäche für den Namenlosen, der noch keinmal seine schweren Augenlider gehoben, kein Zeichen einer Empfindung von sich gegeben hatte, der ohne ihre Hilfe sterben würde. Sie empfand es nicht als Nachteil, daß er nicht zu identifizieren war, ja, es erleichterte ihr, sich zu rechtfertigen. Sie begann, sich und anderen einzureden, daß er gar kein Deutscher sei. Allein mit ihm, strich sie vorsichtig über den großen Mund, die Umrisse des eckigen Gesichts und sagte sich, daß die hohen Wangenknochen unter den dunklen Haaren ebenso zu einem Osteuropäer oder Russen passen konnten, und wollte nichts lieber glauben. Sie begann entgegen ihren sonstigen Angewohnheiten geheimnisvolle Geschichten um den Geretteten zu spinnen und sann nach einer Möglichkeit, bei ihm zu bleiben. Dann wurde ihrer Sanitätseinheit die Betreuung der russischen Offiziere befohlen. Auf diese Weise konnte sie ihren Schützling noch unangefochtener retten.

So lag Ben in einer notdürftig hergerichteten Ruine der Sanitätseinheit, als die Offiziersgruppe, der sein Freund Bernd Haller zugeordnet war, in Richtung Süden zurückmarschieren mußte. Sie marschierten drei Tage lang nach Stalingrad, durch die 70 Kilometer lange Stadt hindurch, übernachteten in irgendwelchen Kellern, wo meist noch Leichen der deutschen und russischen Gefallenen lagen, und landeten endlich in einem sogenannten Lager, in Begetowka.

Jelisaweta Zontarowa betreute nun russische Offiziere und erschauerte angesichts der Siedlung aus zweistöckigen Holzhäusern, in denen die Kriegsgefangenen zum Abtransport gesammelt werden sollten. Reinstes Chaos herrschte dort! Es gab keine Toiletten – und Tauwetter setzte ein. Fleckfieber breitete sich aus wie ein Steppenbrand. 50000 Mann starben in Begetowka, die Hälfte der in Stalingrad in Gefangenschaft geratenen Soldaten.

Sie hörte, daß die Deutschen eisern zusammenhielten. Zum Beispiel versteckten sie Tote einfach unter der Pritsche, um deren Brotrationen einzukassieren. Jelisaweta versorgte ihre Landsleute, so gut es ging, und war in Gedanken nur bei ihrem geheimnisvollen Soldaten, wußte, daß dessen Schicksal ungewiß war, freute sich aber gleichzeitig, daß ihm die Unterkunft in dem Lager erspart geblieben war.

Nach drei weiteren Wochen folgte sie dem Gefangenentransport, der mit der Bahn zehn Tage lang von Stalingrad in Richtung Norden fuhr. Sie hatte erreicht, Ben unter den anderen Verwundeten in ihrem Zug mitzuführen. Ihr Schützling öffnete jetzt manchmal die schweren Augenlider und bedankte sich für einen Schluck Wasser mit einem Lächeln.

Die Todesrate auf dem Gefangenentransport, dem Jelisaweta folgte, war hoch. In der Nähe von Gorki wurden die Deutschen ausgeladen und in das alte Kloster Oranki gebracht. Hier hatte man in den großen Klosterkirchen drei- oder vierstöckige Pritschen aufgebaut, was im Vergleich mit den Zuständen in Begetowka komfortabel sein mußte. Inzwischen war bei fast allen Gefangenen das Fleckfieber ausgebrochen. Zu Jelisawetas Verzweiflung wurde auch ihr Schützling befallen, den sie Sergej nannte, seitdem er das Bewußtsein wiedererlangt hatte, der auf alle Fragen aber nur mit einem ratlosen Blick antwortete. Sergej Zontarow nannten ihn die, die über ihn und Jelisaweta sprachen, und es war dieser Name, der die meisten schnell vergessen ließ, daß es ein Geheimnis um ihn gab. Vierzehn Tage lang lag er mit hohem Fieber im Delirium und nannte Namen, die sie ihm später verschweigen sollte, aus Angst, ihn zu verlieren. Oranki war inzwischen zum Lazarett geworden – ohne Medikamente, ohne ärztliche Betreuung. Es fiel Jelisaweta schwer, nicht helfen zu können, aber sie sah ein, daß es sinnlos und gefährlich für sie gewesen wäre.

Wegen der hohen Sterberaten erbaten die Verantwortlichen schließlich die Hilfe der Amerikaner, und plötzlich gab es Eipulver, Corned beef und gesüßte Kondensmilch. Aber die konzentrierten Kalorien konnten nur noch denjenigen helfen, die das Fleckfieber überlebt hatten. Dazu gehörten auf der einen Seite Bernd Haller im Kloster Oranki und auf der anderen Ben Saalberg alias Sergej Zontarow in der vorgelagerten russischen Sanitätsstation.

Als die Todesgefahr vorbei war und der Kranke begann, russische Worte zu wiederholen wie ein lernendes Kind, als sie immer wieder feststellte, daß er keine Worte fand, um Fragen zu stellen, bestätigte sich Jelisawetas Verdacht. Er hatte sein Gedächtnis verloren. Er konnte keine Sprache, er wußte nicht, wer er war, woher er kam, was hinter ihm lag.

Die Ärztin hatte mit neurologischen Symptomen keinerlei Erfahrung, sie wußte aber, daß seine miserable körperliche Konstitution, die wochenlange Bewußtlosigkeit, die mangelhafte Ernährung, seine schmerzende, immer wieder aufbrechende Kopfnarbe und das Fleckfieber alle Widerstandskraft aufgebraucht hatten. Er war 1,90 Meter groß, hatte einen kräftigen Knochenbau und wog nur noch 63 Kilogramm.

Sie gab ihm den größten Teil ihrer eigenen Essensration, und Ende Mai, als seine Kopfnarbe endgültig verheilt war und Jelisaweta sich vergewissert hatte, daß ihre Sanitätseinheit noch längere Zeit am Kloster Oranki stationiert sein würde, brachte sie ihn, dreißig Kilometer vom Lager entfernt, in ein kleines Dorf, zu einem Waldarbeiter, der öfter Holz zum Kloster brachte und dem sie für seine Gefälligkeit eine Armbanduhr und Zigaretten schenkte. Dort schlief Ben in einem Raum mit Großmutter, Mutter und Tochter, einem Kalb und drei Gänsen, bekam gesundes Essen, fuhr – als er nach vier Wochen zu Kräften gekommen war – das Pferdefuhrwerk der

Waldarbeiter, versuchte grübelnd, manchmal verzweifelt und immer erfolglos, das dunkle Dickicht der Erinnerungslosigkeit zu durchstoßen, und lernte Russisch. Zu dem Leben, an das er sich nicht erinnerte, führte eine erste, nadelfeine Spur zurück. Er spürte, was er immer empfunden hatte, wenn er vor unbekannten Lauten und Symbolen einer fremden Sprache gestanden hatte: scharfe Wißbegierde, müheloses Erfassen und Freude daran, das Unbekannte in kürzester Zeit zu beherrschen. Sprechen lernte er bei der klugen Großmutter, und die kleine Tochter des Waldarbeiters brachte ihm anhand ihrer Schulbücher das kyrillische Alphabet, das Lesen und Schreiben bei.

Während des Sommers hatte sich die Situation im Kloster für die Gefangenen, für ihre russischen Aufsichtspersonen, auch für die kleine Sanitätsgruppe sehr verändert.

Kommissare des im Juli gegründeten Nationalkomitees kamen regelmäßig nach Oranki und versuchten die Gefangenen zur Mitarbeit im Komitee zu bewegen, ihr erklärtes Ziel war es, Hitler mit allen zur Verfügung stehenden Propagandamitteln aus der Gefangenschaft heraus zu bekämpfen. Die Arbeit der engagierten Gruppe gefangener Offiziere wurde von deutschen Emigranten aus Moskau unterstützt, die wegen ihrer politischen Überzeugung schon in den frühen dreißiger Jahren das Deutschland Hitlers und der NSDAP verlassen und in Moskau Asyl gefunden hatten. Beide Gruppen – die gefangenen Offiziere der deutschen Wehrmacht und die deutschen Exilkommunisten – konnten ihre politischen Ziele nur mit sowjetischer Billigung und Unterstützung verwirklichen, die Arbeit des Nationalkomitees wurde natürlich vom NKWD – der politischen Geheimpolizei Stalins – beaufsichtigt.

Jelisaweta hatte nach wie vor keinen Kontakt zu deutschen Gefangenen im Kloster, wurde aber immer öfter zu russischen Kommissaren, auch zu deutschen Komiteemitgliedern gerufen, die akute ärztliche Hilfe benötigten.

Ein hoher NKWD-Kommissar, der den deutschen Walter Ulbricht nach Oranki begleitet hatte, verstauchte sich beim Verlassen eines Geländewagens den rechten Fuß, Jelisaweta wurde gerufen, und als sie den Bruch des Fußes ausgeschlossen, kühlende Kräuterumschläge und Ruhestellung des Beines verordnet hatte, erkannte sie in dem rotbärtigen Kommissar den Jungen wieder, in den sie sich zehn Jahre zuvor, in einem Ferien- und Schulungszentrum der Partei auf der Krim, leidenschaftlich verliebt hatte.

Sie sprach darüber, offen und selbstbewußt, während sie in seinen schnellen Augen eine Botschaft entdeckte, die ihr nicht unangenehm war. «Ich bin ein Mann und du bist eine Frau», sagten die Augen, «wir wissen es beide, und nur der Augenblick zählt.» Den Nachmittag über ging ihr dieser Blick nicht aus dem Kopf, sie wußte, wie lange sie schon allein war und daß die Liebe zu dem unbekannten Verwundeten möglicherweise nie Realität werden würde. Und als sie abends wegen starker Schmerzen erneut zu dem Kommissar gerufen wurde, wußte sie auch, was das bedeutete. In dieser Nacht blieb sie bei ihm. Sie ahnte nicht, daß sie sich seiner Macht nie wieder würde entziehen können.

Vor seiner Abreise nach Moskau wurde ihr mitgeteilt, daß ihr in Krasnogorsk, einem Dorf nordwestlich von Moskau, eine andere Verwendung zugedacht sei, daß sie Oranki zusammen mit den Kommissaren verlassen würde.

Sie holte den Kranken aus dem Wald zurück und war fasziniert von seinen Fortschritten. Einen Tag vor der festgesetzten Abfahrt erzählte sie ihrem rothaarigen Geliebten von Ben.

«Ich habe ihn Sergej genannt, und er trägt meinen Namen», erklärte sie am Ende ihres Berichtes, in dem sie betont hatte, daß nichts zwischen ihr und dem Fremden vorgefallen, daß er aber ein Mensch mit herausragenden Fähigkeiten sei, den man klugerweise nicht verkommen lassen solle. Aufmerksam geworden, ließ der Kommissar, der die deutsche Sprache perfekt beherrschte, Ben zu sich bringen und war sich nach einem der Verhöre, für die er berühmt war, sicher, daß Jelisaweta nichts verschwiegen und nicht übertrieben hatte.

«Heil Hitler!» Mit ausgestrecktem Arm hatte er den Unbekannten brüllend begrüßt und nicht die vermutete Reaktion festgestellt. Keine der einfachen, aber subtil ausgeklügelten Fragen in deutscher Sprache hatte Ben verstanden, keine Antworten auf Fragen zu alltäglichen Dingen, zu seiner Person geben können. Nicht einmal «Ja» oder «Nein» wußte er auf deutsch zu sagen. Der Kommissar machte Notizen, und sie unterhielten sich russisch, wobei Bens Augen über die ausgestreuten Blätter auf dem Schreibtisch glitten, der zwischen ihm und dem Russen stand.

Seine Augen lasen, was sein Mund nicht auszusprechen vermochte. Er las ein Flugblatt, das an die deutschen Gefangenen des Klosters verteilt worden war, las ohne Schwierigkeit den ersten Absatz eines Blattes und konnte seinen Schrekken nicht verbergen. Die flinken, dunklen Augen des Kommissars waren den seinen gefolgt, er nahm das Blatt in die Hand und fragte auf russisch: «Haben Sie diese Worte eben gerade gelesen?»

Ben bejahte.

«Lesen Sie laut.»

Ben las einen Absatz aus dem Aufruf des Hauptmanns Hadermann fehlerfrei vor, brach dann, selbst sprachlos über sich, den Vortrag ab und sprach russisch weiter, erklärte dem fassungslosen Kommissar, daß er nicht imstande sei, etwas Alltägliches in dieser Sprache zu sagen, wie zum Beispiel: «Darf ich mich setzen – ich habe Kopfschmerzen und fühle mich schwindelig» – aber einen schwierigen theoretischen Text beherrsche er.

«Wenn Sie sich schwindelig fühlen, dann setzen Sie sich», sagte der Kommissar, weniger aus Rücksicht auf den Rekonvaleszenten als in Gedanken an die Vorwürfe, die Jelisaweta ihm machen würde, wenn er stürzte.

«Wissen Sie, in welcher Sprache Sie gerade vorgelesen haben?» fragte er dann und dachte: Wenn er jetzt sagt, daß er es nicht weiß, ist er kein Gaukler, aber auch nicht so intelligent, wie ich denke.

«Es muß die Sprache sein, die zu Deutschland gehört», sagte Ben auf russisch.

«Woher wissen Sie von Deutschland?»

«Ich weiß von Jelisaweta, daß wir Krieg mit Deutschland führen.»

Kein Zweifel, daß er einen Deutschen vor sich hatte, aber dieses «wir» überzeugte den Kommissar von seinem Gedächtnisverlust. Außerdem wollte er sich Jelisawetas wegen davon überzeugen lassen. Er wußte genau: Ohne diesen Patienten würde sie ihn nicht nach Moskau begleiten.

Er beschloß, diesen Deutschen im Auge zu behalten, und besorgte einen Passierschein auf den Namen Sergej Zontarow.

Zwei Wagen verließen das Kloster Oranki kurz nach Sonnenaufgang am nächsten Morgen. Spätsommerdunst lag zwischen dunklen Wäldern und Wiesen, die Insassen der Wagen trugen alle russische Uniformen, redeten miteinander – freuten sich auf Moskau. Für einen kurzen Moment verlangsamte sich die Fahrgeschwindigkeit, die Wagen mußten eine schmale Brücke passieren, die von einem Holzfuhrwerk und einer kleinen Gruppe von Lagerinsassen blockiert wurde. Schließlich hatte der von kleinen struppigen Pferden gezogene Leiterwagen die Brücke verlassen und zog, gefolgt von den Gefangenen, vorbei. Die Passagiere der Moskauer Wagen sahen interessiert aus dem Fenster und beobachteten, wie ein Aufseher einen der Gefangenen festhielt, der laut rufend und gestikulierend auf das letzte davonfahrende Fahrzeug zurennen wollte. Ben Saalberg, alias Sergej Zontarow, saß auf dem Rücksitz des hinteren Wagens, sein Gesicht mit der auffälligen Schläfennarbe wurde von der Morgensonne angestrahlt, er sprach mit jemandem, der neben ihm saß, mußte lachen und blickte hinaus auf den Gefangenen, der nur zwei Meter von dem Wagen entfernt aufgehalten worden war. Bernd Haller wurde von den Aufsehern am Rufen und Winken gehindert, Ben sah ihn an, erkannte ihn aber nicht.

Die gefangenen Deutschen setzten ihren Weg fort. Keiner von ihnen glaubte Bernd Haller, daß er eben seinen Freund Benedikt Saalberg erkannt habe. Ein Gefallener aus Stalingrad in russischer Uniform mußte ein Hirngespinst sein!

An diesem Augustmorgen des Jahres 1943 ließ Bernd Haller sich zum Schweigen bringen, aber er schwieg nicht für immer. Er hatte Ben gesehen und wußte es. Er hatte sein lachendes Gesicht gesehen, ja, gemeint, das tiefe, große Lachen zu hören, das keiner vergaß, der Ben gekannt hatte. Wenn Ben Saalberg Stalingrad überlebt hätte – so überlegte Bernd Haller auf dem Weg zurück in das Kloster Oranki –, hätte er dann nicht zwangsläufig zu den Offizieren gehört, die im Nationalkomitee mitarbeiteten? Hatte er nicht schon während des Feldzuges Meinungen vertreten, die den Aufrufen des Komitees vergleichbar waren? Seine geheime Überzeugung, daß der Krieg nur durch einen Sturz Hitlers beendet werden könne, bevor Deutschland völlig zerstört sei, fanden sich wieder in entsprechenden Forderungen des Nationalkomitees, die vor den Gefangenen verkündet wurden: Nieder mit Hitler, daß Deutschland lebe! Wir fordern den Sturz Hitlers, um Deutschland zu retten!

Bernd Haller hatte mit den anderen Offizieren seiner Gruppe schon wochenlang den Beitritt zum Nationalkomitee diskutiert und konnte sich selbst nicht entscheiden.

Wer mitmachte, mußte doch mit dem Feind, mußte mit Kommunisten zusammenarbeiten, dazu konnte er sich nicht entschließen. Wer für das Nationalkomitee arbeitete, wer also mit an die Front fuhr, um dort von gepanzerten Lautsprecherwagen aus Anti-Hitler-Parolen auf die deutsche Seite zu brüllen und ehemalige Kameraden zum Überlaufen zu bewegen, wer aus niedrigfliegenden Flugzeugen Flugblätter mit den gleichen Parolen und Aufrufen über den deutschen Stellungen verteilte, wer sich bereit erklärte, in anderen Gefangenenlagern Propaganda für die Arbeit des Nationalkomitees zu machen – dem wurde ein guter Posten an den Freßtöpfen versprochen. Eine Versuchung, der Bernd Haller nicht erliegen wollte. Rund um ihn herum traten Kameraden aus den unterschiedlichsten Beweggründen bei. Einige wollten nur überleben, wollten zu essen haben, um gesund nach Hause zu kommen, andere taten es aus purem Opportunismus, sie wollten nach dem verlorenen Krieg in einem kommunistischen Deutschland wieder eine Rolle spielen. Und dann gab es noch die, zu denen nach Bernd Hallers Meinung Ben Saalberg gehört hätte und im Zweifelsfall er selbst gehören würde – sie wollten durch ihren Beitritt zum Nationalkomitee ihre schon vor Stalingrad bestehende oppositionelle Haltung gegenüber der NSDAP und Hitler zum Ausdruck bringen.

Als Bernd Haller an diesem Morgen in das Kloster zurückkam, als er – wie noch nie zuvor – bereit war, dem Komitee beizutreten, wurde ihm mitgeteilt, daß seine Gruppe von Oranki nach Jelabuga verlegt würde. Jelabuga an der Kama, 1000 Kilometer östlich von Moskau, eine Klosterstadt ohne Bahnanschluß.

Sie brauchten drei Tagemärsche, um von der letzten Bahnstation bis ins Lager zu kommen. Dort wurden sie in zwei Klöstern und vielen großen und kleinen Gebäuden und Kirchen der ehemaligen Bischofsstadt untergebracht, massive Gebäude, spärlich beheizt, ohne jeden Wasseranschluß – und der Winter stand vor der Tür.

In Jelabuga trafen sie auf den Teil der Stalingrader Offiziere, die direkt nach der Kapitulation dorthin gebracht worden waren, und auf die sogenannten «Alt-Gefangenen», meist Angehörige der Luftwaffe, die schon vorher in Gefangenschaft geraten waren. Einige der Stalingradoffiziere hatten Ben gekannt. Alle meinten zu wissen, daß er gefallen sei, aber Bernd Haller ließ sich nicht beirren.

In Jelabuga wurde der massive politische Druck noch verstärkt, und er trat dem Komitee bei. Vor sich selbst rechtfertigte er sich damit, daß er auf diese Weise Ben Saalberg suchen und finden würde. Davon war er überzeugt, und seine Gewißheit war nicht gemindert, als er sich sechs Jahre später bei Joachim Saalberg meldete.

Jelisaweta Zontarowa war im Herbst des Jahres 1943 mit ihrer Lage zufrieden. Sie hatte einen leidenschaftlichen und einflußreichen Liebhaber, eine ungeklärte, deshalb aufregende Beziehung zu ihrem Schützling Sergej, und sie hatte ihren ärztlichen Beruf, den sie mit ruhiger Überlegenheit ausübte. Sie war dreißig Jahre alt und sehr begehrenswert.

Als Lazarettärztin begleitete sie einen Gefangenentransport Leichtverwundeter in das Lager 27 in Krasnogorsk, wo sie zunächst arbeiten sollte. In dieses Lager kamen nur die gefangenen Offiziere, die für den sogenannten antifaschistischen Kampf ausgebildet werden sollten. Die Baracken lagen in einem Randbezirk des Dorfes, an einem kleinen See. Nicht weit davon entfernt stand das kleine einstöckige Schulgebäude, von Kiefern umgeben. Den ursprünglich als Dorfschule geplanten Bau hatte man während des Vormarsches der deutschen Wehrmacht nicht weitergeführt, denn die Front war Ende November 1941 nur noch zwanzig Kilometer von Krasnogorsk entfernt. 1943 wurde das kleine Haus dann fertiggestellt und beherbergte jetzt die zentrale Antifa-Schule, in die bis zum Ende des Krieges ungefähr viertausend deutsche Gefangene geschickt wurden.

Jelisaweta wurde Lagerärztin und traf ihren Kommissar in seiner geräumigen Wohnung am Leningradski-Prospekt. Es war die große Straße, auf der man das Dorf Krasnogorsk erreichte und umgekehrt schnell nach Moskau kam. Ihr einflußreicher Mann sorgte dafür, daß ihr namenloser Schützling mit den anderen Verwundeten in das Lager kam. Er war an dem Deutschen interessiert, und Jelisawetas Liebe zu dem interessanten Unbekannten konnte er sich vielleicht einmal zunutze machen, wenn die Zeit dafür reif wäre; man konnte nicht wissen, wann.

Aus Interesse an dem Mann ohne Vergangenheit, vorrangig aber aus Sicherheitsgründen, hatte der Kommissar einen befreundeten, ihm verpflichteten Spezialisten für Gehirnerkrankungen beauftragt, Sergej nach allen Regeln seiner Kunst zu untersuchen. Nach ausführlichen Gesprächen und Tests konstatierte der Arzt, daß der Patient vom physischen Gesichtspunkt aus gesund, mit hoher Intelligenz begabt und damit fähig sei, in Kürze ein immenses Gedächtnispotential aufzubauen. Dem Phänomen des Gedächtnisverlustes stand er ohnmächtig gegenüber, bescheinigte ihn aber ohne Zögern.

Aus dem Fenster des dunklen Sprechzimmers sah Ben über Moskau. Der Fluß wand sich silbern durch die Stadt, die Silhouette der Universität schwebte im herbstlichen Dunst, und er spürte in seiner bloßen Begeisterung für die Schönheit dieses Anblicks, daß Wahrnehmungen dieser Art in ihm verborgen waren, daß er vieles erlebt haben mußte, das dem gleichkam, und er litt darunter, daß er die Brücke in sich zurück nicht schlagen konnte.

Das Flugblatt im Kloster Oranki hatte er eingesteckt und kannte den Text auswendig. Seit er es gelesen hatte, mutmaßte er, daß er Deutscher sei, und hatte auf der langen Fahrt nach Moskau in Gesprächen mit Jelisaweta und den Kommissaren versucht, die Kriegslage und die geographischen

Gegebenheiten Europas zu begreifen. Er spürte eine immense Beruhigung, als er merkte, daß er schnell lernte, alles behielt und mühelos kombinieren konnte. Merkwürdigerweise formulierte er seine Gedanken, die sich mit dem Sturz Hitlers beschäftigten, in seinem Kopf auf deutsch. Er wußte nicht, daß solch umstürzlerische Gedanken seine letzten bewußten Stunden in den Kellern von Stalingrad beherrscht hatten.

«Wenn wir hier herauskommen, dann müssen wir etwas tun», hatten Bernd Haller und Ben Saalberg sich gesagt. «Hitler muß bekämpft werden, sonst opfert er Deutschland genauso wie die 6. Armee.» Ben konnte sich nicht an diese Szenen erinnern, aber die Gedankengänge, die Überlegungen zur Bildung eines Widerstandes gegen Hitler, waren ihm vertraut. Es war ihm unheimlich, aber indem er die Aufrufe zum Umsturz las, hatte er das Gefühl, einen Weg zu beschreiten, der ihn zu sich zurückführte.

Der Arzt des Kommissars äußerte einerseits die feste Vermutung, die sein Freund hören wollte, nämlich daß der Patient sein Gedächtnis nie wiederfinden würde, stand andererseits sprachlos vor der Tatsache, daß Ben einen deutschen Text lesen, begreifen, ihn ins Russische übersetzen konnte, ohne in der deutschen Sprache «Guten Tag» oder «Danke» sagen zu können. Gleichzeitig verstand er auch, daß dem mächtigen Kommissar sehr viel an der Überführung des Gefangenen in das Lager 27 lag. Er wußte allerdings nicht, daß sein Freund damit eine Bedingung erfüllte, die Jelisaweta ihm gestellt hatte. Er wußte auch nicht, daß Jelisaweta den Auftrag erhielt, den Kommissar sofort zu unterrichten, falls der Patient sein Gedächtnis zurückgewinnen sollte.

So wurde Sergej, in Hosen, die zu kurz und zu dünn waren, mühsam gewärmt durch eine Steppjacke, nach Krasnogorsk gebracht und kam wie alle Neuankömmlinge in Quarantäne. Dort infizierte er sich wie viele andere mit einem Grippevirus und konnte während der ersten Monate die Lazarettbaracke nicht verlassen. Lange fürchtete Jelisaweta erneut um sein Leben, bewirkte, daß er wenigstens in einen Raum für Schwerkranke kam, in dem nicht dreißig, sondern nur sechs Mann untergebracht waren. Die kalten Wintermonate, Wassersuppen, klitschiges, grobes Brot und unerträgliche Kälte ließen ihn nur langsam genesen. Im Frühjahr begann eine Rekonvaleszenzzeit, in der sich sein Zustand – in den Augen Jelisawetas – kaum von dem des Vorjahrs unterschied. Im Mai mußte er aus dem kleinen Lazarettraum in eine normale Baracke überwechseln, in der die Gefangenen auf durchgehenden Pritschen nebeneinander lagen. Jelisaweta sorgte dafür, daß er zusammen mit dreizehn Italienern einen anderen Raum bezog – wenn möglich, hielt sie ihn von Deutschen fern.

Die italienische Sprache war wie ein Elixier für ihn. Er lebte mit dem Klang im Ohr, ließ sich Worte aufschreiben, lernte im Handumdrehen, sich verständlich zu machen, und erschrak manchmal über eine Sprachwendung, eine ausgefallene Vokabel, die er benutzte, ohne sie vorher erfragt zu haben.

Eines Tages wimmelte es von NKWD-Leuten im Lager, sie hatten, wie sie verlautbaren ließen, in den frühen Morgenstunden einen Nazi-Spitzel abgeholt. Unter den Kommissaren war auch der Liebhaber Jelisawetas, der Ben aufsuchte. Er hörte ihn italienisch sprechen, bestellte ihn in ein Zimmer, ließ sich erklären, wie der Deutsche zu seinen italienischen Kenntnissen gekommen war, verbarg sein Erstaunen, das an Bewunderung grenzte, und kündigte an, daß Sergej jetzt gesund genug sei, um zu arbeiten. Zuerst müsse er viel lesen, dann versuchen, anderen das Gelesene darzustellen und wenn möglich sie davon zu überzeugen. Seine Aufgabe würde fürs erste darin bestehen, mit einigen italienischen Gefangenen zu arbeiten, die über ausreichende Kenntnis der deutschen Sprache verfügten und ihm als besonders fähige Frontpropagandisten erschienen. Der genesende Sergej las also neben den Aufrufen des Komitees das, was der Kommissar ihm besonders ans Herz gelegt hatte, las bis an den Rand der Erschöpfung in den Schriften von Marx, Engels und Lenin, ohne auf Ermahnungen Jelisawetas zu hören, sog die Theorien des Marxismus-Leninismus in sich hinein, die ihm einleuchteten, ja zwingend erschienen.

Mit den Italienern arbeitete er immer wieder an seinem Lieblingstext, den er als Flugblatt im Kloster Oranki zum erstenmal in Händen gehalten hatte: das «Manneswort eines deutschen Hauptmanns». Die Gedankengänge dieses Hauptmanns Hadermann hatten für ihn eine Schlüsselfunktion: Sie waren ein kleiner leuchtender Punkt inmitten eines schwarzen Ozeans namenloser Furcht; er konnte die Worte lesen und begreifen. Vielleicht konnten sie noch andere Erkenntnisse in ihm wachrufen. Während er las und übersetzte, belauerte er sich selbst: «Wir, das deutsche Volk, sind nicht eins mit der Regierung Hitler; wir sind von Hitler betrogen worden, wir haben nichts mehr gemein mit Hitler und seinem System ...» Er wußte, daß irgendwo die Spur zurückführen mußte zu dem, der er wirklich war. Einige Male beobachtete der Kommissar ihn während dieser Unterrichtsstunden, stand sprachlos vor dem Talent Sergejs, machte sich seine Gedanken und entwickelte einen Plan.

Ben fühlte sich widerstandsfähig, wie neu geboren in diesen Tagen. Er spürte die Wärme der Sonne, sah das Licht auf dem Wasser des Krasnogorsker Sees und begann zu malen. Mit einem kleinen Block und einem abgenutzten, herrenlosen Tuschkasten saß er vor der Baracke und malte das, was er sah, in großzügigen Konturen und mit viel Wasser. Seine italienischen Mitgefangenen sahen ihm zu, wollten ihm einige Bilder abkaufen. Er verschenkte sie und signierte die Blätter mit einem russischen «Z». Seitdem er malte und Italienisch sprach, war er sich sicher, daß er beides in seinem früheren Leben beherrscht haben mußte, und verspürte ein nahezu physisches Bedürfnis, die Fesseln des Gedächtnisverlustes zu sprengen, um wieder voll und klar leben zu können.

Es war in diesen späten Frühjahrstagen, als er sich in Jelisaweta verliebte. Er spürte, daß sie ihn liebte, und wurde sich seiner eigenen Anziehungskraft auf Frauen neu bewußt. Dieses Gefühl versetzte ihn in einen Zustand intensiver Freude auf das, was irgendwann geschehen würde, und auch die Nächte waren von dieser Vorfreude durchdrungen. Er schlief kaum, und wenn der Schlaf doch gesiegt hatte, dann träumte er. Als er am dritten Tag wieder im Morgengrauen aufwachte, wurde ihm klar, daß es immer derselbe Traum war, der ihn zitternd vor sehnsüchtigem Verlangen aufwachen ließ. In dem Traum stieg er ein steiles, dunkles Treppenhaus hoch, rechts und links an den Wänden sah er auf Bilder in goldenen Rahmen. Oben angekommen, stand er in einem abgedunkelten schmalen Flur, an dessen Ende eine Tür weit offen stand. Er ging auf diese Tür zu und blickte vorsichtig in das dämmrige Zimmer. Am Fenster stand eine hochgewachsene Mädchengestalt in einem hellen enganliegenden Kleid und sah hinaus. Die Linien des Körpers und das Profil ihres Gesichts waren schön, vollkommen und vertraut. Leise ging er zu ihr, um sie zu umarmen. Wenn er erwachte, bevor er sie erreicht hatte, bevor ihr Gesicht sich ihm zugewandt hatte, spürte er seinen Körper zittern, hielt die Augen geschlossen und versuchte vergeblich, in den Traum zurückzufinden. Tagsüber sann er dem Traum nach und versuchte, sich das Gesicht des Mädchens vorzustellen, dessen Profil er auf ein Blatt Papier zeichnete. So genau sah er es vor sich. Jeden Winkel des Treppenhauses sah er, die verschieden geschnitzten, goldenen Bilderrahmen, den schadhaften dunkelroten Teppich im oberen Flur, ja, er sog den Geruch von Büchern, Bienenwachs und reifen Äpfeln ein, der in den Räumen schwebte. Der Gedanke, daß der Traum mit seinem früheren Leben zu tun habe, ließ ihn nicht mehr los, aber er verschwieg ihn vor Jelisaweta, die er sonst an jedem kleinsten Fortschritt teilhaben ließ.

Er sehnte die schöne Mädchengestalt so sehr herbei, daß er an einem Mittag, als er müde vor der Baracke in der Sonne saß und auf die kleinen schimmernden Wellen des Krasnogorsker Sees blickte, einen Moment lang meinte, die hellgekleidete Gestalt vor den Wellen des Krasnogorsker Sees zu sehen.

Am Abend dieses Tages war er überzeugt, sie im Traum zu erreichen, sie zu berühren, ihr Gesicht sehen zu können. Aber dann wachte er auf, und dämmriges Licht schimmerte durch hellgeblümte Gardinen, die sich im Morgenwind bauschten. Sein rechter Arm war kalt, fühlte sich taub an und schmerzte, weil ihr Kopf darauf lag; aber er spürte ihren Körper und war glücklich. Vorsichtig versuchte er seinen Arm fortzuziehen, stützte sich auf, um ihr schlafendes Gesicht zu betrachten, dachte im gleichen Moment: Heute mußt du zurück an die Front, Ben Saalberg! Ohne Erfolg versuchte er seinen Arm wegzuziehen, der sich immer kälter und schmerzhafter anfühlte, wachte wirklich auf und hatte seinen Arm so unglücklich hinter die eiserne Kopfstange der Pritsche gequetscht, daß er eiskalt und taub war.

Er befreite den Arm, stützte sich auf, sah durch dreckige kleine Scheiben erstes Morgenlicht sickern, dicht an ihn gedrängt auf der Pritsche lag Roberto, einer der dickeren italienischen Gefangenen. Ben schloß die Augen und flüsterte Helens Namen. Er durchlebte den Traum noch einmal, Sekunde für Sekunde: der schmerzende Arm, ihr Gesicht, das lockige Haar, der eiskalte, taube Arm, ihr Körper an seinem Körper. Heute mußt du zurück an die Front, Ben Saalberg!

Ben Saalberg – er fühlte sich bei seinem Namen gerufen. Aufrecht saß er auf der Pritsche, rieb seinen Arm, in dem sich das Blut unter stechenden Schmerzen seine Bahn suchte, und flüsterte seinen und ihren Namen. Ben und Helen, Helen und

Ben – Siehst du die Kraniche in hohem Bogen – ohne abzusetzen sagte er sich die Worte auf, die er sie am Strand gelehrt hatte, nur um sich zu beweisen, daß er sie noch konnte. Er sah Helen vor sich, ihr Gesicht im Sand, vor Wolken und Wasser, den Wind in ihrem Haar und ihrem hellen Kleid. Er sah das Haus auf der Insel und dahinter ein großes, anderes Haus, aprikosenfarben unter Kiefern. Er saß wieder im Nachtzug, der ihn zurück an die Front brachte; er stand im Garten und pflanzte Rosen; er lag in einem eiskalten Keller, von Trümmern umgeben, und war durch einen grüngestrichenen Torbogen gegangen. «Grün ist die Farbe der Hoffnung, Ben», hatte jemand neben ihm gesagt.

Wer war das gewesen? Wie hatte der ausgesehen, dessen Stimme er unter Hunderten erkannt hätte? Es wollte ihm nicht einfallen. Ben legte sich auf der Pritsche zurück, drängelte sich zwischen die beiden Italiener, die seinen Platz einengten, weil sie sich im Schlaf auf die andere Seite gedreht hatten.

Er lag gerade ausgestreckt zwischen ihnen, wie erstarrt im Glück des Erkennens und Begreifens. Er lag mit geschlossenen Augen, und es war ihm, als trieben seine Erinnerungen wie bunte Inseln, weit verstreut, auf dem grauen Meer des Vergessens. Einige waren ganz nah, andere noch fern, und manche traten erst verschwommen aus dem dunstverhangenen Horizont.

Jelisaweta hatte unter den Mädchen, die in der Küche arbeiteten, eine Vertraute. Manchmal dachte sie sogar, daß sie den schwachen Kranken ohne Anna Semjonownas geheime Zuwendungen nie gesund bekommen hätte. Anna schwärmte für die junge Ärztin, schwärmte auch für den geheimnisvollen Sergej, als sie ihn dann endlich zu Gesicht bekam, und nichts tat sie lieber, als über ihn zu wachen, wenn Jelisaweta nicht im Lager war. Der große, schöne Mann beflügelte ihre schwerblütige Phantasie.

An diesem Maitag, berichtete sie abends der zurückkehrenden Jelisaweta, war er ihr so gesund erschienen wie noch nie. Er hatte – als sie mittags an seiner Baracke vorbeiging – mit anderen Gefangenen in der Sonne gesessen, er hatte etwas Deutsches vorgelesen, die Sprache erkannte sie gut, ja, er hatte in einer anderen Sprache diktiert, wahrscheinlich Italienisch, die Männer um ihn herum hatten geschrieben, er hatte so schnell und lebendig geredet wie noch nie, er hatte gelacht, er war so fröhlich gewesen, so schön – Anna Semjonowna geriet ins Schwärmen, und Jelisaweta Zontarowa wurde nachdenklich.

In den nächsten Stunden begriff sie, was geschehen war. Sie war die erste, der er sagte, daß sein Erinnerungsvermögen zurückkomme. Sie freute sich und sie litt darunter. Nichts hatte sie mehr erhofft als seine endgültige Genesung. Jetzt sah sie in seinen Augen, daß der wunderbare Zustand der Verliebtheit zwischen ihnen vorbei war. Sie war ersetzt. Ausgewechselt durch die Gewichte seines wirklichen Lebens, die schwerer wogen als die fünfzehn Monate zwischen Tod und Leben, Wachen und Umnachtung, die er neben ihr erlebt hatte. Sie war viel zu klug, sich diese Gefühle anmerken zu lassen, aber sie mußte ihm sagen, daß der Kommissar sofort von ihr unterrichtet werden wollte, falls der Gefangene Sergej Zontarow sein Gedächtnis wiedererlangen sollte. Es wäre also klüger, sagte sie, seine Identität erst einmal zu verschweigen. Sie, der Kommissar und besonders er selbst könnten große Schwierigkeiten bekommen. Er könnte sofort verdächtigt werden, Nazispitzel zu sein, und gerade in den ersten Maitagen hätte man ja erlebt, wie mit Spitzeln verfahren würde.

Ben verstand Jelisawetas Vorsichtsmaßregeln und willigte ein, so lange zu warten, bis sie mit dem Kommissar gesprochen habe. Was wirklich in ihr vorging, konnte er nicht wissen. Jelisaweta war die Ärztin, der er sein Leben verdankte, die er verehrte. Daß er in sie verliebt gewesen war, verdrängte er nicht, aber die Liebe zu Helen war wichtiger und stärker.

An vieles aus seinem früheren Leben konnte er sich nur bruchstückhaft erinnern, sah auch in manchen Erinnerungen keine Verbindung zu sich. Die bunt verstreuten Inseln hatten sich noch nicht zusammengefunden. Noch war daraus kein festes, weites Land entstanden, in dem er sich gefahrlos hätte bewegen können. Nur die Zeit mit Helen und der Krieg, der ihn gezwungen hatte, sie zu verlassen, standen lebendig vor ihm. Er erzählte Jelisaweta von Helen, von ihrer Schönheit, dem Ring, den er ihr geschenkt hatte, von seinem Haus und dem Leben, das er dort mit Helen führen würde. Er meinte, sie müsse sich mit ihm darüber freuen.

Er lief durch das Lager, sah sich um und hörte zu, aufs äußerste angespannt, er wollte die neue Lage erkunden. Bei Wetterumbruch schmerzte seine Kopfwunde, die sich von der linken Schläfe bis auf den Hinterkopf zog. Manchmal mußte er sich setzen, um dem Schmerz zu begegnen. So hörte er zufällig einem leise geführten Gespräch zu. Zwei Männer diskutierten, ob die Aufforderungen des Komitees, zurück an die Reichsgrenze zu marschieren und Hitler zu stürzen, angesichts eingekesselter deutscher Bataillone noch sinnvoll sei. Sie hatten selbst auf den Gefechtsfeldern gestanden, wo die deutschen Gefallenen sich türmten, weil sie – wie es von ihnen verlangt worden war – bis zur letzten Patrone gekämpft hatten, sie empfanden verzweifelte Wut, weil sie niemanden hatten retten können, und suchten angesichts des nahenden dritten Kriegswinters nach einem Ausweg. Was sollten sie eingekesselten kleineren oder größeren Truppenteilen im Herzen der Ukraine zurufen? «Marschiert zurück an die Reichsgrenze und stürzt Hitler»? War das nicht eine lächerliche Vorstellung? Man konnte die Verratenen doch nur beschwören, den Kampf einzustellen, ihr Leben zu retten, sich nicht aufzuopfern. Wie konnte man erreichen, daß eine verzweifelt und auf verlorenem Posten kämpfende deutsche Truppe die Einstellung des Kampfes, die Gefangennahme nicht als Schande, sondern als bewußte politische Entscheidung gegen Hitler erlebte – als befreienden Schritt zu neuen Ufern, als tapferen Widerstand gegen eine verantwortungslose Führung?

Keiner allein, keine kleine Truppeneinheit würde diesen Schritt tun, ohne sich später der Feigheit oder des Verrats zu bezichtigen. Politischen Stellenwert hätten zur rechten Zeit gegen Hitler gerichtete Schritte der Feldmarschälle haben können. Hätte zum Beispiel Paulus mit den Russen verhandelt und die gesamte 6. Armee in Gefangenschaft geführt – das wäre ein Signal gewesen. Aber keiner in den Kellern von Stalingrad, keiner, der Hitler dort verfluchte, wäre stark genug gewesen, allein ein Signal zu setzen.

Ben sah sich wieder im Keller von Stalingrad. Es war ihm, als höre er das letzte Gespräch mit dem Freund, dessen Name ihm nicht einfallen wollte: «Wenn wir hier herauskommen, müssen wir etwas tun. Hitler darf Deutschland nicht opfern, wie er die 6. Armee geopfert hat. Wofür opfert und verrät er Tausende?»

Ich bin herausgekommen, und ich werde etwas tun, sagte er sich. Gleichgültig unter welchem Namen. Ich will mitmachen. Draußen an der Front. Natürlich ist es Unsinn, zurückzumarschieren und Hitler zu stürzen. Nein, die Soldaten an der Front und in den Kesseln müssen begreifen, daß sie Deutschland retten können, wenn sie Hitler bekämpfen, wenn sie das Komitee als neue Stimme Deutschlands begreifen.

Tage später kam der rotbärtige Kommissar nach Krasnogorsk, gerade, als Ben mit den italienischen Gefangenen einen neuen Absatz aus der Rede des Hauptmanns Hadermann las. Er wollte sich erst ungesehen zurückziehen, war dann aber so fasziniert, daß er blieb.

Ben las und übersetzte Satz für Satz: «Kein Deutscher kann heute in Deutschland die Stimme erheben zur Rettung unseres Vaterlandes. Keinen legalen Weg gibt es, um den Willen des Volkes zum Ausdruck zu bringen. Sprechen können jetzt nur die Männer, die im Ausland leben, sei es im Exil, sei es in Kriegsgefangenschaft. Wir Gefangenen sind politisch freier als unser sogenanntes freies, in Wahrheit aber versklavtes Volk. So sind wir verpflichtet zu reden und zu handeln für unser Volk. Wir sind verpflichtet, unserer Wehrmacht, unserem Volk rechtzeitig den Blick frei zu machen, damit sie die unser Vaterland bedrohende tödliche Gefahr in ihrer ganzen Furchtbarkeit erkennen und handeln können, ehe es zu spät ist.»

Es war nicht der Text, der den Kommissar bewegte. Den kannte er zur Genüge. Es war der veränderte Sergej Zontarow, der ihn gebannt zuhören ließ. Was war mit der Stimme, der Ausstrahlung dieses Mannes geschehen, seit er ihn zuletzt gesehen hatte? Das waren keine Vokabeln einer politischen Rede, die er suchend sprach und vermittelte – das war ein flammender Aufruf. Er machte den anderen klar, was der Grundgedanke des Nationalkomitees war: Zu sprechen für das deutsche Volk, das selbst nicht sprechen kann. Lebhaft führte er aus, daß man die Hilfe der Sowjetunion annehmen müsse, um der anderen Seite vor Augen zu führen, daß es Kräfte des Widerstandes gegen den wahren Feind des deutschen Volkes, daß es Widerstand gegen Hitler gab.

So konnte nur jemand reden, der Deutscher war und es wußte. Einer, der selbst gekämpft und die Ausweglosigkeit erkannt hatte.

Der rotbärtige Kommissar ging hinaus. Im Lager erfuhr er, daß Sergej ein eifriger Besucher der Lagerbibliothek geworden war, daß er das gelesen hatte, was der Kommissar ihm aufgetragen hatte, daß er in jüngster Zeit erstaunliche Geschichtskenntnisse offenbart habe, daß er sich besonders stark für die Arbeit der Frontpropagandisten interessiere.

In einem Gespräch mit Jelisaweta Zontarowa wurde dem NKWD-Mann zweierlei klar: Sie verschwieg ihm, daß Sergej sein Gedächtnis wiedergefunden hatte, und sie liebte diesen Deutschen verzweifelt, ohne Hoffnung. Lüge und Liebe: Zwei Dinge des Lebens, in denen der Kommissar sich auskannte. Er selbst liebte Jelisaweta, er begehrte sie, er war eifersüchtig auf den Deutschen, den er gleichzeitig bewunderte. Ihr wollte er nicht weh tun, und Sergej Zontarow konnte ihm nützlich sein. Auf der Fahrt nach Moskau beschloß er zu handeln, bevor einer der beiden ihm gefährlich werden konnte.

Ben hatte schnell herausgefunden, daß es Frontpropagandisten gab, die es wagten, bis hinter die deutschen Frontlinien vorzustoßen, ja, daß es so schon einmal gelungen war, einem deutschen Soldaten eine Postsendung nach Deutschland in die Hand zu drücken. Ob sie jemals ihr Ziel erreichen würde, war mehr als ungewiß, aber einen Versuch war es wert.

Er brachte in Erfahrung, wann der nächste Fronteinsatz geplant war, schrieb Brief um Brief an Helen, schrieb an seine Mutter und an Joachim, fügte den Briefen das Manifest des Nationalkomitees, die Schrift des Hauptmanns Hadermann und drei seiner Aquarelle hinzu.

Die nächste Einsatzgruppe fuhr an die Front in Ostpreußen. In einem der Wagen saß Roberto, der auf der Pritsche neben Ben schlief. Leidenschaftlich und romantisch veranlagt, wollte er Ben helfen, nachdem er dessen Geheimnis erfahren hatte, und trug die Briefsendung bei sich, adressiert an die alte Frau Saalberg in Kirchrode. Von dem Einsatz in Ostpreußen kam Roberto nicht zurück, aber im Lager wurde berichtet, daß er todesmutig mit Propagandamaterial hinter die deutschen Linien gelangt sei.

Sergej Zontarow verließ in der gleichen Woche das Lager 27. Er sei abgeholt worden, munkelten einige; er sei in geheimer

Mission für das Komitee unterwegs, wurde Jelisaweta Zontarowa mitgeteilt, die sich erkundigte, als er nach fünf Tagen immer noch nicht zurückgekehrt war. Ihr rotbärtiger Geliebter konnte auch keine weiteren Informationen beschaffen.

Fünf Monate später erfuhr sie, daß Sergej Zontarow auf der Mission umgekommen sei und auf dem Friedhof in Krasnogorsk begraben sei. Sein Stein trage die Nummer 539.

Benedikt Saalberg war zum zweitenmal gestorben.

Dieses Mal stürzte er tief.

Er geriet in die Fänge von Menschen, die ihn mit allen Mitteln seiner Identität, seiner Erinnerungen berauben wollten. Sie zwangen ihn zu leugnen und zu vergessen, als er Erfahrungen nachspüren und Gedanken folgen wollte, die ihn geprägt hatten, als sich Menschen und Dinge aus der grauen Mauer lösten, die das Vergessen um ihn gezogen hatten.

In langen Gesprächen, in Wirklichkeit Verhören, erlosch sein Widerstand. Erst meinte er zu verzweifeln, dann verlor er jedes Gefühl für Raum und Zeit, wurde Opfer ihres ausgeklügelten Verfahrens, an dessen Ende sie ihn zu Geständnissen veranlaßten, die ihn für immer belasten sollten. Er bezichtigte sich der Spionage und war am Ende nahezu von ihren Suggestionen überzeugt. Fast forderte er Bestrafung für sich selbst und war bereit, seine Kräfte schrankenlos in ihren Dienst zu stellen.

In den Monaten, in denen er nicht wußte, wo er sich aufhielt, eignete er sich unter Zwang ihre Geschichte, ihre Lehren, ihre Gewohnheiten an. Für ihn gab es keine Tageszeiten und Jahreszeiten, vor ihm wurde nicht vom Tagesgeschehen gesprochen, das vom Krieg beherrscht war. Er wohnte in einem angenehmen Raum, arbeitete in einer gutausgestatteten Bibliothek, trainierte seinen Körper unter harten Bedingungen, bekam vorzügliches Essen und traf nur Menschen, die sich für den Agenten interessierten, der er werden sollte.

Benedikt Saalberg und Sergej Zontarow hatte keiner gekannt, und er selbst begann, sie zu vergessen.

Sie nannten ihn «Zenit».

Der Name sollte bald für absolute Integrität, intelligente Arbeitsweise unter schwierigsten Bedingungen, für überdurchschnittliche kommunikative wie sprachliche Fähigkeiten stehen.

Im Juni 1947 wurde er aus der strengen Aufsicht entlassen und bekam nach wenigen Wochen seinen ersten Auftrag im Nahen Osten.

Niemand hinderte ihn mehr daran, seine Vergangenheit zu erforschen. Mit Hilfe geheimer Kontakte gelang es ihm, alles über die Lage seiner Familie in Deutschland herauszufinden.

Es fiel ihm schwer, den Dokumenten Glauben zu schenken, die bewiesen, daß Helen schon 1943 im März seinen Bruder geheiratet hatte und daß sie zwei Kinder hatten.

Er erinnerte sich an den Schmerz, der ihn in Krasnogorsk im Morgengrauen hatte aufwachen lassen und der sein Gedächtnis zurückgebracht hatte. Damals wie heute waren es Erinnerungen an Helen, die sich nach vorne drängten, und wie damals auf der Lagerpritsche kamen mit den vertrauten Bildern Worte und Stimmen zurück, die jetzt weh taten. Er verbarg den Schmerz nicht sofort, sondern flüsterte die Verse, die er Helen gelehrt hatte, leise in sich hinein, gebeugt über Fotokopien in einem dämmrigen Moskauer Büro. Auf dünnes Papier schrieb er noch einmal das Brecht-Gedicht von den Liebenden und meinte Helens ungläubiges Lachen zu hören, als er die letzten Worte schrieb.

«Ihr fragt, wie lange sind sie schon beisammen?
Seit kurzem. – Und wann werden sie sich trennen? – Bald.
So scheint die Liebe Liebenden ein Halt.»

DREIZEHNTES KAPITEL

Als Michi Dienstag abend, zwei Stunden nach dem Abendessen, das Haus in Kirchrode verlassen hatte, räumte Helen die Bücher, Briefe und Dokumente zurück in den Safe. Ihre eigenen Gedanken hatte sie während des Nachmittags und Abends zurückgestellt, um Michi zu helfen. Sie war mit ihm in die Firma gefahren, um die brüchigen, vergilbten Dokumente zu fotokopieren und zu vervielfältigen, sie hatte sich die Gliederung seines Referates zeigen lassen, sich die Zitate angehört und diskutiert. Er machte seine Sache gut.

In ihren eigenen Überlegungen war Helen aber keinen Schritt weitergekommen. Das Bewußsein, daß Joachim sie belogen hatte, daß Bens Briefe verbrannt waren, lähmte sie. Noch einmal nahm sie das getuschte Bild in die Hand, studierte die Signatur. Michi hatte einen Freund, der Russisch als Leistungskurs belegt hatte, nach dem Buchstaben gefragt. Es handelte sich offensichtlich um ein «Z», ein russisches.

War das ein Beweis für Michis Vermutung, Ben habe unter einem anderen Namen gelebt? Wie hatte er 1944 Post aus Rußland nach Deutschland schicken können? Wie lange war die Sendung unterwegs gewesen? Warum war er nicht zurückgekommen – 1949 – 1955? In dieser Frage gipfelte und endete jede ihrer Überlegungen. Noch einmal las sie Bens handschriftliche Notiz auf der Rede des Hauptmanns Hadermann: «Was ist mit Helen? Hast Du ihr meine Briefe gegeben?» Unwillkürlich spürte sie, welche Wut Joachim angesichts dieser Aufforderung überkommen haben mußte.

Wie vor vielen Jahren meinte sie den lebendigen Haß zu fühlen, den Joachim gegen diesen Bruder in sich genährt hatte – gegen Ben, der immer größer, schneller, strahlender und beliebter war, der ihn nicht einmal als Rivalen anerkannt hatte.

Ihre Überlegungen wurden unterbrochen, weil sie laute Stimmen in der Halle zu hören meinte. Sie sah kurz auf die Uhr. Halb elf! Außer Charly erwartete sie niemanden mehr. Helen verschloß den Safe, ging durch den dunklen Salon und öffnete die Tür zur Halle.

Arndt lief dort hin und her. Er redete laut und herrisch. Charly stand am Dielentisch und starrte ihn fassungslos an.

«Kann ich endlich eine Antwort auf meine Frage haben?» Er blieb fordernd vor ihr stehen.

«Es steht dir gar nicht zu, eine Frage zu stellen.»

«So! Wunderbar! Es steht mir nicht zu! – Ich bringe dich in dem Haus meiner Großmutter unter, ich fahre dich nach Hamburg, verspäte mich deinetwegen bei meinem Vorstellungsgespräch, dann sehe ich dich mit meinem Onkel auf der Straße herumflirten, du hast keine Augen und Ohren für mich, läßt mich warten – dann fährst du mit der Bahn zurück, läßt mich einfach auf dem Bahnsteig stehen; aber es steht mir nicht zu, eine Frage zu stellen – es steht mir nicht zu! Das kann nur jemand sagen, der nicht weiß, was Liebe ist.» Seine Stimme überschlug sich, er zerrte zornig an seinem Schlips und öffnete den obersten Kragenknopf. Charlys Augen wirkten erschrocken in ihrem übermüdeten Gesicht. Wahrscheinlich kam sie gerade aus dem Krankenhaus.

Helen spürte, wie sich der Zustand innerer Erregung, in dem sie sich selbst befand, verschärfte. Sie wollte gerade aufgebracht in die Halle treten, als sie Paul aus der Garderobe in die Halle kommen sah.

«Ein bißchen laut und ein bißchen spät, Arndt, meinst du nicht auch? Was soll dieser Auftritt?»

Arndt wirbelte in seinem ockergelben Sommeranzug herum und schritt, die Hände in den Hosentaschen, auf Paul zu. Glühend vor Ärger, sah er ihn mit tiefster Empörung an: «Ein Auftritt, ja? Der kleine Arndt soll lieber ins Bett gehen? Es gibt hier jemanden, der die Hände besser von meiner Freundin lassen sollte. Sonst wird dem angebeteten Paul riesiger Ärger entstehen!»

«Guten Abend, Charly.» Das war Pauls Erwiderung. «Ich habe noch nichts gegessen. Kommt ihr mit in die Küche? – Arndt? Los! Komm her! Ein Glas Wein. Irgendwas hast du völlig falsch verstanden.»

Helen hörte Arndts zögernde und dann wieder bestimmte Schritte. Die Schwingtür zum Küchenflur fegte ein paarmal hin und her, dann hörte sie nur noch undeutliche Geräusche.

Sie setzte sich benommen in das hochlehnige Sofa neben der Tür. Nach der von Arndt heraufbeschworenen Szene war sie so fassungslos wie Charly, nur aus einem ganz anderen Grund. Die Vergangenheit, die ihr in den letzten Tagen so übermächtig entgegengetreten war, warf fortwährend hauchdünne Netze über sie, aus denen sie sich nur unvollkommen befreien konnte. Stimmen, Gesten waren in ihr laut geworden, an die sie sich nie wieder hatte erinnern wollen, und da stand dieser aufgebrachte junge Mann, Haß in den glitzernden Augen, in der hellen Stimme, und attackierte eifersüchtig den vermeintlichen Rivalen, dem er die Größe, die Lässigkeit, die souveräne Ausstrahlung neidete. Es waren andere Vorzeichen jetzt, aber das Muster war das gleiche wie damals.

Ich habe es kommen sehen, dachte Helen. Erst gestern habe ich gemeint, daß dieses Zusammentreffen in der Galerie verhindert werden müßte. Aber sie sind alle alt genug. Sie müssen es untereinander regeln. Besser gesagt: Charly muß wissen, was sie will. Unvorstellbar, daß ein Mädchen heute in eine so ausweglose Situation gerät wie ich damals. Aus der Küche war Pauls großzügiges Lachen und ein heller Erfolgsschrei von Arndt zu hören. Paul hatte ihn also wieder besänftigt.

Helen ging erleichtert nach oben.

Erschöpft wachte sie nachts aus einem Traum auf, an den sie sich nicht erinnerte. Verdächtig mühelos öffneten sich ihre Augen, nahmen die Konturen der Möbel wahr und erfaßten die Blumenmuster der Gardinen wie dunkle Flecken. Vier Uhr nachts, die farblose Zeit der Dämmerung. Es nützte nichts, die Augen zuzukneifen, sich zu drehen. Sie meinte, in grellem Licht zu liegen. So hatte sie sich nach Joachims Schilderungen das Aufwachen der zu Schlaflosigkeit neigenden Menschen vorgestellt: Ein nackter, unbarmherziger Schreck, dann war der Schlaf in Sekundenschnelle verschwunden, wie von unsichtbarer Hand verbannt.

Helen überließ sich den Gedanken, die auf der Lauer lagen wie Wanzen an der Zimmerdecke, die sich im Dunkeln auf ihre Opfer fallen lassen. Was sie am vergangenen Tag erfahren hatte, war schlagartig gegenwärtig. Ben lebte. Joachim hatte sie angelogen. Ein Leben lang. «...jeden Versuch, Kontakt zu meiner Familie aufzunehmen, habe ich unterbunden.» Jahrzehntelang hatte sie unter falschen Vorzeichen gelebt. Die Last ungefragter Fragen und ungelebter Momente ließ sie wach liegen, bis sie die ersten Rangiertöne der Straßenbahn hörte.

War sie in vier Jahrzehnten klärenden Fragen und Erkenntnissen ausgewichen? Hatte Rosa ihr die Wahrheit ins Gesicht geschrien, an diesem vergangenen Samstagabend?

«...du hast jahrelang in einer Seifenblase gelebt und dich darin schön eingerichtet...» Helen wand sich auch jetzt unter der ungeschminkten Verachtung, die sie nie zuvor gespürt hatte. O ja, sie war daran gewöhnt, bewundert zu werden, erfolgreich zu sein, bis in die kleinsten Handbewegungen des Alltags hinein. Aber Rosas harte Stimme ließ sich nicht beschwichtigen.

«... du hast nie etwas nötig gehabt. Alles war immer selbstverständlich... daß du schön warst, daß du geliebt wurdest, daß passierte, was du wolltest. Dabei weißt du nicht, was Liebe ist...»

«Du weißt nicht, was Liebe ist!» Arndt hatte es Charly entgegengeschrien. Erst vor wenigen Stunden. Was war in Hamburg vorgefallen? Konnte sie etwas tun, um die Fortsetzung ihrer eigenen Geschichte zu verhindern? «Ich werde dieses Mädchen im nächsten Jahr heiraten!» Arndt hatte es genauso anmaßend gesagt wie Joachim damals. Helen fühlte sich schwindelig, als wäre sie auf einem alten Karussell, das nicht aufhören wollte, sich zu drehen.

Um acht Uhr stand sie auf. Empfindlich, übermüdet und entschlossen, ihre Situation zu verändern. Sie würde nicht weglaufen, aber sie brauchte Ruhe. Abstand von den Ereignissen der letzten Tage, nur eine kleine Pause.

Helen traf ihre Vorbereitungen.

Für den Freitagabend bestellte sie Georg und Paul nach Kirchrode, um die nächsten Schritte in der Auseinandersetzung mit Rosa zu planen; Michi hatte sie im Augenblick genügend geholfen, Charly stellte sie frei, im Haus wohnen zu bleiben. Da sie weite Strecken nicht mehr allein fuhr, aber auch keine Begleitung wollte, bat sie in der Firma um einen Wagen mit Fahrer für Samstag morgen um 10 Uhr.

Sie fuhr auf die Insel.

Paul flog früh am Mittwoch morgen nach Berlin, ohne Charly noch einmal allein zu sprechen. Arndts Benehmen im Café der Kunsthalle hatte ihn angewidert, sein zorniger Auftritt abends in Kirchrode aber hatte ihn gerührt. Arndt paßte nicht zu Charly und sie nicht zu ihm, aber Paul hatte beschlossen, sich zurückzuziehen. Was zwischen ihm und Charly in der Kunsthalle geschehen war, durfte keine Fortsetzung haben. Seine Beziehung zu Carolin war am Ende angelangt, aber nicht gelöst, längst noch nicht bewältigt. Er brauchte seine Kräfte in vollem Umfang für seinen Job in London, für die Auseinandersetzung mit Rosa. Um keinen Preis wollte er den lächerlichen Eindruck eines Mannes machen, der enttäuscht eine lange und feste Beziehung löst, um im gleichen Moment dem ersten hübschen Mädchen nachzustellen, das ihm über den Weg läuft.

Er zwang sich, jeden Gedanken an Charly zu verbannen, was natürlich das Gegenteil bewirkte.

Am Morgen hatte er nur Helen beim Frühstück getroffen. Sie hatte angekündigt, daß sie für eine Woche auf die Insel wolle. Zusammen besprachen sie kurz, ob Paul alle wichtigen Unterlagen für seine Recherchen in Berlin und München bei sich habe, verabredeten sich für den Freitagabend, an dem Paul pünktlich die Abendmaschine zurück nach Hannover nehmen wollte.

In Berlin forschte er in der «Deutschen Dienststelle» am Eichborndamm in Aktenfluren und gebohnerten Büros nach dem Schicksal seines Onkels Ben Saalberg, er sah Schriftstücke und Briefwechsel ein und beobachtete dabei telefonierende Sekretärinnen, die in die Muschel sprachen, gleichzeitig Kaffee tranken, gähnten und ihre strapazierten Rücken reckten.

Nach den Stunden in der Behörde traf er seinen alten Freund Bernd Schumann in einem chinesischen Restaurant. Unter den aufgerissenen Mäulern vergoldeter Dekorationsdrachen sprachen sie über das Komitee und die Ausstellung zum Widerstand gegen Hitler im Bendler-Block. Lange diskutierten sie über die Gratwanderung zwischen Widerstand und Verrat.

In München traf er am Freitag nachmittag den Grafen Einsiedel, ein Gründungsmitglied des Nationalkomitees, und nahm anschließend die 18.35-Uhr-Maschine von München nach Hannover. Damit folgte er dem ausdrücklichen Wunsch seiner Mutter, hatte er Carolin gesagt, die ihn telefonisch verfolgt und verlangt hatte, daß er im späten Verlauf des Abends noch nach Hamburg kommen solle, um noch einmal in Ruhe mit ihr zu sprechen. «Wirklich nur eine kleine Unterredung, Paul. Bitte!»

Paul war es, als läge seine Beziehung zu Carolin Monate, wenn nicht Jahre zurück. Und sie erschien ihm vollständig unerheblich. Er wußte nicht, ob er wegen dieses Mangels an Empfindung oder wegen der Erkenntnisse über seinen Vater so traurig gestimmt war wie selten zuvor. Da er so eine Gemütslage nicht kannte und im Grunde auch nicht akzeptierte, erledigte er die alltäglichen Belange, Handgriffe und Gänge einer Reise, die Begleichung seiner Rechnung an der Hotelrezeption, die Taxifahrt zum Flughafen, die Gepäckabfertigung mit der Befriedigung, die das Bewußtsein aus automatisch ausgeführten, sicheren Bewegungen zieht.

Er ließ sich gerne von den Stewardessen bedienen, nahm von dem angebotenen Zeitungsstapel, nahm auch den Champagner mit einem Lächeln entgegen und wußte, daß die jungen Frauen sich ebenso über ihn freuten wie er sich über sie. Er war für sie ein idealer Passagier: Der gutaussehende, gutgekleidete, nicht zu junge Geschäftsmann ohne Begleitung. In dieser leichten Atmosphäre gegenseitiger Wertschätzung konnte man wortlos entspannen. Der Flieger roch neu, in den Polstern knisterte noch die Appretur, die Sonne schien, der Champagner perlte im Glas. Hier war die Welt für siebzig Minuten in Ordnung.

Paul schlug die Zeitung auf und langweilte sich über die Tagespolitik – nichts als DDR und Währungsunion. Er überflog den Wirtschaftsteil – dasselbe. Er blätterte durch das

Feuilleton, trank seinen Champagner, hörte das klingelnde Geräusch des Servierwagens, die freundlich fragenden Stimmen der Stewardessen aus dem Hintergrund, las Film- und Buchkritiken und wartete auf das Essen. Als er danach seinen Kaffee trank, verfolgten seine Augen vorbeiziehende Wolkengebirge.

Es war eine gute Idee von Helen, jetzt auf die Insel zu fahren, dachte er. Am liebsten würde er mitfahren.

Genau jetzt mußte man dort sein, im Strandhafer liegen und den Wolken zusehen. Paul lehnte sich zurück und schloß die Augen. Als Junge war er wochenlang dort gewesen, hatte Wolken und Gänse beobachtet und nichts vermißt. Dem Gedanken an die brütenden Ringelgänse folgte der Gedanke an Charly, wie sie ihm im Schatten des Ahorns von den Ringelgänsen in Sibirien erzählt hatte. Nein – er wollte nicht an Charly denken und sah wieder aus dem Fenster. Jetzt wußte er auch, warum er eben die Buchbesprechung so ärgerlich gefunden hatte. Geschichten eines jungen Iren waren da rezensiert worden, als lebensfern und unnötig abgetan. Die Geschichten, die vom Land an der Küste, von der einfachen Natur, von einer Kindheit in der Einöde handelten. Zweifellos keine Bestsellergeschichten, dachte Paul und merkte, wie müde er war. Nur – warum müssen sie von irgendeiner ahnungslosen Stadtfrau rezensiert werden, die nur ihr schnoddriges City-Geplapper hören will und behauptet, es sei in dieser Zeit absolut undenkbar, daß ein Kind so aufwachse, so empfinde.

Was würden sie mal mit Charlys kleinem Buch machen? Wahrscheinlich in der Luft zerreißen oder eben gar nicht wahrnehmen. Eine alte Form der Verachtung. Er gestand sich ein, wie gern er mit ihr darüber reden würde. Wie gern er ihr raten würde, ihre Idee durchzusetzen, den Schwarzweißfotos der klassisch schönen Skulpturen ihre eigenen eher frechen Farbfotos gegenüberzustellen. Er sah die Doppelseite vor sich: links die Brancusi-Skulptur, rechts die zwei kleinen Fiatwagen im Morgengrauen am Tiberufer. Nur war es nicht möglich, mit ihr über das Foto zu reden, ohne dabei an ihre Begegnung in der Kunsthalle zu denken. Aber er wollte, durfte nicht an Charly in der Kunsthalle denken. Damit war Schluß. Paul lächelte mit geschlossenen Augen und sah ein, daß man sich schlecht gegen Erinnerungen wehren kann.

Als die Maschine um 19.40 Uhr in Hannover landete, fühlte sich Paul ausgeschlafen und nahm ein Taxi nach Kirchrode. Kurz bevor er in die Ostfeldstraße einbog, fluchte der Fahrer laut über einen gelbschwarzen Ford, der ihm die Vorfahrt nahm. «Immer dieselben verdammten Angeber.» Paul sah dem Wagen hinterher.

Hatte Charly nicht von einem unbeschreiblichen gelbschwarzen Auto gesprochen? Aber ihres war ein Opel, übersät von Aufklebern, erinnerte er sich. In Gedanken sah er sie schon wieder vor sich.

Der Taxifahrer bremste wieder hart: Zwei kleine Jungen fuhren mit ihren Dreirädern mitten auf der Straße. «Wo sind nur die Mütter zu diesen Bälgern, was?» fragte er hämisch zu Paul gewandt. «Hinterher heulen und einen beschuldigen, das könnse dann.»

«Bitte halten Sie hier», sagte Paul und zahlte.

Er wußte, daß er zu spät kommen würde. Es war ihm gleich. Er genoß die Abendluft, die vollgesogen war mit dem Duft blühender Gärten und frischgemähter Rasenflächen. Der Taxifahrer hatte ihn nervös gemacht, und er mußte noch ein paar Schritte zu Fuß gehen, bevor er Georg und Helen über seine Fahrt nach Berlin und München berichten konnte.

Georgs schmale Figur versank in einem der tiefen Sessel, die in Helens kleinem Wohnzimmer standen. Seine Stimme vibrierte von unterschwelliger Aggressivität, als er Paul begrüßte. Er hatte mit einem wichtigen Geschäftsfreund Golf spielen und im Club essen wollen. Helen hatte ihn unmißverständlich gebeten, das abzusagen, was sie noch nie zuvor getan hatte. Natürlich war er gekommen, ebenso natürlich hatte er seine Verabredung nicht abgesagt, sondern nur um eineinhalb Stunden verschoben. Zum Essen mußte er im Club sein, schließlich ging es um sein Irakgeschäft. Also: Die Zeit drängte, er hatte auf Paul warten müssen, das ärgerte ihn. Nun begann ihm die Besprechung nicht schnell genug.

«Was hast du in den letzten Tagen erreicht?»

«Laß mich erst einmal etwas trinken.»

Paul lehnte in seinem Sommeranzug mit lang ausgestreckten Beinen in dem anderen tiefen Sessel, trank Whiskey mit Ginger-Ale, ließ die kleinen Eiswürfel im Glas klingeln und betrachtete seine Schuhspitzen.

«Ich glaube, du solltest dir auch etwas zu trinken holen, Georg?» sagte Helen sehr klar und legte das Fotoalbum zur Seite, in dem sie geblättert hatte.

«Oh, ich wußte gar nicht, daß du diesen gewissen Ton immer noch in der Stimme haben kannst», sagte Georg mit seinem schönsten Vierziger-Jahre-Kinolächeln. «Ich gehe ja schon.» Er trug ein grünes Polohemd, ein sportlich kariertes Jackett, beige Hosen und sportlich elegante Schuhe.

«Kann ich dir etwas mitbringen?»

«Campari mit Soda wäre herrlich. Aber wenig Campari, bitte.» Sie sah ihm nach und dachte: Er ist genau wie Joachim. Elegant, schnell, ehrgeizig, unverschämt und in der gleichen Sekunde charmant. Sie wußte, welches Problem Georg am meisten auf den Nägeln brannte, und fragte: «Weißt du inzwischen genau, was Rosa vorhat, Georg?»

«Nein. Ich habe noch einmal versucht, mit ihr zu sprechen, aber sie lehnte es ab, ans Telefon zu kommen. Ihr Anwalt hat sich noch nicht bei mir gemeldet.»

«So ging es mir auch», sagte Paul. «Aber was ist Friedrich Rießt eingefallen, Georg?»

«Er ist gerade in New York. Wir konnten es am Telefon nur ganz kurz machen. Seiner Meinung nach hat Rosa weniger in der Hand, als sie denkt.»

Georg kam zurück und stellte zwei Gläser auf den Tisch. Campari-Soda für Helen, Mineralwasser für sich.

«Sie kann das Testament nicht anfechten, denn sie ist vor unserem Gesetz Vaters eheliche Tochter und in seinem Testament sehr großzügig bedacht worden. Sie kann allerdings die Einziehung des damaligen Erbscheins beantragen, wenn sie beweisen kann, daß Vater damit ihren leiblichen Vater willentlich um sein Erbe betrogen hat. Aus der hohlen Hand heraus, meinte Friedrich, ohne einen stichhaltigen Nachweis von Bens Existenz, könnte Rosas Klage abgeschmettert werden.»

«Sie ist doch der Überzeugung, daß Vaters Brief Beweis genug ist», sagte Paul.

«In dem Glauben wollen wir sie auch ruhig lassen», antwortete Georg kurz.

«Wer jetzt wen beerbt, ist für mich unerheblich», sagte Helen. «Ich muß herausbekommen, was damals passiert ist. Wie war es in München, Paul? Hast du irgend etwas erfahren?» fragte sie schnell weiter.

«München», wiederholte Paul aus seinen Gedanken herausgerissen, «München war wunderbar. Berlin leider nicht.»

«Erzähl zuerst von München», bat Helen.

«Einsiedel ist eindrucksvoll», antwortete Paul. «Sehr impulsiv. Ich glaube, das Gespräch verlief anders, als wir beide dachten. Ich hatte einen alten, bedächtigen Mann erwartet und er komischerweise auch. Als ich die Treppe hochkam, wartete er vor dem Aufzug. Dabei lief er auf dem Flur hin und her. Mittelgroß, ganz schlank, weißhaarig, mit schnellen Bewegungen. Er hatte die Vorstellung, ich sei achtzig und schlecht zu Fuß, deshalb wollte er mich in die Wohnung geleiten. Wir mußten sehr lachen, als wir uns gegenseitig vorgestellt hatten. Er hat ein großes Lachen.»

«Wie alt ist er ungefähr?»

«Ende sechzig.»

«Ben wäre oder ist jetzt 72.»

«Gleich am Anfang unseres Gesprächs habe ich ihm das Foto von Ben gezeigt, das du mir mitgegeben hast.»

Paul griff nach seiner Brieftasche und nahm ein vergilbtes, an den Rändern gezacktes Paßfoto heraus.

«Darf ich es einmal haben?» fragte Georg begierig und griff danach.

Er sah das Gesicht eines großzügigen Mannes. Eine hohe Stirn unter kurzgeschnittenen, glattfrisierten Locken, kräftige, gerade Augenbrauen, nachdenkliche Augen, die von einer feinen Lidfalte wie verhängt waren, eine gerade Nase und ein entschlossenes Kinn über dem Uniformkragen der deutschen Wehrmacht.

«Wenn man dich so frisieren würde, Paul, wenn du Uniform trügest und dich im Halbprofil fotografieren ließest, könntest du auch so aussehen.»

«Paul sieht Ben ähnlich. Es durfte nur nicht davon gesprochen werden», bestätigte Helen kühl.

«Wie entsetzt Vater über die Ähnlichkeit gewesen sein muß! Dafür hat er sich mir gegenüber noch sehr fair verhalten, oder?» sagte Paul.

Helen antwortete nicht.

Paul nahm das Foto wieder in die Hand und sagte: «Einsiedel sah weder in dem Foto noch in mir eine Ähnlichkeit zu irgend jemand, den er gekannt hat. Er hat Ben nie gesehen, Mutter, und auch den Nachnamen damals nie gehört. Jetzt kennt er ihn aus dem Wirtschaftsteil der Zeitung, sagt er. In dem Winter vor Stalingrad konnte er Ben nicht kennenlernen, denn er ist als Jagdflieger schon im August 42 vor Stalingrad abgeschossen worden und in russische Gefangenschaft gekommen. Ben Saalberg war bei der Infanterie. Später, während der Arbeit im Komitee, ist ihm der Name Saalberg nicht begegnet. Davon ist er überzeugt. Er gehörte zu den Gründungsmitgliedern des Komitees, und die wichtigen, prominenten Mitglieder sind ihm bekannt gewesen. Vater schreibt doch in seinem letzten Brief, sein Bruder sei ein rühriges und erfolgreiches Mitglied des Komitees gewesen. Das steht nach diesem Gespräch mit Einsiedel nicht ganz in Frage, aber es muß doch angezweifelt werden.»

«Die Familien berühmter Komiteemitglieder hatten hier in Deutschland sehr unter deren Mitgliedschaft zu leiden», fügte Helen hinzu. «Sie sind als Angehörige von Hochverrätern diffamiert und enteignet worden. Ich bin überzeugt davon, daß wir es zu spüren bekommen hätten, wenn Ben ein bekanntes Mitglied des Komitees gewesen wäre. Das hätte euer Vater weder verhindern noch verbergen können.»

Helen hatte inzwischen das alte Foto in der Hand.

«Hast du ihm mehr über Ben erzählt?» fragte sie mit verhaltener Stimme. «Daß er überdurchschnittlich groß war? Fast noch größer als du, Paul.»

«Er hat ihn nicht gekannt. Er ist sich sicher.»

«Abgesehen von dieser Geschichte würde mich interessieren, was diesen Grafen bewogen hat, für das Nationalkomitee zu arbeiten», sagte Georg. «Nach allem, was ich inzwischen von Michi gehört habe, war das Komitee damals sehr umstritten und ist es nach wie vor.»

«Einsiedel hat mir zum Abschied sein Buch geschenkt. Ich habe es hier. Darin beantwortet er alle Fragen, die man an ihn stellen könnte.» Paul griff in seine Jackentasche.

«Michi hat es mir auch gezeigt», sagte Georg. «Er wollte mir eine Rede vorlesen, aber ich mußte den Flieger nach Frankfurt erreichen. Am liebsten würde er einen festhalten.»

«Ich habe die Rede gerade noch einmal gelesen», sagte Helen. «Sie ist sehr beeindruckend. Bis jetzt habe ich eher abwertende Berichte über das Komitee gehört und gelesen. Einsiedel macht die Entscheidungen und Überlegungen von damals begreifbar. Es geht auch daraus hervor, daß er in Jelabuga war.»

«Wo ist dieser Ort im Verhältnis zu Moskau?» fragte Georg.

«Ungefähr 1000 Kilometer östlich. Und er gehört zu den Orten, die Joachim auf seiner handgezeichneten Rußlandkarte eingetragen hat. Er muß ihm also wichtig in Beziehung auf Ben gewesen sein. Wenn Ben unter den Offizieren dort gewesen wäre, hätte er davon erfahren müssen. Die meisten von ihnen sind zurückgekommen und haben sich später mündlich oder schriftlich unter Nennung vieler Namen geäußert. Darum hat Joachim jeden Bericht gesammelt. Er hat nach Bens Namen gesucht.»

«Stimmt», sagte Georg, «Michi arbeitet sich doch gerade durch diese Berichte, und jeder, der ihm in den Weg läuft, muß etwas lesen oder hören. Gestern hat er mir gezeigt, daß alle Eigennamen fein unterstrichen sind. Ich sehe Vater vor mir, wie er in höchster Konzentration einen Text durcharbeitet, immer mit dem Bleistift im Anschlag. So hat er aber jeden Text durchgearbeitet.»

«Michi arbeitet ganz ähnlich», sagte Helen, «einen neuen Text fixiert er wie ein Habicht und hat ihn sehr schnell erfaßt. Er macht seine Sache gut, Georg.»

«Er überrollt mich mit dem Thema, kaum daß er mich sieht. Gestern abend mußte ich noch lernen, daß sich das Komitee besonders um die Mitgliedschaft der Offiziere mit großen deutschen Namen bemüht hat. Natürlich um die Frontsoldaten, die gefangenen Soldaten, aber auch, um die Deutschen im Reich damit zu beeindrucken. Graf Einsiedel, als Urenkel von Otto von Bismarck, war so gesehen ein Riesenfischzug; damit konnten sie auftrumpfen. Michi hat mir auch Aufzeichnungen eines Oberst gezeigt, der erst im Januar in den Kessel vor Stalingrad geflogen worden ist. Er war nicht nur Oberst, sondern auch noch der Bruder des Luftwaffenadjutanten von Hitler. In der Gefangenschaft wurde er vom Komitee unter massiven Druck gesetzt, und Michi meint, für die Propagandaleitung des Komitees wäre er der Herzbube geworden. Wenn er mitgemacht hätte, wäre Hitler direkt getroffen worden.»

«Und er hat nicht mitgemacht?»

«Ganz in Gegenteil», schaltete sich Helen ein. «Den Bericht von Günter von Below habe ich natürlich auch gelesen. Eine in Worte gegossene, eiserne Ablehnung. Alle Komiteemitglieder waren für ihn Hochverräter. Ausnahmslos.»

Georg sah kurz auf die Platinscheibe seiner Armbanduhr. In der rosabraunen Frische seines Gesichtes breitete sich entspanntes Engagement aus. Er hatte noch sechzig Minuten Zeit.

«Das reizt Michi besonders an dem Thema», sagte er dann, «daß die einen in den Mitgliedern des Komitees Hochverräter sehen, während sich die Komiteemitglieder selbst als Widerstandskämpfer begreifen.»

«Warum sollten sie das auch nicht?» fragte Helen.

«Darüber habe ich gestern lange mit Bernd gesprochen, nachdem er mir die Widerstandsausstellung im Bendler-Block in Berlin gezeigt hat», sagte Paul.

«Da, wo das OKW im Zweiten Weltkrieg war, ist jetzt eine Ausstellung über den Widerstand?» Georgs Stimme klang ungläubig.

«Ja. Eine sehr gute sogar. Für Michi solltest du einen Tag Urlaub von der Firma nehmen und mit ihm hinfahren. Am besten noch, bevor er sein Referat halten muß.»

«Ist das Nationalkomitee denn in der Ausstellung erwähnt?»

«Ja. Es gibt wohl eine kleine, unerhebliche Ecke im letzten Winkel der Ausstellungsräume. Im Vergleich dazu sind den Männern des 20. Juli Altäre gebaut worden. Aber genau um diese kleine Ecke hat es fast einen Skandal gegeben. Bernd Schumann war ganz erfüllt davon.»

«Was ist passiert?»

«Wegen der Erwähnung des Nationalkomitees ist zum Beispiel einer der Söhne des Grafen Stauffenberg nicht zur Ausstellungseröffnung gekommen.»

«Also gibt es einen harten Kern der deutschen Widerstandsfamilien, die das Komitee nicht in ihren Reihen akzeptieren. Es geht ihnen anscheinend nicht nur ums Prinzip, sondern vorrangig darum, aus welcher ideologischen Ecke das Prinzip verfochten wird», folgerte Georg.

«Genau. Es gibt auch renommierte Historiker, die das Komitee nicht dem Widerstand zuordnen wollen.»

«Kann man deren Position auf einen Punkt bringen?»

«Ich glaube, schon. Sie streiten nicht ab, daß das Nationalkomitee einer richtigen Idee anhing. Denn die Idee war ja auch die Maxime des Kreisauer Kreises, und die heißt: Hitler ist ein Verbrecher und führt Deutschland in den Untergang. Also muß Hitler beseitigt werden. Das deutsche Volk muß vor Hitler geschützt werden. Die feindlichen Alliierten müssen begreifen, daß sie gegen Hitler und seine Clique, aber nicht gegen das deutsche Volk kämpfen. Bernd Schumann zitierte vor allem den Freiburger Historiker Georg Meyer, den er zu den kompetentesten Kennern der deutschen Geschichte in diesem Jahrhundert zählt. Der sagt, die Idee macht noch nicht den Widerständler. Widerstand im politischen Sinn kann es nur dann sein, wenn man in dem Regime lebt, das man bekämpft. Wer unter höchster Gefährdung gegen ein System arbeitet, gehört zum Widerstand, und nicht einer, der von außerhalb ohne Gefährdung versucht, gegen das Regime zu arbeiten.»

«Die Mitglieder des Komitees haben doch auch nicht ohne Gefährdung gearbeitet. Sie konnten während eines Fronteinsatzes umkommen, und in Deutschland drohte ihnen die Todesstrafe», sagte Helen. «Zu Verrätern wurden sie gestempelt, weil sie mit dem Feind zusammenarbeiteten. Es gab neben dem Nationalkomitee noch einen sogenannten Bund deutscher Offiziere, den BDO. Es ist rührend, daß der Bund von sich meinte, nichts mit dem Regime der Sowjetunion zu tun zu haben.»

«Hatten sie auch nichts mit dem Nationalkomitee zu tun?»

«Ein BDO-Mitglied würde das behaupten, ja. Ein Komiteemitglied würde sagen: Ohne das NKFD, Michi redet natürlich in Abkürzungen, hätte es den BDO nie gegeben.»

«Michi hat dich richtig in seine Arbeit hineingezogen, oder?»

«Ja, es macht mir Spaß. Ich habe sofort gefragt, wenn mir etwas unklar war. Das hilft ihm. Gestern hat er mich regelrecht gelobt.»

«Warum?»

«Mir war sein Text über den BDO zu schwammig. Ich habe ihn nur gefragt, ob denn der BDO eine andere Botschaft vermittelt hätte als das Komitee. Daraufhin hat er mir den Aufruf der Offiziere zu lesen gegeben, und darin erschien mir einfach verdächtig, daß sie ihr Vorgehen so offensichtlich mit den militärischen Mißerfolgen der Wehrmacht begründen. Versteht ihr, was ich meine? Michi hat es sofort verstanden. Wenn man gemein wäre, könnte man an diesem Punkt fragen: Wo hätten die Offiziere gestanden, wenn Stalingrad keine Katastrophe geworden wäre. Waren sie etwa nur gegen diesen Eroberungsfeldzug, weil er mißglückte? Waren sie nicht aus prinzipieller Überzeugung gegen Hitler, sondern weil der Krieg verloren war?»

«Das ist eine entscheidende Fragestellung», sagte Paul.

«Eben», sagte Georg. «Selbsttäuschung darf nicht im Spiel sein. Widerstand ist schon eine Frage des Ortes und der Zeit, meine ich. Die, die in der Gefangenschaft im Komitee oder im BDO waren, haben mit Hilfe Stalins zum Widerstand aufgerufen, aber sie mußten keinen Widerstand leisten. So weit bin ich jedenfalls in der Diskussion mit Michi.»

Einige Sekunden dachte Helen nach, dann sagte sie: «Trotzdem wirkt die Beurteilung wie eine Verurteilung. Da stimmt etwas nicht.»

«Meinst du, du könntest den Bruder von Vater irgendwo einordnen, Mutter?» Georg sah wieder auf die Uhr.

«Ja!» Helen beantwortete entschlossen seine Frage. «Ich würde Ben im Lager derer suchen, die ihre prinzipiellen Überzeugungen, wie du es nennst, durch die Arbeit im Nationalkomitee nur bestätigt sahen. Ben war sehr spontan und idealistisch. Mit eurem Vater muß er sich nur gestritten haben. Soweit ich gehört habe, gab es in erster Linie politische und weltanschauliche Streitpunkte. Für mich liegt auf der Hand, daß Ben die Auseinandersetzung suchte, wo er die Selbstbestimmung und Freiheit von Menschen gefährdet sah: Malverbot und Schreibverbot, Bücherverbrennung, Judenvernichtung, der Führungsanspruch der Partei allein langte schon, um ihn in Wut zu versetzen. Mehr kann ich nicht sagen. Ich habe die beiden nie zusammen erlebt, und euer Vater hat später verboten, Bens Namen überhaupt zu erwähnen. Jahrzehntelang habe ich nicht über ihn gesprochen. Von eurer Großmutter, die ihr leider nicht gekannt habt, weiß ich, daß Ben sich offen gegen die Partei gestellt hat. Nur passierte ihm nichts, weil seine älteren Brüder Parteimitglieder waren. Er genoß eine Art Narrenfreiheit, die ihn aber nur ärgerlicher machte. Ich bin mir sicher, daß er in der Gefangenschaft jede Möglichkeit ergriffen hat, gegen Hitler und die Partei zu arbeiten. Von seiner Mutter weiß ich auch, daß er mit Freunden sozialistische und kommunistische Ideen diskutierte. Er malte, las Thomas Mann und Bert Brecht. Dabei war er kein Pazifist... Es ist so schwer, ihn zu beschreiben.»

«Auf jeden Fall steht fest, daß er Vater ablehnte und Vater ihn.»

«Im höchsten Maße.»

«Er malte... sagst du. Dann wäre es also wahrscheinlich,

daß er dieses Bild mit dem gelbgestrichenen Häusern gemalt hat, das du im Tresor gefunden hast?»

«Ich bin davon überzeugt. Es ist auch seine Schrift in der Ecke. Hast du das Bild bei dir?» fragte sie Paul.

«Ja.» Paul öffnete seinen Aktenkoffer. «Einsiedel war auch davon überzeugt, daß es das Lager am Krasnogorsker See ist.»

Er reichte Helen den kleinen Papierbogen. Niedrige, gelbgestrichene Häuser an einem kleinen See, Birken unter blauem Himmel. «Hier arbeiten und lernen wir.» Darunter der russische Buchstabe.

«Bild und Text könnten also von ihm sein. Aber wie kommt es zu dem russischen Signet?» warf Georg ein. «Wo ist der Beweis dafür, daß es sich bei dem Malenden und Unterzeichnenden wirklich um Ben Saalberg handelt. Ich brauche einen Beweis, daß Vater davon überzeugt war.»

«Warum?» fragte Helen scharf. «Das ist mir zu haarspalterisch, Georg. Vom menschlichen und moralischen Gesichtspunkt aus muß seine Schuld, die er schließlich eingestanden hat, wahrgenommen und angenommen werden. Es ist unmöglich, seinen Brief zu negieren. Sein Schuldgeständnis kommt Jahrzehnte zu spät, aber er hat es sich abgerungen. Er hat diesen Brief geschrieben. Die Konsequenzen werden wir tragen müssen.»

«Du wirst es nicht gerne hören, aber ich werde alles tun, um jedwede Konsequenz zu vermeiden.» Georg stand auf und ging an die Terrassentür. «Rosa will die Firma und unseren Ruf schädigen, und daran werde ich sie hindern.» Beide Hände in den Hosentaschen, stand er vor der Tür und sah hinaus in den leuchtenden Juniabend.

«Die Firma ist in ihrem jetzigen Stand Vaters Werk», sagte er mehr zu sich als zu den anderen, «und ich lasse sie nicht von Rosa kaputtmachen. Wenn es eine Möglichkeit gäbe zu beweisen, daß Vater vom Tod seines Bruders überzeugt war, als er sein Testament verfaßte, dann hätte ich etwas gegen Rosa in der Hand.»

«Aber nach Vaters letztem Brief, den Friedrich Rießt uns vorgelesen hat, erübrigt sich diese Vermutung», sagte Helen.

«Friedrich meint, da sei noch etwas im Spiel.»

«Was soll das bedeuten?»

«Vater hat diesen Brief vierzehn Tage vor seinem Tod in höchster Erregung, möglicherweise in verwirrtem Geisteszustand geschrieben. Damit wäre er anfechtbar.»

«Georg.» Helen saß jetzt kerzengerade. «Es steht absolut fest, daß Vater bis zu seinem letzten Atemzug absolut zurechnungsfähig war. Ich werde keine andere Beurteilung zulassen.»

«Wenn der Brief anfechtbar ist, dann...»

«Ich war in Berlin», unterbrach Paul und zog einen zusammengefalteten Papierbogen aus der inneren Jackettasche, «und zwar in der ‹Deutschen Dienststelle für die Benachrichtigung der nächsten Angehörigen von Gefallenen der ehemaligen deutschen Wehrmacht›. Wenn du dir angehört hast, was ich hier erfahren habe, wird es nicht mehr viel anzufechten geben!»

«Nun? Und?» Georg nahm einen kleinen Schluck Mineralwasser.

Paul streifte Georg mit einem Blick, als wolle er sagen: Du bist hier nicht in einer Aufsichtsratssitzung! Aber er sagte nichts.

«Warum war das eigentlich nötig?» Helen fragte, wußte aber schon im voraus, daß Paul jetzt etwas berichten würde, das eine letzte Hoffnung zunichte machen würde. Sie wirkte sehr schmal in ihrem dunklen Kleid und drehte an ihrem Smaragdring. Sie sah nicht auf, als Paul den glatten, knisternden Faxbogen auseinanderfaltete.

«Hört es euch an», sagte er nur.

«‹Sehr geehrter Herr Saalberg, bezugnehmend auf unser

Gespräch ... etc. ... beantworten wir gern Ihre Fragen.› Jetzt folgt ziemlich ausführlich eine Beschreibung der Vorgehensweise der Dienststelle. Die erspare ich euch. Dann aber heißt es: ‹Aus dem Kessel von Stalingrad, wie auch in anderen Kesselschlachten, wurden natürlich kaum Meldungen abgegeben. Um dennoch diese Verluste zu erfassen, wurden beim Oberkommando der Wehrmacht (OKW), zu dem auch die Wehrmachtsauskunftstelle gehörte, sogenannte ‚Abwicklungsstäbe' gebildet. Diese Abwicklungsstäbe hatten zur Aufgabe, die Verluste der Armeen, Armeekorps, Divisionen u. s. w. zentral zu erfassen.

Stellte diese Stelle durch ihre Ermittlungen fest, daß Wehrmachtsangehörige gefallen sind, so wurden die nächsten Angehörigen benachrichtigt und die WASt in Kenntnis gesetzt, die dann die Beurkundungen bei den zuständigen Standesämtern verfügte.

In den Fällen, in denen weder von der Truppe (Kompanien, Bataillonen, Divisionen etc.) noch von den Abwicklungsstäben der Tod von Wehrmachtsangehörigen festgestellt werden konnte, wurde als Art des Verlustes ‚vermißt' genannt.

Für die Angehörigen bestand nun die Möglichkeit, nachdem auch die letzten Kriegsgefangenen zurückgekehrt waren, ein Todeserklärungsverfahren zu beantragen. Das zuständige Amtsgericht konnte nach Prüfung den Vermißten ‚für tot erklären'. Diese Todeserklärung war (und ist) gleichbedeutend mit einer Gefallen- oder Verstorbenenmeldung; z. B. in Familien- und Erbschaftsangelegenheiten.

In den Fällen, in denen die Hinterbliebenen keine Nachweise oder Bescheide mehr in Händen haben, können sie bei unserer Dienststelle die Ausstellung einer entsprechenden Bescheinigung beantragen.

In unserem Hause wird das erhaltengebliebene Schriftgut der ehemaligen deutschen Wehrmacht verwaltet, aus dem Auskünfte erteilt werden können.

In Ihrem Fall, den Sie mir als so dringlich dargestellt haben, habe ich sofort Ermittlungen angestrengt und möchte Sie bitten, die Ergebnisse unter Vorlage Ihres Personalausweises einzusehen. Mit freundlichen Grüßen› und so weiter...»

Paul faltete das Papier zusammen und sagte dabei:

«Gestern war ich dort und habe erfahren, daß zur Klärung des Schicksals der gesamten Einheit, zu der Ben Saalberg gehörte, einer der sogenannten Abwicklungsstäbe eingesetzt worden ist. Leiter dieses Stabes war unser Vater: Joachim Saalberg. Er stand während einer halbjährigen Frontuntauglichkeit dem OKW zur beliebigen Verfügung und wurde bei der WASt eingesetzt.»

«O nein», flüsterte Helen. «Das kann nicht sein.»

«Weiter», schnappte Georg.

«Die Recherchen, die er geführt hat, waren in allen Fällen so sorgfältig und präzise, wie nur möglich, und wurden in 93 Prozent der Fälle mit ‹vermißt› abgeschlossen. Für die verbleibenden sieben Prozent, zu denen sein eigener Bruder zählt, gibt es einen unzureichenden Schriftwechsel. Eine Anfrage von Vater beim nächstgrößeren Verband, die ergebnislos war. Das ist alles. Bens Erkennungsmarke ist nie gefunden worden, aber seine Akte wurde Ende Februar 1943 mit dem Vermerk ‹gefallen› abgeschlossen.»

Nach einigen Sekunden sagte Helen: «Das war also damals Joachims sogenannte neue Verwendung in Berlin. Er sagte nur, er müsse lästige Schreibtischarbeit im OKW machen.» Sie blickte immer noch nicht auf, drehte immer noch an ihrem Ring.

«Gefallen am 29. 1. 1943. Ich sehe die Urkunde noch vor mir. Stundenlang habe ich darauf gestarrt. Ich wollte es nicht glauben. Daß Joachim Ben ohne feste Anhaltspunkte für tot erklären ließ, kann ich und will ich nicht glauben.» Helen sprach in das Schweigen ihrer Söhne hinein.

«Mir hilft nur eines», Paul lächelte sie etwas hilflos an.

«Wenn Vater seinen Bruder ohne wirkliche Beweise für tot erklärt hat, dann hat er es für dich getan, Mutter. Er wollte dich heiraten. Um jeden Preis.»

«Wir sind hier doch in keiner griechischen Tragödie», stöhnte Georg und stand wieder auf. «1990, es ist Juni, gleich muß ich das wichtigste Geschäft dieses Jahres festmachen.»

«Was ist, wenn Ben noch lebt, wenn wir ihn finden und wenn sich herausstellt, daß er nicht aus freien Stücken in Rußland geblieben ist? Keiner kann doch in diesem Augenblick ahnen, was dahintersteckt und was für eine Rolle Vater in diesem Spiel wirklich gespielt hat.»

«Auch wenn du es nicht wolltest, Paul, du hast mir gerade den springenden Punkt genannt, und daran wird man eine Menge festmachen können: Keiner kann beweisen, daß Vater ein böses Spiel gespielt hat. Das ist es, Paul. Das ist es! An der offiziellen Gefallenenmeldung kann keiner vorbei. Keiner kann beweisen, daß Vater nicht von Bens Tod überzeugt war, als er sein Testament verfaßte. Bestenfalls könnte Rosa Spekulationen über Vaters Motive in Umlauf setzen.»

«Rosa hat sich zu sehr exponiert, um noch zurückzukönnen.» Helen saß immer noch in der Ecke des tiefen Sofas. «Sie will mir schaden, sie wird versuchen, mich zu zwingen, sie offiziell als Bens Tochter zu legalisieren, sie will mehr Einfluß in der Firma, sie wird darauf bestehen, daß ihr als Bens Erbin fünfzig Prozent des gesamten Vermögens zustehen. Sie will sich rächen. Nicht nur an mir, auch an Vater, aber ich kann mir nicht vorstellen, daß sie Vater nachträglich zum Verbrecher stempeln wird.»

«Rosa hat den Hang zur großen Tragödin», sagte Georg, «den hatte sie immer schon. Sie will das Drama, auch wenn sie nicht weiß, wie es endet.»

«Ich glaube, die wilden Drohungen tun Rosa schon leid», sagte Paul. «So war es früher doch auch. Ihr seht sie zu dramatisch.»

«Schön wär's», sagte Georg kurz. «Aber dieses Mal geht es um Geld, vergiß das nicht. Da ändert sich jeder, nimm, wen du willst.»

«Was muß jetzt getan oder geplant werden?» Helens Stimme holte die beiden an den Tisch zurück.

«Einsiedel riet mir, nach Rußland zu fahren, falls die Erkundigungen hier ergebnislos blieben.» Paul war sofort wieder bei der Sache. «Wir müssen nach Krasnogorsk, weil wir wissen, daß er dort gewesen sein muß.»

«Weiß man, was heute von dem damaligen Lager übriggeblieben ist?» fragte Georg.

«Seit 1985 ist in der alten Antifa-Schule ein Museum, das hauptsächlich der Arbeit des Nationalkomitees gewidmet ist. Außerdem ist in Krasnogorsk das sowjetische Filmarchiv für die Zeit des Zweiten Weltkrieges. Möglicherweise finden wir dort einen Anhaltspunkt.»

«Wer ist ‹wir›?» fragte Georg und beobachtete die aufsteigenden Luftbläschen in seinem Mineralwasser.

«Ich.» Helen sah nicht auf, während sie das leise sagte. Sie betrachtete das kleine Paßbild, das sie jahrzehntelang in ihrem Sekretär verborgen hatte.

«Meinst du, du kannst es schaffen?» fragte Georg und sah heimlich auf die Uhr.

«Ja. Wer sonst?» war die ruhige Antwort. «Anfang September fahre ich nach Moskau.»

«Warum im September?» fragten Paul und Georg fast gleichzeitig.

«Es will alles vorbereitet sein, man braucht ein Visum, das dauert mindestens vier Wochen. Davor möchte ich noch die Familie von Bernd Haller aufsuchen. Ich habe erfahren, daß seine Frau noch bei Düsseldorf lebt und Ende Juli von einer Kur zurückkommt.»

«Von wem weißt du das?»

«Vaters Sekretärin weiß mehr als wir alle zusammen. Ich

war mit Michi am Dienstag zum Fotokopieren in der Firma und habe mit ihr gesprochen. Adresse, Telefon, alles hatte sie parat.»

Ein fetter Brummer war unter einen gläsernen Lampenschirm geflogen, kreiste surrend und stieß in kurzen unrhythmischen Schlägen gegen das Glas.

«Was machst du jetzt mit Vaters Sekretariat, Georg?»

«Unter diesen Umständen lasse ich es weiterlaufen, bis die Sache mit Rosa geklärt ist. Es wäre unklug, es gerade jetzt aufzulösen, oder?»

«In zwei Wochen habe ich noch einen Interviewtermin mit Kopelew in Köln. Ich weiß nicht, ob ich es von London aus schaffe», sagte Paul.

«Ich werde hinfahren, wenn es dir recht ist», sagte Helen. «Ich kann es vielleicht auch noch auf Ende Juli verschieben.»

«Warum meint ihr, daß er uns überhaupt noch nützen kann?» fragte Georg.

«Es ist eine Chance. Während des Krieges ist Kopelew nur wegen seiner Deutschkenntnisse der Propagandaabteilung überstellt worden, die mit dem Nationalkomitee zusammenarbeitete. Was mich besonders beeindruckt, ist die Tatsache, daß er 1945 wegen ‹Mitleid mit dem Feind› zu zehn Jahren Straflager verurteilt wurde. Er wurde rehabilitiert, aber, wie ihr wißt, ausgebürgert, weil er sich für Sacharow eingesetzt hat. Er könnte Ben auf dem Foto erkennen. Wie gesagt: Eine Chance, Ben zu finden. Mehr nicht. – Dann gibt es noch etwas», sagte Helen nach einer kurzen Pause. «Ich bin davon überzeugt, daß Ben, wenn er lebt, verheiratet ist und einen Sohn in Georgs Alter hat.»

Sie erzählte von der Mittagssendung, die sie in Giselas Küchenfernseher gesehen, aber nicht gehört hatte. «Es war ein Mittagsmagazin über den russischen Alltag unter Gorbatschow, über die Perestroika. Gestern habe ich mit dem Redakteur und dem Regisseur in Berlin gesprochen. Die letzten

Bilder des Films, die ich gesehen habe, sind vor einer Maschinenfabrik in Nowosibirsk gedreht worden, als Schichtwechsel war. ‹Schichtwechsel› hieß auch der Film. Eine Art metaphorische Fragestellung, hat der Regisseur erklärt. Er klang sehr nett und wird mir ein Standfoto von dem Mann schicken, den ich gesehen habe. Er sah Ben wirklich zum Verwechseln ähnlich. Dieses Foto werde ich mit nach Rußland nehmen. Wer weiß, wozu es gut ist.»

«Dann haben wir erst mal alles durchgesprochen?» fragte Georg.

«Ich denke schon.»

«Seid mir nicht böse, aber ich muß jetzt gleich fahren», sagte Georg. «Ist Charly heute gar nicht da?»

«Nein, sie ist noch im Krankenhaus», antwortete Helen und stellte die leergetrunkenen Gläser auf ein Tablett. «Sie hat sich ständig bemüht, den Arzt zu sprechen, der ihre Schwester am Dienstag untersucht hat, und kam aus tausenderlei Gründen nicht an ihn heran. Heute abend will sie ihm sozusagen auflauern.»

«Schade», sagte Georg. «Ich seh sie immer gern. Weißt du, ich bin ganz stolz auf Arndt, daß er so ein Traummädchen anbringt. Hättest du das gedacht, Paul? Wär doch eine akzeptable Schwiegertochter, meinst du nicht?»

«Sie ist etwas ganz Besonderes, das stimmt», sagte Helen mit einem kurzen Seitenblick auf Paul, der wortlos in der Terrassentür stand.

«Charly fährt außerdem auch Anfang September nach Moskau», hörte Paul Helen sagen. «Sie muß für ihr Buch fotografieren. Ich finde es sehr beruhigend, jemanden in der Nähe zu haben. Ich war noch nie allein in einer Stadt, in der ich niemanden kenne.»

«Michi würde dich sicher gern begleiten», sagte Georg, «aber er muß für ein Jahr nach England, sonst versetzen sie ihn nicht. Caren war zwei Tage drüben und hat eine sehr gute

Schule für ihn gefunden. Vielleicht ist es nur gut für Michi. Jung genug ist er, und am Ferienanfang nehme ich ihn zum Trost mit in den Irak.»

«Ein Irakgeschäft – ist dein großer Coup, oder?» fragte Paul jetzt, während Helen still das Zimmer verließ.

«Ja. Aber sag's noch nicht weiter.»

«Was geht da unten eigentlich vor?»

«Saddam Hussein unterbunkert ganze Landstriche», sagte Georg. «Mir soll's recht sein.»

«Nimmst du Caren auch mit?»

«Nein, das wird eine reine Männertour. Ich fahre mit Kurt Matthes, Michi und dem neuen Geschäftsführer der SAMA in drei Wochen los. Über Basra nach Bagdad und nach einem kleinen Abstecher in die Emirate hoch nach Norden in die Berge.»

«Meinst du Giselas Kurt?»

«Ja, das ist ein Spitzenmann geworden. Enorm zuverlässig. – Du fliegst morgen nach London?»

«Ja.»

«Was macht Mutter eigentlich? Sind wir fertig?»

«Sie wird schon gleich zurückkommen», sagte Paul und öffnete den anderen Flügel der Terrassentür. Beide gingen hinaus auf den Rasen.

VIERZEHNTES KAPITEL

Draußen endete ein warmer Junitag. Die Bäume wiegten dunkles Laub, und der Abendwind trug den Geruch von Stadtlaub, Heu und Blüten.

Ein ferner Abglanz dieses Sommerabends lag auch über dem gebohnerten, grauen Fußboden, den verchromten Stuhlbeinen und abwaschbaren Wänden des Wartezimmers der neurologischen Intensivstation.

Charly stand mit dem Rücken zum Fenster, die Hände in den Taschen ihrer Jeans zu Fäusten geballt. Gerade hatte sich die Tür hinter Annes Freund Sebastian geschlossen, der endlich aus Kalifornien zurück war. Charly sah noch das selbstsichere Lächeln in seinen intelligenten Augen, die vorwurfsvolle Arroganz seiner Kopfbewegung, mit der er seine glatten, braunen Haare zurückgeworfen hatte. Braungebrannt, untersetzt und unkonventionell gekleidet, hatte er einen Hauch kalifornischer Wunderwelt in diesen dürftigen Raum gebracht. Eine Muschel aus seiner Tasche hatte Sand von der Pazifikküste auf den graumelierten PVC-Boden gestreut. «Kein Problem, Charly. Anne schafft das. Du ruhst dich aus, und morgen früh ist Anne aufgewacht.»

Für Sebastian gab es nur seine Wissenschaft und Sport. Anne hatte alles andere geregelt. Er aber hielt sich für omnipotent. Jetzt, wo er da war, würde natürlich eine Wende in Annes Zustand eintreten. «Kein Problem. Man muß nur wollen, dann schafft man alles.» Kalifornien war sein Land. Mit dem Surfbrett vor das Mikroskop und wieder zurück in die

Pazifikbrandung, und immer so weiter bis zum Nobelpreis, das war sein Traum vom Leben.

«Sie hätte mitkommen sollen, dann wäre es nicht passiert. Wie kann man eine Reise nach Kalifornien ausschlagen? Du wärest mitgekommen?»

«Natürlich nicht! Kein Mensch fährt kurz vor dem Examen nach Kalifornien und legt sich in die Sonne.»

«Genau das habe ich immer gemacht.»

Verdammter egomaner Idiot, hatte sie gedacht und ihre Fäuste in der Tasche geballt. Kann er an irgend etwas anderes denken als daran, wie phantastisch er ist in seinen Turnschuhen, seinen braunen, behaarten Beinen und gestreiften Bermudas. Ein beach boy mit Superhirn ist wahrscheinlich das schlimmste. Er hätte alles anders gemacht, natürlich. Und immer richtig, natürlich. Hatte sie jeden Tag versucht, den Professor zu sprechen? Nein? Den Oberarzt? Nein? Nicht einmal den Stationsarzt? Wo war ihr Vater? Richtig, in China. Was um Himmels willen hätte mit Anne alles unternommen werden können, wenn er dagewesen wäre?

Charly hörte die Stationsschwester kommen und sagte nichts mehr. Die Knöchel ihrer geballten Hände schmerzten schon. Ihr Herz schlug vor Wut bis zum Hals, als Sebastian lässig winkend mit der Schwester wegging. «Ciao, Baby. Bis nachher.» Sie fühlte sich leer. Ausgedient! Was war mit der vergangenen Woche, in der sie Stunde um Stunde in dem surrenden, flimmernden Raum neben Anne gesessen hatte? Als hätte Sebastian Tage und Stunden weggeworfen. So war es.

Wie versteinert stand sie vor dem Fenster und starrte auf den blanken Fußboden. Anne! Sie war ihr so nah gewesen. Mehr hatte sie doch gar nicht tun können. Sebastian war wieder da und sah eine Kette von unterlassenen Aktivitäten vor sich. Das war normal. Ganz normal für ihn. Aber es tat weh. Sie geriet in einen Zustand innerer Empfindsamkeit und Verletztheit, den sie nicht bewußt wahrnahm. Nach drei Tagen in dem kleinen Raum hatte sie vergessen, daß sie selbst ebenso zuversichtlich zu Anne gegangen war.

Erst am Dienstag, als sie aus Hamburg zurückgekommen war, hatte sie Annes Zustand begriffen. Die Hirnblutung sei noch nicht ausreichend zu unterbinden, hatte der Professor Annes Zustand erklärt. Trotz des Cortisons gehe auch die Hirnschwellung nicht in befriedigendem Maße zurück.

Charly starrte auf den Fußboden, die Chrombeine der Stühle und die weiße Tischplatte. Dort bewegte sich etwas, schnell und wirr. Ein kleiner, schmächtiger Ohrwurm hastete über die blanke Platte. Ein einzelner Ohrwurm auf aseptischem Weiß zwischen Linoleum, Chrom und Glas. Irgend jemand mußte versucht haben, Blumen mitzubringen. Gartenrosen für einen, der zwischen Tod und Leben schwebt. Bauschige rote und rosa Blüten, die auf der Intensivstation nicht erlaubt sind. Charly verfolgte die panischen Zickzackwege des Kerbtiers. Sie löste sich von ihrem Platz vor dem Fenster und ging zu den Aufzügen, den kleinen Ohrwurm in der vorsichtig geschlossenen Hand.

Zehn Minuten später fuhr sie vom Parkplatz der Klinik, ordnete sich an der ersten Ampelkreuzung falsch ein und fuhr auf den Autobahnzubringer, ohne darüber erstaunt zu sein. Es war einerlei, wohin sie fuhr. Sie wollte nicht zurück, um mit Sebastian zu essen. Sie wollte sein selbstgefälliges Gerede nicht anhören. Er brauche sein Bett und jemanden, der ihn nach achtzehn Flugstunden massiere, hatte er gesagt. Ach, sie wollte gar nicht über Sebastian nachdenken, auch nicht über Arndt. Was hatte der gesagt? «Wenn meine Großmutter endlich weggefahren ist und Paul endlich im Flugzeug nach London sitzt, dann wird es so, wie es sein soll.» Sie wollte aber gar nicht mit Arndt allein sein. Sie wollte Paul! Und je mehr sie begriff, daß der Kuß in Hamburg für ihn wohl nichts bedeutet hatte, um so trauriger wurde sie, wenn sie an ihn dachte. Es war so unvermutet, so klar, so perfekt gewesen. Aber danach hatte er nicht mehr mit ihr gesprochen. Und Arndt redete davon, daß Paul Carolin zu sich nach London holen und heiraten werde.

Sekunden hatte Charly nicht aufgepaßt und erschrak bis ins Mark, als sie im Rückspiegel nur noch die orangefarbene Kühlerfront eines Lkws sah. Ein gigantischer Mercedesstern schob sich in das kleine Rechteck des Spiegels, und vor sich sah sie nur die massiven Doppelreifen eines anderen Lastwagens.

Aufgeschreckt und aus Angst, etwas falsch zu machen, folgte sie den breiten Doppelreifen, blinkte nach rechts, weil das Blinklicht vor ihr nach rechts blinkte, fuhr zwischen den beiden Lastern am Autobahnkreuz Hannover-Ost auf die A7, Richtung Hamburg.

Charly fühlte sich frei, als sie an dem Laster vorbeigezogen war. Die Autobahn war fast leer, und Annes unmöglicher kleiner Wagen fuhr phantastisch schnell. Im Stadtverkehr hatte sie das noch gar nicht bemerkt. Der Motor gab einen sonderbaren, röhrenden Ton von sich, aber das mußte wohl so sein. An dem Wagen erstaunte sie nichts mehr. Sie schaltete das Radio an. Der Sender hatte gerade Nachrichten durchgegeben und kündigte Oldies an.

Charly fuhr und fuhr. Sie sah die flache norddeutsche Landschaft im Abendlicht. Silberweiden und Pappeln in den Flußauen, grasende Rinder und Schafe auf großen Koppeln, helle Birkenstämme vor abenddunklen Wäldern. Als führe sie geradewegs in ein Bild von Ruysdahl hinein, von so wunderbarer Schönheit schien ihr die Landschaft.

Trotzdem sah sie Anne vor sich. Ganz nah war ihr das flimmernde Neongrün der Monitore, das Chromgestänge, von dem aus feine, durchsichtige Schläuche zu der regungslosen Gestalt führten, an ihren Gelenken, ihrem Hals, in der Nase endeten. «Sie müssen sich mit dem Gedanken vertraut machen, daß ihre Schwester auch für immer gelähmt sein kann, wenn sie das Bewußtsein wiedererlangen sollte, Frau Tuchmann.»

Habe ich mir tagelang etwas vorgemacht und nicht begreifen wollen, was die Ärzte und Schwestern gesagt haben? Ich muß zurück. Irgendwie werde ich mir Sebastian schon vom Leib halten.

Sie fuhr mit rasendem Tempo in einen Baustellenbereich und bremste viel zu spät in schnellen Intervallen. Der Wagen rutschte, drehte sich halb, und erst in letzter Sekunde brachte sie ihn vor der langsam fahrenden Autoschlange unter Kontrolle.

Ich muß verrückt sein, dachte sie. Das war nur noch Glück! Ihr Herz klopfte rasend. Ich fahre wie ein Idiot. Ich muß zurück. An der nächsten Abfahrt kehre ich um.

Sie fuhr im Schrittempo in der Schlange und versuchte sich zu beruhigen. Im Rückspiegel sah sie kreisendes Blaulicht auf einem grünen Autodach. Die Baustelle ist zu schmal, dachte Charly. Kein Motorrad könnte sich noch durchschlängeln. Da muß die Polizei abwarten.

Ihre zitternden Hände hielten sich am Lenkrad fest. Sie kontrollierte die Seitenspiegel, in beiden blinkte das blaue Licht. Wenn sie mich eben beobachtet haben, halten sie mich gleich an, dachte Charly. Aber es war ihr gleichgültig. Sie stellte das Radio lauter, bemerkte, daß ihre Hände immer noch zitterten, und erkannte die Stimme von Louis Armstrong. I see trees of green – – I see them blue – for me and you –... Ich muß das abstellen, dachte Charly und tastete nach dem Radioknopf. Das halt ich nicht aus. Die Wagenreifen rumpelten über die Sperrmarkierung der Baustelle, Charly erschrak, schaltete nicht ab. Sie hielt das Steuer mit beiden Händen. – and I think to myself: what a wonderful world – ... Was wird aus ihr werden, dachte Charly verzweifelt. Was wird, wenn sie stirbt? Wenn sie gelähmt bleibt? Sie kurbelte ihr Fenster hinunter.

Die Luft war kühl. Am Horizont lag das Abendlicht wie ein Perlmuttstreifen.

Charly empfand nur noch die Unvereinbarkeit ihrer Traurigkeit mit der Schönheit dieses Abends und des Liedes.

Während sie versuchte, den Wagen in der schmalen Spur zu halten, kamen die Tränen. Fassungslos steuerte sie den Wagen durch die Baustelle, hörte das Gerumpel der Sperrlinie unter den Rädern, versuchte immer wieder, geradeaus zu steuern. Sie lenkte den Wagen so hart an die Seite, daß sie die Leitplanke streifte. Endlich brachte sie das Auto zum Stehen und weinte. Sie weinte um ihre Schwester und weil sie die Angst nicht mehr ertragen konnte. Sie weinte auch, weil sie keine Kraft mehr hatte, allein zu sein.

Die zwei Polizisten, die den gelbschwarzen Wagen verfolgt hatten, standen Minuten später ratlos an der geöffneten Autotür. Sie hatten angenommen, einen pöbelnden Kerl in schwarzlederner Nietenjacke aus diesem Auto zu holen. Lange Haare, große Schnauze, keine Wagenpapiere: darauf hatten sie sich eingestellt.

Mit dem Passagier, den sie vorfanden, war nicht wie geplant zu verfahren. Ein Mädchen, das über dem Lenkrad zusammengebrochen war, das von Weinkrämpfen geschüttelt wurde und auf nichts reagierte, das war kompliziert. Hinter ihnen wuchs die Autoschlange, versank die Sonne. Freitag abend. A7 zwischen Hannover und Hamburg. Es mußte schnell gehen. Das Mädchen wurde ohne Verzug auf den Beifahrersitz hinübergeschoben, damit ihr Wagen von der engen Fahrbahn in den Baustellenbereich gefahren werden konnte. Der Stau löste sich nur langsam auf, weil viele im letzten Dämmerlicht einen langen Blick auf das gelbschwarze Auto werfen wollten, das von einem Streifenwagen mit kreisendem Blaulicht flankiert auf der gesperrten Fahrbahn stand.

«Typisch», sagten die meisten.

Helen und Paul saßen um diese Zeit auf der Terrasse. Paul hatte eine Kerze angezündet. «Die Flamme flackert nicht», stellte er fest, «so windstill ist es lange nicht mehr gewesen.»

Helen lehnte sich in ihrem Stuhl zurück und sah in den dunklen Garten. «Ich brauche Windstille», sagte sie, «in jeder Hinsicht.»

«Wie lange wirst du auf der Insel bleiben?»

«Eine Woche. Vielleicht zehn Tage.»

«Ist das genug?»

«Wichtig ist, daß ich einmal um diese Zeit dagewesen bin», sagte Helen und dachte: Ich würde jetzt gerne wie eine alte Großmutter erzählen, daß ich einmal im Juni dort sein muß, weil es damals Juni war, als ich zum erstenmal hinfuhr. Juni 1942. Aber ich werde mich hüten.

«Ich habe Rosa gebeten, am nächsten Wochenende zu kommen!» sagte sie statt dessen.

«Warum tust du dir das an, wenn du dich erholen willst.»

«Um ihr Gelegenheit zu geben, ihre Haltung zu überdenken. Sie wird nicht kommen, aber sie soll sich nicht sagen können: Keiner hat versucht, mich umzustimmen. Rosa will im Grunde nur geliebt werden und braucht Liebesbeweise, wie die Luft zum Atmen. Das macht sie so verletzbar, dafür haßt sie sich und wird aggressiv gegen die, die sie dringend braucht. So war es früher jedenfalls. Ich dachte, sie hätte die Angst, nicht geliebt zu werden, verloren.»

«Kannst du ihre Angst erklären?»

«In den letzten Tagen habe ich darüber am meisten nachgedacht. Seit wieder von Ben gesprochen wird, ist mir klargeworden, wie sehr ich damals unter seinem Tod gelitten habe. Ohne Rosa hätte ich sicher etwas Absurdes getan, das weiß ich. Ich wäre nach Rußland gefahren und hätte ihn gesucht, nur um mich in Gefahr zu bringen. Um auch zu sterben. Rosa hat mich daran gehindert, und als sie da war, habe ich den Gedanken an Ben in ihr vielleicht mehr geliebt als sie.

selbst. Sie hat es gar nicht so falsch analysiert, auch wenn es furchtbar für mich ist. Sie hat darunter gelitten.»

Paul zündete sich Millimeter über der Kerzenflamme eine Zigarette an, für Sekunden war sein Gesicht angeleuchtet, und Helen dachte: Wie sehr Joachim jetzt erschrocken wäre. Paul wird Ben immer ähnlicher.

«Warum kramt Rosa ihren Kinderschmerz gerade jetzt heraus, warum versucht sie dich fertigzumachen und uns andere auch?» fragte Paul.

«Weil sie noch nie so verletzt worden ist. Joachim hat sie mehr geliebt als jeden anderen Menschen, und er war wunderbar, wenn er mit ihr zusammen war. Ein ganz anderer Mensch. Sie fühlt sich von mir verraten, weil ich ihr das Bewußtsein genommen habe, daß er ihr Vater war. Über Ben will sie nichts wissen.»

«Was ist, wenn sie sich jetzt so zurückgestoßen fühlt, daß sie keine Liebe mehr will, sondern auf dem Prozeß und auf dem Geld besteht, damit alle sie zu Recht hassen. Glaubst du, sie kann da noch heraus?»

«Ich gebe nicht auf, und ihr solltet es auch nicht tun. Ruf sie an, auch in ihrem Büro. Sie kann sich verleugnen lassen, aber sie wird sich nicht selbst belügen. Dafür ist sie zu klug und zu fair.»

«Georg meint, in der Auseinandersetzung mit Rosa wäre es besser, wenn wir Ben nicht finden, nicht einmal eine Spur von ihm.»

«Ich weiß. Georg spricht nur von den fünfzig Prozent Anteils- und Vermögensverlust, wenn er von Ben spricht. Mir geht es aber um etwas ganz anderes.»

«Das weiß Georg. Es respektiert es auch.»

Helen nahm ihr Weinglas in die Hand. «Er ringt sich dazu durch», sie lachte leise und trank einen kleinen Schluck. «Wenn du nach Rußland fahren mußt, hat er mir heute gesagt, bevor er ging, und wenn du Ben finden solltest, werden wir damit auch noch fertig. Schließlich bleibt es ja in der Familie.»

Die Telefonklingel hallte durch das Haus.

«Warte, ich habe das Telefon in der Jackentasche», sagte Helen. «Wer kann das jetzt noch sein?»

Sie meldete sich. Ja, hörte Paul sie sagen, sie sei selbst am Apparat. Nein, ein solches Auto kenne sie nicht, ein schwarzgelber Opel Manta sei nicht im Besitz eines Familienmitgliedes. «Es ist die Polizei», flüsterte sie Paul zu und horchte angestrengt in die Telefonmuschel. «Um Himmels willen», sagte sie dann, «Charly Tuchmann? Natürlich, das Mädchen wohnt hier. – Nein, bitte bringen Sie sie nicht ins Krankenhaus. Soll ich sie holen? – Ja, die Adresse stimmt. Die Autobahnabfahrt in Anderten ist das schnellste. – Sie kennen sich in Kirchrode aus? – Gut, genau so müssen Sie fahren. – Ja, ich erwarte Sie.»

Um halb zwei Uhr nachts ging Paul auf Zehenspitzen in das blaue Gästezimmer. Sie hat die Tür offenstehen lassen wie ein krankes Kind, dachte er und trat vorsichtig an das Bett.

Charly lag tief unter der Decke. Ihre gerade Nase zeichnete sich gegen das Weiß des Kopfkissens ab, die Lippen, die Augenhöhlen über den hohen Wangenknochen sahen immer noch verschwollen aus, die Haare rochen nach Haarwaschmittel, sie lag regungslos. Der Parkettboden knarrte, er trat auf eine andere Stelle, beugte sich zu ihr hinunter und dachte: Zwei Aspirin und ein dreifacher Cognac können ihr doch nicht geschadet haben? Müßte ich sie nicht wenigstens atmen hören?

Im Halbdunkel des Raumes studierte er das Gesicht, das ihn vor drei Stunden tief erschrocken hatte – rötlich verschwollen, von Tränen und Schluchzen geschüttelt. Ein unansprechbares Geschöpf. Den Beamten hatte Helen gesagt, wer das Mädchen sei, daß sie ihr Gast sei und sie auch ahne, warum es ihr so schlecht gehe. Die lebensgefährlich verletzte Schwester leuchtete den Beamten ein. Paul hatte sie dann aus dem tiefliegenden Autositz herausgeholt und ins Haus getragen.

Charly bewegte sich, zog ihren Arm unter der Decke hervor, und Paul bemerkte, daß sie in seinem dicken, weißen Frotteebademantel ins Bett gegangen war. Wie sie gezittert hatte. Die Polizeibeamten hatten ihr eine Uniformjacke um die Schultern gelegt und darüber eine filzige Decke, die nach altem Zigarettenqualm stank. Er hatte seinen Bademantel und Wolldecken geholt, Helen hatte sie auf dem Sofa hineingewickelt, beruhigend auf sie eingeredet, er hatte Wasser, Tee, Tabletten und Cognac gebracht, und als Helen doch noch einen Arzt holen wollte, hatte Charly sich endlich beruhigt.

Paul setzte sich auf den Fußboden neben das niedrige Bett, als müsse er auf sie aufpassen. Er war längst müde, aber ihre tiefe Erschöpfung hielt ihn wach:

Was hat sie durchgemacht, dachte er.

Hatte ich jemals solche Angst wie sie? überlegte er. Hat mich irgend jemandes Krankheit oder Tod so erschüttert? Wie habe ich die Nachricht von Vaters Herzinfarkt damals aufgenommen. Ich kann mich nicht einmal erinnern. Was ist nur mit mir los? Paul lehnte seinen Kopf gegen das Bett und sah aus dem Fenster in den dunstigen Nachthimmel.

Vater ist tot, und wie trauern wir? Hat Michi nicht recht, wenn er sagt, daß keine normale menschliche Reaktion zu spüren war, als wir erfuhren, daß Ben lebt? Wie verhält man sich, wenn man «menschlich» in Michis Augen ist? Wir leben nebeneinanderher und wollen von den anderen nur hören, daß es ihnen gutgeht, daß alles gelingt, daß wir selbst fabelhaft sind. Wir sind mit uns selbst beschäftigt und bemänteln die Unfähigkeit, menschlich zu sein, mit Eile, Arbeit und Geld. Individualisten sind wir im besten Fall, aber das ist schon wieder viel zu positiv ausgedrückt. Ich presse Ben Saalberg als neues Problem in meinen Tagesablauf hinein, aber nur, weil ich gerade Zeit habe. Ich benehme mich so, als wäre es das Normalste von der Welt, daß mein Vater fünfzig Jahre lang seinen einzigen Bruder verschwiegen und verleugnet hat. Georg interessiert sich nur für seine Aktienmehrheit und für sein Irakgeschäft. Aber er gibt es wenigstens zu. Rosa ist in ihrem Selbstverständnis erschüttert, wehrt sich mutig, will die Sache aber gleich für sich ausschlachten.

Was unterscheidet Charly von allen anderen, die ich kenne? Ihre Fähigkeit, sich auf eine Situation, einen Menschen vollständig einzulassen? Ist es ihre Verletzlichkeit? Hat sie keinen Panzer aus Eigenliebe und Eitelkeit?

Paul mußte lächeln. Er erinnerte sich an Charlys Entsetzen, als sie sich vorhin im Spiegel gesehen hatte. Das war nur gesunde Eitelkeit. Er setzte sich wieder auf und betrachtete die Schlafende. Mindestens fünfzehn Minuten lang hatte sie ihr Gesicht auf Helens Anraten mit kaltem Wasser bearbeitet. Eigentlich hatte sie Kräuterquark haben wollen, das sei ein altes Hexenrezept aus Irland, um verlorene Schönheit wiederherzustellen. Hinter einem feuchten Handtuch hatte sie fast gelacht. Später erst hatte sie begriffen, was passiert war. Cognac und Aspirin hatte sie hinuntergeschluckt, mit kleiner Stimme «Danke und gute Nacht» gesagt. Helen hatte sie nach oben begleitet und gewacht, bis Charly heil aus dem Bad und im Bett war.

Vorsichtig stand Paul auf und trat an das geöffnete Fenster. Die Mondsichel über den Bäumen stand zart und rötlich im Dunst. Auf der Straße fuhren zwei Autos vorbei. Er ging zurück an das Bett und betrachtete ihre zusammengerollte, schmale Gestalt, eingehüllt von seinem riesigen Bademantel. Ganz nah war er dem empfindsamen Gesicht und spürte eine Welle von Zärtlichkeit und Sorge, wie er es noch nie erlebt hatte.

Das Telefon klingelte. Um diese Zeit konnte es nur Carolin

sein. Er hatte sie ganz vergessen. Leise schloß er die Tür zu Charlys Zimmer und nahm den Hörer ab.

Noch Wochen später, längst in London, fragte er sich, was geschehen wäre, wenn Carolin nicht angerufen hätte.

Wäre er geblieben, wäre Charly aufgewacht, oder hätte er sie durch irgend etwas geweckt? Und dann?

Es ist wichtig, daß ich Abstand von ihr halte und erst einmal zur Besinnung komme, sagte er sich immer wieder. Von heute auf morgen habe ich meine Beziehung zu Carolin beendet, und es ist traurig, wenn nichts anderes von einer Liebe übrigbleibt als die Erleichterung darüber, daß man ihr entkommen ist.

Er war sich auch bewußt, daß seit dem Tod seines Vaters nicht nur er, sondern die ganze Familie in einem Hexenkessel von Gefühlen lebte; jeder auf seine Weise bemüht, es dem anderen nicht zu zeigen. Innerhalb von zehn Tagen hatte sich sein Leben verändert und ihn mit einem Gefühl der Erschöpfung und Leere zurückgelassen. Er sah auch, daß die Flucht in einen Flirt ein alter Ausweg war, sozusagen ein billiges Rezept für derlei Situationen.

Trotzdem: Wenn er die Morgensonne auf der Themse sah, sah er Charly an ihrem ersten Sonntagmorgen in Kirchrode. Wie sie in dem smaragdgrünen T-Shirtkleid in der Tür zur Halle stand, er sah das Lächeln, das langsam aus ihren Augen zu den Lippen wanderte. Er erinnerte sich an jede Sekunde im Museum, an den Kuß, an das vollkommene Glück in diesem Moment.

Dieser Blick, ihr Lächeln, diese Stimme! War er denn blind und dumm?

Und jetzt redete er sich ein, daß es gut so wäre: daß er Rücksicht auf Arndt nehmen müßte. Dabei überlegte er ständig, wie er Charly erreichen könnte, studierte das dicke Telefonbuch und fragte sich, welcher dieser Tuchmanns ihr Vater sein könnte. Unbegreiflich, daß er abgefahren war, ohne nach ihrer Londoner Adresse zu fragen. Warum habe ich sie vor meiner Abfahrt nicht einfach geweckt? Warum darf ich ein Mädchen, das in meinem Bademantel schläft, nicht einfach zum Abschied küssen? fragte er sich und wußte genau, warum er es nicht getan hatte. Er hatte ihr eine Ringelgans aus Ton auf das Kopfkissen gestellt. Er konnte jederzeit in Hannover anrufen, um zu hören, ob sie begriffen hatte, daß es sein Abschiedsgeschenk war, aber er ließ es, nachdem er dreimal Arndt am Telefon gehabt und das Gespräch nach jeweils sechzig Sekunden Kurzinformation beendet hatte.

Helen sei nicht auf die Insel gefahren, hörte er, wegen Charly. Das sei zwar unnötig, aber so sei die Großmutter nun einmal. Eine Unverschämtheit außerdem, daß sie ihn nicht in der Freitagnacht von Charlys Zusammenbruch unterrichtet hätten. Er sei zu Hause gewesen, und seine Aufgabe wäre es gewesen, sie zu beruhigen, schließlich wolle er sie heiraten, falls Paul das noch nicht verstanden habe. Samstag mittag habe Charly dieses peinliche Auto zurück in die Stadt gefahren, Arndt war die bloße Erwähnung des Autos schon unangenehm. Charlys Schwester war Samstag abend aufgewacht, hatte ihren Freund erkannt. In Arndts Augen ein unerträglicher Brillen- und Turnschuhträger. Charly sei deprimiert, weil ihre Schwester sie nicht erkannt habe und sich offensichtlich nicht bewegen könne. Nein, sie sei nicht gut in Form, kaum ansprechbar, aber das müsse Pauls Sorge nun wirklich nicht sein. Ganz im Gegenteil, es kümmerten sich schon viel zu viele Leute um Charly. Aus London wäre ein alter Freund ihres Vaters gekommen. Er wolle Charly mit nach Italien nehmen, Helen hätte ihm sogar zugeredet.

Nach diesen Nachrichten aus Hannover zwang Paul sich zu der Feststellung, daß Charly gut aufgehoben war, daß er Arndt unter keinen Umständen in die Quere kommen sollte, daß die ersten Wochen entscheidend für seine neue Position in der Bank waren, daß die neue Arbeit seine vollständige Konzentration verlangte.

Nur ein paar Dinge ließen sich von vernünftigen Argumenten und wichtigen Aufgaben nicht zur Seite schieben: Die zarte Mondsichel über dem nächtlichen Square, ein smaragdgrünes Uhrenarmband, eine Skulptur von Brancusi – Dinge, die für ihn nur einen Namen trugen: Charly.

In den folgenden Wochen konzentrierte sich Paul auf seine Arbeit und übernahm dabei mühelos englischen Lebens- und Arbeitsstil, was sein Vater mißbilligend vorhergesehen hatte, wie sich Paul amüsiert erinnert: Er erschien selten vor 9.30 Uhr im Büro, verabredete sich rechtzeitig zum Lunch, der dann durchaus zwei Stunden dauern konnte. Abends folgte er Einladungen zu Cocktails, und später traf er meist noch Freunde in Restaurants, Pubs oder Clubs.

Oft dachte er, Charly müsse wie ein Wunder irgendwo erscheinen: Auf einem der Cocktails herumstehen, in einem Pub an der Bar lehnen, aus einem Taxi aussteigen, einfach auf der Straße gehen. Er wußte, es war ein unsinniges Spiel, aber es machte ihm Spaß.

An einem verregneten Julimorgen lag ein langer Faxbogen auf seinem Büroschreibtisch. Seine erste Spannung wich schnell gelassener Enttäuschung. Das Fax war von Rosa.

Er hatte oft vergeblich versucht, seine Schwester zu erreichen, und wußte, daß er sich über ihre Initiative freuen mußte, überlas die ersten Sätze, in denen stand, daß Rosa bei Lew Kopelew gewesen war, um nach Ben Saalberg zu forschen und über das Nationalkomitee zu sprechen. Er fand das Schreiben viel zu lang, um es sofort zu lesen, und steckte es erst mal ein. Nachts, zurück in seiner Wohnung, hatte er keine Ausrede mehr. Es war höchste Zeit, Rosas Brief zu lesen. Vielleicht erwartete sie schnell eine Antwort.

Paul überflog achselzuckend die aggressive Einleitung,

nach der Rosa aber zügig ihre Unterhaltung mit Kopelew wiedergab:

«‹Also, Sie wollen mich über das Nationalkomitee verhören?› sagte er. ‹Ach, Kindchen, das ist so lang her, und ich habe da mitgemacht, weil ich die deutsche Sprache sprechen konnte.› Dann sprach er von seiner Liebe zur deutschen Literatur, von seiner Kindheit in Kiew, wo er zu einem humanistisch und international denkenden Kommunisten erzogen worden war. Dort seien seine Überzeugungen gewachsen. Seinen Glauben an den gewaltlosen, toleranten Menschen in einer gleichgesinnten Völkergemeinschaft trägt er in sich oder besser wie eine leuchtende Fackel vor sich her.

Wir sprachen darüber, was von diesem Jahrhundert anfänglich erwartet worden ist, in dem die kommunistische Philosophie mit der These antrat, man könne eine gewaltlose Welt schaffen, in der gleichgestellte Menschen ohne schädliche Egoismen miteinander leben würden. Für Tausende schien der Moment Anfang des Jahrhunderts gekommen, die russische Revolution sollte den Weg freimachen für die neue Gesellschaft. Jetzt – nach 73 Jahren – gibt auch Lew Kopelew zu, daß der Kommunismus sich als Utopie erwiesen hat und als gesellschaftspolitisches Modell gescheitert ist. Aber er hält daran fest, daß der Kommunismus eine wunderbare Lebensphilosophie ist.

Ich habe so viel über ihn gelesen, weiß, wie überanstrengt er ist, habe ihn aber doch noch gefragt, ob es nicht eine Zeit in seinem Leben gegeben hat, in der er die Deutschen gehaßt hat. Schließlich sind seine Großeltern von der SS erschossen und seine Eltern vertrieben worden.

‹Ach, Kindchen›, sagte er wieder, ‹Verbrechen ist für mich keine Frage der Nationalität. Gehaßt habe ich die Faschisten, ich hasse sie noch, und meine Arbeit ist Arbeit gegen den Faschismus.›

Über seine Zeit im Nationalkomitee haben wir kaum gesprochen. Er sagte, alles sei in seinen autobiographischen Schriften nachzulesen. Ich zeigte ihm das Bild von Ben Saalberg, und wie anzunehmen war: Er hat ihn nie gesehen. Trotzdem nahm er sich Zeit zu überlegen, was zu tun sei, um Ben Saalberg zu finden, und meinte, es sei sinnvoll, nach Krasnogorsk zu fahren, wo das zentrale Kriegsarchiv ist.

Glaub nur nicht, mein lieber Paul, daß ich über meiner Begeisterung für diesen alten Mann mein Ziel aus den Augen verloren habe: Ich weiß inzwischen, was Ihr unternehmen müßt, um Ben Saalberg zu finden. Er hat Stalingrad überlebt. Kopelew habe ich besucht, weil es mich brennend interessierte. Aber ich werde auch Besuche machen, die mißlich für Euch sein werden. Bernd Haller, wenigstens seine Frau werde ich ausfindig machen und beweisen, daß Vater seinen Bruder wissentlich überging und verleugnete, und ich wiederhole: Das Testament muß nicht angefochten werden, es wird per se ungültig sein, und Georg müßte verrückt sein, wenn er damit vor Gericht ginge. Ohne Zweifel wirst Du ihm mein Fax schikken oder telefonieren. Von mir mußt Du niemanden grüßen! Rosa.»

Sie leidet, dachte Paul und ging resigniert hinaus auf den kleinen Balkon. Sie greift an wie ein verletztes Raubtier, um den eigenen Schmerz zu betäuben. Wie kann man ihr nur helfen, ohne daß sie uns alle kaputtmacht?

FÜNFZEHNTES KAPITEL

Am 2. August 1990 überfiel der Irak in einer nächtlichen Blitzaktion den Nachbarstaat Kuwait und begründete den Überfall auf den reichen Zwergstaat mit dem Wunsch nach einer gerechteren Verteilung des Ölreichtums auf die arabischen Völker.

Niemand wußte zu diesem Zeitpunkt, wo sich Georg Saalberg aufhielt. Er war am 18. Juli mit seinem Sohn Michi und Kurt Matthes in den Irak gereist, und ihr Rückflug war für den 8. August gebucht.

Saddam Hussein hielt alle auf dem Gebiet Kuwaits und des Irak befindlichen Ausländer als Geiseln fest. Einige von ihnen wurden an strategisch wichtige Orte verschleppt und angesichts der am Golf aufmarschierenden internationalen Streitmacht als «lebende Schutzschilde» mißbraucht. Rund 11 000 westliche Geiseln befanden sich in der Gewalt Saddam Husseins, darunter 750 Deutsche. Unter ihnen war Kurt Matthes mit fünfzehn anderen Betriebsangehörigen der Hoch-und-Tiefbau-Gesellschaft SAMA, einer Tochtergesellschaft der Saalberg AG Hannover.

Georg war von Kuwait aus am 24. Juli für drei Tage in die Vereinigten Arabischen Emirate geflogen, um dort weitere Kontakte zu knüpfen. Michi hatte lieber Kurt Matthes begleiten wollen, der zur gleichen Zeit aufgebrochen war, um Bauvorhaben der Firma im hohen Norden des Irak zu beaufsichtigen. Dort sollte Georg ihn später abholen. Eigentlich hatte er die Fahrt in die kurdischen Berge für zu gefährlich gehalten und Michis Bitte erst abgelehnt, dann aber gab er doch nach. Kurt Matthes gewährleistete in seinen Augen die zuverlässigste Betreuung, und außerdem wollte er Michi zufriedenstellen, dessen Vorhaltungen ihn immer mehr irritierten. Michi hatte die Hoch- und Tiefbauarbeiten der SAMA mit Hitlers Bunkerausbauten an der französischen Atlantikküste verglichen, Georg gefragt, wie er solche Vorhaben unterstützen könne, und gesagt, daß sein eigener Vater Helfershelfer eines Diktators sei. Um weitere politische Diskussionen aufzuschieben, ließ Georg ihn fahren.

Kurt Matthes, verantwortlich für den Konvoi aus Baumaschinen, Lastwagen, Personenwagen und zwei Motorrädern, konnte aber seine Augen nicht überall haben. So verhinderte er nicht, daß Michi sich während einer Rast eines der schweren Motorräder auslieh, um eine kleine Probefahrt zu machen. Damit erfüllte Michi sich einen Wunsch, den er während der langsamen Fahrt einige Male geäußert, den Kurt Matthes aber strikt abgelehnt hatte.

Berauscht von der schnellen Fahrt, achtete er kaum auf die Straße, merkte zu spät, daß die gutausgebaute Strecke abrupt endete, bremste erschrocken auf dem steinigen Untergrund, das schwere Motorrad geriet in einer Kurve in eine gefährliche Seitenlage, Michi konnte die Maschine nicht mehr halten, aber auch nicht abspringen. Er stürzte, das Motorrad fiel auf ihn, und ein entgegenkommender Lastwagen, der nicht mehr bremsen oder ausweichen konnte, fuhr über das Motorrad und zerquetschte das linke Bein des Jungen.

Die Botschaft von Michis Unfall erreichte Georg in seinem Hotel. Vor seinem Fenster funkelte der Persische Golf in der Morgensonne, er hatte gerade sein Zimmer verlassen wollen, um auf einem exklusiven Golfplatz Spiel und Geschäft zu verbinden.

Als er in Bagdad eintraf, war Michis Bein schon bis zum Knie amputiert. Michi lag in hohem Fieber und erkannte ihn nicht. Es sei aussichtslos gewesen, das Bein unrettbar zerstört, sagte ihm der Arzt in tadellosem Deutsch, das sei aber leider noch nicht alles. Georg antwortete nicht, fragte nichts. Seine gepflegte Hand strich ungläubig über das weiße Bettzeug, unter dem Michis linkes Bein hätte sein müssen. Er kniete neben dem Bett nieder, legte seine Stirn auf das flache Laken und tastete nach Michis bandagierter Hand. Kurt Matthes, der ihn zu Michi geführt hatte, sah auf den zitternden Rücken des mächtigen Mannes, drehte sich zum Fenster und weinte auch.

Der Arzt sprach später mit Georg. Er teilte Georg mir, daß er Michi das ganze Bein werde abnehmen müssen. Das Risiko einer Blutvergiftung sei groß, das steigende Fieber ein Zeichen, daß die Gefahr nicht gebannt sei. Mit Mitteln, die ihm hier leider nicht zu Gebote stünden, hätte man aber vielleicht noch eine Chance.

Georg ließ ihn kaum ausreden, verlangte den Klinikchef, ließ sich mit den höchsten Stellen im Irak, mit Flughäfen und deutschen Kliniken verbinden und erwirkte Michis sofortige Ausreise nach Deutschland. Der Arzt konnte ihn begleiten. Er selbst saß, ohne sich einmal zurückzulehnen, ohne zu essen, zu trinken oder zu schlafen neben Michi, hielt seine Hand, redete auf ihn ein, streichelte sein Gesicht und sagte sich, daß nichts mehr für ihn Wert hätte, wenn er seinem Kind nicht helfen könnte.

Am frühen Morgen des 3. August stand Georg Saalberg in der Halle des Kirchroder Hauses. Er hatte im Krankenhaus die Zeitungsmeldung vom Überfall auf Kuwait gelesen, als er im Warteraum vor dem Operationssaal saß. Michi wurde an diesem Morgen von einem Gefäßchirurgen operiert, der die minimale Hoffnung hatte, Michis Bein retten zu können.

Nur Gisela Matthes war im Haus.

Helen war auf die Insel gefahren. Caren besuchte Freunde in der Bretagne, Arndt verfolgte Charly in Italien. All das erzählte ihm Gisela in einem Atemzug, um dann mitten im Satz innezuhalten. Ungläubig starrte sie in Georgs hohles Gesicht, musterte den zerknitterten Anzug. «Sie wollten doch – wie kommen sie überhaupt – ist er schon tot?» fragte sie leise, und Georg wußte, daß sie von ihrem Sohn sprach.

«Von Kurt weiß ich noch nichts – es ist Michi», antwortete er.

«Oh, mein Gott», flüsterte Gisela, «was ist passiert, Chef?»

Dann sah sie, daß Georg sich kaum noch aufrecht halten konnte, und führte ihn ohne weitere Worte in die Küche.

In dem großen Glas Wasser, das sie ihm zu trinken gab, flimmerte die Morgensonne. Georg sah es wie die gleißende Wasserfläche des Persischen Golfs vor sich und berichtete Gisela, was geschehen war.

Michis Operation verlief erfolgreich, aber zwei Tage später waren alle Meßwerte bedenklich schlecht, und er wurde unter Verdacht auf Hepatitis B auf die Isolierstation verlegt, wo niemand ihn besuchen durfte. Zum zweitenmal schwebte er zwischen Tod und Leben.

Georg betäubte die hilflose Angst um Michi mit der Sorge um seine Mitarbeiter im Irak. Er telefonierte mit den Angehörigen seiner gefangenen Mitarbeiter, mit wichtigen zuständigen Stellen in Bonn, erfuhr, was schon unternommen oder noch geplant war, um die Geiseln aus dem Irak herauszubekommen. Er bot unbegrenzte Hilfe an, um die Bemühungen der Regierung zu unterstützen. In einem anderen Telefongespräch veranlaßte er eine außerplanmäßige Vorstandskonferenz der SAMA.

Tage später fuhr Georg mit Caren zu Helen. Dort wartete Paul, der aus London gekommen war, um ihn zu sehen. Alle waren angespannt zwischen Angst und Hoffnung. Keiner mochte aussprechen, was jeder dachte: Unvorstellbar, daß Michi jetzt noch stirbt, nachdem die Operation gelungen ist.

Sie saßen in Helens kleinem Zimmer, eine Kerze brannte

auf dem Tisch, die Terrassentür stand offen, draußen fiel starker Regen, und gleichmäßiges Rauschen füllte die langen Gesprächspausen, in denen jeder von ihnen eigenen Gedanken nachhing. Caren begann zu weinen, und ihre Tränen erschütterten Georgs starre Selbstbeherrschung, die Helen besorgt beobachtet hatte.

«Ich bin mit Michi im Streit auseinandergegangen», sagte er schließlich. «Das quält mich am meisten.»

«Warum habt ihr gestritten?» fragte Helen.

«Es fing damit an, daß er sich mit Herrn Nickel, dem Geschäftsführer der SAMA, in die Haare geriet», berichtete Georg. Michi fragte nach allem, und dieser Nickel meinte, Michi sei unverschämt und stelle unangemessene Fragen, sein Verhalten ihm und mir gegenüber sei dreist und so weiter. Das hat Michi aufgeregt. Herr Nickel sei genauso starr wie eine Zementwand, sagte er, und ich sei nicht viel besser. ‹Habt ihr euch überlegt, was ihr da baut? Für wen ihr das baut? Wozu braucht das Land so viele Bunker? Hast du den Giftgaseinsatz des Irak vergessen? Diese Leute unterstützt du!› – So ging es los. Ihr könnt euch vorstellen, wie gereizt ich war.»

Helen musterte Georgs Gesicht. Eine ungewohnt steile Falte stand zwischen den Augenbrauen, als er die Vorwürfe wiederholte, die Michi ihm an den Kopf geworfen hatte. Schließlich habe Michi abgelehnt, «Feudalferien» mit ihm zu machen, und er habe ihn mit Kurt Matthes fahren lassen.

Georg deutete an, wie sehr er sich Michis Überzeugungen zu Herzen nehme, wenn sie auch teilweise unhaltbar naiv seien. In jedem Fall wolle er alles überdenken und möglicherweise auch ändern. Er habe eine außerplanmäßige Vorstandskonferenz der SAMA einberufen.

Es wurde früh dunkel an diesem regenschweren Sommerabend. Keiner machte das Licht an.

«Was hört ihr von Rosa», fragte Georg in eine Gesprächspause hinein.

«Sie bleibt hart», antwortete Paul. «Ich versuche öfter, sie anzurufen. Sie will aber nicht mit mir sprechen.»

«Hat sie nicht einmal wegen Michi angerufen?» fragte Georg.

«Wolf hat angerufen», sagte Helen. «Rudolf und Wolfgang auch. Es rufen auch unaufhörlich Leute aus der Firma an, um von mir zu erfahren, was sie dich nicht zu fragen wagen. Es ist rührend.»

«Was sagt Gisela?» fragte Paul.

«Gisela ist großartig», sagte Helen. «‹Ihr Michi, mein Kurt – Der Chef hat Michi gerettet, und Kurt und seine Leute holt er auch raus.›»

«Ich versuche alles menschenmögliche», sagte Georg, «– und Rosa hat sich nicht einmal persönlich gemeldet?» insistierte er.

«Rosa hat einen Brief aus der Kanzlei geschickt», sagte Helen, und ihre Stimme klang etwas hinhaltend. «Indirekt hat es mit Michi zu tun.» Eigentlich hatte sie das Schreiben verschweigen wollen.

«Nun? Und?» fragte Georg. «Kennst du den Brief schon, Paul?»

«Nein.»

«Ich bin ganz einfach empört über den Inhalt», sagte Helen, «aber nun kann ich den Brief auch holen.»

Sie schaltete ihre Schreibtischlampe an, nahm den glatten Faxbogen aus einer Mappe und las seinen Inhalt vor. In kurzen Sätzen ließ Rosa ihre Mutter und ihre Brüder wissen, daß sie unbeeindruckt von der angespannten Situation um Michi, den sie zutiefst bedaure, den Fortgang ihres Anliegens betreibe; daß sie an die von ihr gesetzte Frist erinnern wolle: Wenn Benedikt Saalberg nicht bis zum 1. Februar 1991 gefunden und identifiziert sei, gehe sie vor Gericht. Ihr sei geraten worden, die Einziehung des Erbscheins von 1945 zu beantragen. Damals habe sich ihr rechtlicher Vater, Joachim Saalberg, das Vermögen ihres leiblichen Vaters unrechtmäßig angeeignet. Diesen Tatbestand würde sie beweisen, wenn nötig, vor dem Nachlaßgericht. Ihre anhängigen Forderungen seien allen bekannt. Abgelaufene Fristen oder Verjährung gebe es für sie in diesem Fall nicht. Auf Abfindungen hinter geschlossenen Türen ließe sie sich nicht ein. Die Familie sei schon korrumpiert genug.

«Sie hat nicht genug in der Hand, und meiner Meinung nach weiß sie das auch», sagte Georg. «Es geht ihr um das reine Prinzip, oder?»

«Ja», sagte Paul. «Ein simples Prinzip: Unrecht muß aufgedeckt werden. Um jeden Preis! – So ist Rosa. Dafür habe ich sie immer bewundert.»

«Zu Recht», warf Helen ein. «Aber nach diesem Brief steht fest, daß es zwischen uns keine Übereinstimmung geben wird. Das finde ich furchtbar.»

Georg verdeckte seine Augen.

«Wann wolltest du nach Moskau fahren, Mutter? Anfang September?» fragte Paul.

«Ja, in drei Wochen», sagte Helen.

«Unmöglich», antwortete er. «Wenn Michi gesund wird, mußt du dasein. Du bist für ihn so wichtig wie Georg. Stell dir vor, er kommt aus der Isolierstation, und du bist in Moskau! Das würde er nicht verkraften.»

«Stimmt», sagte Georg. «Du mußt hier sein.»

Von Caren sprach keiner, und sie schien es auch nicht zu erwarten.

«Michi geht vor, da hast du recht», sagte Helen.

Alle schwiegen. Helen sah hinaus. Draußen auf der Terrasse standen zwei niedrige Hocker im Regen, dicht nebeneinander gerückt, glänzend vor Nässe. Michi und Charly hatten da gesessen, erinnerte sie sich. An Charlys erstem Sonntag hatten sie nachmittags in der Sonne gesessen und endlos geredet. Seitdem standen die Hocker dort. Sie sah die beiden schmalen Rücken, weiß und smaragdgrün, meinte, das leise Gemurmel zu hören. Wie Geschwister, hatte sie gedacht. Bloß jetzt nicht solche Szenen heraufbeschwören, sagte sie sich. Michi wird wieder da draußen in der Sonne sitzen. Bloß jetzt nicht sentimental werden.

«Charly hat angerufen, Georg», sagte sie dann, ihre Gedanken laut weiterführend. «Sie denkt ständig an Michi und läßt euch sehr grüßen.»

«Charly», sagten alle gleichzeitig.

Paul lächelte, sagte sonst nichts.

«Wie geht es Charlys Schwester?» fragte Georg aufgeregt, als wäre er froh, sich durch ein anderes Problem von der Sorge um Michi ablenken zu lassen.

«Sie macht kaum Fortschritte», sagte Helen. «Von Charly weiß ich nur, daß sie seit einer Woche in einer Reha-Klinik ist. Sie muß sprechen und laufen lernen – ihr Erinnerungsvermögen ist schwer gestört. Charly meint, daß der Freund sich phantastisch um sie kümmert. Vielleicht wird sie wieder gesund.»

«Und was macht Charly?» fragte Caren weiter, «ist sie bei ihrer Schwester?» Paul war Caren dankbar für jede Frage, die ihn selbst verraten hätte.

«Nein, sie ist nicht mehr dort», sagte Helen. «Der Freund ihrer Schwester hat ihr sehr zugeredet weiterzuarbeiten, weil die Fotos für ihr Buch sonst nicht fertig werden – im Grunde, weil Charly die Belastung nicht mehr länger ausgehalten hätte. Im Augenblick ist sie in Italien. Bevor sie zurück nach England fliegt, will sie ihre Schwester besuchen, und vielleicht hat sie Zeit, kurz nach Kirchrode zu kommen.»

«Arndt fliegt am Wochenende nach Rom, um sie zu sehen», sagte Georg. «Ich glaube, daß er es tatsächlich ernst meint. Jedenfalls gibt er nicht auf.»

Gerade das wollte ich hören, dachte Paul.

Er sagte: «Noch einmal zurück zur Moskaureise. Was müssen wir jetzt planen, wenn Mutter nicht fährt?»

«Es wäre in jeder Hinsicht wichtig zu fahren», sagte Helen. «Einmal wegen Rosas Ultimatum und dann, weil alle Eingeweihten sagen, daß die Lage in der Sowjetunion unstabil ist. Kopelew war darüber sehr beunruhigt.»

«Hat er Angst um Gorbatschow?» fragte Paul ungläubig.

«Ja. Er meint, die russische Mafia arbeite gegen ihn. Er sagte: Wenn es Hunger, Arbeitslosigkeit und Korruption gibt, ist das schon schlimm genug. Wenn es darüber Winter wird, kommt die Katastrophe. Es war beeindrukkend. Aber auch er hat Ben nie gesehen. Nie den Namen gehört.»

«Und die Frau von Bernd Haller? Wolltest du sie nicht um die gleiche Zeit besuchen?»

«Ich habe sie besucht», antwortete Helen und atmete tief durch. «Eine rührende, kranke Frau, die seit vierzig Jahren unter chronischem Rheuma leidet. Sie wollte mir fast die Hände küssen, als ich kam, weil ich die Frau von Joachim Saalberg bin, der ihr seit vierzig Jahren die ärztliche Behandlung, die Kuren, die Krankenhausaufenthalte finanziert und einen rollstuhlgerechten Bungalow gebaut hat. Alles aus alter Freundschaft zu seinem Regimentsfreund Bernd Haller, der nach dem Krieg als Versicherungsvertreter mühsam sein Geld verdient hat. Von Ben wußte sie, glaubte aber, daß er in Rußland gefallen sei.»

«Oh, mein Gott», stöhnte Georg. «Wenn Rosa davon erfährt, wird sie das Schlimmste daraus machen.»

«Sie weiß es schon», sagte Helen. «Eine Woche nach mir hat sie selbst Frau Haller ausfindig gemacht und aufgesucht.»

«Es langt nicht, um Erpressung nachzuweisen», sagte Georg.

«Aber es langt für einen Skandal», Helen sah niemanden an. «Am Ende brauchen wir Ben Saalberg, um Rosa zum

Schweigen zu bringen. Wie erfährt man um Himmels willen, ob er lebt und wo er ist?»

«Was hat Kopelew dir geraten?» fragte Paul.

«Er meinte auch, es sei wichtig, nach Krasnogorsk zu kommen. Die Fahrt ist schon organisiert. Ich habe über die deutsche Botschaft einen Termin im Filmarchiv in Krasnogorsk. Wir werden das alles absagen, denn ich bleibe in jedem Fall hier, Georg.»

«Paul! Kannst du nicht fahren?» bat Georg.

«Sehr unwahrscheinlich, daß ich so schnell noch ein Visum bekomme.»

«Wenn du es bekommst und es irgendwie einrichten kannst, dann fahr! – Rosa ist so geschickt», fuhr er fort. «Sie schiebt uns die Nachforschungen zu und verhindert damit, daß wir ihre Aussagen anfechten könnten. Soll ich noch sagen, was ich befürchte? Bei der Reise wird nichts herauskommen. Gar nichts. Aber dann haben wir es hinter uns.»

Paul erwiderte: «Erst wird Rosa uns alle öffentlich vorführen. Dann haben wir es hinter uns.»

«Michi muß durchkommen», sagte Georg leise. «Alles andere ist zweitrangig. In der Firma und in der Familie sollten wir Vaters Geschäftsstil auf jeden Fall etwas ändern, oder?» Er versuchte zu lachen.

Hat er sich verändert, oder verändert ihn die Angst um Michi nur für den Augenblick? dachte Paul. Auf jeden Fall muß ich jetzt nach Moskau fahren.

«Gut», sagte er. «In London wollen sie mich am 1. September für zwei Wochen nach Südamerika schicken. Ich muß mit Mr. Grey reden, er muß eben einen anderen schicken oder die Reise aufschieben. Dann fahre ich. Aber höchstens für eine Woche.»

Am 2. September 1990 trafen mehrere hundert Frauen und Kinder sowie einige Männer aus westlichen Ländern, darunter 71 Deutsche, aus Bagdad kommend auf westeuropäischen Flughäfen ein.

Kurt Matthes und die anderen waren nicht dabei.

Am 3. September flog Paul Saalberg nach Moskau.

Den Abend des 3. September wollte Charly im Haus ihres Freundes John verbringen. Es war der Abend vor ihrem Abflug nach Moskau, sie wollte in Ruhe ihren Koffer packen, später mit John essen und noch einmal die Arbeiten in Moskau und Leningrad durchsprechen. Als sie die sortierten Negative aus Italien gerade in Johns Labor hinüberbringen wollte, klingelte es an der Haustür. Vor der Tür stand Arndt Saalberg. Sie nahm einen Rosenstrauß und einen Heiratsantrag in Empfang. Die Rosen stellte sie in einen Eimer, weil keine Vase groß genug war. Den Heiratsantrag lehnte sie lachend ab, weil sie Arndt schon zweimal gesagt hatte, daß sie ihn nicht heiraten werde. Zum Trost begleitete sie ihn in ein kleines französisches Restaurant. Es war so teuer, daß sie nie darauf gekommen wäre, dort zu essen. Aber Arndt bestand darauf.

«Wer drei Heiratsanträge eines Jungindustriellen ablehnt, dem ist nicht zu helfen», sagte Arndt und studierte die Karte, obwohl sie schon bei der Vorspeise waren.

«Kaum», war Charlys Antwort. Sie saß ihm gegenüber und rührte in ihrer Gemüsesuppe.

Arndt sah irritiert auf, antwortete aber nicht, aß in Windeseile ein Stück Quiche Lorraine, seine Augen konzentriert auf die froschgrüne Menükarte geheftet. Eine Strähne löste sich aus seinen gutfrisierten Haaren. Er warf sie unwillig zurück.

Wer uns hier sitzen sieht, dachte Charly, könnte noch auf die Idee kommen, wir würden zusammengehören: Ein kleines teures Restaurant, ganz in Weiß und Grün, kleine Nischen,

Lorbeerbäumchen – ausgesucht für zwei, die sich eine Menge zu sagen haben. Dabei sitze ich hier nur, um ihm endgültig klarzumachen, daß er mich in Ruhe lassen soll.

«Was machst du jetzt?» fragte Arndt, ohne aufzublicken.

Charly umfaßte mit beiden Händen die verchromten Armlehnen ihres weißen Ledersessels und betrachtete ein Lorbeerbäumchen, dessen Blätter künstlich glänzten.

«Schläft du?» fragte er beleidigt und schob die Karte fort. «Was du jetzt machst, habe ich gefragt.»

«Ich warte auf meine Kalbsmedaillons auf Blattspinat und denke, daß ich weißes Leder mit gelackten Lorbeerblättern serviert bekomme.»

«Der Laden ist ein bißchen chi-chi. Aber das Essen ist phantastisch.»

«Ich habe gar keinen Hunger.»

«Schwarz steht dir nicht.» Er fixierte sie.

«Das Kleid zieh ich immer an, wenn ich einen Heiratsantrag ablehne.»

Arndts Augen funkelten. «Du bist wunderbar, Charly. Nur viel zu eisig, leider. Wir könnten viel Spaß zusammen haben.»

Das Essen wurde serviert. Charly lächelte den Ober so strahlend an, daß er sich rückwärts vom Tisch entfernte, sie anstarrte und gegen einen Tisch stieß.

«Da siehst du, was du anrichtest», murmelte Arndt. «An jeden Kellner, jeden Taxichauffeur verschwendest du ein Lächeln, einen mesmerisierenden blauen Strahl. Und ich?»

«Du hast gerade ein Steak mit Bohnen serviert bekommen. Es wird kalt.»

«Ich könnte dich erwürgen.» Arndt schnitt sein Fleisch, kaute heftig und redete weiter. «Neun Wochen! Und ich bin noch nicht an dich herangekommen.»

Charly nahm einen Schluck Wasser, stellte das Glas zurück und sah ihn dabei an, als sähe sie durch ihn hindurch.

«Eine blaßgeschminkte Schöne im schwarzen T-Shirtkleid. Ganz comme il faut! Du übertreibst deine Ablehnung! Tu nicht so, als hätte ich dich nicht ein bißchen aufgeregt. Außerdem ist es nicht vorbei. Das Leben geht weiter, du paßt wahnsinnig gut zu mir, und du wirst es auch noch einsehen, Charly Tuchmann. Du bist schön, du bist frech und nicht dumm. Das suche ich. Ganz genau das!»

«Was ist bei dir am besten ausgebildet, Arndt. Deine Intelligenz oder deine Egomanie?»

«Sag es mir.»

«Sei so nett und stell deine Füße unter deinen Stuhl zurück.» Charly hatte ihren Teller geleert und legte Messer und Gabel zusammen.

«Sag es mir.»

«Ich sage dir nur noch, daß ich gleich gehe. Ich muß noch zu John, ich will früh schlafen, und morgen früh um neun Uhr fahre ich nach Moskau. Willst du die Flugnummer auch noch wissen?»

«Weiter?»

«Dann fahre ich nach Leningrad.»

«Du fährst nach Leningrad.»

«Nun gut, ich fliege.»

«Einfach so. Nach Leningrad.»

«Was fragst du so töricht? Du weißt genau, was ich in der nächsten Woche vorhabe.»

«Ich mag es, wie du dasitzt. Mit den Händen auf den Armlehnen. Es paßt zu dir. Guck mich nicht so an. Es ist doch kein Verbrechen, dich anzusehen, oder? – Wann fährst du?»

«Jetzt am Freitag.»

«Eine absurde Formulierung, aber so unlogisch bist du nun einmal. ‹Jetzt Freitag.› Das gibt es gar nicht. ‹Am kommenden Freitag, den 7.9.1990 um soundsoviel Uhr fliege ich mit der und der Maschine von A nach B.› So drückt man sich als normaler Mensch aus.»

«O.k. Du hast gewonnen.»

«Ich gewinne immer. Warum fährst du überhaupt noch weg? Du heiratest mich ohnehin, also kannst du es auch jetzt machen.»

«Laß uns lieber über Michi sprechen! Es ist so schrecklich, und wir sitzen hier und reden dummes Zeug.»

«Mein Vater ist fast zusammengebrochen. Aber jetzt haben alle wieder Hoffnung.»

«Ich weiß», sagte Charly. «Deine Großmutter hat mich angerufen. Schade, daß sie jetzt nicht nach Moskau fährt. Ich habe mich so darauf gefreut, sie zu treffen.»

«Verschieb deine Reise doch. Dann fahrt ihr später, und ich komme auch mit.»

«Das geht leider nicht.»

«Sie mag dich sehr.»

«Ich mag sie auch.»

«Und du magst mich auch sehr, gib es zu!»

«Gib es auf, bitte.»

«O.k. – eine halbe Stunde. Maximal. Was willst du in Moskau machen, wenn du mit deinen Fotos fertig bist und noch nicht weiterreisen kannst?»

«Dann fotografiere ich weiter. Was sonst?»

«Immer nur für diesen ausgebleichten John?»

«Genau. John ist ein alter Freund meines Vaters. Ich diskutiere über keinen von beiden – das könntest du langsam begriffen haben.»

«Diese Umgebung paßt nicht zu dir. Nimm lieber mich.»

«Sie paßt nicht zu mir, aber es ist zufällig mein Zuhause.»

«Und warum überlegst du nicht, wie ein anderes Zuhause aussehen könnte?»

«Wer sagt, daß ich mir das nicht überlege?»

«Also doch?»

«Warum nicht. Ich will dich nicht beleidigen, Arndt, aber du kommst in den Überlegungen nicht vor.»

«Ich will dich eben nicht verstehen. Ich habe mir vorgenommen, dich zu heiraten, und das tu ich auch. Mach dir nichts vor! Schließlich ist ein Leben mit mir ein bißchen aufregender als das in einem vergreisten Schwulenhaushalt.»

«Sei nicht geschmacklos. Ich fühle mich sehr gut aufgehoben, Peter und mein Vater, John und David – es sind vier Väter, aber das kapierst du nicht. Vier amüsante, sensible, intelligente Väter. Ich bin nie allein.»

«Hast du Angst?»

«Manchmal.»

«Aber deswegen darfst du doch mit diesen Männern nicht zusammenwohnen, wenn dein Vater weg ist. Einer ist immer bi, verstanden? Und der fällt irgendwann über dich her. Du bist so – ach, du weißt nichts...»

«Ich weiß nur, daß du eine widerwärtige Phantasie hast.»

«Charly! Alle wollen mit dir schlafen, und du weißt es ganz genau. Es gibt auch jemanden, mit dem du es tust? Komm, sag ja. Ich hab recht.»

«Kannst du an irgend etwas anderes denken?»

«Nicht, wenn ich mit dir zusammen bin. Also: Zu dir kommt der goldhaarige Prinz auf dem weißen Roß, oder?»

Charly zuckte mit den Schultern. «Soll es vereinzelt noch geben», sagte sie mit einem versteckten Lachen in der Stimme.

Arndt fixierte sie genau, als hätte er eine Lupe in der Hand. «He, Charly. Jetzt hab ich dich ertappt.»

«Wieso?»

«So hab ich dein Gesicht noch nie gesehen. Ganz einfach deshalb. So ein Lächeln hast du noch nie gezeigt. Wer ist es? Vielleicht mein phantastischer Onkel Paul, hinter dem alle her sind?» Ein höhnischer Zug lag um seinen Mund.

«Es ist der goldhaarige Prinz auf dem weißen Roß, wer sonst? – Ich möchte noch einen Kaffee, bitte.»

«Jetzt habe ich wieder was Falsches gesagt, oder? Ich seh es dir an.»

Charly schob ein paar übriggebliebene Reiskörner auf ihrem Teller zusammen und dachte: Wie schaffe ich es, jetzt nicht zu heulen?

So war es in den vergangenen sechs Wochen immer gewesen. Sie redete, aß, las irgendeine Zeitung, fotografierte, sah etwas Beliebiges im Fernsehen, und von einer Sekunde zur anderen spürte sie nur noch Angst und war verzweifelt traurig. Anne war gelähmt, erkannte sie nicht mehr. Vielleicht nie wieder.

Sie beugte sich zu ihrer Tasche hinunter, um nach einem Tempotaschentuch zu suchen. Unter dem Taschentuch hielt sie eine kleine Ringelgans in der Hand. Für Sekunden beschwor sie die Juninacht herauf, in der Paul sie nachts ins Haus getragen hatte. Sie sah ihn vor sich, erinnerte sich an jede Minute, die sie in seiner Nähe gewesen war, und mußte sich zwingen, nicht von ihm zu sprechen. Es war auffällig, daß keiner mit ihr über Paul sprach. Es ist wie eine Verschwörung, dachte sie. Ich frage nicht nach ihm und er offensichtlich nicht nach mir. Arndt erzählt von jedem Familienmitglied, nur nicht von Paul, seinen eifersüchtigen Ausfall eben ausgenommen. Dabei ist Paul in London. Ich telefoniere mit seiner Mutter – kein Wort über Paul. Aber irgendwann sehe ich ihn wieder, dachte Charly. Ich weiß nicht, warum, ich weiß es eben.

«Wenn du wieder in Form bist, können wir dann gehen?» fragte Arndt. «Um halb eins geht mein Flieger nach Frankfurt. Morgen früh bin ich mit meinem Vater in Bonn. Wir müssen einige Leute sprechen. Irgendwie müssen wir unsere Männer aus dem Irak herauskriegen!»

«Weißt du, was so bestechend an euch ist, an dir und deinem Vater?» fragte Charly und stand auf.

«Nein.»

«Ihr glaubt tatsächlich, daß ihr alles durchsetzt, was ihr wollt.»

«Deshalb bin ich doch überhaupt hier», sagte Arndt.

Im Restauranteingang, zwischen hohen, kugelförmigen Lorbeerbäumchen, küßten sie sich lachend zum Abschied auf die rechte und die linke Wange, wie sehr gute Freunde es tun, die sich nach einem gemeinsamen Abendessen trennen.

«Ich gebe nie auf», rief Arndt ihr aus dem Taxi zu, das ihn zum Flughafen brachte. «Den nächsten Heiratsantrag mache ich dir in Moskau.»

SECHZEHNTES KAPITEL

Es regnete in Moskau. Tagelang stürzte Wasser aus einem dunklen Wolkenmeer auf die Stadt. Bäche flossen aus kaputten Regenrinnen auf die Bürgersteige, der Wind schob Wasserwände durch die breiten Straßen, dunkle Gebäudefassaden spiegelten sich in gewaltigen Pfützen, und graue Schleier trieben über die weiten Plätze der Stadt.

Paul wischte mit den Fingern ein kleines Aussichtsloch in das beschlagene Seitenfenster seines Taxis, in das er um 13 Uhr vor dem Hotel National eingestiegen war. Er hatte es von der freundlichen Deshurnaja bestellen lassen. An der Rezeption war ihm der Fahrer zugewiesen worden. Ein langer, magerer Mann im taubenblauen Anorak, mit krausen, ergrauten Locken und einer knochigen Stupsnase. Paul fand ihn sehr sympathisch, mußte aber schon nach den ersten Sätzen feststellen, daß der Mann kein Wort Englisch oder Deutsch verstand. Von der brünetten Rezeptionsdame, die ihn aus grün-golden geschminkten Augen immer nur anlächelte, hatte der Taxichauffeur schriftliche und mündliche Direktiven bekommen. Paul konnte nur hoffen, daß seine Wünsche verstanden worden waren: Er wollte nach Krasnogorsk gefahren werden, dort zum Filmarchiv, das nach seiner Information im Museum deutscher Antifaschisten untergebracht war. Das Taxi sollte auf ihn warten, so lange es auch dauern mochte, um ihn dann wieder zurück in die Stadt zu fahren.

Der Chauffeur fuhr zielsicher los. Paul sah kurz auf den

Roten Platz, das Kupfergrün des langgezogenen Kremldaches leuchtete irisierend unter dem dunklen Himmel, die farbenprächtigen Kuppeln der Basiliuskathedrale waren von Regenvorhängen verhüllt, der weite Platz lag wie leergeschwemmt.

Am Puschkin-Platz zeigte der Fahrer nach links und sagte stolz das einzige englische Wort, das er beherrschte: McDonald's. Paul hatte den gelb-weiß-roten Neonaufputz des «Hamburger-Paradieses» schon von mehreren Taxichauffeuren gezeigt bekommen, davor eine schier endlose, naßglänzende Menschenschlange.

Am ersten Morgen war er nach dem Frühstück im prunkvollen Spiegelsaal des Hotels zur deutschen Botschaft gefahren, weil Helen dort einen Termin ausgemacht hatte. Das Botschaftsgebäude hatte er vor Regen nicht betrachten können, hatte nur das verblaßte Grün des Außenanstrichs und die durchweichte, lange Menschenschlange vor dem Gebäude registriert. Rußlanddeutsche, die Aussiedleranträge einreichten. Jeden Tag kamen Hunderte, hatten sie ihm gesagt.

Auf der Rückfahrt zum Hotel hätte er sich mit dem Taxifahrer gerne über diese Aussiedlerschlange unterhalten. An Verständigungsschwierigkeiten scheiterte jedes Gespräch.

Jetzt saß er wieder neben einem Chauffeur, der nett, klug und erfahren wirkte, und konnte nicht mit ihm sprechen. Immer wollte ich wissen, was Moskau für eine Stadt ist, wie sie dort leben, wie es dort aussieht. Jetzt bin ich da, fahre in Taxis mit beschlagenen Fensterscheiben durch die Gegend und sehe nichts, verdammt noch mal. Außerdem fühle ich mich wie ein ignoranter Tourist! Fahre in ein Land, dessen Sprache ich nicht andeutungsweise verstehe. Eine halbe Stunde werde ich neben diesem Mann sitzen, der sicher eine Menge zu erzählen wüßte, der mir viele Fragen beantworten würde. Über Gebäude, Straßen, Menschen. Wie er wohnt und lebt, was er von der Perestroika hält, von Glasnost, von Gorbatschow, ob er weiß, wo er mich in Krasnogorsk hinfährt, was der Begriff «antifaschistischer Widerstand» für ihn bedeutet – und nichts werd ich erfahren.

In den letzten vierzehn Tagen hatte er keine Sekunde Zeit gehabt, sich auf die Reise nach Moskau vorzubereiten. Im Flugzeug hatte er die wichtigsten Vokabeln, das kyrillische Alphabet lernen wollen, um dann festzustellen, daß er den Sprachführer nicht eingepackt hatte.

Paul zog eine Packung Zigaretten aus der Manteltasche und bot dem Taxifahrer die geöffnete Packung an. «Spaciba», er dankte lächelnd und entblößte dabei eine Reihe goldener Frontzähne, redete noch weiter und merkte nach wenigen Sätzen, daß es doch sinnlos war. Sie lächelten sich zu, er zuckte bedauernd mit den Schultern, dann schwiegen sie weiter.

Der Fahrer fuhr die vierspurige Straße zum Flughafen hinaus. Das Zentrum lag hinter ihnen. In der Mitte der breiten Straße war ein bepflanzter Grünstreifen. Die Lindenblätter verfärbten sich schon, die sechsstöckigen Mietshäuser waren hell und lagen hinter baumbestandenen Vorhöfen, die Londoner Squares glichen. Die Ausfallstraße machte einen großzügigen, freundlichen Eindruck.

«Leningradski-Prospekt», sagte der Fahrer mit großer Geste.

Paul konnte nur einen interessierten Laut von sich geben.

Der Fahrer deutete mit den Händen auf die rechten und die linken Häuserfronten, zeichnete Häuser in die Luft, machte mit den Händen schichtende Bewegungen und sagte: «Lenin.»

Wahrscheinlich hat Lenin die Häuser bauen lassen, dachte Paul, sagte «Hmm Hmm» und «Spaciba» und zog wieder die Zigarettenschachtel.

Die Umgebung von Krasnogorsk, das sie nach 35 Minuten erreichten, war leicht hügelig. Vom Dorf selbst sah Paul wenig, weil der Fahrer bald nach dem Ortseingang nach rechts abbog. Unter hohen Birken lagen langgestreckte Wohnhäuser parallel hintereinander, das Auto bog nach links und fuhr vor ein alleinstehendes Haus, das auf Paul wirkte wie eine Vorkriegs-Dorfschule. Die frischgestrichenen Hauswände leuchteten sonnengelb, die Fensterrahmen hoben sich blendendweiß davon ab. Das rote Dach war neu gedeckt, gemähte Grünflächen, ein rotgepflasterter Vorplatz, moderne Außenlampen und frischgestrichene weiße Fahnenstangen gaben der schlichten Architektur fast einen repräsentativen Anstrich.

Es wirkt nicht sehr russisch, dachte Paul, von dem Anblick merkwürdig befremdet.

An der Tür erwartete ihn eine kleine, rundliche junge Frau. Sie hatte fröhliche Augen, kurzgelocktes braunes Haar, blühende rosa Wangen, trug eine gestärkte weiße Spitzenbluse, eine enge dunkle Weste, einen glockigen roten Rock und an den Füßen hochhackige, sehr ausgetretene, spitze Schuhe. Sie war die Leiterin des Museums und hieß ihn mit kindlicher Stimme in sehr gutem Deutsch willkommen. Sie fragte ihn nach seinem Anliegen, hatte gehört, daß er in einer dringlichen Angelegenheit nach Moskau gekommen sei.

Paul zeigte ihr das Foto von Ben Saalberg und erklärte in wenigen Sätzen, was sie wissen mußte.

«Mit dieser Nachforschung müssen sie vielleicht besser in die Filmarchiv», sagte sie.

«Ist das nicht hier im Haus?»

«Nein, nein. Eine ganz andere Gebäude», antwortete sie lächelnd, aber vielleicht sei es keine verschwendete Zeit, wenn er sich ihr Museum doch erst ansehen würde, obwohl sie ihm gleich sagen könne, diesen Kopf habe sie nicht auf ihren Abbildungen. Sie kenne jeden ganz genau. Sie lachte ihn an, und die Art, in der sie zu ihm hochsah, erinnerte ihn kurz an Carolin. Es ist, weil sie auch so klein ist, dachte Paul. Ich habe wirklich lange nicht mehr an Carolin gedacht. Er fand die junge Russin mit den munteren Augen nett und wollte nicht unhöflich sein.

Sie führte Paul sachlich und kompetent durch das kleine Museum, zeigte und erklärte ihm die zahllosen Schaukästen, die ordentlich nebeneinander standen. Perfekt, wie in einer kleinstädtischen Sparkassenausstellung bei uns, so wirkt das hier, dachte Paul. Ja, das ist es überhaupt, was mich schon draußen irritiert hat: Das Gebäude wirkt deutsch und nicht russisch.

Alle Fotos, die er in den Schaukästen betrachtete, zeigten Gesichter von deutschen Kommunisten, Sozialdemokraten und NKFD-Mitgliedern; bekannte, berühmte Namen, keine Spur von Ben Saalberg, wie sie es vorhergesagt hatte. Alle dargestellten Gründungsmitglieder des Nationalkomitees waren verschwindend klein im Vergleich zu überlebensgroßen Fotoaufnahmen von Erich Honecker, die den Ausstellungsraum dominierten. Die junge Direktorin erläuterte gerade die Aufgabe der Ausstellung und die Geschichte des Gebäudes:

«Das Museum in Krasnogorsk ist in einem Gebäude untergebracht, in dem sich seit dem Frühjahr 1943 die Zentrale Antifaschistische Schule befand», schnurrte sie die Erklärung mit ihrem liebenswerten Akzent herunter. «In dieser Schule wurden ungefähr 5000 Antifaschisten verschiedener Nationalitäten ausgebildet, darunter 4000 Deutsche. Hier, in der Nähe Moskaus, kamen hervorragende Funktionäre der KPD und bekannte Vertreter der fortschrittlichen deutschen Intelligenz, die sich in der politischen Emigration befanden, immer wieder mit Hörern der Schule zusammen, hielten Vorlesungen und leisteten ideologische Überzeugungsarbeit.»

Sie hat das wunderbar auswendig gelernt, dachte Paul, und hörte weiter zu. Erfuhr, daß die Geschichte des Nationalkomitees Freies Deutschland an diesem Ort lückenlos dokumentiert werden sollte.

«Wie merkwürdig, daß die Sowjetunion so viel Geld aufwendet, um zu beweisen, wie deutsche Kriegsgefangene gegen Hitler gearbeitet haben», bemerkte Paul in ihre fließenden Erklärungen hinein.

«Aber doch nicht die Sowjetunion», sagte die junge Russin erstaunt. «Das hat Deutschland geplant und finanziert.»

«Deutschland?» fragte Paul.

«Ja, natürlich! Ich meine unser Deutschland, ich meine die DDR mit Honecker, der ja auch dazugehörte.»

Paul sagte: «Ich verstehe.» Er dachte: Wie naiv von mir. Natürlich meint sie die DDR. Das erklärt auch die Diktion ihrer auswendig gelernten Erklärungen.

Sie gingen die Wendeltreppe hinauf, die von einem neuen, roten Veloursläufer bedeckt war.

«Haben Sie denn auch Unterlagen über den ‹Kreisauer Kreis› oder die ‹Bekennende Kirche›? Über Moltke, Yorck, Stauffenberg, Bonhoeffer?»

«Nein, leider nicht», lächelte die kleine Direktorin. «Aber wir würden unser Museum gern vervollständigen. Vielleicht kann man helfen und uns ausbessern?»

«Bestimmt», sagte Paul.

Oben war ein kleiner Unterrichtsraum zu betrachten.

«Original, wie er damals benutzt worden ist», sagte sie.

Paul sah in ein farbloses, quadratisches Zimmer mit einfachem Dielenboden, hölzernen Schultischen und Stühlen. Durch ein kleines Fenster fiel trübes Licht. In der linken, inneren Zimmerecke stand ein schmaler Kanonenofen, an der rechten Zimmerseite war eine rechteckige, schwarze Wandtafel untergebracht, Schwamm und Wischtuch hingen noch an einfachen, in die Holzumrandung geschlagenen Nägeln, staubiger Schul-Kreideduft lag in der Luft.

«Vielleicht hat Ihr Onkel auch hier gesessen!»

Paul fragte: «Was war die Aufgabe dieser Schule?»

Die Antwort kam wie aus der Pistole geschossen: «Hauptaufgabe der antifaschistischen Schulen war die Entlarvung der nazistischen Ideologie und die Erziehung der kriegsgefangenen Soldaten und Offiziere im antifaschistischen Sinne, die Ausbildung von Kämpfern gegen den Faschismus und für ein neues Deutschland. Viele Absolventen der Antifa-Schulen wurden Propagandisten der Ideen des NKFD. Sie leisteten über die Frontlinien hinweg im Hinterland der Wehrmacht und in den Kriegsgefangenenlagern Agitationsarbeit. Viele Absolventen der antifaschistischen Schulen beteiligten sich in der Nachkriegszeit aktiv an der demokratischen Umgestaltung. Im Osten Deutschlands wirkten sie mit am Aufbau der Selbstverwaltungsorgane, an der Bodenreform, der Schulreform...»

«Was ist das hier?» unterbrach Paul sie erregt.

Während die muntere Vortragsstimme neben ihm sprach, hatte Paul den schmalen Flur des oberen Stockwerks inspiziert und einen indirekt beleuchteten Kasten entdeckt, in dem Bilder ausgestellt waren. Kleine Bleistiftzeichnungen und Aquarelle.

«Das sind Bilder von ehemaligen Absolventen der Schule. Sie zeigen das Schulgebäude, so wie es damals war. Die Baracken, in denen die Kriegsgefangenen wohnten. Damals gab es noch einen See, der ist jetzt zugeschüttet, aber auf diesen Aquarellen hier in der Mitte, sehen Sie, ist die Stimmung dieser Landschaft mit ihren Birken und Kiefern wunderschön getroffen, finden Sie nicht auch?»

Drei kleine Aquarelle waren besonders herausgehoben. Sie zeigten den kleinen See, gelbe Baracken, Kiefern und Birken unter blaßblauem Sommerhimmel, verschneit im Winter und in regnerischem Herbstwetter. In der unteren rechten Ecke waren sie mit einem russischen «Z» gezeichnet.

Gebannt starrte Paul auf die Signatur, griff nach seiner Brieftasche und holte das kleine Blatt aus dem Safe seines Vaters hervor.

«Es ist dasselbe Zeichen, sehen Sie?» Er zeigte der jungen

Russin das Bild. «Es ist dasselbe Motiv und die gleiche Technik, sehen Sie es auch? Wie kann man herausbekommen, wer die Bilder gemalt hat? Es könnte mein Onkel gewesen sein.»

«Oh! Ich bin unsicher», war die erschrockene Antwort.

«Aber man muß jemanden fragen können. Kennen Sie niemanden, der älter ist, der irgendeine Idee haben könnte?»

«Wir wollen hinuntergehen», sagte die Direktorin eifrig, und ihr glockiger roter Rock wippte schon die Treppe hinunter. «Ich denke an Anna Semjonowna. Sie ist schon fünfundsechzig Jahre und hat immer hier in der Schule gearbeitet, und ich glaube, sie weiß etwas über die Bilder. Jedenfalls waren sie immer besonders wichtig für sie.»

«Wo ist sie?» sagte Paul aufgeregt.

«Anna ist Garderobenfrau, aber seit der Wende kommt ja kaum noch einer. Wir haben nicht mehr viel für Anna zu tun, deshalb geht sie immer früh.»

«Anna Semjonowna, Anna Semjonowna!» rief sie laut durch die leeren Ausstellungsräume.

Anna Semjonowna war schon gegangen.

Die Direktorin fragte in einem kleinen Büro neben dem Eingangszimmer nach der Adresse der Garderobiere. Die dicke Frau, die dort an einer alten Schreibmaschine arbeitete, war eine Freundin Anna Semjonownas. Sie sagte, Anna sei heute nach Moskau gefahren, einen Krankenbesuch machen, ja, das mache sie häufiger in letzter Zeit. Mittwoch morgen habe sie freigenommen, um in Moskau zu bleiben. Aber am Nachmittag, da sei sie zurück.

Paul verließ eine Stunde später das Filmarchiv. Bild und Name Benedikt Saalbergs führten zu keiner der Personen, die im Archiv gelistet waren.

Schon auf der Rückfahrt bestellte er den hilfsbereiten Fahrer für den übernächsten Tag zum Hotel. Dann wollte er wieder nach Krasnogorsk, um Anna Semjonowna zu sehen.

In der Maschine, die am Dienstag morgen von London nach Moskau flog, hatte Charly einen schönen Fensterplatz weit vorn bekommen. Sie schob ihre Kameratasche unter den Sitz, weil John sagte, da seien Kameras immer besser aufgehoben als in den hochliegenden Klappschränken. Er hatte ihr überhaupt so viele belehrende Tips gegeben, daß sie am Ende der Autofahrt nach Heathrow gar nicht mehr zugehört hatte.

Gut, daß ich jetzt gute vier Stunden Ruhe habe, dachte sie und sah aus dem ovalen Fenster. Über Heathrow spannte sich ein blaßblauer Spätsommerhimmel, die Luft war klar, und die aufgereihten Flugzeuge glänzten wie frisch gelackt in der Morgensonne.

Charly fand es kühl, zog ihre Jacke etwas fester um sich und strich dabei mit Stolz über den bräunlich karierten Cashmerestoff des Ärmels. An einem Ausverkaufsständer bei Harrods hatte sie die Jacke entdeckt und nicht wieder aus der Hand gelassen. Das war erst 24 Stunden her. Wenn man nach Moskau fährt, und wenn man – um ehrlich zu sein – Angst vor der Reise hat, braucht man so eine Jacke, in der man ganz zu Hause ist. Mit diesem Argument hatte sie sich überredet, das immer noch teure Stück zu kaufen.

Sie schlug die Beine übereinander, nahm den «Guardian», den sie sich von der Stewardeß hatte geben lassen, aus ihrer Handtasche und dachte: John hat recht. Es ist gut, daß ich fahre und daß die Reise seit Monaten geplant ist. Gerade wenn man traurig ist, hilft Arbeiten mehr als Grübeln und Sprechen. Trotzdem konnte sie die Gedanken an Anne und an Michi nicht wegschieben. Michi ist wie ein Bruder, dachte sie. Ich würde ihn gerne als Bruder haben, aber ohne Arndt zu heiraten. «Du mußt schon um die halbe Welt fahren, um vor ihm sicher zu sein», hatte John gestern abend noch gesagt und Arndts Rosen in eine Vase gesteckt. «Aber nach Moskau wird er nicht kommen.»

Charly sah aus dem Fenster. Ein Morgenflug in der glasklaren Luft über England! Gleich würde es Frühstück geben, sie würde lesen und frühstücken, lesen und lunchen. Sie würde Moskau sehen und Bilder mitbringen, die John begeistern würden.

In Charly lebte ein elementarer Optimismus. Traurige Wahrheiten, schmerzhafte Erfahrungen oder häßliche Begebenheiten grenzte sie nicht aus, sie versuchte aber, sie als Übergang zu dem Leben zu sehen, das sie leben wollte. Sie suchte nach Schönheit, spürte sie auf und empfand sie als Wunder. So entstanden ihre Bilder, so verlieh sie ihnen den Glanz, der nicht leicht nachzuahmen war und den sie nur schwer erklären konnte. Ihr Verleger und Freund John hatte das erkannt, und ihre ersten Erfolge gaben ihm recht.

Sie faltete die Zeitung wieder zusammen. Außer den Berichten über den Irak hatte sie nur endlose Artikel über die deutsche Wirtschaft, über die Währungseinheit, das Diktat der deutschen Mark oder über die nahende Wiedervereinigung überflogen. Die Engländer konnten sich darüber offensichtlich nicht freuen und gaben düstere Prognosen ab. Sie holte das Buch aus der Tasche, das John ihr noch in letzter Minute aus dem Regal gezogen hatte. Es zeigte das Porträt eines hochintelligenten, frechen Mannes in Allongeperücke und war eine Biographie über Voltaire.

Das darf nicht sein, dachte Charly. Wie, um Himmels willen, konnte das passieren? Natürlich, weil John seit neuestem seine Bücher alphabetisch nach Autoren, nicht nach Sachgebieten geordnet hatte. Jetzt stand eben eine Voltaire-Biographie neben einem Leningrad-Führer, weil die Autoren denselben Anfangsbuchstaben haben, und sie würde sich vier Stunden lang mit Voltaire herumschlagen müssen. Lächelnd fügte sie sich in ihr Schicksal und schlug das Buch auf.

Die Stewardessen schoben gerade den Rollwagen mit den Frühstückstabletts heraus, als ein Fahrgast von hinten auf den freien Platz neben Charly geführt wurde. Er sei Asthmatiker, sagte er in dürftigem Englisch mit deutschem Akzent, und habe nur noch einen Platz in der Raucherabteilung bekommen, was für über vier Stunden nicht zumutbar sei. Er rauche selbst Pfeife, aber das sei etwas anderes.

Charly fühlte sich schon bald durch seine Nachbarschaft bestraft. Für ihr Auge hatte er das Profil eines abgefeimten Katers. Er trug eine eckige Goldrandbrille, seine ungesunde, weißliche Haut war von hellbraunen Altersflecken und grünlich-weißen Pigmentstörungen übersät. Alles an diesem ungesunden Menschen schien ihr aufgeblasen und unecht. Einen immensen Zeitungswulst trug er mit sich: «Times», «Financial Times», «Met» – ein Opernmagazin. Darunter zog er aber ein vulgäres deutsches Hochglanz-Blatt hervor und begann, sich genüßlich die Fotos anzusehen. Seine professorale Brille schob er manchmal schnaubend nach oben und versenkte sich gierig in den großformatigen Darstellungen. Als das Lunchtablett kam, kommandierte er die Stewardessen ohne Bitte und Danke herum. Sie gaben sich kaum Mühe, seine Wünsche zu verstehen.

«You speak German?» fragte er Charly. «You can help me?»

«So sorry», antwortete sie achselzuckend. «Not one word, I'm afraid.»

Sie sah aus dem Fenster. Unter einer undurchsichtigen, grauen Wolkendecke mußte schon längst Rußland sein.

Erst als die Maschine im Anflug auf Moskau war, konnte sie durch graue Wolkenfetzen riesige Waldflächen erkennen. Groß und unorganisiert wirkte das Land. Über den Waldflächen Deutschlands hatte sie eher die Vorstellung, am Ende jeder schnurgeraden Waldschneise stehe ein Oberförster. Dieser russische Wald aber war ein dunkelgrüner Kontinent ohne Straßen und ohne Ortschaften.

Der Flughafen war schwarz von Menschen und kaum beleuchtet. Westeuropäische, verschwenderisches Flutlicht fordernde Flughafenarchitektur im fahlen Licht weniger 40-Watt-Birnen. Mit Mühe brachte Charly sich in den Besitz ihrer Reisetasche, die nicht auf der ausgewiesenen Rollbahn im Kreis fuhr, sondern da, wo die Reisenden aus Madrid auf ihr Gepäck warteten. Aber John hatte ihr ja von den chaotischen Zuständen am Flughafen erzählt und davon, daß die Mafia versuche, hier, wie überall, die Kontrolle zu übernehmen.

Eine endlose Schlange vor der Paßkontrolle und der Zollabfertigung. Nur der unangenehme Deutsche blieb immer in ihrer Nähe. Zu Charlys Entsetzen wurde dieser Mensch dann auch noch von der gleichen Intourist-Angestellten versorgt wie sie. Im gleichen Taxi mußte sie mit ihm nach Moskau hineinfahren. Angestrengt nahm sie die weiten, großzügigen Alleen in sich auf, die in die Stadt hineinführten, ohne jede Begeisterung sah sie auf die prächtige Jahrhundertwendefassade des Hotels National am Prospekt Marksa, vor dem um 18 Uhr das Taxi hielt.

Natürlich hatte sie sich mit ihm unterhalten müssen. Er war Geschäftsmann und wollte ein «Business aufbauen», wie er sagte. Wer jetzt die Chancen der Perestroika nicht nutze, sei dumm.

«What business?» hatte Charly wissen wollen.

Keckernd hatte er gelacht und eines seiner Magazine hervorgeholt. «Sex» war sein Business, stellte sich heraus. Damit wollte er ganz groß abkassieren. Befriedigt hatte er das Blatt wieder in seiner Aktentasche verstaut.

«You?» hatte er darauf gefragt und seine fette, weiße Hand auf ihr Knie gelegt. «You pretty! You alone?»

Nur nicht durchdrehen, hatte Charly gedacht. Ganz ruhig bleiben und das Knie wegziehen. Sie hatte ihn angelogen: «No, not alone. I'll meet my husband here.» Strahlend zeigte sie auf einen Ring am Finger. Sie befürchtete zwar, daß der alte Trick ihr diesen hartleibigen Menschen nicht vom Leibe halten würde, tröstete sich aber damit, daß er sicher alle Hände voll damit zu tun hätte, seine pornographischen Hefte in den Hinterhöfen von Moskau an den Mann zu bringen.

In der Eingangshalle des Hotels achtete sie nicht mehr auf ihn. Das National war ein großzügiges, in gravitätischem Jugendstil erbautes Hotel der Zarenzeit. Riesige Jünglingsstatuen aus Carrara-Marmor standen rechts und links der breiten Treppe und trugen die Decke der fünf Meter hohen Halle. Im Zwischenflur des Treppenhauses war ein Jugendstil-Glasfenster in matten Grüntönen, ein dicker roter Läufer führte die breite Eichentreppe hinauf, es wimmelte von rotuniformierten Hoteldienern, Kofferträgern, Liftboys. Das Geräusch vieler Stimmen war zu hören, und in der Luft hing ein eigenartiger Geruch, den sie nicht recht einzuordnen wußte. Auf der Treppe gingen Hotelgäste hinauf und hinunter, meistens westeuropäische Geschäftsleute in Anzügen und Regenmänteln. Rechts unten in der schlechtbeleuchteten Halle standen unauffällig, meist dunkel gekleidete Männer, die auf etwas zu warten schienen. Andere drängten in den Valuta-Shop des Hotels, wo Charly durch die Tür Stangen westlicher Zigaretten und Batterien von hochprozentigem Alkohol sah. Gleißendhelles Licht fiel wie ein Strahl aus der schmalen Ladentür, wo die Kasse unaufhörlich klingelte, wie in einem Londoner Supermarkt. Die linke Seite der Eingangshalle öffnete sich zur langgestreckten Hotelrezeption. Auch dort ein Gewimmel von Menschen mit Formularen, Fahrkarten, Koffern. Sie zeigte ihre Fahrkarte und die Hotelreservierung. Drei Frauen saßen in der Rezeption. Eine vollschlanke junge mit perfektem grünlich-goldenen Augen-Make-up, schimmernder Haut und Grübchen in den vollen Wangen; eine grauhaarige ältere mit faltigem Gesicht und schmalen Schultern; in der Mitte eine kompakte Weibsperson mit harten Augen, Kurzhaarschnitt und hellrosa Lippenstift im kantigen Gesicht. Sie fertigte Charly im Befehlston ab und kommandierte einen Hoteldiener heran, der ihr das Zimmer zeigen sollte. Mit großen Erwartungen ging Charly hinter dem rotlivrierten alten Mann her. Auf Johns Anraten hatte sie ein Zimmer erster Klasse gebucht. Das Beste sei in russischen Hotels gerade gut genug, hatte er gemeint. Zwei breite, rotausgelegte Treppen lief sie hoch, der sonderbare Geruch verdichtete sich, staubig, süßlich mit einer undefinierbaren Schärfe. Der Mann führte sie durch lange Gänge des dritten Stockwerkes, vorbei an offenen dunklen, hohen Holztüren mit Milchglasfenstern aus geschwungenen Jugendstilornamenten, dahinter großzügig eingerichtete Zimmer, immer weiter in die dunkle Tiefe des Gebäudes hinein, bis die Teppiche dünn und gemustert wurden, die Türen schmal, die Glühbirnen matt und der Geruch beißend. Er ging noch eine schmale Treppe hinunter, betrat einen abseitigen Flur, öffnete ein Zimmer und ließ Charly eintreten.

Hier bleibe ich nicht, war ihr erster Gedanke. Nicht eine Stunde, schon gar keine Nacht.

Sie registrierte ein kurzes, schmales Bett, einen klapprigen Schrank, verfleckte Teppiche, zwei durchgesessene Stühle. Die gesamte Einrichtung war braun und ockerfarben gehalten, das ungeputzte Fenster ging hinaus auf einen schlampigen Hinterhof, wo der Müll aus rostigen Tonnen quoll. Wenn ich noch zwei Sekunden länger hinaussehe, entdecke ich eine Ratte, dachte Charly angewidert, drehte sich zurück und inspizierte das grünlich gestrichene Badezimmer. Dort stank es eindeutig nach Katzendreck. Feuchter alter Staub rollte sich in den Ecken zu filzigen Würsten, Waschbecken und Badewanne waren gelblich verfleckt, der kleine Spiegel voll angetrockneter Schaum- und Wasserspritzer, über dem schmutzigen Klo war ein weißer Papierstreifen mit englischer Aufschrift in azurblauen Lettern verklebt. This room ist desinfected.

Charly nahm ihre Taschen, ging zurück zur Rezeption und

sagte, sie wolle ein Zimmer erster Klasse beziehen, so wie sie es bestellt habe, und nicht den dürftigen Raum über dem schmutzigen Hinterhof, der ihr gezeigt worden sei.

Wortlos nahm die Rezeptionsdame Charlys Hotelreservierung aus einem Regal, blätterte unwillig die dünnen Seiten um, bis sie fand, was sie suchte. Mit rosalackiertem, breitem Fingernagel zeigte sie auf die Worte «first category» und sagte, ohne Charly anzusehen: «You got what you wanted. First category.»

Unmöglich sei das, wandte Charly ein. Es könne sich nur um ein Mißverständnis handeln.

Mißverständnisse gebe es nicht, war die Antwort.

Wenn es nicht anders zu regeln sei, müsse sie mit dem Manager sprechen.

Der Manager sei nicht im Haus. Kaltblütig lächelten die schmalen Augen hinter der Rezeption.

«Wann wird er wieder zu sprechen sein?» fragte Charly höflich und beharrlich. Sie spürte an den ermutigenden Blicken der anderen Damen hinter dem massiven Rezeptionstisch, daß sie eine Chance hatte.

Um 20 Uhr? Gut, sie warte, sagte Charly, auch wenn es länger dauern würde.

«Do as you please», war die Antwort.

Draußen war es dunkel geworden, stellte Charly mit Bedauern fest. Sie war noch nicht auf dem Roten Platz gewesen, sah nicht einmal eine Chance, in den nächsten Stunden das Hotel verlassen zu können, und ging ziemlich niedergeschlagen in den ersten Stock, wo der Hoteldiener ihr ein Restaurant für Hotelgäste gezeigt hatte. Ihre Taschen wurden von dem fischäugigen Empfangskellner mißmutig angesehen und in eine Ecke dirigiert, sie mußte nachweisen, daß sie Hotelgast war, und wurde angehalten, mitten in dem großen, prächtig ausgestatteten Raum zu warten, bis er ihr einen Platz zeigen würde. Charly wartete und betrachtete den Saal. Stuckverzierte Decken, schimmernde Kristallüster, die nicht eingeschaltet waren. Dafür brannten Kerzen auf allen weißgedeckten Tischen und kleine rotbeschirmte Wandlampen an den Saalwänden, die mit vergoldeten Stukkaturen und Spiegeln geschmückt waren. Im Hintergrund spielte ein junger Pianist russische Volksmusik. Um nicht auf die Leute zu sehen, die sie, wie sie glaubte, anstarrten, blickte sie aus dem großen Mittelfenster des Saales und sah den angestrahlten Kreml: Das kupfergrüne, langgestreckte Dach über dem klassizistischen gelben Bau, die rote Fahne der Sowjetunion im Abendwind, die bunten Kuppeln der Basiliuskathedrale.

Allein für diesen Moment hat sich die Fahrt schon gelohnt, dachte Charly. Die harsche Dame in der Rezeption ist Rußland, die fehlenden Glühlampen, der staubige, süßliche Geruch, daß ich an dieser Stelle warten muß, bis ich mich setzen darf, alles ist Rußland, und ich stehe mittendrin.

Der Empfangskellner führte sie an einen kleinen, runden Tisch. Ein nettes Paar mittleren Alters saß schon dort, sie bekam die Karte und sah am Nebentisch die eckige Goldrandbrille und den bräunlichen Anzug ihres Nachbarn aus dem Flugzeug. Jetzt mußte sie weiter englisch sprechen, obwohl das Paar aus Deutschland war. Ein Geschäftsmann mit seiner ihm überaus vertrauten Sekretärin, wie sich herausstellte. Ihr Englisch war gut, fand Charly, sie berieten sie beim Durchsehen der Speisekarte. Der Mann machte schon seit zehn Jahren Geschäfte in der Sowjetunion (womit er handelte, war nicht auszumachen), und er erwies sich nicht nur als Kenner der Speisekarte, sondern auch als Freund des Hauptkellners. So flüsterte er Charly zu, es gäbe heute Massen von Kaviar, was gar nicht auf der Karte stehe. Nur sechs Rubel für die Portion. Sie solle ihn nur bestellen lassen. Es war das üppigste, gleichzeitig billigste Essen seit langem, fand Charly. Sie bekam mindestens fünf gehäufte, große Eßlöffel Kaviar, dazu trockenen georgischen Weißwein, und der nette, bärtige Deutsche erzählte, mit wem und wie oft er dieses Restaurant aufsuchte, daß nur zum Schein für Hotelgäste reserviert sei; er streichelte immerfort den Arm seiner gemütlichen, rosigen Sekretärin, die ihn mit breiten Zähnen anlächelte, und so präsentierte sich das Leben in Rußland für Charly ganz anders, als sie es aus düsteren Zeitungsartikeln kannte. Etwas verhalten beantwortete sie die Frage, ob sie gut untergebracht sei, aber der Deutsche erkannte ihr Problem sofort und gab ihr den erlösenden Tip.

«In diesem Hotel würden sie nie zugeben, daß sie schlechte Zimmer haben», erklärte er eifrig. «Alles ist ‹first category›, verstehen Sie? Darunter gibt es nichts. Wenn Sie die guten Zimmer haben wollen, müssen sie sagen, daß sie ‹de luxe› oder ‹super luxe› wohnen wollen. Das funktioniert, sie sollen mal sehen. Es kostet sicher ein bißchen mehr, aber das lohnt sich. Dafür hatten sie heute schon spottbilligen Kaviar, oder nicht?»

In diesem Moment kam ihr unangenehmer Flugbegleiter vorbei, grüßte, und seine Augen entsandten einen glitzernden Strahl in den prallen Ausschnitt der rosigen Sekretärin.

Er machte sich mit den beiden Deutschen bekannt und erklärte, man könne doch nicht Stunden neben einem so hübschen Kind sitzen, ohne sich eine gute Nacht zu wünschen. Als sich herausstellte, daß er auch Deutscher war und ebenfalls in Geschäften unterwegs, dauerte es nur Sekunden, bis er auf dem freien vierten Stuhl am Tisch saß.

Charly verabschiedete sich erleichtert, als sie merkte, wieviel die Geschäftsleute sich zu sagen hatten. Sie suchte den Manager unten in der Rezeptionshalle.

Der Manager war eine statuöse Dame im dunkelblauen Nadelstreifenkostüm. Ein blendendweißer Kragen war über dem Revers aufgeschlagen, ihr volles Gesicht hatte eine glänzend gepflegte weißrosa Haut, die rabenschwarzen Haare waren stilvoll hochfrisiert. So könnte Schneewittchen mit 35 Jahren ausgesehen haben, dachte Charly, bevor sie den Wunsch vortrug, ein Zimmer «de luxe» zu beziehen.

Sie mußte schriftlich erklären, daß sie die Differenz bezahlen würde und anhand einer Kreditkarte beweisen, daß sie dazu in der Lage wäre. Ich muß verrückt sein, dachte sie, als ein Diener sie mit dem Lift in den obersten Stock brachte, ich schleudere mein letztes Geld heraus, um nicht in einem stinkenden, schmutzigen Hinterzimmer zu wohnen. Daß ich kaum noch Geld auf dem Konto habe, sieht man der Karte zum Glück nicht an.

Im obersten Stock des National war es so, wie sie sich nach Johns Schilderungen ein altes russisches Hotel vorgestellt hatte. An einem zentralen Platz zwischen Lift, Treppe und Fluren, da wo die dunkelroten Veloursläufer zusammenliefen, saß, im schwachen Schein einer Tischlampe, die Etagenfrau, die Deshurnaja. John hatte ihr gesagt: Von ihrem Tisch aus kann sie mühelos jede Bewegung der Gäste ihrer Etage beobachten, sie verwaltet die Zimmerschlüssel, bringt Tee, bestellt Taxis. Tag und Nacht ist der kleine Tisch besetzt, nichts bleibt unbemerkt.

Die Deshurnaja schloß das Zimmer auf, dessen Fenster nicht hinaus auf den Marksa-Prospekt gingen, sondern in einen kleinen Innenhof.

Vor dem sauberen Spiegel des weißgekachelten, sauberen Badezimmers beschloß Charly, daß sie es bis Freitag aushalten könne.

Der Gedanke an Anna Semjonowna ließ Paul keine Ruhe.

Aber er würde noch bis morgen nachmittag warten müssen, ehe es Sinn hatte, wieder nach Krasnogorsk zu fahren.

Der Regen hatte auch an diesem zweiten Tag nicht nachgelassen. Paul beobachtete, daß andere sich an der Rezeption seines Hotels Schirme ausliehen. Er tat das gleiche und ging auf den Roten Platz.

Groß und grün wie ein Anglerschirm war dieser Hotelschirm. Zu zweit hätte man noch genug Platz darunter. Zu zweit würde es auch mehr Spaß machen, den Roten Platz im Regen zu sehen, dachte er.

Charly sollte um die gleiche Zeit in Moskau sein. Warum habe ich sie nicht angerufen, fragte er sich und wußte genau, warum er es nicht getan hatte: Weil alle davon redeten, daß Arndt sie heiraten würde, weil Arndt ihr nach Rom und überallhin nachfuhr und offenbar von nichts anderem redete, weil Georg sich schon vorstellte, wie es wäre, Schwiegervater eines so bezaubernden Mädchens zu sein.

Seine Mutter, die mit Charly hier in Moskau verabredet gewesen war, hatte sie vor ihm mit keinem Wort erwähnt. Er erinnerte sich nur an ein warnendes Gespräch am Morgen vor seiner Abfahrt nach London.

«Als das Telefon um halb zwei klingelte – war das noch Carolin?»

«Ja.»

«Du warst in Charlys Zimmer», hatte Helen festgestellt.

«Ja.»

«Ich bin überzeugt, daß du weißt, was du tust», hatte sie dann gesagt. «Ich meine nur: Die Familientragödie braucht keine Fortsetzung, wenn es nicht unbedingt sein muß.»

Sie war, was seine Freundschaften betraf, immer besonders zurückhaltend gewesen, deshalb wogen ihre Worte doppelt. Inzwischen hatte er sich selbst genug Argumente zurechtgelegt, die ihn zwingen sollten, nicht an Charly zu denken. Ziemlich erfolglos, wie er immer wieder feststellte. Sie ging ihm nicht aus dem Sinn, aber vor Helen sprach er nicht von Charly und fragte nicht nach ihr.

Zurück im Hotel, ging er sofort in sein Zimmer im sechsten Stock und versuchte in Deutschland anzurufen. Seine Gedanken kreisten um Michi. Hoffentlich war er jetzt außer Gefahr. Alle Leitungen waren besetzt. Von dem Telefontisch sah er hinunter in einen kleinen Innenhof, der Regen lief an den Fenstern hinunter, gegenüber wurde noch spätabends Licht in einem Zimmer gemacht, sonst war die sechste Hoteletage dunkel. Er lernte das russische Alphabet und versuchte Worte, die er gehört hatte, in kyrillischen Buchstaben aufzuschreiben. Doch seine Gedanken kreisten immer wieder um Anna Semjonowna, um Ben und die merkwürdige Signatur auf dem Bild. Er würde nicht aufgeben. Vielleicht weiß ich morgen mehr, dachte er noch, ehe er endlich einschlief.

Am nächsten Nachmittag lag Krasnogorsk im Herbstnebel, die Birken hatten schon goldene Blätter, und es war, als verströmten sie sanftes Licht. Die kleine Direktorin war noch nicht da, und ohne Dolmetscherin konnte er Anna Semjonowna nicht befragen.

Die Garderobenfrau stand hinter ihrer Barriere und beaufsichtigte leere Mantelhaken. Paul gab seinen Trenchcoat ab und sah in ein fleischiges, aber aschfahles Gesicht. Kleine, bekümmerte Augen lagen tief in den Höhlen. Unter einem beigen Filzhut in der Form eines breitkrempigen Wehrmachtshelms lugten widerspenstige, graue Haare hervor, und um ihren Mund lag ein permanentes Lächeln.

Er sagte guten Morgen auf russisch, das hatte er schon gelernt, sie fixierte ihn freundlich und sagte das gleiche. Er ging durch die Ausstellungsräume und sah in kurzen Abständen in das Bürozimmer, um die Ankunft der Direktorin nicht zu verpassen. Endlich trat sie durch die Eingangstür – ihre kleine Tochter war gestürzt, hatte sich einen Zahn ausgeschlagen –, aber ohne zu zögern führte sie Paul zur Garderobe.

«Anna Semjonowna!...» Mit einem Wortschwall wurde der alten Frau das Bild gezeigt und besonders auf die Signatur hingewiesen. Paul beobachtete das Gesicht der Garderobenfrau und sah Erkennen in den kleinen Augen. Sie begann zu reden, zeigte schnell und erregt auf die Signatur des Bildes, und er hörte immer wieder den Namen Zontarowa, Jelisaweta Zontarowa.

Jelisaweta Zontarowa, wurde ihm von der kleinen Direktorin übersetzt, hatte als junge Lazarettärztin einen Gefangenentransport nach Krasnogorsk begleitet. Sie, Anna Semjonowna, sei damals, 1943, in der Lagerküche beschäftigt gewesen und habe für die junge Ärztin geschwärmt, ja. Die sei so anders gewesen. Ruhig und gelassen, ja, und blond wie eine Heilige habe sie ausgesehen. Die Zontarowa habe Vertrauen zu ihr gefaßt und sie manchmal um Gefälligkeiten gebeten. Natürlich nur kleine Wünsche an die Küche, wie eine Fleischbrühe oder richtigen Tee, was es alles kaum gegeben habe. Unter den Neuankömmlingen sei einer mit einer schlimmen Kopfverletzung gewesen, ein großer, schöner Kerl, um den sie sich besonders gekümmert habe und für den wohl auch immer die Fleischbrühe gewesen sei. Die Zontarowa habe ihr erzählt, wie sie ihn wieder gesund bekommen habe, aber daß er kein Gedächtnis mehr gehabt habe und nicht mehr wußte, wer er war. In der Zeit – und weil nichts über den Unbekannten erfahren werden konnte – hatten sie ihn nach ihr benannt. Sergej Zontarow hatten sie ihn genannt. Wie es manchmal so sei, die beiden hätten sich verliebt, ja. Als es ihm wieder gutging, habe er an den Instruktionen der Offiziere in der Schule teilgenommen und so viele Schriften von Marx und Lenin gelesen, daß die Zontarowa schon eifersüchtig auf die Bücher gewesen sei. Aus dem Nichts heraus hätte er Russisch gelernt und noch andere Sprachen gekonnt. Englisch, Französisch, Deutsch sowieso. Italienische Gefangene habe er sogar unterrichtet, und gemalt habe er wunderschön, und nach ein paar Monaten sei auch von seinem Gedächtnis wieder etwas zurückgekommen. Dann sei er eines Tages abgeholt worden. Der Zontarowa habe man nach vier Wochen mitgeteilt, er sei auf einem Einsatz umgekommen. Sie sei krank und verzweifelt gewesen, und einige Monate nach Kriegsende habe sie erfahren, er sei auf dem Friedhof in Krasnogorsk begraben. Das Grab habe die Nummer 539. Die Zontarowa habe das Grab immer besucht und mit Blumen geschmückt, dann sei auch sie ganz plötzlich fort gewesen. Jahrelang. In der Nähe von Nowosibirsk wäre sie gewesen, als Ärztin in einem kleinen Krankenhaus, während sie, Anna Semjonowna, das Grab gepflegt habe. Vor ungefähr zehn Jahren sei die Zontarowa zurückgekehrt und habe in Moskau eine Wohnung bekommen, keine schlechte, nein, im Gegenteil, eine wirklich schöne Wohnung am Leningradski-Prospekt, ja, vier Zimmer, jedes mit Fenster und ganz allein für sich und ihren Sohn, den sie, Anna Semjonowna, aber nie gesehen habe, über dessen Vater auch nie gesprochen worden sei. Rührend habe sich die Zontarowa auch immer um sie gekümmert, wenn sie zum Friedhof gefahren sei. Immer habe sie ihr etwas mitgebracht: West-Zigaretten und Obst, das man nirgendwo kaufen könne. Seit zwei Monaten sei sie aber im Krankenhaus, die Zontarowa. Habe eine schlimme Herzkrankheit, müsse wohl sterben. Ein großer Jammer, ja, so eine große, schöne Frau, wie sie immer gewesen sei.

Mit Hilfe der kleinen Direktorin und dem Berechtigungsschein besuchte Paul noch einmal das Filmarchiv am Ortsende von Krasnogorsk. Sie erfuhren, daß die Akte «Sergej Zontarow» im November 1944 geschlossen worden war, sahen es schwarz auf weiß. Auch die Nummer des Grabes stimmte, die Anna Semjonowna angegeben hatte.

Das Grab Nr. 539 lag im letzten Winkel des hügeligen Friedhofs von Krasnogorsk. Paul mußte kleine Schritte machen neben Anna Semjonowna, die ihn zu dem Grab führen wollte.

Wie anders dieser Friedhof ist, dachte Paul, als er neben der alten Frau herging. Er verstand, daß sie auf dem ansteigenden Weg, der zudem mit nassem Herbstlaub übersät war, vorsichtig gehen mußte. Einmal rutschte sie schon aus, und nur mit Mühe konnte er sie am Ärmel ihres filzigen, beigen Mantels festhalten.

So viel Zeit, den Friedhof zu betrachten, hätte er sich allein nicht genommen. Die Gräber waren umzäunt, hatten verzierte, weiß- oder hellblaugestrichene Gitter. Wie altmodische Kinderbetten zwischen Sträuchern und Bäumen wirkten sie. Auf den Grabsteinen waren nicht nur die Namen, sondern auch große Bilder der Verstorbenen zu sehen, und in der kleinen Umzäunung standen nicht selten kleine Bänke, sogar runde Tischchen und Stühle. Besonders da, wo schöne junge Mädchengesichter auf den Grabbildern waren, wirkten die Grabstellen so liebevoll eingerichtet, als hätten die Trauernden ihre Wohnstatt dort.

Charly stand ihm auf einmal vor Augen, und eine Woge von Zärtlichkeit überrollte ihn, wie immer, wenn er unvermutet an sie dachte. Es war ihm unheimlich, daß er auf einem Friedhof so stark an sie erinnert wurde, und von der Melancholie des Ortes angesteckt, befiel ihn Angst, sie vielleicht nie wiederzusehen.

Inzwischen waren sie auf einer leichten Anhöhe angekommen. Anna Semjonowna stapfte ihm voraus durch ungepflegtes Gras, entlang an den flachen Gräbern der verstorbenen Gefangenen von Krasnogorsk. Eines wie das andere, von weißgestrichenen Steinen eingefaßt, mit gut sichtbaren Nummern versehen. «Stoi», sagte sie mitten auf dem Platz, und Paul stand vor dem Grab Nummer 539.

Er beugte sich darüber, betrachtete lange die Nummer, die frisch vergoldet wirkte, und den rührenden Asternstrauß, an dem Anna Semjonowna sich so lange ordnend zu schaffen machte, bis nur noch karge Strünke übrig waren.

Es hat mich kaum bewegt, dachte Paul auf der Rückfahrt nach Moskau. Der kleine Asternstrauß hat mich gerührt, ja, die umzäunten Gräber der anderen, der Gedanke an Charly. Aber das Grab Nr. 539? Die Geschichte von seinem Tod stimmt hinten und vorn nicht. Kriegsgefangene wurden damals doch im besten Fall da begraben, wo sie umgekommen waren, und nicht lang auf einen entlegenen Friedhof transportiert. Das Verschwinden der Zontarowa, Jahre später ihre Rückkehr in ein eindeutig privilegiertes Leben, das war auch undurchsichtig. Oder sollte ich es dabei bewenden lassen? Liegt er wirklich dort begraben – Vaters Bruder, Mutters große Liebe, Rosas Vater? Verbarg sich hinter «Sergej Zontarow» wirklich Ben Saalberg?

Anna Semjonowna saß auf dem Rücksitz des Wagens und redete mit dem Fahrer, der sie in Krasnogorsk absetzen sollte. Paul, vielmehr die junge Museumsdirektorin, hatte Anna Semjonowna überredet, ihn in das Katharinen-Krankenhaus zu begleiten, wo sie die Zontarowa schon öfter besucht hatte. Sie wolle es gerne machen, hatte Anna Semjonowna gesagt, auch wenn es sinnlos sei, da die Kranke keine Reaktionen zeige. Es gehe aber erst morgen, heute habe sie unaufschiebbare Dinge im Haus zu erledigen.

Kein Angebot half. Von ihrem Plan ließ sie sich nicht abbringen.

Donnerstag mittag holte Paul die Semjonowna in Krasnogorsk vor dem Museum ab. Den Fahrer hatte er für eine Stange Zigaretten für den ganzen Nachmittag verpflichtet.

Die beiden redeten, der feuchte Mantel der Semjonowna verströmte einen üblen Geruch, und die Fenster beschlugen noch stärker als sonst. Paul wischte mit seinem Taschentuch immer wieder die Frontscheibe frei und hörte die heisere, leise Stimme der Frau. Pausenlos erzählte sie dem Fahrer Dinge, über die er lachen mußte. Manchmal sah er sich um, wenn er etwas zu ihr sagte, und wäre dabei fast in ein tief aufgerissenes Baustellenloch gefahren, wenn Paul ihm nicht ins Steuer gegriffen hätte.

Das Loch hätte mir das Genick brechen können, dachte Paul, als der Wagen stark verlangsamt daran vorbeifuhr. Aber er hatte keine Warnschilder gesehen, fiel ihm nachträglich auf, die Baustelle selbst war kaum abgesperrt oder beleuchtet. Um eine lausige Bodenwelle auf einer deutschen Landstraße wird mehr Aufwand getrieben als hier um einen Abgrund, dachte er; die Blinksignallampen, mit der sie bei uns eine harmlose Fahrbahnverengung kennzeichnen, müßten hier wahrscheinlich für alle Baustellen zwischen Moskau und Leningrad ausreichen.

Er lebte noch! Aber er hätte hier in einer verregneten Baustelle zwischen Moskau und Krasnogorsk verunglücken können, kurz bevor er die Frau sehen und sprechen würde, die ihm vielleicht die Wahrheit über Ben Saalberg sagen konnte.

In Moskau bat die Semjonowna, im Leningradski-Prospekt Nr. 109 anzuhalten. Paul machte sie ein Zeichen mitzukommen. Die Mietshäuser waren sich hier alle gleich: Sechs Stockwerke hoch, gelbgestrichen, lagen sie hinter einem baumumstandenen, großen Kinderspielplatz. Paul fielen helle Holzfiguren auf. Bären, Wölfe und Jäger standen naßglänzend in einem verregneten Sandkasten. Der Taxichauffeur fand die Haustür, hinter der das Appartement 16 zu finden sein mußte. Beißend schlechte Luft schlug Paul im Hausflur entgegen, das Grün an den Treppenhauswänden war dagegen von einem edlen Jadeton. Sogar in Italien würde man über die Schönheit dieser Farbe sprechen, dachte Paul. Hier ist ein stinkender Mietsflur damit angestrichen. Der Aufzug funktionierte nicht. Sie mußten in den sechsten Stock und liefen die verschmutzten Treppen hinauf, in einer Flurecke lag vertrockneter Hundekot unter verstaubten Spinnweben.

Die Wohnung der Jelisaweta Zontarowa, aus der Anna

Semjonowna offensichtlich Wäsche für die Kranke holte, war hell und sehr sauber. Paul atmete erleichtert auf, blickte sich in dem kleinen Wohnzimmer voller Bücher und Bilder um und entdeckte zwischen den Fenstern ein Aquarell, das den See von Krasnogorsk im Mittagslicht zeigte. Fünf Minuten später fuhren sie weiter.

«Das Katharinen-Krankenhaus ist das älteste Krankenhaus von Moskau», hatte die muntere Direktorin des Museums gesagt. «Katharina II. hat es 1776 bauen lassen. Damals war es das fortschrittlichste Krankenhaus in Europa.»

Damals sicherlich, dachte Paul, als er neben der aufgeregten Anna Semjonowna durch große Pfützen über den ungepflasterten Vorplatz des vierstöckigen Krankenhauses ging. Die Eingangshalle war groß wie eine Schul-Turnhalle und kaum beleuchtet. Auf dem dunklen Fliesenboden lag eine helle Staubschicht, besonders gut sichtbar unter den hohen Fenstern an der linken Längsseite. Es roch unangenehm. An der rechten Seite befand sich über die ganze Länge der Halle eine Garderobe, wie in einem Kleinstadt-Theater. Im müden Schein von matten Lampen warteten dort auch Garderobenfrauen darauf, daß er und Anna Semjonowna die Mäntel ablegen würden. Sonst war niemand zu sehen, auch der Vorplatz war menschenleer gewesen, keine Parkplätze, keine Taxistände vor dem Gebäude, als wären Paul und die Semjonowna die einzigen Besucher. Anna Semjonowna knöpfte eilfertig ihren Mantel auf, Paul zögerte. Es gefiel ihm nicht, seinen Mantel abzugeben, er wollte ihn anbehalten und nicht später wieder abholen müssen, außerdem hatte er das Gefühl, er würde seinen Regenmantel nie wieder zurückbekommen, wenn er einmal in dem Wust der anderen verschwunden wäre.

Die Semjonowna bedeutete ihm, daß er den Mantel ausziehen müsse, und widerwillig fügte er sich den fordernden Gesten und Blicken der acht Garderobenfrauen. Er bekam eine Blechmarke.

Im Treppenhaus ging die Semjonowna an ein kleines Schiebefenster, hinter dem rotgeschminkte Lippen und schwärzlich schimmernde Zähne ihr die Erlaubnis gaben, die sie erbeten hatte. Sie winkte Paul. Hinter ihr ging er, sich auf den Treppen zur Langsamkeit zwingend, bis in den zweiten Stock des Gebäudes und betrat einen großräumigen, dämmrigen Flur, in dem viele hochgewachsene Grünpflanzen in Töpfen entlang der ungeputzten Fensterfront standen, auch mehrere Bänke, Tische und Stühle. Von der rechten Seite des Flurs führten breite Türen in die Krankenzimmer. Wände und Türen waren grau gestrichen. Trotz der Pflanzen lag quälender Krankenhausgeruch in der Luft. Die Semjonowna setzte sich gottergeben auf einen verschlissenen, roten Kunstledersessel und deutete auf die gegenüberliegende Tür mit der Nummer 218, zeigte auf ihre Uhr und schrieb mit ihrem kurzen, schrumpligen Finger eine Fünf in die Luft. Das wird hoffentlich bedeuten, daß wir fünf Minuten und nicht fünf Stunden warten müssen, dachte Paul und versuchte, aus den Scheiben, die fast blind von Schmutz waren, auf den Innenhof zu sehen.

Was soll hier noch herauskommen, dachte er. Georg hätte sich mit der geschlossenen Akte in Krasnogorsk zufriedengegeben, säße längst in einem Flugzeug und würde abends, auf dem Weg nach Haus, noch kurz seine Unterschriftenmappe erledigen.

Aber es ist wichtig, daß ich diese Frau sehe, sagte er sich. Nur daß er die Sprache nicht beherrschte, machte ihn von Tag zu Tag ärgerlicher. Was hatte die Semjonowna von dem Mann gesagt, den sie Sergej Zontarow genannt hatten? Er habe wie aus dem Nichts Russisch gelernt. Deutsch habe er ohnehin gekonnt. Italienische Gefangene habe er unterrichtet.

Das paßte zu den Beschreibungen von Ben Saalberg.

Eine Tür öffnete sich, wurde schnell geschlossen. Als Paul sich umdrehte, sah er noch das scharfe Profil eines älteren, sehr großen Mannes. So groß wie Paul selbst, auch so breit in den Schultern. Bei dem anderen, der sich schnell entfernte, schienen sie vom Alter ein wenig gebeugt. Er trug teure Schuhe, einen eleganten Stadtmantel, hatte einen dunkelgrauen Herrenhut tief in die Stirn gezogen und ging mit langen, energischen Schritten auf den Ausgang zu. Paul stand wie gebannt und sah ihm nach. An der Tür blickte sich der alte Herr noch einmal halb um, so als wolle er seinerseits Paul mustern. Aber nur für Sekunden, dann schloß sich die Tür hinter ihm.

Anna Semjonowna zupfte ihn am Ärmel und machte eine Bewegung in Richtung des Krankenzimmers.

Er war es, dachte Paul in dem Moment. Der gezielte Blick, die Nase – wie auf dem Foto. Nur älter. Der Hut hat mich zögern lassen. Das war Ben Saalberg. Niemand sonst. Bin ich verrückt? Warum stehe ich hier noch?

Mit Riesenschritten lief er durch den Flur, die dunklen Treppen hinunter, in der dämmrigen Eingangshalle an den gaffenden Garderobenfrauen vorbei, durch die Tür in das fahle Licht des Septembernachmittages. Erst mußte er um einen Flügel des Gebäudes herumlaufen, dann sah er die hohe Gestalt unten an der Straße stehen. Ein langes, dunkles Auto näherte sich von der linken Seite und hielt mit der hinteren Tür genau vor dem Mann, der sich in diesem Moment nach Paul umsah. Der weite Vorplatz des Krankenhauses lag menschenleer zwischen ihnen, und Paul rief mit aller Lautstärke, die er seiner Stimme geben konnte: «Ben Saalberg! – Du bist Ben! – Ben Saalberg!»

Der Name hallte über den Platz, dröhnte in Pauls Kopf. Es war ihm, als sähe er noch eine grüßende Handbewegung, dann hatte sich der dunkle Wagenschlag geschlossen. Paul lief mit großen Schritten an die Straße, aber die schwarze Limousine war nicht mehr zu sehen.

Er war wie vor den Kopf geschlagen, rauchte eine Zigarette,

um sich zu beruhigen, während er zum Gebäude zurückging. Vor dem Zimmer 218 erwartete ihn Anna Semjonowna stoisch lächelnd vor der Tür. Sie zeigte sich nicht einmal erstaunt.

Weiß der Himmel, was sie sich gedacht hat. Offensichtlich hat der Vorfall keine Vermutungen in ihr geweckt, dachte Paul. Eine Krankenschwester mit ungesunder Hautfarbe, aber wachen Augen kam aus dem Krankenzimmer.

«Do you speak English? Oder deutsch?» fragte Paul.

«English. A little», sagte die Schwester schüchtern und wollte die Tür zum Zimmer 218 hinter sich schließen.

«I want to see Jelisaweta Zontarowa.»

«No, not possible. No man in room for women, you see?»

«But the man who left? The tall old man with a hat and a cloak? What about him?» Paul begleitete seine Fragen mit Handzeichen, um sich verständlicher zu machen.

«Oh, secret. I don't know, you see.»

«I see, but I have to speak to Jelisaweta. Couldn't she come out? It's very urgent.»

«No, no. She couldn't. She – a stroke, you see. Severe. She not speak, or hear, not move, you see. She not see you.»

«I must see her, please – just once», sagte Paul und holte ohne zu zögern eine Packung Zigaretten hervor. Er konnte sich doch hier nicht vor der Tür abfertigen lassen.

«Spaciba», sagte die Krankenschwester und griff ohne zu zögern nach der Packung. Dann öffnete sie schnell die Tür, nur einen Spaltbreit, ließ Paul und Anna Semjonowna hinein und führte ihn an das mittlere von neun Betten in einem großen kalten, mit penetrantem Gestank erfüllten Raum. Dort lag eine beeindruckend große Frau mit vollem Gesicht, das unnatürlich blaß war, wie versteinert wirkte. Die blonden Haare waren ergraut, die braunen Augen blicklos an die Zimmerdecke geheftet.

Es war der letzte Tag im Leben der Jelisaweta Zontarowa.

«Von Moskau habe ich kaum etwas gesehen», schrieb Charly an John. «Es regnet wie in den Tropen. Man ist in Sekundenschnelle durchnäßt. Ich bin in Moskau, lerne absurde westeuropäische Geschäftsleute kennen und lese Deine Voltaire-Biographie, die Du mir leider statt des Leningradführers mitgegeben hast. Es gibt hier sehr gute Bücher über Moskau und Leningrad aus der DDR zu kaufen. Sonst stehe ich nur vor verschlossenen Türen: Puschkin-Museum, Bolschoi-Theater und Kreml sind im Augenblick für Besucher geschlossen. Genaugenommen bin ich umsonst gefahren. Ich kann nichts für unser Buch tun.

Mein Hotel liegt dem Kreml und dem Roten Platz gegenüber. Es ist im Herzen Moskaus, aber abends gehe ich nicht hinaus. Die Deshurnaja, der ich meinen Zimmerschlüssel geben wollte, hat mir gleich am ersten Tag nachdrücklich davon abgeraten. Abends sei es nicht mehr so sicher auf den Straßen wie früher, sagt sie und gibt der Perestroika die Schuld. Ihr Sohn sei unter Breschnew groß geworden, da hätte man den Mund zwar nicht aufmachen dürfen, die Erziehung sei aber einfacher gewesen. Ihre jüngste Tochter ist genauso alt wie ich, und die würde sie abends nicht mehr allein ausgehen lassen. Aber ich müßte auch gar nicht erst in schlechtbeleuchtete Straßen gehen, sagt sie, schon hier unten im Hoteleingang lungern unbeschäftigte junge Männer herum. Die warten nur darauf, irgend etwas Dummes anzustellen. Sie sitzt an ihrem Tischchen und liest ‹Krieg und Frieden›, und zwar zum fünfzehntenmal! Wenn alle Gäste in ihren Zimmern sind, wickelt sie sich in eine Decke und versucht, in einem alten Sessel zu schlafen. Ich habe mich manchmal mit ihr unterhalten. Sie hat Englisch gelernt und wollte Dolmetscherin werden, ist fünfzig, sieht aber faltig und gebückt aus wie eine Großmutter. Es ist kein gutes Gefühl, im ‹de luxe›-Zimmer schlafen zu gehen, wenn sie sich draußen auf dem zugigen Flur in einen Sessel kauern muß. Ihr Geld gibt sie im Augenblick nur für

West-Zigaretten auf dem Schwarzmarkt aus, sagte sie. Alle in der Familie rauchen, und ihr einziger Sohn macht gerade Examen, was ohne Zigaretten anscheinend undenkbar ist. Sie sagt, es sei eine künstliche Tabakkrise, gemacht von Kreisen, die dadurch Gorbatschow und der Perestroika schaden wollen. Mit der Brotkrise sei es ebenso, aber ich habe nicht herausbekommen können, was sie wirklich von der Perestroika hält. Ich habe ihr eine Stange Zigaretten aus dem Duty-free-Shop geschenkt.

Ich schreibe hier an einem alten Sekretär in meinem kleinen ‹de luxe›-Wohnzimmer. Es ist mit zwei dunkelgrünen Samtsesseln, einem Intarsientisch, einem verstimmten Konzertflügel und einem mannshohen Kühlschrank ausgestattet. In den Räumen riecht es ordentlich. Nur auf den Fluren verliere ich den eigenartigen Geruch nicht ganz, den ich seit dem Flughafen in der Nase habe: Ein bißchen alter, verklebter Staub, ein bißchen Zucker, ein bißchen Katzendreck, so würde ich ihn mixen. Je nach Qualität der Räumlichkeiten und Stockwerke dominiert das eine oder das andere.

Für die Gänge zum Buchladen leihe ich mir immer einen Schirm in der Rezeption. So hatte ich wenigstens Zeit, mir hier die Schaufenster anzusehen, und die habe ich jetzt in jeder Regenpause fotografiert. Sie sind nicht vollgestapelt wie bei uns, sondern richtig gestaltet. In den Läden, die Stricksachen verkaufen, liegen nicht zehn Cashmerepullover oder fünfzehn Schals übereinander. Schuhläden stellen keine hundert Paar Schuhe in die Fenster. Hier zeigen die Schaufenster Bilder, Holz- und Metallkonstruktionen, Pappskulpturen und Collagen, die auf die Verkaufsobjekte hinweisen. Mal kubistisch, mal im strengen Bauhaus-Design, immer aber in wunderbar abgestimmten Farben. Es ist so, als sehe man Bilder von Braque, Schlemmer oder Schwitters, verfremdet durch die spiegelnden Fensterscheiben in maroden Hausfassaden. Die Fenster begeistern mich, weil sie keine Materialschlacht zeigen wie bei uns, sondern Phantasie und Kunst. Der tiefere Grund liegt wohl darin, daß sie hier eben keine zehn Pullover oder zwanzig Kochtöpfe, fünfzig Jeans oder hundert Schuhe etc. zum Stapeln im Fenster haben. Gleich gehe ich zum letztenmal auf den Roten Platz und mache ein Touristenfoto. Ich freue mich auf Leningrad.

Charly

6.9.1990, Hotel National, Moskau»

Vor dem Hotel angekommen, fand Paul den Gedanken unerträglich, in sein Zimmer zu gehen und hinaus in den Regen zu starren. Nach dem Erlebnis im Krankenhaus hätte er sich in jedem geschlossenen Raum eingesperrt und gefesselt gefühlt. Im Moment hatte er keine Möglichkeit herauszufinden, ob der auffällig große Mann im Krankenhausflur tatsächlich Ben Saalberg gewesen war. Ob sich unter dem tief in die Stirn gezogenen Hut die Narbe verbarg, an der er ihn hätte erkennen können.

Es regnete nach wie vor. Die Luft war warm, fast schwül. Es roch nach nassem Herbstlaub, ein Geschenk nach den strengen Gerüchen des Krankenhauses.

Vielleicht könnte ich mir wie andere Hotelgäste einen Schirm leihen, überlegte Paul, denn das Bedürfnis nach frischer Luft mußte ja kein Grund sein, bis auf die Haut naß zu werden. Er ging kurz an die Hotelrezeption, die um diese Tageszeit mit ankommenden Gästen, rotlivrierten Dienern und Taxichauffeuren überfüllt war.

Vor ihm stand ein kurzbeiniger Deutscher. Schüttere Haare über einem fetten Nacken, eine Goldrandbrille und eine heisere Stimme fielen Paul auf. Aufmerksam wurde er, als er hörte, daß der Deutsche in seinem schlechten Englisch fragte, ob er einen Schirm ausleihen könne. Ihm wurde mitgeteilt, daß alle Schirme weg seien, ja, den letzten habe die junge Lady bekommen, die sich jeden Nachmittag einen Schirm geliehen habe. Paul beobachtete ein erfreutes Grinsen auf dem unangenehmen Gesicht des Mannes und ging hinaus. Er überquerte den Prospekt Marksa, lief auf den Eingang des Kaufhauses GUM zu, wandte sich nach rechts und ging mitten über den naßglänzenden Roten Platz. Wenige Menschen waren dort. Sie wirkten im Zwielicht einsam und orientierungslos. Die elektrische Beleuchtung war noch nicht eingeschaltet, die rote Fahne hing regenmüde über dem türkisen Kupferdach des Kreml, und die Kuppeln der Basiliuskathedrale waren nur schattige Silhouetten im Dunst.

Charly hatte ihren Plan zu fotografieren aufgegeben. Bei dem Licht wäre jedes Foto nur Mühe und Verschwendung. Mit dem altmodischen grünen Schirm des Hotels hatte sie, zum letztenmal vor ihrer Abfahrt nach Leningrad, das Hotel verlassen. Sie trug einen wadenlangen, beigen Regenmantel über einem kurzen, anthrazitfarbenen T-Shirt-Kleid, ihre Füße steckten barfuß in schwarzen Lackschuhen, die einigermaßen unempfindlich gegen den Regen waren. Die Haare hatte sie mit zwei Kämmen nach hinten gesteckt und in den hochgeschlagenen Mantelkragen geschoben. Nur ein paar Fransen hingen in die Stirn. So lief sie schon seit Tagen durch den Regen, bemüht, ihrer schmalen Garderobe keinen Schaden zuzufügen. Es trocknete nämlich nichts, was einmal richtig naß geworden war, und sie hatte kein Vertrauen in die Hotelwäscherei. Vor den Schaufenstern des GUM war sie doppelt froh, daß sie die Kamera gar nicht erst mitgebracht hatte, denn die Dekoration wurde gerade gewechselt.

Während der vergangenen Tage hatte sie sich daran gewöhnt, angestarrt zu werden. Sie hatte es auf den auffälligen Schirm des Hotels geschoben. Jetzt aber, vor den Schaufenstern des GUM, fühlte sie sich deutlich beobachtet, und als sie sich halb umdrehte, sah sie die geröteten Augen des goldbebrillten Deutschen auf sich gerichtet, der mit seinen Fragen nach ihrem offensichtlich ausbleibenden Ehemann jeden Tag aufdringlicher geworden war. Und neben ihm grinste ein anderer Mann im schwarzen Ledermantel.

Sofort standen beide unangenehm dicht vor ihr, und der Deutsche stotterte mit seinem harten Akzent etwas, das Charly sich leicht zusammenreimen konnte. Dazu glitt seine Hand schon an ihrem Arm hinunter.

Viel kann mir hier draußen nicht passieren, dachte sie, aber zu zweit werden solche Typen leicht unangenehm. Keiner kräht hinter mir her, wenn sie mich jetzt in die Mitte nehmen und wegschleppen.

Charly gab sich überrascht und sehr erfreut, den Nachbarn aus dem Flugzeug zu sehen, verwies dann auf den großen Schirm, der es ihr leider unmöglich mache, ihm und seinem Freund die Hand zu geben. Blitzschnell drückte sie dann dem verdutzten Mann im schwarzen Ledermantel den sperrigen, schweren Schirm in die Hand und lief zur Mitte des Platzes. Sie mußte schneller sein als die beiden, wenn die ihr überhaupt folgten. Sie mußte zum Hotel rennen. Dort könnte ihr nichts passieren.

Paul hatte gerade beschlossen, abends noch einmal wiederzukommen, wenn die Basiliuskathedrale und der Kreml angestrahlt sein würden. Er stand auf dem leeren Platz, ohne seine Umgebung wirklich wahrzunehmen, und konnte nur an den breitschultrigen Mann denken, der vor seinen Augen unerkannt davongefahren war. In Gedanken plante er seinen nächsten Besuch im Krankenhaus. Warum war er nicht schon heute auf die Idee gekommen, einen Dolmetscher mitzunehmen? Der vergangene Nachmittag hätte anders verlaufen können. Morgen würde er mit einem Dolmetscher zum Krankenhaus fahren und versuchen, etwas über den Besucher der Zontarowa zu erfahren. Vielleicht kam er öfter? Vielleicht sogar regelmäßig?

Er wollte gerade zum Hotel zurückgehen, als er eine einzelne Gestalt schnell über den Platz laufen sah, genau auf ihn zu. Zwei Männer verfolgten die Frau, riefen etwas hinter ihr her, einer kämpfte mit einem großen Regenschirm, ließ ihn schließlich auf dem Pflaster liegen.

Es ist nicht wahr, sagte er sich, als die Frau näher kam, ich muß träumen. Es war Charly. Sie war schon ziemlich nah, rannte mit offenem Mantel und wehenden Haaren auf ihn zu und erkannte ihn.

«Paul?» schrie sie ungläubig, blieb kurz stehen, rannte weiter, und er lief ihr entgegen. «Paul», rief sie atemlos, «bitte tu so, als wären wir verwandt! Dann verschwinden diese Kerle.» Sie waren sich schon ganz nah. «Kannst du mich umarmen, als hättest du mich erwartet?»

«Das wollte ich immer schon tun», sagte er nur, schloß sie in die Arme und küßte ihre regennasse Stirn, ihre Haare, ihr Ohr, den Hals, während er gleichzeitig die Männer beobachtete. Er sah, daß sie stehenblieben, redeten, spürte Charlys laut klopfendes Herz und hielt sie immer fester. Schließlich drehten die zwei um, nahmen im Vorbeigehen den Schirm auf und verschwanden in den Arkadengängen des GUM.

«Sie sind fort», sagte er leise an ihrem Ohr, «aber ich werde dich nicht wieder loslassen.»

«Nein?» Charly hob ihr Gesicht aus seinem Mantel, legte beide Arme um seinen Hals und schob ihre Finger in sein Haar.

Stunden später wachte Charly in Pauls Hotelzimmer auf und sah sich um. Eine kleine Leselampe brannte im angrenzenden Raum und beleuchtete schwach das kleine Schlafzimmer, das zwischen Wohn- und Badezimmer lag, wie ein Alkoven, durch den man hindurchgehen konnte. Sie wagte nicht, sich zu bewegen. Paul hielt sie im Schlaf umarmt, und sie wollte ihn nicht wecken.

Ob es erlaubt ist, so glücklich zu sein? Sie spürte die Wärme seines großen Körpers an ihrer Haut. Trotz Anne, trotz Michi – einfach so glücklich zu sein? Dieser Abend ist ein Wunder. Hängt hier kein Bild, an das ich mich erinnern könnte, wenn ich an den Raum denken will, in dem alles angefangen hat? Nur dieser schief genähte Vorhang zwischen Wohn- und Schlafzimmer wird mir einfallen, wenn ich morgen in Leningrad von diesem Zimmer träume.

Aber jetzt muß ich mich recken, dachte sie. Ich muß mich einfach bewegen. Paul flüsterte: «Nicht aufwachen, nicht aufstehen. Bitte nicht.»

«Es ist schon lange dunkel.»

«Das ist nur gut.»

«Ich habe Hunger.»

«Mir fehlt nichts», flüsterte er und küßte ihre kleine, feste Brust.

«Dann fehlt mir auch nichts», lachte Charly leise und vergrub ihre Hände in seinen Haaren.

Das ist die Antwort auf diesen Sommer, dachte Paul. Alles ist zu ertragen, wenn sie da ist. Und ich habe mich dagegen gewehrt, obwohl ich wußte, daß ich sie liebe. Ich habe sie aufs Spiel gesetzt. Aus Vernunft? Fairneß? Wegen alter Familiengeschichten? Wegen Arndt? Bei dem Gedanken an Arndt umarmte und küßte er Charly, ohne aufhören zu können.

Später stützte er sich auf den Ellbogen und fuhr mit der Hand durch ihr Haar. «Weißt du, wann ich mich in dich verliebt habe?» fragte er und küßte ihre Augen.

«Ja.»

«Wann?»

«Als ich mich in dich verliebt habe. Genau in der Sekunde.»

«Im Museum?»

«Ja, im Museum.»

«Ich wußte es eigentlich schon damals im Garten, als du mir einen Vortrag über Ringelgänse gehalten hast.»

Charly lachte. «Und ich wußte gleich, daß du mir nicht

zugehört hast. Ich habe dir einen Vortrag über Sibirien gehalten.»

«Hast du meine Ringelgans auf deinem Kopfkissen gefunden?»

«Ja – warum hast du mich nicht geweckt?»

«Weil ich Angst hatte, daß ich dich dann nicht mehr loslassen würde.»

«Morgen früh muß ich nach Leningrad.»

«Du darfst nicht fahren. Ich habe dich schon viel zu oft gehen lassen.»

Sie sprachen über jeden Augenblick des Sommers, der sie zusammengeführt hatte, bis zu den Stunden, die gerade hinter ihnen lagen.

«Ich glaube daran, daß alles wichtig ist, was man erlebt», sagte Charly. «Jede Begebenheit, jeder Moment. Nichts ist vergeblich.» Sie stand auf, griff nach Pauls Bademantel und zog ihn an.

«Du bist ein unbeirrbarer Optimist, oder?»

«Ich bin ein hungriger Optimist, und ich finde jetzt etwas zu essen. Seit dem Frühstück habe ich nichts mehr bekommen.»

Sie lief durch das angrenzende Wohnzimmer, öffnete einen weiteren, kleinen Raum, schaltete das elektrische Licht an und entdeckte hinter einem alten, verschnörkelten Konzertflügel den Kühlschrank, den sie suchte.

«Leider ist dein Eisschrank leer, Paul.»

«Es gibt auch keinen Room-service. Also gibt es auch nichts zu essen. Wir können nur davon träumen: Wir greifen zum Telefon, bestellen uns Champagner, Toast und – was möchtest du, Kaviar oder Lachs?»

«Kaviar natürlich. Für sechs Rubel eine Portion. Das gibt's wirklich heute abend. Ich weiß es, Paul.»

«Wir können dieses Zimmer nicht mehr verlassen.» Er zog sie am Ärmel seines Bademantels wieder neben sich.

«Meine Bademäntel stehen dir wunderbar, aber du darfst nie wieder weggehen.»

«Nie wieder? Auch nicht für ein Käsebrot?»

«Hat dir schon jemand gesagt, daß du unglaublich frech aussehen kannst, wenn du so daliegst und lächelst?»

«Ich wüßte nicht, wer mir das gesagt haben könnte.»

«Vielleicht Arndt?»

Charly zeichnete mit ihrem Zeigefinger seine Lippen nach und sagte: «Ich habe dir doch gesagt, daß nichts war.»

«Georg hat geredet, als wäre eure Hochzeit beschlossen, und war überzeugt davon, daß ihr – nun ja...» Paul strich über ihre Haare, die sich dunkel vom Kopfkissen abhoben.

«Paul?»

«Ja?»

«Du hast recht. Arndt wollte nichts anderes, aber ich habe nicht mit ihm geschlafen.»

«Er hat noch nicht aufgegeben?»

«Nein, ich glaube nicht.»

Er küßte ihre Augen, ihre Schläfen, ihren Mund und zog den Gürtel des Bademantels wieder auf.

«Ich liebe deine Hände», murmelte Charly mit geschlossenen Augen.

Für einige Minuten war es still in dem kleinen, warmen Raum. Draußen floß der Regen die Scheiben hinunter, irgendwo in dem riesigen Gebäude spielte jemand Klavier.

«Du bist ein Wunder», sagte Paul in die Stille. «Eines, das man ganz für sich allein haben will. – Charly?»

«Ja?»

«Was wirst du ihm sagen?»

«Wem?»

«Arndt.»

Charly sah ihn aufmerksam an, strich mit der rechten Hand über seinen Hals und seinen Rücken.

«Ich liebe nur ihn, werde ich sagen, und ich bleibe bei ihm, weil – weil er es ist, weil ich es bin –. Leider ist der Satz nicht von mir.»

«Das macht nichts», flüsterte Paul. «Es ist unser Satz.»

Die Sonne schien, als Paul am nächsten Morgen vom Flughafen zurückkam. Fünfzehn Stunden waren sie zusammengewesen, jede Stunde hatten sie gezählt. Auch wenn es pathetisch klingt, es sind fünfzehn Stunden, die alles verändert haben, dachte er. Nicht mehr und nicht weniger. Wenn ich nur Charly in Moskau gefunden hätte und kein Zeichen von Ben Saalberg, ich wäre, nein, ich bin der glücklichste Mensch der Welt.

Nur die Gedanken an Michi ließen sich nicht verdrängen. Ohne seinen Unfall wäre er nie nach Moskau gefahren.

Er kaufte im Valuta-Shop des Hotels zwei Stangen Zigaretten, um für alle Vorhaben des Tages gerüstet zu sein, wartete in der Schlange vor der Kasse und überdachte das bisherige Ergebnis seiner Nachforschungen. Georg würde ihm dankbar sein, weil er nichts Eindeutiges herausgefunden hatte. Es gab nur Anna Semjonowna. Um Rosa entgegenzutreten, müßte er eine notariell beglaubigte Aussage oder, falls es zum Prozeß kommen sollte, Anna Semjonowna selbst nach Deutschland bringen.

Und seine Mutter? Machte es für sie einen Unterschied, ob er Ben gefunden hatte oder nicht? Sie war davon überzeugt, daß er Stalingrad überlebt hatte, daß er Dokumente, Briefe und die Aquarellzeichnung aus Krasnogorsk geschickt hatte. Wenn sie jetzt erführe, daß Ben 1944 auf einem Fronteinsatz des Nationalkomitees umgekommen war, konnte, mußte sie davon überzeugt sein, daß er zurückkommen wollte. Sie würde die Gewißheit haben, daß Ben sie nicht verraten hatte.

Charly hatte das sofort begriffen, als er ihr alles erzählt hatte.

Heute abend telefoniere ich mit ihr, dachte Paul, morgen fliege ich nach Leningrad. Egal, was geschieht.

Er nahm keinen Aufzug, sondern lief die Treppen zu seinem Zimmer hoch, indem er jeweils drei Stufen übersprang. In zwei Stunden würde er an der Rezeption einen Dolmetscher treffen, zurück in das Krankenhaus fahren und herausbekommen, wer gestern Jelisaweta Zontarowa besucht hatte.

Zuletzt ging er langsam, Stufe für Stufe, und malte sich aus, wie Charly im Augenblick aussehen mußte in ihrer Jacke, auf die sie so unverhohlen stolz war, die langen Beine in Jeans, übereinandergeschlagen, die Haare offen, die Augen geschlossen, den Kopf zurückgelehnt, ein freches Lächeln auf den Lippen – wie gestern nacht.

Ich kann es mir nicht leisten, jetzt an gestern nacht zu denken, dachte er und ging den rechten Flur zu seinem Zimmer hinunter.

«Arrêtez-vous, Monsieur», rief die Deshurnaja, die nur französisch mit Ausländern sprechen konnte. «Monsieur, s'il vous plaît, une lettre.»

Paul sah erschrocken auf die kleine Etagenfrau an dem Tischchen, dann starrte er auf das Kuvert. Es war Hotelbriefpapier. Wer, wenn nicht Charly, hätte ihm hier im Hotel einen Brief hinterlegen können. Seine Gedanken rasten. Was war das? Ein Liebesbrief, ein Abschiedsbrief? Hatte sie ihm nicht die Wahrheit gesagt? Hatte sie doch Arndt geliebt, bekam sie ein Kind von ihm und hatte nicht den Mut gehabt, es ihm zu sagen? Er wollte den Brief in seine Jackentasche stecken.

«Ouvrir, ici, s'il vous plaît», sagte die Deshurnaja hastig. «Oui, ici maintenant!»

«Pourquoi?»

«Vous verrez, monsieur.»

Er öffnete den Briefumschlag und zog eine längliche, weiße Visitenkarte heraus. Darauf standen in kyrillischer Schrift ein Name und mehrere Titel, die er nicht entziffern konnte. Er drehte die kleine Karte um. Auf der Rückseite standen fünf deutsche Worte: «Bitte folgen Sie der Deshurnaja!»

«Monsieur», sagte die Deshurnaja bestimmt, erhob sich unaufgefordert und ging ihm den Flurgang entlang voraus.

Paul war lächerlich froh. Wie hatte er an Charly zweifeln können? Morgen abend muß ich es ihr erzählen. Morgen abend bin ich bei ihr, und das hier wird sich als Mißverständnis entpuppen. Er wollte sich nicht aus seiner Stimmung reißen lassen. In Gedanken war er bei Charly, sah ihre Augen und Lippen vor sich, leuchtend und zärtlich.

Am Ende des langen Ganges klopfte die Deshurnaja leise und öffnete die Tür zum Eckzimmer. Sie ließ ihn eintreten und ging weg.

Paul betrat ein lichtdurchflutetes Zimmer, in dessen Mitte ein ovaler Konferenztisch aus hellem Holz und zwölf mit rotem Samt bezogene Stühle aus dem gleichen Holz standen. Unter dem Konferenztisch lag ein dunkelroter persischer Teppich. Zwischen den beiden dreiflügeligen Fenstern, die zum Prospekt Marksa hinausgingen, standen Schränke, unter der anderen Fensterfront sah er tiefe Sessel. Dort saß, elegant in einen dunklen Straßenanzug gekleidet, die langen Beine übereinandergeschlagen, der Mann aus dem Katharinen-Krankenhaus.

Paul trat wortlos in die Mitte des Zimmers. Der alte Herr erhob sich und kam ihm entgegen. Langsam ging er auf Paul zu, musterte sein Gesicht, die hochgewachsene, breitschultrige Gestalt, bis sie sich gegenüberstanden. Gleich groß, Auge in Auge.

«Du bist Helens Sohn.» Die dunkle Stimme klang kräftig und akzentfrei.

«Ja.»

«Ich bin Ben – besser gesagt: Ich war Ben Saalberg. Wollen wir uns setzen?»

Paul folgte ihm zu den schweren Sesseln. Unter weißen, kurzgeschnittenen Locken blickten ihn graue Augen an, die von einer feinen Lidfalte wie verhängt waren.

«Wir sehen uns ähnlich», stellte Ben Saalberg fest. «Merkwürdig genug, aber möglich, da ich das Ebenbild meiner Mutter war.»

«Ich weiß», sagte Paul wie benommen.

«Gestern habe ich dich nur wahrgenommen, weil ich dort im Krankenhaus einen anderen erwartet habe. Trotzdem habe ich Nachforschungen anstellen lassen und beschlossen, dich zu sprechen. Sagen wir: aus Sentimentalität.» Ben Saalberg lehnte sich zurück und sah Paul aufmerksam an.

Paul erwiderte den Blick. Die Situation überwältigte ihn. Er suchte in allen möglichen Winkeln der großen Stadt nach einem Verschollenen, und der präsentierte sich selbst. Nicht aus Notwendigkeit, sondern weil es ihm gefiel. Kommandierte ihn in eine Luxussuite mit Konferenzzimmer, sechs Stockwerke über dem Prospekt Marksa mit Blick auf den Kreml. Gestern noch war er so entmutigt gewesen, daß er beschlossen hatte, weitere Nachforschungen aufzugeben. Nur Charly hatte gesagt, sie spüre, daß er Ben Saalberg finden würde. «Genauso wie ich gespürt habe, daß du mich finden würdest. Irgendwo, irgendwann.»

Lächelnd, in Gedanken an die Situation, in der Charly ihm das gesagt hatte, lehnte Paul sich auch zurück und fragte: «Wer erzählt jetzt zuerst?»

Ben lachte das tiefe Lachen, von dem Helen gesprochen, das keiner, der es gehört, jemals vergessen hatte. «Diese Lässigkeit gefällt mir», sagte Ben. «Die hat hier keiner in deinem Alter. Gut: Ich fange an, aber rückwärts, sonst wird es zu lang, und Zeitverschwendung ist dir sicherlich auch verhaßt.

Also: Nicht unschwer zu erraten, daß ich für das Ministerium arbeite, das alles herausbekommt, sonst säßen wir nicht hier. Gestern war ich, wie jeden Tag in den letzten zwei Monaten, am Bett von Jelisaweta Zontarowa, um ihr zu sagen, daß ich ihr verziehen habe. Ich lebte in der Hoffnung, daß sie noch einmal zu Bewußtsein kommen würde.»

Ohne Pause fuhr er fort: «Was haben sie dir gestern in Krasnogorsk über sie und über mich erzählt?»

Paul berichtete kurz, was er von Anna Semjonowna wußte.

«Es stimmt alles», sagte Ben Saalberg. «Jelisaweta hat mich ohne Papiere, ohne Bewußtsein im Lazarett in Stalingrad wochenlang gepflegt. Dann wurde ich transportfähig, und sie brachte mich, weil sie sehr gute Beziehungen zu einem der verantwortlichen Kommissare hatte, in Etappen nach Krasnogorsk. Meine Kopfverletzung ging einher mit einem partiellen Gedächtnisausfall. Dafür gibt es medizinische Erklärungen. Im Frühjahr 1944 begann ich mich aber daran zu erinnern, wer ich war, woher ich kam. Ich schrieb – ohne Jelisaweta davon zu erzählen – an meine Mutter, schrieb an Joachim. Vor allem an Helen. Ich schrieb ihr von meiner Krankheit und wie ich mein Gedächtnis wiedergefunden hatte. Ich erklärte meine Begeisterung für die Ziele des Nationalkomitees und die Arbeit gegen Hitler. Ich schrieb ihr Liebesgedichte von Puschkin ab und übersetzte sie, ich schrieb ihr auch, daß Jelisaweta Zontarowa mich gerettet hatte, aber daß ich niemanden lieben würde, nur sie, daß ich nach dem Krieg zurückkehren würde. Diese Briefe sind hinter die deutsche Frontlinie gekommen, das nehme ich jedenfalls an.

Natürlich bin ich nicht geheimnisvoll umgekommen und in Krasnogorsk beerdigt worden. Sie haben mich verschwinden lassen, weil sie fürchteten, ich wäre ein Spitzel, und weil sie meine Sprachbegabung erkannt hatten, die sie ausnutzen wollten. In den Monaten, in denen Jelisaweta dachte, ich sei tot, haben sie mich ‹umgedreht›, wie ihr das nennen würdet. Als sie mich wieder auftauchen ließen, war ich überzeugter Kommunist, und der Krieg war vorbei. Sie bewiesen mir mit Urkunden, daß Helen meinen Bruder Joachim geheiratet und ein Kind mit ihm hatte. Darüber wurde ich fast wahnsinnig. Mit Dokumenten aus Berlin und aus Krasnogorsk belegten sie dann, daß ich nicht nur in Deutschland als Ben Saalberg, sondern auch in Rußland als Sergej Zontarow gestorben sei. Es berührte mich kaum noch – ohne Helen schien mir alles sinnlos. Sie hatten ganze Arbeit geleistet. Irgendwann ließen sie Jelisaweta kommen, ich war froh darüber, und wir hatten einen kleinen Sohn, Sergej. Ich liebte beide. Doch Jelisaweta wollte mich für sich allein. Sie fühlte sich vernachlässigt und wurde nachlässig mit sich. Ich begann mich von ihr zu entfernen. Auf Jelisawetas leidenschaftliche Eifersuchtsausbrüche hörte ich nicht. Ich habe mich immer bedingungslos für meine Arbeit eingesetzt, ich machte eine steile Karriere, und ich hatte Sergej, das langte mir. Als er sechzehn Jahre alt war, verließ sie mich und nahm den Sohn mit. Ich habe sie nicht gefunden, obwohl wir angeblich jeden finden. Ich habe sie überall gesucht, nur nicht hier in Moskau, wo sie jahrelang unter der Protektion eines Menschen lebte, der in diesem Zusammenhang unwichtig ist. Vor sechs Wochen bekam ich einen Brief von ihr. Sie schrieb mir die Adresse von Sergej. Er ist Arzt in Nowosibirsk, ich habe ihn schon zweimal wiedergesehen. Es ist wunderbar. Jelisaweta schrieb, sie fühle sich krank und unsicher, sie wolle ihren Frieden mit mir machen, ich solle sie besuchen – in ihrer Wohnung am Leningradski-Prospekt. Als ich kam, war sie schon im Krankenhaus. Sie hat mich nicht mehr erkannt. Heute nacht ist sie gestorben. Gestern dachte ich sekundenlang, du seist unser Sohn Sergej, der auch kommen wollte. Das ist alles.»

«Weißt du, daß du auch eine Tochter hast?»

«Ich? Eine Tochter?»

«Ja. Das erste Kind meiner Mutter ist deine Tochter, und ich bin hier, weil sie dich braucht.»

Erregt und ihn häufig durch Fragen unterbrechend, hörte Ben Saalberg sich Pauls Bericht an. Als Paul geendet hatte, ging er ans Fenster und lehnte seine Stirn gegen die Scheibe. «Dann war Helen der festen Überzeugung, daß ich tot sei, als sie Joachim heiratete», sagte er leise. «Jahrelang habe ich darunter gelitten, daß sie nicht auf mich gewartet hatte. Jahrelanger Schmerz – umsonst.»

Paul trat an ein anderes Fenster. Zwei Autos sah er unten, klein wie Spielzeug auf dem riesigen Platz. Vorsichtig sah er hinüber zu Ben, der immer noch gegen das Fenster gelehnt stand und die Augen geschlossen hatte.

Paul wagte es nicht, seine Gedanken zu stören, und ging an den Konferenztisch in der Mitte des Raumes.

«Meine Tochter ist keine zweite Helen», sagte Ben endlich. «Aber sie gefällt mir trotzdem.» Er lachte in sich hinein und drehte sich zu Paul um.

«Was wirst du tun?»

«Ich werde Joachims Söhne nicht vor meiner Tochter schützen, aber ich werde ihr auch nicht helfen.»

Paul legte seine Hände über eine samtbezogene Stuhllehne, sah Ben an und fragte: «Auch nicht meiner Mutter?»

«Ich würde ihr nicht helfen, wenn ich käme. Ich fühle mich wie erlöst, wenn ich jetzt an Helen denke, aber du hast Nachrichten aus einem anderen Leben gebracht – ich weiß nicht, ob du mich verstehen kannst.»

«Ich versuche es.»

«Dieses Land werde ich nicht mehr verlassen», fuhr Ben fort. «Ich liebe es, ich liebe diese Stadt, und ich unterstütze die neue Politik. Die Perestroika ist nicht rückgängig zu machen, aber sie ist gestorben. Im Augenblick naht eine Katastrophe. Es fehlt an allem. Moskau steht vor einem Hungerwinter. Fehleinschätzung, Fehlplanung, Korruption, wo man hinsieht. Jeder, der dagegensteuern kann, wird gebraucht. Mehr denn je.»

«Dazu gehörst du?»

«Ja. Sie haben mich gerade gebeten zu helfen. Ich werde jetzt nicht gehen, und sie würden mich auch nicht gehen lassen, davon ganz abgesehen. Ich habe Jahrzehnte für sie gearbeitet, Paul. Ich weiß zuviel. Ich müßte wieder meine Identität aufgeben, müßte verschwinden, um politisches Asyl in

Deutschland bitten, nur um hier herauszukommen, was ich gar nicht will. All das, um ein Erbe einzuklagen und Unfrieden zu stiften. Geld hat für mich nie eine Rolle gespielt. Vielleicht, weil ich genug davon hatte. Es hat seine angenehmen Seiten, das gebe ich zu. Aber Ben Saalberg gibt es nicht mehr, und dabei wollen wir es belassen.»

«Wenn ich morgen zurückfliege...»

«Dann wirst du sagen, daß der Mann mit dem Namen Sergej Zontarow Ben Saalberg war. Er ist seit 1944 tot. Du hast die Akte gesehen. Du hast an seinem Grab gestanden. Du hast die Semjonowna als Zeugin.»

«Warum hast du mich kommen lassen?» fragte Paul und stellte sich neben ihn ans Fenster. «Genau das hätte ich erzählt, und es wäre keine Lüge gewesen.»

«Ich war neugierig auf Helens Sohn. Ich wollte dich kennenlernen, und es hat sich gelohnt. Wenn du nach Deutschland zurückkommst, muß dir klar sein, daß du nicht lügst, wenn du nicht alles sagst. Du bewahrst ein Geheimnis. Das mußt du lernen.»

«Das ist brutaler Realismus.»

«Damit leben wir. Wer nicht schweigen kann, will sich beweisen. Er will nicht die Wahrheit, sondern ist voller Selbstmitleid. Wie Joachim.»

«Wie meinst du das?»

«Du hast mir von dem letzten Brief deines Vaters berichtet. Siehst du nicht, wohin der eine Moment geführt hat, in dem er – ganz gegen seinen Charakter – die Wahrheit gesagt hat? Die Wahrheit ist, daß er mich verraten hat, um Helen zu bekommen. Diese Wahrheit hat er noch selbstgefällig mit einem Bibelvers umschrieben. Er wollte dafür bewundert und bemitleidet werden, daß er nach Jahrzehnten einen Betrug zugibt. Er hat sich lächerlich und Helen unglücklich gemacht. Siehst du nicht, daß alle Schwierigkeiten damit angefangen haben, daß dein Vater sein Geheimnis nicht bewahren konnte?»

«Die Lüge hat ihn krank gemacht.»

«Er hätte Helen schützen sollen, die er angeblich geliebt hat. Aus Liebe hat er sie belogen und mich verraten. Aus Liebe hätte er schweigen müssen», sagte Ben Saalberg, «so wie ich geschwiegen habe, als ich erfuhr, daß es zum Reden zu spät war.»

«Aber du hast eben selbst gesagt, du seist wie erlöst. Und warum?» fragte Paul erregt. «Weil du erfahren hast, daß meine Mutter von deinem Tod überzeugt war, als sie heiratete, daß sie es nur getan hat, um dein Kind mit deinem Namen zur Welt zu bringen. Ohne das Geständnis meines Vaters, das er in seiner Todesstunde widerrufen wollte, wäre nie ans Licht gekommen, was wirklich passiert ist. Ich will ihn nicht verteidigen, aber du mußt zugeben, daß sein Geständnis dir geholfen hat.»

«Du hast recht. Er hat mir geholfen. Nur können wir davon ausgehen, daß er das nicht gewollt hat.»

Ben sah wieder aus dem Fenster und sagte zögernd: «Ich muß dir eine Frage stellen, damit du mich begreifst, Paul.»

«Ja?»

«Dieses Mädchen, Paul, mit dem ich dich heute morgen vom Auto aus gesehen habe – liebst du sie?»

«Mehr, als ich in Worten ausdrücken kann.»

«So habe ich Helen geliebt, und diese Liebe ist zerstört worden. Vielleicht nicht die Liebe, aber das Leben, das wir zusammen gehabt hätten. Joachim hat seinen Teil dazu beigetragen, daß es so gekommen ist, und wenn ich ehrlich bin, werde ich es ihm nie verzeihen. Ich glaube jedenfalls nicht, daß ich es kann. Vielleicht bringt Helen es fertig.»

«Die Liebe meiner Mutter zu dir hat er nicht zerstören können.»

«Trägt sie vielleicht einen Smaragdring?»

«Es ist der einzige Ring, den ich an ihr kenne.»

«Du mußt entscheiden, ob du redest oder schweigst, wenn

du zurückfährst. Wem du etwas sagst und wem nicht.» Ben griff nach seiner Brieftasche und holte einen dünnen, vergilbten Zettel heraus. «Nur, wenn du davon überzeugt bist, daß Helen etwas von mir erfahren soll, dann gib ihr dieses Papier. Es war unser Gedicht. Die ersten Worte, die ich aufgeschrieben habe, als ich mich wieder erinnerte. Ich habe Helen nie vergessen.»

«Du überläßt die Entscheidung mir?»

«Ja. Hier ist eine Karte mit meiner Adresse. Ich möchte dich nicht aus den Augen verlieren und wissen, wie du dich entscheidest.»

«Ich muß Russisch lernen, um zu wissen, wie du heißt?»

«Natürlich. Erstaunlich, daß du es noch nicht kannst.»

Sie lachten.

Paul sah hinüber zum Kreml. Der Platz war voller Menschen und glänzte wie gewaschen in der Sonne.

Er dachte an den Junitag, an dem sein Vater beerdigt worden war. Der Tag, an dem er zum erstenmal von Ben Saalberg erfahren hatte. Es stimmte ihn merkwürdig traurig, daß die Tür sich gleich hinter diesem Mann schließen würde.

«Übersetzt du mir eine simple Frage?» bat Paul. «So fange ich immer an zu lernen.»

«Die Methode ist gut», sagte Ben. «Also, wie lautet die Frage?»

«Darf ich dich zum Abendessen einladen?»

EPILOG

Ben Saalberg kehrte nie nach Deutschland zurück.

Helen Saalberg erhielt nach der Moskaureise ihres jüngsten Sohnes Paul ein unscheinbares Geschenk. Ein Briefkuvert aus dem Hotel National. Darin lagen dünnes, feinbeschriebenes Papier und eine Visitenkarte, deren Rückseite mit derselben Schrift bedeckt war. Beides verwahrte sie an einem Platz, von dem sonst keiner erfuhr.

Am Abend des 9. November 1990 traf Willy Brandt mit 193 Geiseln aus dem Irak auf dem Flughafen in Frankfurt ein. Kurt Matthes war unter ihnen.

Am Mittwoch, den 5. Dezember 1990 erschien in einer großen englischen Tageszeitung eine kleine Anzeige. Paul Saalberg zeigte die Vermählung mit Charly Tuchmann, der jüngsten Tochter des Hon. Edward Tuchmann, an. Die Feierlichkeiten fanden in London statt.

Die Fahrt nach England war für Pauls Neffen, Michi Saalberg, die erste Reise nach seinem schweren Unfall im Irak.

Die Schwester der Braut, Anne Tuchmann, konnte wegen der Folgen ihrer Kopfverletzung nicht anwesend sein. Ihr Sprach- und Erinnerungsvermögen blieben gestört.

Am 25. Juni des Jahres 1991 kam es vor dem Nachlaßgericht Hannover zur Urteilsverkündung in dem von der Öffentlichkeit vielbeachteten Prozeß der Saalbergerben. Die Ansprüche der leiblichen Tochter Benedikt Saalbergs auf fünfzig Prozent des Familienvermögens wurden nicht anerkannt. Die von ihr geführte Klage gegen ihren rechtlichen Vater, Joachim Saalberg, die sie wegen Irreführung des damaligen Erblassers, somit unrechtmäßiger Beschaffung des Erbscheins, Vorteilsnahme, Betrug und Erpressung, erhob, wurde wegen Mangels an Beweisen abgewiesen.

Nach der Urteilsverkündung verließ Helen Saalberg zusammen mit ihren Söhnen das Gerichtsgebäude.

Als sie den Parkplatz auf der gegenüberliegenden Straßenseite erreicht hatten, blickte Paul zurück und sah Rosa aus der Eingangstür treten. Ihr Anwalt folgte, verabschiedete sich eilig, dann ging Rosa langsam die Treppe hinunter. Sonst war niemand zu sehen.

Helen folgte Pauls Blick, berührte Georgs Arm, sie redeten kurz, dann erfüllte Paul Helens Wunsch und ging zu Rosa, die auf der anderen Straßenseite stehengeblieben war. Sie sprachen miteinander. Nach wenigen Minuten hielt ein Taxi und wurde von Rosa wieder fortgeschickt.

Es war ein heißer Junimittag voll stürmischem Wind. Schmutz und Staub der Straßen wirbelten durch die Luft, Menschen hetzten, Autos lärmten, und abgerissene Blumenblätter trieben im zugigen Schatten der Häuser.

DANKSAGUNG

Für die freundliche Unterstützung meiner Arbeit danke ich

in Moskau: Lena, Tatjana und Wladimir Illesh, Tatjana Perewersewa im Memorialmuseum der deutschen Antifaschisten, Christoph Eichhorn im Kulturdezernat der Deutschen Botschaft.

in Deutschland: Gottfried von Bismarck, Heinrich Graf von Einsiedel, Peter Gerhardt (Deutsche Dienststelle [WASt], Berlin), Klaus Harpprecht, Lew Kopelew, Georg Meyer, Anneliese Pestel, Wilhelm Rimpau, Anton Schafmayer, Hans Jochen Waitz.